BARBARA SCOTTO

I guai son come i baci…
Uno tira l'altro!

Genere: romance contemporaneo
Copyright ©2022 Barbara Scotto
Tutti i diritti sono riservati all'autore
Prima edizione 2022

Progetto grafico di copertina e impaginazione
©Lily Graphic Cover
Editing a cura di Maika Medici

Questo romanzo è un'opera di fantasia: riferimenti a fatti, luoghi e persone reali sono da considerare puramente ca-suali, dove non espressamente specificato nelle note finali. I personaggi citati sono utilizzati in modo fittizio.

Nessuna parte di questo libro può essere riprodotta o archiviata in un sistema di recupero né trasmessa in qual-sivoglia forma o mediante qualsiasi mezzo, elettronico, meccanico, tramite fotocopie o registrazioni o in altro modo, senza l'autorizzazione scritta esplicita dell'editore.

*In alcune circostanze la vita assume
le sembianze di una scogliera;
a volte si preferisce tornare indietro
precludendoci la possibilità di
scoprire cosa vi sia oltre,
altre si sceglie di buttarsi
sperando di cadere in piedi.
Può capitare di atterrare male
o sbattere la faccia, ma è così
che impari a raddrizzare il tiro.
Arrampicati di nuovo e punta ancora
più in alto, senza mai guardare giù.
È allora, che impari a volare.
Barbara.*

Prologo

Penso che essere l'unico fratello di quattro ragazze così testarde sia maledettamente complicato. Direi snervante. Mi hanno eletto custode delle loro confidenze: a volte è spassoso, altre imbarazzante, specie quando scendono nei dettagli dei loro rapporti intimi… ma dico, mi hanno forse preso per un prete? Io sono un semplice geometra ammogliato e ho un neonato a cui pensare.

Da Beky certe cose me le aspetto, e ci rido sopra, ma… Andiamo, tutto ha un limite. Mi sono convinto che siano completamente pazze. Tutte, senza eccezioni. Ma chi sono io per criticare? Sto insieme a Lorena, mia moglie, da ben dodici anni. Abbiamo avuto anche noi i nostri alti e bassi, certo, ma quelle delle mie sorelle sono vere e proprie montagne russe! A ogni modo, mi ritrovo qui, in vivavoce, a sorbirmi in diretta la telecronaca delle loro sventure, chiamato da quell'unico telefono rimasto inavvertitamente acceso. E, lasciatemelo dire, poterle spiare è uno sballo!

«Lo sapevo che di te non ci si poteva fidare, ne ero maledettamente certa.»
«Oh, certo, parla quella che avrebbe dovuto portare l'auto a fare la revisione!»
«Però eri tu quella che doveva pensare alle catene.»
«E Jenny a far benzina! Invece né tu né lei vi siete accorte di essere quasi a secco.»
«Già, tu non sai mai niente, però sono sempre gli altri a

sbagliare.»
I brevi attimi di silenzio che ne seguono sono interrotti da una corale risata. È Beky la prima a parlare, la voce rotta dall'ilarità. «Accidenti, Regina, non ne facciamo una giusta ultimamente! E voi due, là dietro, cos'avete da ridere?»
«Guarda, rido per non piangere» risponde Angelica.
«Io non faccio testo, sai che le mie sono risa isteriche.» Jenny batte i denti mentre parla; freddolosa com'è, la immagino lì seduta mezza morta di freddo. «Stavo tanto bene da sola, non mi mancava niente, chi cavolo me l'ha fatto fare di darvi retta.»
«Tu *non* stavi bene» replica Regina, stizzita. Poi il motore si spegne e di nuovo cala il silenzio, probabilmente deve essersi arresa all'evidenza: l'auto non sarebbe mai ripartita finché la neve non si fosse sciolta. «Ti sei rintanata lassù, volevi scomparire dalla faccia della terra, e come scorte di cibo avevi solo latte, caffè, biscotti d'ogni tipo, salatini e ben cinque bottiglie di spritz. Questo tu lo chiami stare bene?»
«Lo chiamo *consolarmi*.»
«Jenny, hai visto dove mi ha condotta l'uso eccessivo di dolci e di alcol, no?» replica Beky. «Anche io lo chiamavo *consolarmi*.»
«Parli come se fossi un'alcolizzata! Ne ho bevuta solo una, di quelle bottiglie.»
«Già, tutta in una sera, e poi hai chiamato me» precisa Beky. «Grazie tante, sorellina, per la bella notizia in diretta.»
«Spero tu sia stata l'unica alla quale l'ho spifferato» mormora.
«E a chi altri dovresti averlo detto, sola in mezzo al nulla?»
Uno sbuffo. «Ho dei ricordi confusi e terrificanti, ma non mi va di parlarne.»
«Ragazze, consolazioni a parte, dobbiamo fare qualcosa» propone Angelica, come al solito la più pragmatica. «Non possiamo stare qui ad aspettare di morire congelate.

8

Siamo bloccate in auto in mezzo alla neve, il climatizzatore non funziona perché Regina non l'ha fatto riparare e qui si gela, siamo in riserva e non abbiamo le catene, che peraltro non saremmo state capaci a mettere. Abbiamo solo due alternative, e lo sapete anche voi.»

Il silenzio scende nell'abitacolo, le immagino scambiarsi degli sguardi incerti. È Beky a dar voce a quel dilemma.

«O percorriamo a piedi e sotto una tormenta gli ultimi chilometri che ci separano dallo chalet, o si chiama qualcuno.»

La voce di Angelica risuona incerta. «Quattro persone, come sapete, salterebbero subito in auto pur di riprenderci.»

«Ma noi vogliamo riprendere loro?» Nessuna risposta segue l'interrogativo di Beky.

«Ragazze, so io chi chiamare» il tono di Regina è categorico, «Angelica, passami il telefono.» Jenny continua a ripetere la parola *no* in una cantilena infinita e implorante; delle quattro, è lei a preoccuparmi di più.

Sono partite intenzionate a trascorrere il Capodanno al Monte Amiata, nello chalet di famiglia che i nostri genitori hanno da poco ristrutturato. A dire il vero Jenny era lì già da qualche giorno, stava bene – o almeno questo sosteneva – e si godeva la solitudine, ma poiché era partita d'impulso prendendo l'auto di Regina perché la sua era rimasta a casa di Christian, mentre mamma e babbo avevano preso quella di famiglia per recarsi in visita da alcuni parenti, le nostre sorelle l'avevano chiamata e obbligata ad andare a prenderle, in quel nevoso mattino del trentuno dicembre. E così era tornata a casa per un soffio, prima che la neve cominciasse ad attecchire al suolo. Si erano soffermate più del previsto, e quando infine si erano messe in viaggio, ognuna con un incarico ben preciso cui non aveva assolto, a pochi chilometri dallo chalet si erano imbattute in una tormenta di neve.

Regina non ha portato l'auto a riparare il termostato mal funzionante, Beky ha dimenticato di caricare le catene da

neve, Jenny non si è curata di far benzina e Angelica... be', Angelica ha la mente altrove e non si può fargliene una colpa.

In un moto di complicità hanno deciso di trascorrere quel capodanno lontano dagli uomini, per ritrovare un equilibrio e...

Sì, vabbè, a chi vogliono darla a bere. Certo non a me. Volevano semplicemente far loro un dispetto. Sono fermamente intenzionate a vendicarsi con ognuno di loro, e con sadica soddisfazione li hanno avvertiti della partenza verso luoghi ignoti attraverso un messaggio, solo una volta imboccata l'Aurelia, dopodiché hanno spento i cellulari. Tutti tranne uno, dal quale inavvertitamente è partita una chiamata verso il sottoscritto. Secondo voi, chi può esser stata tanto sbadata?

Ah, be', per essere precisi, una di loro non ha mandato nessun messaggio né ha alcuna intenzione di farsi trovare. Di vendicarsi sì, ma ancora non è riuscita bene a capire in quale modo. L'unica cosa certa è che il cuore le fa un gran male se ripensa a lui.

Ognuna di loro si è concessa quella fuga per far pagare all'uomo che ama un torto subito, e fra menzogne, segreti nascosti, fiducia infranta e colossali dubbi, ognuna di loro ha ben visto di far valere la propria indipendenza.

Perché loro non hanno bisogno di un uomo accanto; gliel'ho sentito ripetere spesso. Troppo spesso, come se avessero bisogno di convincersene.

La mattina di Natale, vedendo le mie sorelle tanto sconsolate, ho rivolto loro una frase che sono convinto sia rimasta nelle loro teste.

«Quando il cielo si tinge di nero, sai bene che dopo poche ore tornerà a essere di nuovo azzurro. Così è la vita. Quando ti sembra di vedere attorno a te solo oscurità, sappi che l'azzurro prima o poi ti sorprenderà di nuovo.» Le ho poi abbracciate forte a una a una, io, il fratellone maggiore

che vuole a tutte loro un bene dell'anima.
Nell'auto è sceso il silenzio. Le immagino a guardare fuori dal finestrino, verso quel cielo grigio gonfio di neve. Il loro azzurro l'avevano trovato, ma sono di nuovo precipitate nel buio e ora non sanno più cosa fare.

Ma ogni storia ha il suo inizio, e per capire come quattro sorelle siano finite, da sole, in mezzo a una tormenta di neve, in un fallimentare tentativo di rivalsa verso gli uomini che hanno incrociato nel loro cammino, dobbiamo fare ancora un passo indietro.

Capitolo 1

(Io non so parlar d'amore – Adriano Celentano)
Siamo due legati dentro da un amore che ci dà
la profonda convinzione che nessuno ci dividerà

Tutto era perfetto. La candela profumata che ardeva al centro del tavolo, un mazzolino di rose e gerbere disposte su un cestino di vimini, la tovaglia immacolata. E soprattutto lui, il sorriso affettuoso e lo sguardo innamorato. Jenny non avrebbe potuto desiderare di meglio. Ricorreva il "mesiversario" del loro primo incontro, giorno in cui le loro vite si erano legate in maniera indissolubile. Christian aveva organizzato tutto in maniera impeccabile. Era passato a prenderla alle sette e trenta spaccate e, come al solito, lei lo aveva fatto aspettare per dieci minuti. Dieci minuti che lui aveva dedicato alla lettura di alcuni documenti relativi all'azienda di cui era a capo.

«Oh, sei già qui. Non ti avevo sentita arrivare» la frase ricorrente che la faceva imbestialire.

E come sempre Jenny aveva scosso la testa indispettita, davanti alla sua assoluta impassibilità riguardo a quei ritardi: ovviamente la regola dell'impazienza non era applicabile con lui.

«Io lo faccio aspettare anche un quarto d'ora e lui non se n'accorge nemmeno, pensare che a me verrebbero i capelli ritti!» borbottava lei ogni volta, mentre si apriva – da sola – lo sportello dell'auto. Ma poi Christian si allungava verso di lei, la baciava sulle labbra sfiorandole la guancia con una delicata carezza, e tutte le rimostranze in bilico sulla punta della lingua svanivano all'istante, sostituite dal desiderio bruciante che il suo tocco le suscitava.

Erano già passati otto mesi dal primo incontro, da quel bacio rubato in auto mentre era ubriaca, seguito due mesi più tardi dal primo vero bacio, dato in un giardino al riparo di un gazebo fiorito, ma ogni bacio che si scambiavano le faceva sempre provare quelle stesse emozioni.

Prima di partire le aveva messo una benda sugli occhi affinché la destinazione rimanesse una sorpresa, per toglierla solo una volta messo piede in quel ristorante che le piaceva tanto, accanto alla piazza di Porto Santo Stefano. La Regina di Napoli vanta una posizione centrale e piatti da leccarsi i baffi, poi Jenny conosceva bene il proprietario e lì si sentiva come a casa.

Mentre il cameriere serviva loro un vassoio di spaghetti allo scoglio, Jenny continuava a sorridere felice, ancora incapace di credere che quel ragazzo stupendo fosse innamorato pazzo di lei. La sua vita era cambiata da quando lo aveva incontrato; aveva *l'impressione di fluttuare leggera su una nuvola inondata da un leggero raggio di sole.* Okay, sapeva anche lei quanto stucchevoli fossero quelle descrizioni – e lo ribadiva ogni volta che raccontava quest'episodio –, ma era una sognatrice che aveva tanto desiderato incontrare il principe azzurro, e alla fine era accaduto. Cosa c'era di male a voler vivere quel sogno nel modo che più le era congeniale?

Tra una portata e l'altra Jenny si calò con entusiasmo nel racconto del suo ultimo viaggio di lavoro: dopo il successo ottenuto per la campagna pubblicitaria di un agriturismo, era stata assunta come inviata per la rivista di viaggi che ne aveva pubblicato l'articolo. Il suo lavoro consisteva nel soggiornare in varie località turistiche italiane, ospite di strutture sempre differenti, provare ogni tipo d'intrattenimento offerto dal luogo e riportare ogni minimo dettaglio su carta. Oh sì, sebbene la portasse spesso lontano da casa facendole avvertire la mancanza della famiglia, soprattutto del fidanzato, aveva finalmente trovato la sua dimensione in quell'impiego "spassoso", e quando tornava trovava sempre ad accoglierla il suo Christian. E non finiva mai di raccontare e descrivere ogni particolare, mentre lui ascoltava guardandola con occhi adoranti. Santa pazienza!

Comunque, tutti quei luoghi meravigliosi che aveva visitato le avevano fornito un bagaglio tale d'esperienze da far sì che non fosse mai a corto di argomenti in presenza dei genitori di Christian. Il che non era poco. La madre di Christian era una specie di tiranno, una *mamma chioccia* che guardava con orgoglio il suo unico *"figliolo"*, e squadrava inquisitoria la nuova intrusa. *Nuova*, come la donna aveva tenuto a precisare.

«Molto diversa da Chanel, non c'è che dire» aveva commentato verso l'orecchio del figlio, ma a voce abbastanza alta affinché fosse udita anche da Jenny.

Il figlio l'aveva subito ammonita che esattamente per questo motivo si era innamorato di lei, mettendo così a tacere ogni altro velenoso commento. Era evidente che la donna non l'avesse accettata, e che nel confronto con l'ex, ai suoi occhi ne uscisse sconfitta. Ma a lei non importava più di tanto. Christian aveva scelto lei, e questa era l'unica cosa che contasse davvero.

Be', almeno, questo era ciò che ripeteva agli altri, ma la notte, sola nel suo letto, un certo tarlo tornava a rosicchiarle il cervello e il cuore mettendole in testa strani dubbi che, si riprometteva ogni volta, avrebbe chiarito l'indomani. Invece, l'indomani Christian si rifiutava di fornirle spiegazioni in merito a quella ex di cui odiava perfino ripeterne il nome, collocandola fermamente lì dove sarebbe rimasta: nel passato.

E Jenny aveva ben compreso che, alla madre, quella "collocazione" non aggradava affatto. Suo padre, l'ex boss della *Public&Co*, era di tutt'altra pasta. Sempre gentile e cordiale e dalla battuta pronta, quell'uomo era da venerare. Amava ascoltare quel che Jenny aveva da dire e, soprattutto, sapeva metterla a suo agio... almeno finché lei non incontrava lo sguardo di disapprovazione di *mamma chioccia*.

Ma tornando al dunque, le portate continuavano a susseguirsi, una più deliziosa dell'altra: antipasti, un assaggio di primo, secondo e infine il dessert. Ma più il tempo scorreva, più Christian si faceva inquieto. All'inizio loquace e brillante, si era a poco a poco chiuso in un silenzio che era andato dal trepidante al preoccupato, prima di diventare... feroce. Continuava a fissare l'orologio, la porta d'ingresso e il ragazzo seduto accanto al piano bar, serrando le labbra per poi rivolgere a Jenny dei rassicuranti quanto fasulli sorrisi, allorché si rendeva conto del suo sguardo indagatore.

«Si può sapere che c'è?» sbottò alla fine Jenny, indispettita dal quel cambiamento d'umore.

Christian ostentò disinvoltura. «Niente. Perché?»

Lo guardò mordersi il labbro superiore. Non era da lui.

«Sei agitato. Fissi di continuo l'orologio e l'uscita.» L'occhiataccia che gli stava rivolgendo si fece più penetrante. «Sembra che tu non veda l'ora di andartene.»

Christian trasalì a quella domanda. «Cosa? No, tutt'altro. Rimarrei qui anche tutta la notte.»

Troppa enfasi. Jenny storse la bocca e afferrò la propria borsetta. «Peccato, stavo per dirti di chiedere il conto» ribatté con voce piccata.

«No!» si oppose lui posando una mano sulla sua in maniera implorante. «Rimaniamo ancora un po'.» Lanciò un'altra fugace occhiata alla porta e poi all'orologio.

«Ma insomma!» esplose Jenny esasperata. «Sembra che aspetti di veder entrare qualcuno da un momento all'altro.

È così, o forse *temi* di veder entrare qualcuno?»
Lui la fissò senza accennare a un benché minimo movimento. Era ansioso, e questo trapelava dalla linea dura della mascella e dalle dita che picchiettavano sul tavolo.
«Sai per caso qualcosa che io non so?» lo incalzò ancora. «Parla, o quant'è vero il cielo mi alzo e me ne vado via di qui. Da sola!»
«A piedi?» scherzò lui inarcando un sopracciglio.
«No, faccio l'autostop, ma prima prendo una bottiglia e mi ubriaco. Non si sa mai chi incontri, no? L'ultima volta mi è andata abbastanza bene ma, chissà, stavolta potrebbe andarmi addirittura meglio.» La provocazione era di quelle cattive, e con sua somma soddisfazione, vide che aveva centrato il segno.

Christian la fissò a lungo, visibilmente combattuto; infine sospirò e si lasciò andare contro lo schienale della sedia. L'espressione mesta, sollevò le mani in aria e fece per parlare; ma poi esordì in una bassa risata, scosse la testa e lanciò un'imprecazione.

«Non ti riescono nemmeno se le organizzi fin nei minimi dettagli, le sorprese» mormorò tra sé. Vedendola confusa, cercò la sua mano e con estrema dolcezza le disse: «Ti amo, Jenny. Avevo organizzato per te una piccola sorpresa, ma a quanto pare, qualcuno non ha fatto la sua parte.»

Lei aggrottò la fronte e lanciò un'occhiata dubbiosa al ragazzo seduto al piano bar.

«No, non lui» precisò Christian.

Fece poi un gesto al ragazzo, che annuì con aria rassegnata e lasciò la sala. «Avevo ordinato un mazzo di rose, il fiorista doveva portarle qui alle dieci esatte, e al suo ingresso quel ragazzo al piano bar avrebbe dovuto suonare la nostra canzone. Be', come puoi aver capito da sola, lui era pronto, ma il fioraio non s'è visto.» Guardò l'orologio e quando apprese che erano le undici e dieci, aggiunse: «E a quest'ora, dubito che verrà.»

Jenny si portò le mani alla faccia, commossa e dispiaciuta. «Davvero hai organizzato questo? Ma perché?»
«A te piacciono le sorprese, e volevo fartene una, tutto qui.» Jenny aveva un nodo alla gola, ma si sentiva in dovere di sdrammatizzare. «Oh, ma pensa alla vergogna se fosse venuto! Tutti mi avrebbero guardata e…»
«E ti avrebbero invidiata, pensando quanto fossi fortunata. E poi, guardando te e la luce che ti brilla negli occhi, avrebbero pensato a quanto lo fossi io.» La sua voce bassa e persuasiva la fece arrossire. «Così avrebbero invidiato me» concluse, lasciando cadere tra loro un silenzio carico di significati.
«Andiamocene» propose lei con un filo di voce. «La canzone la metterai tu quando siamo in macchina. Soli.»
Christian annuì e andò a pagare il conto, qui scambiò due parole col proprietario del locale, e insieme raggiunsero Jenny, che nel frattempo aveva indossato giacca e borsa e stava aspettando accanto all'ingresso.
«Jenny, mi dispiace che la sorpresa sia stata rovinata. Il ragazzo era pronto a suonare e io a portare lo champagne.» Il proprietario del locale allargò le braccia in segno di afflizione. «Comunque, questa ve la offro io» aggiunse porgendole una bottiglia dall'aspetto elegante. «Magari festeggerete lo stesso» concluse facendo l'occhiolino.
Jenny arrossì fino alla radice dei capelli, ma allungò la mano e prese la bottiglia che lui le porgeva cercando di celare l'imbarazzo. «Grazie, Luca, tu sei sempre così gentile, ci rifaremo la prossima volta. Spero.» Gli sorrise con dolcezza, e infilando la mano libera nell'incavo del gomito di Christian, lasciarono insieme il locale.
Sentendolo sbuffare, Jenny sorrise ammiccante. «Dai, quel che conta è il pensiero, e poi non è colpa tua. Domani andrai a beccare quel tipo per le orecchie e…»
«E un corno! Quel cretino mi ha scombinato tutti i piani. Non aspetterò certo domani.» Su quest'ultime parole la

voce divenne meditabonda. Dallo sguardo, era palese che un piano stesse prendendo forma nella sua mente.
Jenny ne fu insospettita. «Cos'hai in mente?»
Christian si fermò, si voltò di lato e afferrò le sue mani con espressione furba. «Lui ha rovinato la mia serata, e io rovinerò la sua.» Un breve attimo di silenzio durante il quale le sopracciglia di Jenny scattarono sull'attenti, poi riprese con calma. «Sai per caso dove abita Antonio, il nostro caro fiorista di fiducia?»
«Sì, andavo a scuola con suo figlio.»
«Perfetto. Andiamo.»
«Dove?»
«A casa sua. Costi quel che costi, questa sera avrai i tuoi fiori.»
«Ma non è più sera, ormai, è notte!» Guardò l'orologio e aggiunse: «Sono quasi le undici e mezzo, dormiranno tutti a quest'ora.»
«Allora si sveglieranno. Un professionista serio non avrebbe dovuto commettere una simile leggerezza, Jen, non dopo aver dato la sua parola ed essersi preso una generosa ricompensa.»
«No» urlò Jenny puntando i piedi per terra. «Mi rifiuto di piombare a casa di quell'uomo a mezzanotte, per un mazzo di fiori, poi.»
Christian le si avvicinò. Illuminati dall'alone del lampione sopra di loro, con il leggero sciabordio del mare contro la banchina a far da sottofondo, le posò due dita sotto il suo mento e le sollevò il volto. «Avevo organizzato tutto nei minimi dettagli, ci tenevo davvero a farti una sorpresa, e quel tipo ha rovinato tutto. Sono otto mesi che ci conosciamo, *oggi*, e domani quei fiori non avranno più lo stesso significato. Non sarà più la stessa cosa» insisté con voce bassa e suadente, fissandola in quel modo che la faceva sciogliere.
Jenny lo osservò, leggendo in quegli occhi tutta la sua

determinazione. «Be', se vogliamo avere quei fiori entro mezzanotte, dobbiamo sbrigarci» convenne ammiccante.
Lui ricambiò con un enorme sorriso, e tenendosi per mano corsero verso la jeep.
Dieci minuti più tardi, suonarono al campanello di Antonio. Qualche istante di silenzio, poi suonarono ancora. Dall'interno provenne un indistinto mormorio e passi trascinati e affrettati di pantofole in avvicinamento. Il rumore di una chiave che girò tre volte nella serratura, lo scatto di una leva metallica, ed ecco che la porta si aprì per mostrare il volto scarmigliato e allarmato dell'anziano fiorista. Non vi fu bisogno di parole.
Trovandosi davanti i loro volti seri, parve davvero bastargli solo un attimo per comprendere: si portò subito le mani alla testa in un gesto drammatico.
«Oh mio Dio! Me ne sono dimenticato!»
A Jenny parve d'assistere a uno sceneggiato teatrale.
Il volto arcigno di Christian si aprì in un sorriso sarcastico. «Me ne sono accorto. Tuttavia, lei sa quanto fosse importante che quei fiori venissero recapitati per tempo.»
L'uomo annuì, desolato, e in quello stesso istante accanto a lui comparve la figura assonnata della moglie. «Antò! Che sta succedendo?»
«Nina! Questo ragazzo... ricordi quel bel mazzo di rose che ci ha fatto confezionare e che dovevo portare al ristorante alle dieci?»
Anch'ella si portò di slancio le mani alla faccia. «Iih! Te ne sei dimenticato!»
«*Ce ne siamo* dimenticati» la corresse lui con un'occhiataccia. «Ma rimediamo subito» soggiunse mettendosi in moto. «Un attimo che mi vesto, così facciamo un salto al negozio e vi do il vostro bel mazzo.» Si rivolse poi alla moglie: «Nina, falli entrare e prepara un bel caffè per tutti, così ci svegliamo ben bene.»
«Come se non lo fossimo già» bofonchiò la moglie a

denti stretti, nascondendosi dietro a un mellifluo sorriso.

«No, no» s'affrettò a dire Jenny. «Ci mancherebbe, abbiamo già scomodato abbastanza.» Christian le diede un pizzico sul fianco, ma lei seppe rimanere perfettamente immobile.

«Ma quale scomodo, avete fatto bene!» rispose Antonio, benché il volto della moglie esprimesse tutt'altro. «È stato imperdonabile da parte mia. In tutta la mia vita, e sono trent'anni che faccio questo mestiere, una simile cosa non mi era mai capitata. È imperdonabile» ripeté ancora, mentre si aggirava ciabattando lungo il lucido corridoio.

Nina e i due invasori rimasero fermi sulla soglia in un silenzio impacciato, poi lei sbuffò, scosse la testa e seguì il marito lasciando l'uscio aperto.

Jenny sussurrò, rivolta al suo compagno: «Non sembra l'abbia presa bene, lei.»

«Oh, non badarle» ripose Christian con noncuranza. «Aveva la stessa espressione annoiata mentre stava componendo il mazzo. Dev'essere nella sua indole.»

Mancavano ancora dieci minuti a mezzanotte, quando i tre entrarono nel negozio pregno del profumo dolciastro di numerose specie di piante e fiori. Di notte era più bello stare in un luogo simile, pensò Jenny affascinata dal gioco di ombre delle piante ad alto fusto, provocate dalle luci dei lampioni che si riversavano all'interno attraverso la vetrina. Il sole toglieva quella magia che invece la notte sapeva donare alla natura.

«Scusate se non accendo la luce.» Antonio avanzò fino al retro del bancone, «ma preferisco non lasciar passare l'idea che io offra un servizio di consegna a tutte le ore. Ecco qua.» Afferrò con entrambe le mani un vaso di cristallo finemente intagliato, contenente la più enorme e meravigliosa confezione di rose rosse che Jenny avesse mai visto. «Questo è per la nostra fortunata ragazza» glielo porse con un fiero sorriso.

«Dio mio, che meraviglia!» sussurrò prendendolo tra le mani con estrema attenzione, come se fosse un oggetto di venerabile importanza. L'uomo si dileguò nel retrobottega, lasciandoli soli.

Christian sorrise compiaciuto. «Allora, ti piace?»
«È stupendo. Ma quante rose sono? Sembrano tantissime.»
«Ventiquattro. Tutte a gambo lungo. Le ho ordinate una settimana fa, e proprio non potevo aspettare un minuto di più per fartele avere.» Le si avvicinò di un passo.

«Avevi pensato davvero a tutto» sussurrò lei tuffando il viso tra i fiori per aspirarne la fragranza.

«Sai, non m'importa se il mio piano iniziale sia stato rovinato, perché l'espressione che hai in questo momento mi ripaga di tutto. Anzi, trovarsi in questo posto aggiunge anche un tocco di romanticismo in più. Ma leggi il biglietto, ora.»

Le tolse di mano il vaso di fiori così che lei potesse frugarvi in mezzo, e Jenny non ebbe difficoltà a trovarla: una bustina color avorio, piccola, ma di un certo peso. Sembrava che dentro ci fosse qualcosa di duro.

L'aprì, estrasse il biglietto e, insieme a esso, legato con un nastro di raso rosso, uscì anche un cerchietto d'oro bianco tempestato di brillanti. Jenny sgranò gli occhi nel vederlo, ma poi lo sguardo le cadde sulle due semplici parole vergate a grandi caratteri sul biglietto rosso. La calligrafia era la sua.

VUOI SPOSARMI?

Rimase senza parole. Alzò su di lui due occhi increduli e bagnati. «È uno scherzo?»

«Non è uno scherzo» confermò lui. Le tolse l'anello di mano, lo slegò e con movimenti lenti glielo mise all'anulare sinistro. «Adesso capisci perché non potevo aspettare domani? Oggi sono otto mesi che ci conosciamo, per me il nostro cammino insieme inizia da lì.» Un attimo di solenne silenzio. «Vuoi sposarmi nel giorno del nostro primo anniversario?»

In quell'esatto istante la campana rintoccò la mezzanotte. Jenny lo fissò ammutolita. Ingoiò parecchie volte per ricacciare il groppo che le serrava la gola, poi, seppur con labbra tremanti, fece una risatina. «Non credi...» Lo osservò e azzardò con cautela: «Non puoi dire sul serio. Voglio dire, stiamo insieme da pochi mesi... D'accordo, sono stati stupendi, ma sono solo sei mesi.»

L'espressione di lui si fece scura e indecifrabile, ma nel lieve scatto delle labbra, simile a un sorriso forzato, Jenny comprese che in realtà era deluso. E ferito, forse anche un tantino umiliato. Io direi giustamente incazzato.

«Va bene, come dici tu. La mia era solo un'idea per farti una sorpresa, ma se non te la senti di fare un passo tanto importante, rispetto la tua posizione. Aspetteremo.»

No, no, no! Scema! Cretina! Ma che fai? Jenny scosse la testa con energia. «Lascia perdere quel che penso io, e dimmi se questo è ciò che davvero desideri tu.»

Christian la guardò e aggiunse, in tono adirato: «Quello che desidero io... Stai davvero domandandomi questo? Se ti ho chiesto di sposarmi, quello che io desidero mi pare palese, no?» Alzò le braccia a indicare quel che aveva attorno. «Pensi che avrei fatto tutto questo solo per prenderti in giro? Ma che idea ti sei fatta di me?»

«Non stavi scherzando.» Jenny lasciò andare il fiato che aveva trattenuto.

«Stai ancora a dubitarne?» le domandò esasperato. «Dio, Jenny, ma perché devi sempre rendere tutto così maledettamente complicato?»

Sembrava esasperato. Jenny si morse il labbro inferiore.

«Se a te non va l'idea di sposarmi, allora...»

«No» dichiarò lei convinta, e le parve di vedere le spalle di Christian ripiegarsi verso il suolo. Con movimenti maldestri si sfilò l'anello dall'anulare e se lo rigirò sul palmo della mano, che poi allungò verso di lui. «Ricominciamo»

propose, schiarendosi la voce. «Cancelliamo tutto quel che ci siamo detti, facciamo che ho appena letto il biglietto e visto l'anello. Chiedimelo ancora.» La tensione cedette il passo al sollievo, quando vide un sorriso compiaciuto profilarsi sulle labbra di lui.

Christian stette al gioco, cos'altro avrebbe potuto fare quel povero diavolo? Prese l'anello e glielo infilò ancora una volta all'anulare della mano sinistra, e nel gran vecchio stile pronunciò: «Vuoi sposarmi, Jenny?»

«Oh, altroché se lo voglio!» esclamò questa volta gettandogli le braccia al collo. Le sembrava di vivere un sogno, e invece era la realtà.

«Ti ho mai detto che sei una pazza scatenata, un'irriducibile combinaguai che mi fa divertire come nessun'altra ha fatto mai, e che ti amo da morire?»

«Mm, qualche volta. Ma puoi fare di meglio» sussurrò contro le sue labbra.

Si baciarono a lungo e con ardore, dimentichi di dove si trovassero finché, dal bancone in penombra, giunse un colpetto di tosse.

Il fiorista, schiarendosi la voce, disse: «Scusate, ma vista l'ora, potreste proseguire altrove, no?»

(Quello che le donne non dicono – Fiorella Mannoia)
Cambia il vento ma noi no, e se ci trasformiamo un po'
è per la voglia di piacere a chi c'è già o potrà arrivare

Erano da poco rientrati da un week-end in montagna. Le sue cose erano ovunque per casa: il ripiano del bagno era stracolmo di creme e trucchi, sulla poltrona in camera da letto c'erano alcuni cambi d'abbigliamento che teneva lì in caso di un soggiorno prolungato, e nell'ingresso giacevano ancora le valigie piene. Inoltre, ogni scaffale del salotto conteneva almeno una cornice con una foto che li ritraeva assieme, sempre felici e spensierati.

Guardando quel caos, Angelica sorrise con aria assorta. La prima volta che era stata a casa di Daniele l'aveva trovata ingombra di scatoloni che suggerivano un trasloco, ma non aveva voluto sapere se stesse arrivando o partendo, poiché era certa che non lo avrebbe più rivisto. Invece il destino aveva fatto uno strano gioco con lei, ed eccola davanti allo specchio di quella stessa casa, a rimirarsi il pancione con aria sognante.

Sei mesi addietro il mondo di Angelica era di nuovo crollato, quel mondo che tanto aveva faticato a ricomporre. Daniele doveva rappresentare per lei un'avventura che potesse aiutarla a sentirsi di nuovo donna, viva, e scoprire di aspettare un bambino da quell'uomo poco più che sconosciuto era stato traumatizzante. Lo aveva allontanato da sé, o almeno aveva provato a farlo, ma lui le era rimasto accanto mostrandole più amore di quanto la maggior parte delle persone possa essere capace. Da allora il loro rapporto non aveva mai subito vacillamenti. Grazie a quell'uomo straordinario era riuscita a raggiungere un equilibrio e una serenità che solo accanto a lui sapeva di poter mantenere. Dopo sei anni trascorsi con un fidanzato traditore, la sua vita aveva sfiorato il baratro per poi raggiungere la meritata serenità. E adesso non le rimaneva che concentrarsi sulla nascita di questo figlio, che sarebbe avvenuta entro un paio di mesi. Nella precedente relazione aveva perso un bambino, e da ciò la decisione di non conoscere il sesso di quello che portava in grembo.

«Se non ti dispiace, faccio prima io la doccia, così poi corro in ospedale.» Cingendola da dietro, posò le mani sul ventre rotondo massaggiandolo con movimenti lenti e circolari.

«Presto dovremmo iniziare a comprargli il corredino» sussurrò contro l'orecchio. Parlava sempre al maschile, quando si riferiva al bambino; sebbene Angelica gli avesse proibito di sbirciare il sesso del piccolo, non era poi così sicura che avesse mantenuto la parola. Come suo ginecologico eseguiva lui stesso le ecografie ogni mese, e mia sorella sapeva bene quanto forte fosse la tentazione, ma altrettanto lo era la sua caparbietà; si rifiutava di comprare – in anticipo – alcunché potesse riguardare il nascituro, per una semplice questione di scaramanzia.

«Ormai sei al settimo mese di gravidanza, non è più il caso di aspettare. Andrà tutto bene, amore mio» le confermò ancora una volta.

Non ottenendo alcuna risposta, si scostò appena per guardarla in viso, poi sbuffò. Stava osservando divertita la foto che lo ritraeva sulle montagne russe. Si erano concessi un week-end di svago insieme alle sorelle, in estate, e

Angelica ne esponeva i ricordi in numerose cornici sparse qua e là.

«Prima o poi dovrò decidermi a far sparire quella foto» commentò fingendosi contrariato.

«Non azzardarti! È troppo bella, il solo guardarla mi mette di buonumore. Mi fa ridere anche quando non ne ho voglia.»

«Certo, a spese mie. Ma ti rendi conto che se qualcuno la vedesse, non smetterebbe di prendermi in giro per il resto dei miei giorni? Ne va della mia reputazione.»

«Esagerato!» Guardò ancora la fotografia e non poté trattenersi dallo scoppiare a ridere. «Credo proprio che la porterò con me durante il parto. Potrebbe essermi d'aiuto.»

«Oh, certo, se porti quella foto con te penso che dovrai fare a meno del sottoscritto in carne e ossa.»

«Va bene, dai, la mettiamo in un cassetto» dichiarò infine lei con voce conciliante.

«Oh, ti ringrazio davvero.» Le ricoprì il collo di baci, quindi si staccò controvoglia e si avviò verso il bagno. «Sarà meglio che vada a farmi quella doccia, o temo che arriverò in ospedale con molto ritardo.»

Sulla soglia del bagno si voltò a guardarla di nascosto, traboccante d'amore. Adorava spiarla, cogliere le mille sfumature dei suoi sguardi, il suo arricciare le labbra quando era assorta in complicati pensieri, o il lieve tremolio ai lati della bocca quando inconsapevolmente tratteneva un sorriso. Ringraziava ogni giorno d'averla incontrata. Se la vedeva ancora davanti, ferma fra gli scaffali di una videoteca, incerta e impacciata nello scegliere un film hard. Ricordava il suo imbarazzo quando si era avvicinato a lei, lo slancio col quale gli aveva spiegato che si trattava di uno scherzo-regalo per i suoi amici che dovevano sposarsi. E poi ancora, la sorpresa di trovarsela davanti in quel locale, il suo top zuppo del cocktail che aveva rovesciato

addosso a entrambi. Era bellissima. Quel mix di timidezza e goffaggine, l'aria triste e il sorriso esitante lo avevano subito intrigato, ma poi era stata la sua dolcezza e la sua semplicità a stregarlo. Sospirò, ormai certo che non avrebbe più saputo fare a meno di lei. Temeva solo il giorno in cui avrebbe dovuto svelarle una scomoda verità. Aveva rimandato quanto più possibile, ma sapeva fin troppo bene che il momento si stava avvicinando. Doveva trovare solo quello più adatto...
Se solo Daniele si fosse confidato prima, con me, avrei potuto in qualche modo essere d'aiuto. Ma la vita va come deve andare, e a volte non c'è niente che possiamo fare per evitare che certi eventi accadano.

Sentendosi osservata, Angelica si voltò, e il modo in cui lo scoprì a guardarla la incuriosì. «Perché mi guardi così?»
«Mi piace vederti immersa nei tuoi pensieri. E anch'io stavo pensando.»
«A cosa?»
«A te.»
«Mm.» Gli si avvicinò con andatura sinuosa. «La cosa m'intriga. E com'ero, nei tuoi pensieri?» domandò suadente.
Lui finse di rifletterci su. «Rossa.»
«Rossa?» ripeté sghignazzando.
«Sì. La prima volta che ti ho vista, in videoteca, eri rossa per l'imbarazzo; la seconda, al "Blue Moon", eri rossa per l'imbarazzo, e la terza... vediamo... sì, nel negozio di giocattoli, eri rossa per l'imbarazzo. E anche dopo, mi pare, a casa mia.»
«Lo credo bene, le circostanze erano a dir poco imbarazzanti, ogni volta!»
«Aspetta, no...» ignorando il suo commento, si finse colto da un'illuminazione. «Durante il terzo incontro, oltre che per l'imbarazzo eri rossa per la passione. Quella

che ha dato origine al nostro bambino» concluse sottovoce stringendola a sé.

Lei fu certa di essere arrossita. Di nuovo.

«Ci pensi mai che, se non fossi rimasta incinta, non ci saremmo più rivisti? A quest'ora non saremmo di certo insieme.»

«Perché no? Magari ci saremmo visti di nuovo e avremmo deciso di intrecciare una relazione. Se credi nel destino.»

Angelica arricciò le labbra inseguendo un pensiero. Forse aveva ragione lui, forse no. Che importava, ormai?

«Smettila e vai a farti quella doccia, se non vuoi far tardi» l'avvertì dandogli le spalle.

«Potresti venire anche tu a farla insieme a me.»

«Verrei, ma poi sai che faresti tardissimo in ospedale, perciò è meglio evitare.»

«Mi arrendo. Perché allora non disfi le valigie?»

Lo guardò perplessa. «Ma non lo avevi già fatto tu?»

«Non sto parlando delle mie.» Ammiccò, allettante, quindi entrò in bagno, accostò la porta e pochi secondi dopo si udì il getto della doccia seguito dalla sua voce che sovrastava il rumore dell'acqua. «Presto avremo un bambino, mi sembra naturale che i genitori vivano sotto lo stesso tetto, e non che uno dei due faccia la latitante.»

Angelica rimase a guardare la porta socchiusa, indecisa su cosa rispondere. Ne avevano già parlato diverse volte, ma lei non se l'era ancora sentita di fare un passo tanto importante. Certo, non poteva dargli torto; mancavano all'incirca due mesi al parto, ormai non poteva più rimandare. Dopotutto era più il tempo che passava a casa di lui che in quella natia, nella quale tornava solo quando lui era di turno in ospedale. Di fatto viveva in bilico fra due abitazioni.

Stava per rispondere, quando il telefono fisso iniziò a suonare. Al quarto squillo si attivò la segreteria telefonica. Dopo la voce allegra di Daniele che invitava a lasciare un messaggio, attaccò a parlare quella incerta di un bambino.

Tutto il piacevole calore di poc'anzi abbandonò il viso di Angelica, che sbiancò e fu attraversata da un brivido.

Qualche minuto più tardi Daniele uscì dal bagno con un asciugamano sui fianchi, mentre con un altro si strofinava i capelli con vigore.

Lei era ancora lì, accanto al telefono, pallida a seria. Daniele ne seguì lo sguardo fino al cordless, sulla cui base lampeggiava un led rosso.

«Chi era?»

«Tuo figlio» rispose con voce atona, fissandolo con attenzione per cogliere eventuali cambi di sfumatura nella sua espressione. Con un tuffo al cuore notò il fulmineo irrigidirsi delle spalle di Daniele, che scosse la testa disinvolto.

«Io non ho un figlio.»

«Ah no? E questo chi è, allora?» domandò in tono di sfida premendo il pulsante della segreteria.

«Ciao pà! Mi manchi tanto. Volevo ricordarti che fra poco è il mio compleanno. Ci sarai, vero? Non mi darai buca anche stavolta?» Qui s'intromise la gelida voce di una donna. «Appunto, vedi di non mancare, stavolta. Dobbiamo parlare. Chiamami.» Seguì il tu-tu-tu del telefono riagganciato.

Daniele sostenne il suo sguardo senza alcuna esitazione. «Era Luca, il figlio della mia ex. E quella era lei, Denise» spiegò in tono mite. «È per lui la pista che ho acquistato. Ti ho parlato di loro, no?»

«Vagamente. E non del fatto che ti chiama papà.»

«Questo non cambia i fatti.»

Lo guardò di traverso e insisté, in cerca di altre risposte. «Il figlio della tua ex. Ma non il tuo.»

«Esatto.»

Gli diede le spalle, si affaccendò per riordinare alcuni abiti su una sedia e si diresse in camera da letto.

Lui la seguì. «Non sono certo di averti persuasa.»

Angelica affilò lo sguardo. «Dunque ritieni di dovermi persuadere.»

Quel messaggio aveva insinuato in lei il sospetto, e quel sorrisino stampato sulla faccia di Daniele non l'aiutò a calmarsi; al contrario, fomentò la rabbia e la paura di perderlo. Perché lei lo amava. Lo amava tantissimo e voleva credergli, nonostante l'esperienza le suggerisse che non fidarsi ciecamente di un uomo fosse meglio.

«Tesoro...»

«Se non è tuo figlio, perché lui ti chiama papà, e lei ti ordina di non mancare? Cos'ha da dirti quella donna?»

«Lo saprò quando ci vedremo. Sono l'unico padre che abbia conosciuto, Angelica, e Luca è ancora piccolo, mi vede come tale.»

Angelica lo scrutò da sotto le sopracciglia, ma infine capitolò. *È solo la gelosia e l'insicurezza a farti dubitare*, si rimproverò mentre lo fissava. Prese un profondo respiro.

«Mi sembra solo strano che lei insista per fartelo vedere, se tra voi è tutto finito. Dopotutto, non sei suo padre e lei non era tua moglie» azzardò con cautela. Esitò, sotto lo sguardo attento di lui. «Però è bello che tu e il bambino vi vogliate tanto bene» precisò infine addolcendo sia il tono della voce sia l'espressione; perché mia sorella è così, vuol vedere sempre e solo il lato buono nelle persone.

«Già. Bello ma strano.» Daniele distolse lo sguardo, ma lei fece in tempo a scorgervi un lampo di turbamento; lo attribuì alla propria ostentata mancanza di fiducia nei suoi confronti, e si sentì in colpa per averlo attaccato.

«E questo bambino, quanti anni hai detto che ha?»

«Nove» rispose lui, dissimulando il disagio dietro a un sorriso.

Angelica inarcò un sopracciglio e controbatté: «E non è troppo piccolo per quella?» Sì riferì, indicando con un dito, all'elaborata pista di formula uno che Daniele aveva acquistato per il bambino.

«Non si è mai troppo piccoli né troppo cresciuti per quella» commentò lui con un sorriso fanciullesco. «Quando c'incontrammo nel negozio di giocattoli, era sempre per lui che stavi cercando qualcosa?» indagò ancora, il ricordo di quell'incontro era ben vivo nella memoria. «Sì. Non lo vedevo da tempo, pensavo di fargli una sorpresa.» Poi, come se l'argomento appena affrontato non avesse avuto la minima importanza, cambiò discorso. «Ricordi che questo fine settimana partirò per un convegno, vero? Starò fuori quattro giorni, scegli tu se rimanere qui o tornare a casa dai tuoi.»

Angelica colse il tono sbrigativo di quell'ultima frase, ed eluse il suo sguardo senza lasciar trapelare alcuna emozione.

«Al ritorno» proseguì lui con maggiore serietà, «vorrei parlare di alcune cose importanti.»

Angelica annuì, certa che stesse riferendosi alla proposta di poco prima. Sì, era giunto il momento di parlare del loro futuro insieme, di prendere *quelle* decisioni importanti. Accennò un sorriso sebbene delusione e molti dubbi affollassero ancora la sua mente. Daniele le aveva accennato, qualche settimana addietro, che la donna con la quale era stato insieme prima di lei aveva un figlio e quanto questo gli fosse affezionato. Fine della storia. Era sempre schivo riguardo il bambino o l'ex, della quale lei non aveva mai chiesto e quindi non sapeva nulla.

Angelica lo osservò allacciarsi la cravatta, mordendosi un labbro combattuta fra l'impulso di domandare dell'altro e la paura di sapere. Ma la curiosità, si sa, è prerogativa della nostra famiglia.

«Chi è il padre del bambino?»

Daniele si immobilizzò per una frazione di secondo con le mani a mezz'aria, quindi scosse la testa e terminò di eseguire il nodo. Raddrizzando infine la cravatta, la guardò contrariato. «Andiamo, Angelica, non possiamo riparlarne

in un altro momento?»
　Lo guardò con diffidenza, poi gli diede le spalle e cominciò a raccogliere le proprie cose, lottando contro quella maledetta emotività che stava prendendo il sopravvento.
　«Certo. Come vuoi tu.»
　Silenzio. Ma i suoi silenzi erano pieni di parole, e chi la conosceva bene questo lo sapeva.
　«Angelica... Non sarà che te la sei presa per quella telefonata?»
　«No, va bene così, davvero. Torno dai miei, così non starò sola. Ci vediamo al tuo ritorno.»
　Con due balzi le fu accanto, la fece voltare verso di sé e l'abbracciò forte attorno alla vita, guardandola negli occhi.
　«Dovrai abituarti, prima o poi, a restartene tutta sola in questa casa mentre io sono fuori per lavoro.»
　Arricciò le labbra, ma non diede segno di cedimento. «E perché dovrei?»
　«Perché...» le baciò la guancia destra, «voglio...» baciò la sinistra, «che tu...» fu la volta della fronte, «venga...» del naso, «a vivere con me» quindi le prese le labbra per un bacio dolce e persuasivo. «Ma ammetto che non mi va l'idea di saperti da sola, la notte, nel tuo stato» continuò con le labbra contro le sue, «perché vivrei nel timore che tu possa aver bisogno di aiuto.»
　Angelica si ritrasse e scrutò in fondo ai suoi occhi di un cupo blu. «Davvero è questo che vuoi? Non lo fai soltanto perché aspetto un bambino?»
　Lui strofinò il naso contro il suo e la rassicurò: «Quante volte ancora dovrò ripeterlo, mia dolce, caparbia principessa?» scherzò, sottolineando la frase con uno dei suoi disarmanti sorrisi, prima di ridivenire serio. «Voglio portare il nostro rapporto al livello successivo, Angelica, non voglio lasciarti via di scampo, perché sono certo che se perdo te, non riuscirò mai più a trovare un'altra che sappia rendermi altrettanto felice. Nessuna, che possa amare

come amo te.»

Una forte emozione le strinse la gola e sbatté più volte le palpebre per ricacciare le lacrime. «Se hai così tanta paura di perdermi, significa che non ti fidi di me.»

Lui scosse la testa e sospirò. «No, di te mi fido, ma è in me che non ho fiducia.» Lei fece per protestare, ma non le lasciò spazio. «Sei piovuta nella mia vita come un angelo e, ancora oggi, mi riesce difficile credere che tu mi abbia fatto questo meraviglioso regalo. Che fra tutti, tu abbia scelto me. E temo che un giorno possa svegliarti e capire che non sono quello che desideri, quello che meriti. Voglio che ogni mattina, la prima cosa che tu veda aprendo gli occhi sia io, in modo che possa ogni volta ricordarti quanto ti amo... e renderti felice di aver scelto me. Voglio fare l'amore con te ogni volta che ci viene voglia.»

Era commossa, le sue lunghe ciglia ora non riuscivano più a contenere le lacrime, che ricaddero sulle guance prima di essere asciugate dal delicato tocco di Daniele.

«E tutto questo, voglio iniziare a farlo prima di avere accanto al letto un bebè urlante» aggiunse lui ridacchiando.

«Amore mio, non c'è bisogno che me lo ricordi ogni volta, perché io ho presente il motivo per il quale ho scelto te» rispose lei toccandosi il ventre. «Amo te, amo tutto di te, non ti cambierei con nessun altro né potrei desiderare di meglio.»

Si baciarono a lungo, e quando si separarono Daniele poggiò la fronte contro la sua e la mano dietro il collo.

«Ricordatelo, Angelica, ricordatelo sempre.»

«Lo prometto.»

Lui serrò gli occhi ed espirò in modo quasi disperato, poi staccò la fronte dalla sua e tornò a guardarla. «Però, non mi hai ancora dato una risposta.»

«C'è davvero bisogno che lo faccia?»

Un risolino di sollievo gli scosse le spalle, prima di tirare un profondo sospiro.

«In questo modo» aggiunse lei, «potrò a mia volta ricordarti che hai scelto me, e che è troppo tardi per cercare altrove.»

«Mm.» Daniele si ritrasse e le porse la mano destra. «Affare fatto. Dunque, adesso puoi anche svuotare quelle valige, no? Prenditi tutto il posto che ti occorre.»

Angelica scosse la testa. «Non ancora. Lascia che dia la notizia ai miei con calma. Già apprendere della gravidanza è stato per loro un duro colpo, ma pian piano si sono abituati all'idea. Adesso sono rimasta l'unica a vivere ancora là, con Jenny che va e viene il più delle volte. Da tanti figli vocianti per casa adesso si ritrovano soli, eppure non si sono mai opposti a nessuna delle nostre scelte. Meritano rispetto, Daniele, e che io li informi nella giusta maniera, non con una telefonata o presentandomi a casa solo per prendere il resto delle mie cose.»

«Certo, hai ragione tu. Fai come meglio credi.»

«Aspettiamo fino al battesimo del piccolo. Mancano solo due settimane. A dicembre verrò a vivere qui, con te.»

Daniele annuì, comprensivo, poi guardò l'orologio e fece i suoi calcoli. «Se ci sbrighiamo riesco ad accompagnarti a casa e raggiungere l'ospedale con solo una decina di minuti di ritardo. Andiamo.»

I nostri genitori vivevano sulla Giannella, e lui, per andare in ospedale a Grosseto, vi sarebbe passato davanti, ma come ogni volta non avrebbe rinunciato a un veloce e cortese saluto.

Angelica indossò la giacca di lana e si accostò alla finestra per osservare il paesaggio davanti a sé. Amava quello scorcio sul paese. La casa di Daniele si trovava sulla Strada del Sole, e da lì si aveva un'ampia vista della baia adiacente Piazza dei Rioni e il municipio: lo Stadio del Turchese. Il mare era di un blu scuro, l'alta pressione dei giorni scorsi aveva spazzato via ogni velo di foschia lasciando l'aria tersa e trasparente. In lontananza poteva ve-

dere i confini frastagliati delle montagne, mentre nel cielo numerosi gabbiani volteggiavano inseguendo una paranza che prendeva il mare aperto. Sebbene fosse autunno avanzato, il clima era ancora mite. Angelica sospirò, certa che sarebbero stati felici, in quel posto.

«Allora, sei pronta?» Daniele era alle sue spalle. L'afferrò di nuovo per la vita e si concesse ancora un istante per un lungo bacio. Angelica dovette allontanarlo puntandogli le mani sul torace.

«Se continui così, non credo che saranno solo una decina i minuti di ritardo…»

(Spaccacuore – Samuele Bersani)
Sento l'odore della città, non faccio niente, resto chiusa qua
ecco un altro dei miei limiti
io non sapevo dirti che solo a pensarti mi dà i brividi

Un'ondata di freddo si era abbattuta sulla città, e il vento soffiava tra le imposte emettendo un ululato insopportabile. Beky era dietro al vetro della finestra a contemplare lo scenario che si apriva sotto di lei dall'appartamento che condivideva con nostra sorella e altre due ragazze: la stazione centrale di Milano. Dall'austero palazzo di via Vittor Pisani, a dire il vero, non v'era altro da guardare. All'uscita della stazione sciami di persone si riversavano alla ricerca di un taxi, calcandosi meglio sulla testa il cappello e tuffando il volto nelle sciarpe fino al naso. Era la metà di novembre. A casa sua, a Monte Argentario, Beky non aveva mai sentito tanto freddo, nemmeno in pieno inverno. Né aveva mai visto tanto traffico e tante persone tutte assieme, tranne che per il Palio Marinaro. Non le mancavano solo il clima e la tranquillità del proprio paese, ma anche il mare e il suo rumore rilassante, le colline verdeggianti e i soliti volti dei paesani. Lì tutti conoscevano tutti, mentre qui, a ogni passo un volto nuovo. D'accordo, in una grande città come Milano c'erano molti più divertimenti, occasioni di lavoro e tanti locali, così tanti da poterne visitare ogni sera uno diverso. Con le nuove amiche e coinquiline ne aveva conosciuti parecchi, ma nessuno, alla fine, le era piaciuto come il "Blue Moon"; il pub di Cala Galera di giorno era un posto tranquillo dove bere qualcosa, frequentato per lo più da persone adulte e ricchi proprietari degli yacht ormeggiati nel porto, e di sera si trasformava in qualcosa di più giovanile ma raffinato, con le sue luci blu e argento, la musica alta e tutti i giovani del promontorio e non, che ballavano e si divertivano. Beky vi aveva lavorato come barista per due mesi e di quel periodo serbava i ricordi più belli, che riguardavano soprattutto il proprietario del locale, Massimo, il suo ex ragazzo. Una relazione alquanto breve, a dirla tutta, ma comunque la più importante. L'unica che le avesse toccato il cuore incitandola a un drastico cambiamento. A lui doveva molto, l'aveva aiutata a credere in sé, ed era stato sempre lui a suggerirle di cambiare aria per un po' a causa dei numerosi scandali che aveva sollevato nel corso degli anni. Be', non proprio suggerirle... in realtà l'aveva cacciata. Ma, nonostante ciò, e sebbene avesse incontrato un altro ragazzo, Massimo occupava ancora un importante posto in fondo al cuore.

Matteo Mura, il ragazzo che la corteggiava, era il proprietario di una galleria d'arte che ospitava solo opere di pittori emergenti, fra cui le sue. Era stata Margherita, coinquilina nonché grintosa manager, a presentarglielo quando aveva scoperto il suo talento. All'inizio lui l'aveva assunta per dare una mano in galleria, ma poi, vedendo le sue creazioni, Matteo era rimasto entusiasta e si era offerto di riservarle uno spazio in galleria dove poterle esporre. Da lì era cominciata la loro frequentazione che, col passare del tempo, era diventata assidua. Lui si era fatto sempre più insistente nel corteggiarla, ma Beky non aveva alcuna intenzione di cedere. E questo, lo sapeva bene, non era da lei. Inoltre, aveva omesso di informare le nostre sorelle sullo spietato corteggiamento del ragazzo... Finché non fosse stata certa dei propri sentimenti per lui, non aveva intenzione né di cedere né di dar loro ulteriori motivi per rimbeccarla.

Separarsi da Massimo era stato davvero difficile, le aveva lasciato un segno, ma grazie ai nuovi stimoli che la città offriva alla fine ce l'aveva fatta. Almeno in parte. O forse, questo era solo ciò di cui voleva convincersi. Totalmente diverso dal suo modo di essere, Matteo era un tipo posato che non frequentava locali notturni e non condivideva con lei alcun interesse a parte l'arte, ma la faceva sentire realizzata sul lavoro e l'aveva aiutata a responsabilizzarsi. Tanto le sarebbe dovuto bastare.

Eppure, non era così. Avrebbe potuto portarselo a letto in qualsiasi momento, solo per levarsi lo sfizio, ma il sesso non le andava più. Non senza l'amore. E Matteo non era ancora riuscito a procurarle "quel brivido". Era cambiata, di questo ne andava fiera, così come lo erano i nostri genitori e sorelle. In quel momento una relazione seria con un ragazzo, che fosse bello e spregiudicato o riflessivo e noioso, non era nei suoi programmi. Tuttavia, non poteva fare a meno di domandarsi cosa avrebbe pensato Massimo di quel suo cambiamento…

Uno sbatter di porta seguito da ogni sorta di rumore e schiamazzo, segnalò l'arrivo delle due particolari coinquiline.

«Ehilà! C'è nessuno?» domandò la voce squillante di Margherita, che fin dall'inizio di quell'avventura artistica era diventata sua manager pro-bono.

«In salotto» esclamò Beky, voltandosi per salutare le ragazze, e non riuscì a trattenere un sorriso allorché si trovò davanti l'amica carica di borse. Margherita era una maniaca dello shopping. Guadagnava più di duemila euro al mese, ma finiva sempre per spenderne di più, così chiedeva un prestito alle amiche con la promessa di restituirli il mese successivo. La maggior parte delle volte, tuttavia, le ripagava con indumenti o accessori nuovi che non aveva

mai usato, e ogni volta Beky commentava: «Prestare soldi a te è sempre un investimento.»
Per curiosità ma soprattutto per liberarsi dai pensieri di Massimo, Beky domandò: «Cos'hai comprato stavolta?»
Fu Pamela a rispondere: «Oh, solo dell'altro ciarpame che qualcuna di noi venderà fra qualche tempo, d'altronde è stata proprio lei a darci l'idea di rifarci su eBay»
«Non è ciarpame, questo!» ribatté Margherita, piccata. «Come puoi definire ciarpame il più bel paio di stivali Prada che abbia mai visto? O questi guanti, cappello e sciarpa in coordinato, tutti in puro cachemire. Un'esclusiva Jardin Des Orangers» esclamò pavoneggiandosi. «Un sacrilegio chiamare ciarpame questi accessori. Sono elegantissimi, perfetti per gli appuntamenti importanti, e sai che devo apparire sempre al meglio con i miei clienti. E poi, col freddo che è arrivato, dovrò pur star calda, no?»
«Certo!» rispose Pamela. «E l'altro coordinato di guanti, sciarpa e cappello della Nike in morbido e raffinato pile» cantilenò imitando la sua voce, «che hai comprato l'altro mese perché ti sentivi sportiva, chi sarà a metterlo in vendita il mese prossimo?»
«Non ho debiti da saldare, quindi non darò a nessuno il mio completo sportivo. E poi, sono due cose completamente diverse» terminò ondeggiando la bionda messa in piega fresca di coiffeur con quel suo classico piglio snob. «Mica posso fare jogging con il cachemire.»
Pamela incrociò le braccia. «Non hai debiti adesso, ma siamo a metà mese e quanto hai già speso? Sette, forse ottocento euro? E ricordati che sta per arrivare dicembre, mese di regali.»
Le iridi nocciola di Margherita dardeggiarono; sbuffò e lasciò la stanza a passo di marcia. Nel corridoio si voltò verso Beky, sollevò le mani in aria tenendole ben spalancate vicino al petto e con la bocca mimò: «Mille!»
Beky scosse la testa, ma fu intercettata da Pamela che di

scatto si voltò verso Margherita, la quale fuggì via.

«Becky Bloomwood le fa un baffo» mormorò strappandole una risatina.

L'esatto opposto di Margherita, Pamela era figlia di genitori ricchissimi; uno spirito ribelle, che invece di seguire le orme dei genitori aveva aperto uno studio e si era messa a fare tatuaggi e piercing su appuntamento, e per averne uno, bisognava tribolare perché lei non ne faceva più di un paio al giorno. Quello era per lei solo un passatempo, non un'occupazione fissa. Sapeva d'avere un intuito naturale per la finanza e non intendeva sprecarlo, perciò si dilettava a investire e osservare l'andamento delle proprie azioni; ogni volta che ne ricavava dei guadagni, una parte la accantonava e l'altra la spendeva in viaggi, cene e festeggiamenti vari. Il punto, però, era che lei non andava mai in rosso né faceva debiti con nessuno. Si era offerta di amministrare le finanze dell'amica, ma questa si era rifiutata di "lasciarsi fare i conti in tasca", per come la vedeva lei.

«Uscire con Margherita è sempre faticoso, vero?» commentò Beky alla coinquilina che si stava accasciando sul divanetto.

Pamela fece roteare gli occhi e scosse la testa. «Mi aveva chiesto di accompagnarla da alcuni clienti perché la sua macchina era dal meccanico per la revisione, e invece mi sono ritrovata a scortarla per le vie del centro. Sai che dà in escandescenze quando si avvicina al *Quadrilatero della moda*? Mi ha condotta fin lì traendomi in inganno, sembrava una bambina nella casa dei balocchi.»

«Oh, sì che lo so! Giusto ieri ho dovuto simulare l'accentuarsi di un dolore che già mi portavo al fianco, pur di trascinarla via dalla vetrina che esponeva quegli stivali, ma a quanto pare ormai se li era messi in testa.» Risero entrambe. «Poi, però, il difficile è stato quando ha insistito per portarmi al pronto soccorso.»

L'amica si mostrò interessata «Questa non la sapevo.»

«Certo che no» rispose Beky con umor cupo. «Ha allarmato tutti i medici di turno, e io, per non farmi visitare, ho dovuto fingere un attacco d'isteria. Per poco non mi mettevano la camicia di forza. Ho detto che mi sarei fatta visitare solo dal mio medico, ma non c'è stato niente da fare.»
«E com'è finita?»
«È finita che mi hanno trovato l'appendicite infiammata.»
«Ci credo, con tutte quelle schifezze di cui ti ingozzi» commentò Pamela guardandosi le unghie con indifferenza. Beky la fulminò e proseguì. «Così mi hanno fissato un appuntamento per la prossima settimana con un chirurgo, dal quale di certo io non andrò.»
«Oh, sì che ci andrai, invece!» esclamò Margherita piombando all'improvviso nella stanza in versione sonar attivato. «Rebecca, non devi trascurare la salute, sai che anche una banalità come l'appendicite può portare alla morte?»
«Oh, grazie tante. Tu sì che trovi sempre le parole giuste per sollevare l'umore di una persona.»
«Tu ci scherzi, ma un mio conoscente è schiattato proprio per un'appendicite in peritonite.» Incrociò le braccia sul petto e la fissò con severità. «Fossi in te non salterei quell'appuntamento.»
Si fissarono con ostilità come due gatte pronte ad azzannarsi, finché il volto di Margherita si aprì in un raggiante sorriso. «Ti accompagno io, così poi ti porto in centro a comprare un gelato!»
«Certo, così l'appendicite guarisce di certo, col gelato.» Pamela scosse la testa, correndo in soccorso all'amica. «Andiamo, Marghe, se non vuole andarci non ci va. Non è mica una bambina! Il gelato, poi...» sbuffò.
«Infatti, le bambine non fanno shopping con una carta di credito» giubilò sventolando una lucida carta color oro tra l'indice e il medio.
Pamela alzò la testa al cielo e con passo pigro lasciò la

stanza, non senza lanciare un'occhiata sarcastica in direzione di Beky, che cercò di trattenere un sorriso. Margherita spostò lo sguardo confuso dal corridoio ormai deserto a lei, le sopracciglia sottili inarcate. «Be'? Che le è preso?»
«Lascia perdere» rispose Beky scuotendo la testa. In quel momento suonò il campanello. Tutto sarebbe filato liscio…. O forse no?

Anche quella mattina Regina fece tardi al lavoro. Proprio non riusciva a mettersi alla pari con la vita frenetica della città, abituata com'era a un paese sonnacchioso. Quando viveva a Monte Argentario aveva fatto della puntualità la principale virtù, ma la vecchia Regina si era ormai perduta per strada. Letteralmente. Non c'era giorno in cui non si smarriva tra gli infiniti incroci di quella Milano che proprio non riusciva a farsi andare a genio.

Il ragazzo di sua sorella, Christian, le aveva fatto ottenere un posto come assistente presso un prestigioso cliente, titolare di una società finanziaria, e lei si era tuffata in quella nuova esperienza con assoluta determinazione. Dal giorno del processo non aveva più rivisto Ivan, il ragazzo che le aveva rubato il cuore prima di calpestarglielo e poi renderglielo privo dei vincoli che lei stessa si era imposta fino ad allora. A volte ripensava a lui con affetto, mai con rammarico. A Milano si era rifatta una vita, sebbene la ritenesse solo una fase: non era per fare da assistente a un arraffa soldi spocchioso che si era laureata, no, quella era solo una gavetta, come quando lavorava nello studio legale di Accardi. Prima o poi, ne era certa, avrebbe coronato il sogno di aprire uno studio legale tutto suo, intraprendere la carriera di avvocato penalista e avere la facoltà di decidere chi rappresentare.

Al momento, però, la sua vita era caratterizzata da una nuova routine: tutte le mattine si alzava presto per fare esercizio fisico in casa approfittando del tapis roulant di Margherita, poiché uscire a correre tra il traffico e i malintenzionati non se ne parlava proprio. Questo era uno dei motivi per i quali le mancava la tranquilla spiaggia della Giannella. Dopo essersi preparata prendeva il tram che scendeva proprio davanti al palazzo dove era situato l'ufficio, ma prima si fermava a far colazione al bar lì accanto, dove aveva un conto aperto che saldava ogni venerdì. Cesare, il barista nonché gestore, ormai la conosceva così bene che addirittura gliela portava in ufficio, quando lei faceva troppo tardi per potersi fermare. Il che accadeva assai spesso. Tra i due era nata quella che si poteva definire un'amichevole conoscenza, limitata agli incontri al bar.

Quella precisa mattina, Regina fu costretta a lanciare un'occhiata di rammarico alla vetrina mentre s'affrettava a entrare nel palazzo, inspirando l'agognato aroma zuccherino delle paste e quello avvolgente del caffè. Per una sarcastica beffa del destino, le sembrava di star rivivendo la storia di Jenny, perennemente in ritardo sul posto di lavoro nel quale non si sentiva valorizzata; adesso la ruota era girata, e riusciva a comprendere l'irritabilità di nostra sorella, mentre ciò che davvero non capiva era come avesse potuto, lei, mantenere un tale freddo distacco con le sorelle per tanti anni. Le aveva tenute a distanza giudicando a priori i loro comportamenti senza sforzarsi di comprenderne le ragioni, poi era bastato frequentarle per tre mesi, schierarsi con loro per sostenere Angelica nel peggior momento della sua vita, per comprendere quanto invece avesse da imparare da tutte loro.

Si era già sistemata alla propria scrivania quando sentì un leggero tocco sulla vetrata dell'ingresso.

Cesare entrò tenendo in una sola mano un vassoio contente una brioche, protetta dal sacchetto di carta, un cappuccino con la schiuma a forma di foglia, e un cioccolatino fondente.

Alla sua vista, il malumore di Regina si attenuò.
«Oh, Cesare, sei davvero un angelo! Che farei senza di te a viziarmi» commentò facendo spazio sulla scrivania affinché lui potesse poggiare agevolmente il vassoio. Avvertendo il delizioso profumino il suo stomaco scelse proprio quel momento per reclamare cibo, strappando un risolino al solerte barman.

«Pagheresti qualcuno per farti portare la colazione in ufficio» scherzò lui con un'alzata di spalle. «Oppure impareresti la puntualità.»

«La puntualità» enfatizzò prima di bere una sorsata di quel liquido caldo e denso. Chiuse gli occhi emettendo un mugolio di pura estasi. «Non riuscirò mai ad abituarmi ai ritmi della città. Per coprire la distanza da casa mia all'ufficio mi bastava uscire da casa con venti minuti di anticipo per essere puntuale come un orologio svizzero. E lo ero sempre. Adesso devo uscire quasi un'ora prima, e sono in ogni caso in ritardo. È assurdo!»

«È la città, mia cara. Ti serve allenamento.» Cesare le fece l'occhiolino, afferrò il vassoio vuoto e se ne andò.

Regina finì di ripulire la scrivania dalle briciole nello stesso momento in cui l'ascensore trillò, e un uomo elegante con tanto di ventiquattrore alla mano ne uscì. Doveva trattarsi senza dubbio del potenziale socio che il capo le aveva ordinato di intrattenere, intanto che lui era bloccato – guarda caso – in mezzo al traffico.

Cosa diavolo gli avrebbe detto, ancora non lo sapeva proprio. Cominciò con un bel sorriso.

«Benvenuto, immagino lei sia il dottor Ferri.»

Con un sorriso accattivante, l'uomo annuì e allungò una mano. «E lei è la signorina Graziati. Abbiamo parlato molte volte al telefono, e non vedevo l'ora di dare un volto a una così bella voce.»

«Suvvia, lei mi lusinga, ma purtroppo debbo informarla che dovrà ascoltare questa voce e vedere questo viso ancora per un po', finché il mio capo non si sarà sbrogliato dal traffico.»

«Uh! Il traffico» esclamò lui, «non me ne parli!»

«Davvero un bel problema, sì. Bene, se vuole accomodarsi...» fece cenno di seguirla nello studio del capo.

«Solo se lei mi terrà compagnia» rispose l'uomo con estrema galanteria.

Parlarono della società per la quale lavorava e di come vi fosse giunta, finché lui non le chiese che cosa facesse una mente tanto brillante con un lavoro così poco gratificante. Regina, avvertendo uno slancio di simpatia nei confronti di quell'uomo, gli raccontò di come avesse fatto a perdere una causa importante per lo studio legale presso il quale lavorava, e con il quale avrebbe avuto buone possibilità di divenire associata se non gli avesse remato contro per amor di giustizia.

Il dottor Ferri si mostrò interessato alla questione. «Ho letto sul giornale di questa storia. Davvero coraggioso e ammirevole, da parte sua.»

«Oh, la notizia è giunta fin quassù? In ogni caso, c'è chi non la pensa così» rispose con un sorriso. «Ma quel che conta è che mi sento bene con la mia coscienza.»

Con disinvoltura si portò una ciocca di capelli dietro l'orecchio; la manica della camicia scoprì il polso mettendo in mostra il tatuaggio di una piccola corona circondata da un ramo di spine.

Ferri lo notò e con atteggiamento compito commentò: «Noto che ha un tatuaggio. Anche mia figlia ne vorrebbe uno, ma ritengo sia volgare. Senza offesa, ovviamente.»

In altre occasioni Regina avrebbe potuto ritenere quella osservazione un insulto, ma dal tono che l'uomo aveva usato, capì che non intendeva esserlo.

«Dipende dal tipo di tatuaggio» rispose con leggerezza.

«Per me sono tutti uguali. Sa, mi sorprende scoprire un tatuaggio in una persona all'apparenza tanto raffinata.»

«Apparenza, sì, questa è la parola chiave.»
Ferri inclinò la testa di lato e le chiese: «Come mai lei se ne è fatta fare uno?»
Regina preferì tacere l'effettiva origine di quella scelta. Tutto era nato il giorno in cui Beky si era fatta il quinto tatuaggio. Lei l'aveva biasimata, ma nostra sorella l'aveva ancora una volta accusata di essere troppo critica nei suoi confronti e sfidata a commettere un colpo di testa. E Regina, sopravvissuta alla breve relazione con un incallito donnaiolo, iniziata peraltro proprio per una provocazione di Beky, le aveva dimostrato che avrebbe potuto fare ben altro: ecco spiegata la corona sul polso.
«Rappresenta un cambiamento importante nella mia vita… una sfida che sono riuscita a vincere.» E aggiunse, soprappensiero: «Ne ho dovute affrontare diverse, negli ultimi mesi, e poiché sono riuscita a vincerle tutte, anche quella di farmi un tatuaggio, ho scelto la corona. Un simbolo vincente.»
L'uomo rimase in silenzio, ma dallo sguardo di lui si ritenne soddisfatta di aver suscitato una buona impressione.
«Ma quanti anni ha sua figlia?»
«Sedici» rispose l'uomo, «ed è incredibilmente ribelle e tenace. Temo di vedermela spuntare un giorno in una di quelle mise dark.»
«È quello che farà se lei continuerà a ostacolarla, solo per un desiderio di rivalsa» rispose Regina sorridendo. «Anche mia sorella era solita fare colpi di testa, e più i miei genitori la punivano, più lei faceva loro dispetto. Quando hanno compreso e, quindi, smesso di opprimerla, trasgredire per lei ha perso attrattiva. Certo, è occorso del tempo, ma è diventata una persona responsabile.» Rise nel dire queste parole, e si sorprese a scoprire di pensarle davvero.
«Dunque, lei mi consiglia di lasciarle fare quel tatuaggio. E se dovesse esagerare? Se con lei non funzionasse quel tipo di approccio, ma anzi, assaggiando un pizzico di

libertà agognasse ad averne di più?»
«Ponga dei limiti a sua figlia, ma non troppo stretti o lei si sentirà tentata a scavalcarli. A ogni modo, una mia amica fa la tatuatrice di professione. Posso garantire per lei, e posso anche dare un consiglio a sua figlia.»
«Ne sarei sollevato. La ringrazio per la disponibilità mostrata nei confronti di due perfetti estranei.»
Giusto in quel momento, il capo entrò in ufficio con frenesia.
«Scusatemi! C'è stato un incidente e sono rimasto imbottigliato nel traffico. Regina, può lasciarci, adesso.» La sua voce era ansante e non degnò mia sorella nemmeno di uno sguardo, l'attenzione rivolta all'uomo seduto sulla poltrona davanti alla propria scrivania.
Regina lanciò al dottor Ferri un sorriso e uscì dallo studio.

Tre giorni più tardi, mentre stava telefonando a dei clienti per spostare gli appuntamenti del capo, giunse un fattorino che, con fare tutt'altro che discreto, annunciò: «C'è una consegna per la signorina Regina Graziati.»
Mia sorella, stupefatta, prese il bouquet misto dalle mani del ragazzo. Era la prima volta in vita sua che riceveva dei fiori. Se li portò al naso e aspirò la delicata fragranza, quindi afferrò la busta e lesse il biglietto con curiosità.
"Il suo consiglio ha funzionato. Mia figlia Susy è impaziente di conoscere questa sua amica, e chiede se può accompagnarvela quanto prima. In segno di riconoscenza vorremmo invitarla al party per la sua festa di compleanno, che si terrà domani sera. Susy ne sarebbe felice. Porti chi vuole." Seguivano i numeri di telefono e le indicazioni per raggiungere il luogo in questione.
Domani sera. Un party di mercoledì. Un solo giorno di preavviso. Regina rimase più confusa per l'invito che per il mazzo di fiori, ma decise che non avrebbe preso alcuna decisione avventata. Ricordava fin troppo bene come andò

il party a cui Jenny partecipò diversi mesi addietro. Anche se, col senno di poi, si potrebbe definire la sua una botta di fortuna, poiché era stato proprio lì che aveva conosciuto l'attuale fidanzato. Ma era certa non fosse quello il suo caso.

Aveva deciso: ne avrebbe parlato con le sorelle e, alla fine, avrebbe fatto l'opposto di ciò che le avrebbero consigliato, dal momento che nei consigli erano una vera frana.

Capitolo 4

(Perché non torna più – Laura Pausini)
Stesso cuore stessa pelle questo è il patto fra sorelle
anime che mai potrà dividere la realtà

Il reparto di chirurgia era nuovo di zecca. Intonaci bianchi, pavimenti che splendevano e vasi con piante vere negli angoli a dare un tocco di eleganza e di ossigeno. Nella saletta d'attesa dotata di poltroncine in plastica e aria climatizzata c'erano due donne sedute, immerse nella lettura di una rivista. Beky lanciò loro un'occhiata e si domandò che ci stesse a fare lei lì; stava alla grande, aveva solo commesso l'errore di lasciarsi contagiare da Margherita. Accidenti a lei, pensò. L'amica aveva insistito ad accompagnarla, tanto per accertarsi che si sarebbe fatta visitare, finendo poi con il cedere il posto a Pamela.

E intanto il tempo scorreva e lei sentiva aumentare nel petto quella sensazione di oppressione, di batticuore che le prendeva ogni qualvolta dovesse recarsi da un medico. Era proprio intollerante al camice, chiunque lo indossasse, e odiava gli ospedali.

Si era appena alzata, con la chiara intenzione di fuggire subito da lì, quando la porta dell'ambulatorio si aprì e ne uscì una donna alta, con una massa di boccoli biondi e l'aspetto austero sotto la montatura maculata degli occhiali.

«Rebecca Graziati» annunciò questa con uno spiccato

accento inglese, o forse era americano, non era certa, puntando come per puro intuito lo sguardo scuro su di lei.

Beky scosse la testa per negare, ma si sentì pungolare il didietro con un oggetto appuntito; l'amica la stava minacciando con la punta del pennino del tablet. Gli occhi di Beky si restrinsero a due fessure mentre la sfidava con un silenzioso "questa me la paghi."

Raddrizzò la schiena, puntò uno sguardo deciso sulla dottoressa che, nel frattempo, aveva inarcato un sopracciglio in segno di domanda, e annuì. La donna le indicò con una mano l'ambulatorio; quando Beky fu dentro si richiuse la porta alle spalle, poi raggiunse la sedia al di là della sgombra scrivania. Solo quando la dottoressa le fece il cenno di sedersi, Beky si accomodò sul bordo della sedia come se fosse schifata da quel contatto.

«Allora, vedo dall'appunto che ha scritto il collega del pronto soccorso, che lei avverte dei fastidi al basso ventre, e dopo una prima valutazione è emersa un'infiammazione dell'appendicite. Vedo, inoltre, che lei ha richiesto di essere visitata da me.»

Beky la guardò confusa. «Eh?»

«Sì, qui c'è scritto che la paziente richiede di essere visitata solo dal dottor Fontani. Ma non mi pare di averla mai vista prima» concluse rivolgendole un sorrisino a metà fra il condiscendente e l'inquisitorio, arrotando la erre nella sua gradevole pronuncia straniera. Il suo italiano era tuttavia impeccabile.

Deve essere da molto che si trova nel nostro paese, pensò Beky. Tornando a lei, in effetti, lo spettacolo che aveva dato di sé la settimana precedente, al pronto soccorso, era stato a dir poco imbarazzante. Ricordava di aver sostenuto che si sarebbe lasciata visitare solo dal dottor Fontani, e che qualcuno le aveva risposto che c'era giusto un posto libero la settimana successiva... Presa dalla frenesia del momento, lei non vi aveva badato né più ripensato.

Beky cercò di inghiottire, ma aveva la bocca talmente secca che parve più uno spasmo. Poi, l'attenzione fu rapita dal cartellino che la dottoressa arcigna davanti a lei aveva appuntato sul camice immacolato, e ogni pezzo andò al suo posto. Dott. D.W. Fontani
«Oh, Dottoressa Fontani. Che coincidenza. Io conosco un dottor Daniele Fontani, lavora nell'ospedale di Grosseto.» Quando era nervosa la sua lingua andava per conto proprio ed era impossibile interromperne il flusso di parole. «È un ginecologo, ed è anche bravo» aggiunse annuendo con vigore per dare forza alla propria affermazione. Quanto si sentiva scema, adesso.
La dottoressa fece una smorfia e annuì. «Questo è vero.»
Beky, sorpresa, non si trattenne: «Oh. Lo conosce, dunque? Siete per caso parenti?»
«In un certo senso.»
«Davvero?» Beky stava per aggiungere che era suo cognato, quando la dottoressa la osservò incuriosita.
«E lei è una sua paziente?»
«Lo è mia sorella. È lui che segue la gravidanza del suo bambino.» La donna non badò alla parola *suo*. «Il dottor Fontani è davvero eccezionale, e mia sorella è fortunata ad averlo come...»
«Certo, certo» replicò la dottoressa con uno svolazzo infastidito della mano, interrompendola per mettere fine a quella conversazione. «Conosco pregi e difetti del medico e dell'uomo. È mio marito.»
La bocca di Beky si spalancò, mentre rimaneva a fissarla. Sentì ogni goccia di sangue defluire dal corpo, lasciandole un senso di gelo e di tremore.
Che diavolo significava che era suo marito? Daniele non era sposato. O forse sì? Ecco, era meglio se avesse dato retta al proprio istinto di fuggire da quel posto, prima che fosse troppo tardi. E adesso lo era davvero.
«Adesso che abbiamo terminato con i convenevoli, si-

gnorina, se vuole togliersi gli abiti e stendersi sul lettino procediamo con la visita.»

«Accidenti a me. Accidenti a me e al mio fiuto che mi fa cacciare sempre nei guai!» urlò Beky, furiosa, mentre usciva dall'ospedale.

L'amica cercava di stare al passo, ma Beky era davvero infuriata e quasi correva per allontanarsi dall'ospedale, voltandosi – di tanto in tanto – indietro come se si aspettasse di vedersi rincorrere da qualche maniaco.

«Rebecca, mi stai facendo agitare. Dimmi cosa c'è, ti hanno trovato qualcosa...» la voce di Pamela si affievolì.

«No, no» la rassicurò Beky, «portami a casa, Pam. Ho bisogno di schiarirmi le idee, prima di parlarne.»

E così fu. Durante tutto il tragitto Beky non aprì bocca, se non per mandare a quel paese un uomo che aveva tagliato loro la strada con la sua Mercedes blu. Giunte a casa, si lasciò sprofondare sul divano e si coprì il volto con il cuscino, per poi sfogarsi su di esso prendendolo a pugni.

«Ooh, quanto vorrei avere Jenny qui accanto a me» piagnucolò con la bocca contro il cuscino. «Insieme ne combinavamo di tutti i colori, ma alla fine era sempre lei a riuscire a tirarci fuori dai guai. Come posso affrontare questo senza di lei?»

«Rebecca, dimmi cosa ti ha detto quel medico» Pamela alzò la voce, tanto che Margherita corse subito nella stanza, i capelli avvolti in enormi bigodini.

Beky tirò via il cuscino e Margherita si portò una mano al petto e l'altra sulla bocca, l'aria inorridita.

«Santo cielo, Rebecca, è così grave? Hai un tale aspetto... Devi essere operata d'urgenza, ti hanno detto che ti resta poco da vivere?»

«Marghe!» urlò Pamela dandole una forte gomitata in un fianco. «Ti sembra il caso?»

«Be'?» rispose lei con aria innocente. «Non l'ho mai

vista in questo stato...»

«Io sto bene, grazie per l'interessamento» ribatté Beky in tono acido. «È solo che ho combinato un altro dei miei soliti casini. A quanto pare, ho il dono di trovarmi nel posto sbagliato al momento sbagliato. O giusto, dipende dal punto di vista dal quale lo si guarda. Ooh, merda! Io negli ospedali non ci devo andare, finisco sempre per combinare casini.»

Le due amiche si sedettero ai suoi lati e le presero una mano ciascuna.

«Avanti, parla» la esortò Pamela.

«Ho innescato una serie di spiacevoli eventi quando, al pronto soccorso, a quanto pare devo aver urlato che mi sarei fatta visitare solo dal dottor Fontani.»

«Oh, sì, lo hai fatto» confermò Margherita con un risolino. «Sembravi davvero pazza. Posseduta. Che c'è? È la verità» si difese dall'occhiataccia di Pamela.

«E allora?» la incalzò ancora quest'ultima.

«Allora non avrei potuto commettere errore più grande. Il dottor Fontani è il compagno di mia sorella, fa il ginecologo e lavora a Grosseto. Solo che, a quanto pare, esiste anche una dottoressa Fontani che lavora proprio nell'ospedale dove Margherita mi ha portato, ed è specialista in medicina interna.»

«Oh, strana coincidenza» commentò Pamela, «ma insomma, cosa ti ha diagnosticato?»

L'espressione di Beky si fece più cupa. «Il problema non è quel che mi ha diagnosticato né ciò che mi sono dovuta inventare in seguito, quando alla fine mi ha chiesto come facessi a conoscerla, ma ciò che ho scoperto su quella donna.» Esitò un istante, quindi tornò a fissare la sua amica con occhi lacrimosi. «Pamela, quella donna è la moglie di mio cognato.»

«Cosa diavolo stai farneticando?» tuonò la voce di Regina, la cui figura si stagliava scura e minacciosa nel vano della porta.

Beky si voltò di scatto, trasalendo nel trovarsi di fronte nostra sorella, ma rimase immobile e in silenzio finché, qualche istante dopo, trovò la forza di annuire. «È la verità. Ancora una volta, è toccato a me scoprire l'ennesimo tradimento.»

Il volto di Regina si rabbuiò. «Santo cielo, Beky, sei proprio una calamità naturale! Pensavo che insieme foste impareggiabili, ma anche senza Jenny continui a cacciarti nelle situazioni più assurde. Ma come fai?»

«A fare cosa, a entrare nella vita degli altri per sconvolgerla senza volerlo?» Alzò le braccia in aria, poi le lasciò ricadere lungo i fianchi. «Io... io non lo so. Anche da qui continuo a combinare guai. Io non posso andare ancora una volta da nostra sorella e dirle: "Sai Angi, il tuo fidanzato è già sposato. Oh, ma stai tranquilla, non sta tradendo te, ma sua moglie." E sai qual è la cosa più strana di tutto questo? Quando ho scoperto che Flavio la tradiva, da un lato avrei voluto ammazzarlo e da un altro ero contento che, finalmente, uscisse dalla vita di Angelica, mentre invece non riesco a nutrire rancore verso Daniele e mi scopro terrorizzata all'idea che lei possa perderlo. Grazie a lui nostra sorella è tornata a vivere, e ora...»

«Ma anche lui la sta tradendo, Beky.» la rimproverò Regina. «Ogni giorno che passa senza che le dica la verità, equivale a un tradimento. Quell'uomo, per quanto gentile e simpatico sia, si sta prendendo gioco di due donne: sua moglie e nostra sorella. E noi dobbiamo intervenire.»

Beky sospirò. «Oh Dio, ci risiamo! Sai, Regina, ti preferivo quando te ne fregavi altamente di ciò che accadeva alle tue sorelle.»

«E io ti preferivo quando eri più battagliera. Milano ti ha rammollita, sorellina, è tempo di fare le valigie. Ce ne torniamo a casa.»

«Ma... non possiamo andarcene così, Regina!»

Regina ignorò le sue recriminazioni e declamò: «Domani chiederò una settimana di ferie. La prossima settimana finisce il mio periodo di prova ma ho maturato dei giorni che dovrò esaurire prima di iniziare un nuovo contratto. Non mi negheranno qualche giorno. Fra due settimane c'è il battesimo di nostro nipote, e noi saremo lì.»

Beky fece una smorfia. «Non prendere decisioni affrettate, sorella. Torniamo a casa per il battesimo come avevamo stabilito, e vediamo come si mettono le cose. Quando torniamo a Milano...»

«Ho preso la mia decisione. Angelica è al settimo mese di gravidanza, santo cielo, e il mondo sta per crollarle addosso. Ha bisogno di noi.»

Eccola, la solita Regina algida e irremovibile.

«Pensa al nostro lavoro, Regina, alla fatica che abbiamo fatto per conquistarci una parvenza di stabilità. C'è un motivo se abbiamo lasciato il paese.»

«Sì, e pensa anche alle tue coinquiline» saltò su Margherita. «Non potete andarvene di punto in bianco e lasciarci qui sole solette. Non è un atteggiamento responsabile, no, no.»

«Margherita, pensa ai fatti tuoi» esordì Pamela prima di rivolgersi alle mie sorelle. «Ragazze, prima di prendere decisioni affrettate, pensateci bene, okay? Comunque, presto tornerete a casa per il battesimo del vostro nipotino. Vedete come si mettono le cose e, magari, stavolta parlate prima con Daniele invece di correre a stravolgere la vita di vostra sorella.»

Beky la guardò con un filo di stupore. «Sai, quando parli così, vorrei averti come sorella.»

Regina scosse la testa e borbottò: «Io no. Ne ho fin troppe di sorelle da sopportare.»

Jenny era al settimo cielo. Una proposta di matrimonio, proprio come nelle fiabe. E lui era il principe azzurro che aveva sempre sognato. Ancora non riusciva a credere che le avesse chiesto di sposarlo. Il suo primo pensiero, dopo essere risalita nell'auto di Christian, fu che doveva assolutamente dirlo alle sorelle. Quella notte non chiuse occhio, continuava a rigirarsi nel letto, felice e impaziente. Quanto le mancavano quelle pazze. Le mancava la stravagante complicità di Beky, la severa altezzosità di Regina, e la dolce tranquillità di Angelica; sebbene quest'ultima, ufficialmente, vivesse ancora sotto il suo stesso tetto, di fatto le due non si incontravano quasi mai. Angelica trascorreva diversi giorni a settimana a casa di Daniele, mentre Jenny era spesso fuori per i suoi viaggi di lavoro. Sostanzialmente, Jenny non lavorava più per l'agenzia pubblicitaria del suo fidanzato, ma collaborava come inviata per la rivista a essa collegata, la *Travel and Fun*. Era entusiasta del proprio lavoro, la storia d'amore con Christian andava a gonfie vele e non poteva essere più felice, però detestava l'idea che Beky e Regina si fossero trasferite così lontano, e le mancavano le scorribande con la sua gemella. Spesso, insieme al suo ragazzo, andava al *"Blue Moon"*. Era rimasta in ottimi rapporti con Massimo, e lui di tanto in tanto le domandava come se la passasse Beky, sempre con quel mezzo sorriso sulle labbra; si proclamava felice di sapere che avesse preso la retta via, e che le sue opere fossero esposte in una galleria d'arte.

Alzandosi ai primi chiarori del giorno, Jenny decise di fare una bella camminata con il cane. Nel pomeriggio lei e Christian si sarebbero visti per prenotare la data del matrimonio. Ripensò a come lo aveva conosciuto, vomitandogli addosso – nel giardino della sua villa –, ubriaca fradicia; non avrebbe potuto presentarsi a lui in maniera peggiore, eppure… Quelli appena trascorsi insieme a lui erano stati i mesi più belli della sua vita.

Mise il guinzaglio ad Ariel, salì in auto e guidò fino a Cala Galera.

L'aria era ancora mite, nonostante novembre si stesse avviando alla fine, e il cielo era sereno, di un violaceo appena sfumato di veli biancastri. All'orizzonte si stagliavano le montagne con le loro sfumature di blu, il mare brillante e quieto. Dall'altro lato della spiaggia si estendeva la rigogliosa pineta che collegava la Feniglia con l'Ansedonia. Pensò che quello fosse il suo paradiso, e non riusciva davvero a capacitarsi di come le due sorelle avessero potuto lasciare tutto ciò per vivere nel grigiore della città.

Una lunga camminata sulla spiaggia, dove lasciò il golden retriever libero di correre, quindi raggiunse il suo locale preferito: il "Blue Moon".

Massimo era dietro al bancone. Appena il campanello sulla porta tintinnò alzò la testa, e sul volto comparve un sorriso sincero. Scodinzolando, Ariel gli andò subito incontro.

«Jenny! Buongiorno. Come mai così di buon'ora?» Girò attorno al bancone e si accovacciò dedicando l'attenzione ad Ariel, che gli si strusciò felice leccandogli il viso.

«Oh, sai, questa notte non ho chiuso occhio, così mi sono alzata appena si è fatto giorno e ho portato Ariel sulla spiaggia. E poi mi andava di venire qui. Sto morendo di fame, ho proprio voglia di uno dei tuoi gustosi cornetti alla crema.» Si strofinò le mani.

Massimo si rialzò dopo aver elargito una generosa dose di coccole al cane, e sembrò soppesarla.

«Mm, mi fa piacere che avessi voglia di venire nel mio bar. Ma dimmi» appariva sospettoso e divertito, «cos'è che vedono i miei occhi?»

Jenny mostrò un innocente stupore. «Cioè?»

«Guance arrossate, uno strano luccichio negli occhi... Quella è felicità allo stato puro. C'è qualcosa che vorresti dirmi?»

Jenny si tolse la giacca sportiva e la appese sullo schienale di un'alta sedia davanti al bancone, poi vi sedette poggiando le braccia sul lucido ripiano, le mani incrociate mentre mordeva il labbro inferiore. Aveva così voglia di parlarne con qualcuno, e le sue sorelle non erano lì con lei. Massimo era la persona con la quale aveva maggior confidenza, dopo la famiglia e Christian, ovviamente. Ed era lì, pronto ad accogliere le sue confidenze da dietro il bancone del bar.

«Io e Christian ci sposiamo. Me lo ha chiesto questa notte, in grande stile, e io ho detto sì» confidò tutto d'un fiato, allungando la mano sinistra per mostrargli il luccicante anello che il fidanzato le aveva regalato.

Massimo inarcò le sopracciglia, poi prese la sua mano nella propria, osservando con apprezzamento il cerchietto bianco con tre brillanti incastonati. Emise un lungo fischio.

«Wow, Jenny» tornò a incontrare il suo sguardo, «sono impressionato. Congratulazioni!» Uscì di nuovo da dietro al bancone e la strinse in un affettuoso abbraccio. «Ti confido che ho sempre saputo che foste destinati, voi due. Siete una coppia fantastica.»

«Davvero?» domandò lei con luccicante commozione. Massimo annuì. «Vi meritate l'un l'altro.»

«Sei il primo a cui l'ho detto» confidò lei sottovoce.

Lui serrò le labbra, sorridendo ancora, ma Jenny colse qualcosa in lui, come un lampo nostalgico che, tuttavia, fu immediatamente scacciato.

«Dici sul serio? Non sono state le tue sorelle le prime a saperlo?» Apparve perplesso.

Jenny arricciò le labbra. «Loro non ci sono e non mi andava di chiamarle all'alba, anche Marco, se l'avessi chiamato così presto me ne avrebbe dette di ogni tipo! Sentivo la necessità di dirlo a qualcuno in carne e ossa. A qualcuno di fidato e ho pensato subito a te. D'altronde, sei uno dei migliori amici di Christian.»

Massimo rimase momentaneamente spiazzato, ma subito si ricompose in un aperto sorriso. «È un onore per me.

Sai cosa ti dico» si spostò dietro la sua postazione, «hai fatto davvero bene a venire qui. Stamani la colazione te la offro io. Un bel cappuccino schiumoso e un cornetto alla crema.»

«Grazie» rispose lei con garbo, ancora accaldata in volto. Armeggiò con la macchina del caffè, dandole le spalle. Poi prese una tovaglietta di carta e la posizionò su un tavolino rettangolare vicino alla vetrata con il logo del locale, vi mise sopra la bevanda calda e un piattino con due cornetti, e le fece cenno con una mano di accomodarsi. Tornò a preparare un caffè per sé e la raggiunse posando, di lato alla tazza, una rosa bianca tolta dalla composizione nel vaso in fondo al bancone. Lei notò che sul cappuccino aveva disegnato un cuore con la schiuma. Un vero tocco di classe, degno di Massimo e della sua ben nota galanteria. Jenny era senza parole.

«Grazie, davvero. Sei un tesoro. Non so davvero come abbia potuto Beky…» si morse il labbro, rendendosi conto in ritardo di star dando voce ai propri pensieri; tornò a dedicare l'attenzione alla colazione. Massimo fece un sorrisino da sopra la sua tazzina ma non rispose.

«E tu, che mi racconti? Come te la passi?» gli domandò lei tra un morso e l'altro.

Massimo scrollò le spalle. «Al solito. La mattina mi occupo del bar, il pomeriggio c'è una ragazza nuova a darmi il cambio, e la sera sono sempre qui a occuparmi del locale insieme ad Andrea. Oh, ho anche preso accordi con una talentuosa ragazza per la musica dal vivo, due sere a settimana.»

«Fantastico! Che genere suona?»

«Un po' di tutto. Musica orecchiabile. Ma avrei davvero bisogno di una mano in più. Nel caso fossi interessata…» le propose inarcando un sopracciglio con aria divertita.

«Be', mi dispiace per te, ma ho già un lavoro, io. Ma dimmi, questa ragazza nuova del turno del pomeriggio…»

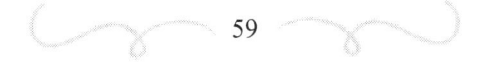

Jenny lasciò volutamente la frase a metà, ammiccando.

«Sofia» rispose lui. «Ha quarantacinque anni, è sposata e ha tre bambini di otto, dieci e quattordici anni. E nel suo tempo libero ascolta radio Maria.»

«Oh» esclamò Jenny. «Be', in tal caso, non rappresenta di certo una distrazione per te.»

«No, direi di no.» Entrambi risero. «È tornato a essere tutto tranquillo da quando… be', sai» la sua espressione si fece più intensa e si mosse lievemente a disagio. «Da quando mio fratello si è stabilito in Germania, e un certo quartetto di sorelle non si aggira più attorno a creare scompiglio» tornò a sorridere.

Jenny mise il gomito sul tavolo e appoggiò una guancia contro il palmo della mano, sorridendo pensosa. «È vero, è tutto terribilmente noioso da quando loro sono andate via. Ti manca, vero?» gli domandò a bruciapelo.

Dalla mutazione del suo viso doveva aver capito a chi si riferisse. Rimase in silenzio per raccogliere le idee, poi fece per parlare ma il telefono di Jenny squillò, e lei lo estrasse dalla tasca.

«È Angelica.»

Lui annuì e si alzò per allontanarsi.

«Ehi, Angi» rispose Jenny allegramente.

«Jenny, sono appena rientrata a casa, ma la mamma mi ha detto che sei uscita con Ariel.»

«Sì, avevo bisogno di camminare.»

«Jenny stai bene? È successo qualcosa?»

«Mm. In effetti, qualcosa è successo. Ma è una cosa bella, stai tranquilla.»

Angelica tirò un sospiro di sollievo e la incitò: «Raccontami.»

Jenny arricciò le labbra. «Preferirei dirlo a tutte voi insieme.»

«Dove ti trovi in questo momento?»

«Al "Blue Moon". C'è anche Massimo qui» lanciò al

ragazzo un sorriso.

«Perfetto. Aspettami, sarò da te in dieci minuti. Faremo una videochiamata con le nostre sorelline.»

Quindici minuti più tardi Angelica entrò nel locale con il suo enorme pancione coperto da una maglia azzurra che le tirava sui fianchi. Massimo la salutò con calore.

Jenny, intanto, compose il numero di Beky e fece partire la videochiamata. Pochi secondi più tardi nostra sorella rispose, aveva i capelli scarmigliati e i residui del trucco a cerchiarle gli occhi.

«Santo cielo, Beky, hai un aspetto terribile» dichiarò divenendo di colpo seria.

«Buongiorno anche a te, sorellina. Non ho chiuso occhio stanotte» bofonchiò con tono cupo.

«Curioso, neanche io, ma non credo di avere il tuo aspetto.»

«Senti, Jenny» tagliò corto Regina invadendo lo schermo. «Beky ha una cosa importante da dirti.»

«Oh mio Dio, mi mettete paura voi due insieme.»

«Jenny, ho una notizia sconvolgente da darti. Non so come gestire questa cosa, ho bisogno della mia gemella. Ma...» la vide avvicinarsi allo schermo. «Dove sei?»

Jenny stava per rispondere, quando Angelica, che aveva ascoltato l'ultima parte di conversazione fuori dal campo visivo della fotocamera, salutò le due sorelle.

«Che bello vedervi! A quanto pare, questa mattina abbiamo tutti qualcosa da rivelare.» Il pancione riempì la fotocamera e per un istante sul riquadro dello schermo non si vide altro che non fosse una chiazza celeste, finché Angelica non sedette vicino a Jenny. «Allora, Beky, che ne dici di essere tu la prima?» suggerì Angelica con un sorriso felice.

Regina e Beky ammutolirono nel vederla, e si scambiarono un'occhiata che a Jenny parve sprizzare terrore. Regina prese a gesticolare come a incitare la sorella accanto a sé a dire qualcosa, mentre Beky scuoteva la testa in diniego.

C'è sotto qualcosa, pensò Jenny mentre osservava bene le reazioni della gemella.
«Allora, ragazze, il quartetto si è riunito» intervenne la voce di Massimo.
«Sì, dai, vieni qui anche tu» e abbassando il tono di voce: «non vuoi darle un saluto? Le faresti una bella sorpresa» propose Jenny facendogli spazio.

La vide sullo schermo dello smartphone di Jenny, ma non osò mostrarsi. Non ancora. In effetti sì, gli mancava. Tantissimo. Era stato lui a lasciarla, sei mesi addietro, a suggerirle di allontanarsi da quel posto affinché la gente si dimenticasse di lei. Ma non si era certo aspettato che lei seguisse alla lettera quel consiglio. Aveva ancora impresso nella mente il suo sguardo ferito quando, quella sera, le aveva pronunciato parole troppo dure. Il ricordo gli procurava ancora un forte malessere. In quel momento pensava ogni cosa che aveva detto; quando poi Jenny, due settimane più tardi, gli aveva rivelato che Beky e Regina si erano trasferite a Milano, era rimasto di sasso. Non l'aveva più rivista; sapeva di lei solo quelle poche notizie che Jenny gli riferiva. A settembre i suoi quadri erano stati esposti in una galleria d'arte, e lui seguiva i suoi progressi dal sito internet della galleria, fiero di lei. Però le mancava, terribilmente, e questo non poteva negarlo. Quella pazza dagli occhi da gatto e i capelli blu che gli aveva scompigliato la vita. La prospettiva di rivederla gli aveva acceso dentro una luce di speranza. Forse il tempo sarebbe davvero stato capace di sistemare le cose tra loro. Forse avrebbe imparato a mettere da parte quel maledetto orgoglio che l'aveva fatta allontanare da sé. Forse...

Poi lei iniziò a parlare, un tono squillante, che lui sapeva bene si manifestasse nei momenti di disagio. Ma fu quello che disse, con quel tono, a raggelarlo.

Capitolo 5

(Negramaro – Solo 3 min)
Tre minuti, solo tre minuti per parlarti di me
forse basteranno a ricoprirti di bugie come se
io dovessi mostrar di me quello che ancora no
non sono stato mai

Tutto si sarebbe aspettata, quando aveva risposto alla videochiamata di Jenny, fuorché trovarsi davanti all'allegria di Angelica.

Le sembrava di star annaspando per tenersi in superficie, e di certo Regina non sembrava affatto intenzionata a correre in suo soccorso.

Le lanciò un'occhiata furente, del tipo: *questa poi me la paghi*, e butto lì la prima cosa che le balzò nella mente.

«Mi sono messa insieme a un ragazzo. Si tratta di Matteo Mura, il mio gallerista» disse tutto d'un fiato, provocando dall'altra parte dello schermo un perfetto silenzio.

«Tu cosa?» esclamò Regina guardandola stupita. «Quando?»

«Da un mesetto» rivelò lei abbassando lo sguardo.

«Un mese? E perché diavolo non me lo hai detto prima? Caspita, come ho fatto a non accorgermene?» Regina sembrava davvero sorpresa e irritata del fatto che le avesse taciuto una simile notizia. A nulla valsero le occhiatacce di Beky. *Non ci arriva proprio*. Già, da quel punto di vista, era rimasta sempre la solita Regina. Poiché mentire non rientrava fra le sue molteplici capacità, non sapeva riconoscere una bugia. Beky perseguì con la sceneggiata.

«Non vi ho detto niente perché sapevo che mi avreste criticata. Sono venuta qui per dimenticare Massimo e farmi dimenticare da lui, ho giurato a me stessa e a voi che non mi sarei confusa con il genere maschile per almeno un intero anno, e dopo pochi mesi ecco che cedo.»

Silenzio di tomba. Da entrambe le parti. Angelica e Jenny distolsero l'attenzione da lei, e Beky davvero non capiva il perché di quegli sguardi dispiaciuti rivolti verso un punto in alto, al loro fianco. Perché non guardavano lei? Perché non le mostravano un minimo di partecipazione?

Poi, quando capì, le cadde il mondo addosso.

«Ciao Regina. Rebecca.» Il viso allegro di Massimo invase il campo visivo. «Volevo farvi un saluto.» Il suo sguardo scivolò poi su Beky, che poté giurare di veder scemare parte di quella allegria. «E già che ci sono, come ho già fatto le congratulazioni alle tue sorelle le faccio anche a te. Sono lieto che le cose ti vadano bene. Dopotutto, alla fine, cambiare aria è stata una buona idea.»

Beky rimase senza parole, atterrita davanti all'uomo che ancora le provocava una dolorosa fitta alla bocca dello stomaco. L'aria intorno a lei sembrò crepitare mentre rimaneva imbambolata a fissare la sua immagine sullo schermo.

Regina lo salutò cordialmente, scambiò con lui alcune battute, ma non una sillaba uscì dalla bocca socchiusa di Beky.

Massimo scomparve dalla vista, e quattro paia d'occhi si appuntarono indagatori sul volto accaldato di Beky, che si limitò a lanciare un'occhiata di traverso alla gemella.

«Avresti potuto dirmi che lui era lì» l'apostrofò in tono accusatorio. «Avrei evitato di commettere l'ennesima figura di...»

«Oh Beky, mi dispiace, ma non credevo... Voleva solo

farti una sorpresa.»
«E invece l'ho fatta io a lui. Cazzarola! Non me ne va una dritta» sbottò incrociando l'occhiata recriminatoria di Regina prima di tornare di nuovo sul telefono. «C'è rimasto male?»
«Non saprei, è ammutolito e il sorriso ha per un attimo abbandonato il suo viso, ma si è ricomposto in fretta.»
«Caz... Ohi!» ricambiò con un'occhiata di fuoco lo scappellotto che Regina le aveva assestato dietro la nuca.
«Alcuni vizi sono duri a morire, eh? Dovresti essere meno sboccata nell'esprimere le tue emozioni.»
«Be', è così che mi esprimo quando sono incazzata come adesso, okay? E ne ho tutte le ragioni, come ben sai. Ma cambiamo argomento.» Si passò una mano sul viso in un gesto avvilito. «Per cos'è che Massimo si sarebbe congratulato con voi?»
Jenny e Angelica si guardarono, e quest'ultima fece cenno all'altra di iniziare. Jenny portò in aria la mano sinistra, sventolandola davanti allo schermo.
«Christian mi ha chiesto di sposarlo, questo pomeriggio andremo a bloccare la data per il matrimonio.»
Vi fu un'ovazione sia da un lato sia dall'altro della chiamata.
Angelica l'abbracciò forte. «Oh, Jenny, sono così felice per voi!»
«E così, la verginella alla fine ha davvero trovato il suo principe azzurro» la canzonò Beky, gongolando. «Il tuo primo uomo, sarà anche l'unico per il resto della tua vita. Che noia. Non saprai mai cosa ti sei persa.» Fece una smorfia.
Regina le lanciò un'occhiata incendiaria, ma poi tutte si misero a ridere cogliendo l'ilarità nelle sue parole.
«Bene, adesso tocca a me» Angelica era raggiante. «Anche io devo dirvi una cosa che riguarda me e Daniele.»
«Non ti avrà chiesto di sposarlo?» esclamò Beky, per

poi portarsi fulminea una mano alla bocca.

Angelica parve spiazzata. «No, in realtà no» rispose a voce bassa, tutto l'entusiasmo mostrato fino a poco prima di colpo affievolito. «Mi sono decisa, dopo tutte le volte in cui me lo ha chiesto. Dopo il battesimo mi trasferirò a casa sua.»

«Oh, è una bella notizia anche questa, sorellina mia» dichiarò Jenny abbracciandola con calore.

Una volta sciotasi dall'abbraccio con la sorella, Angelica si rivolse a Regina.

«Regina, sei rimasta solo tu. Cos'hai da dirci di bello?»

«Io?» La sorella si portò una mano al petto. «Oh, di certo la mia vita è meno appassionante delle vostre.»

«Oh, avanti» la pungolò Jenny, «non hai davvero niente di succulento da raccontarci?»

Regina ci pensò su e le aggiornò: «In realtà, sono stata invitata alla festa di compleanno di una sedicenne. La figlia del socio del mio capo...»

Lo disse come se fosse la cosa più normale di questo mondo, ma Beky la squadrò con sospetto. «E da quando i soci dei capi invitano le segretarie a una festa di famiglia?»

Regina scrollò una mano. «Da quando gli ho fornito alcuni validi consigli. Il suo è un modo di sdebitarsi, e di presentarmi sua figlia. Non come te, che tutto ciò che sai dispensare sono parole volgari e... sì, be', lasciamo perdere.»

«Sì, raccontati pure queste favolette, Regina. Io sarò fin troppo sciolta di lingua, ma so riconoscere il secondo fine nascosto dietro un innocente invito. Ma quando accidenti imparerai, mi domando.»

Qualche istante più tardi, dopo aver riagganciato, l'euforia che aveva pervaso Jenny e Angelica sembrava svanita.

Jenny aveva capito – non tanto dalla domanda che Beky aveva rivolto ad Angelica, ma dal modo in cui gliel'aveva rivolta – che qualcosa non andava. La totale assenza di en-

tusiasmo alla notizia di Angelica era sospetta, e lei avrebbe presto scoperto cosa ci fosse sotto.
«Qualcosa non va?» domandò Massimo, allorché Jenny si era avvicinata a lui per scusarsi dell'uscita della sorella.
«In effetti, non lo so. C'è qualcosa che mi ha lasciata perplessa... Ma lo scoprirò presto.»
Il ragazzo fece un sorrisetto tirato. «È la conferma di quanto ti ho detto prima. Dove ci siete voi, tutte riunite, non ci si annoia mai. Neanche se la riunione è a distanza.»
«Già» confermò lei, pensosa. «Senti, volevo chiederti scusa per prima.»
«Oh, no, non hai nulla di cui scusarti. Anzi, sono contento per lei, sai. Ha raggiunto il suo scopo.» La sua espressione, però, era in netto contrasto con ciò che affermava. Jenny non se la sentì di rigirare il dito nella piaga. Lo salutò, richiamò a sé Ariel e fece per andarsene, quando la voce di Massimo la raggiunse sull'uscio.

«Senti, perché tu e Christian non passate, una di queste sere, così possiamo brindare al vostro matrimonio.» Quindi si rivolse ad Angelica. «Anche tu e Daniele, mi farebbe piacere brindare al vostro futuro.»

«Ma certo, perché no? Lo diciamo anche agli altri, Sabrina e Stefano, Lorena e Marco, come ai vecchi tempi» propose Angelica, felice, ma il sorriso si smorzò e il pensiero volò a Milano. «Vorrei solo che anche Rebecca e Regina riuscissero a venire.»

«Ne dubito. Beky è impegnata con l'organizzazione della sua prima mostra ufficiale, e Regina... be', è Regina. Verranno il prossimo venerdì.»

«Daniele questo fine settimana non ci sarà, è fuori per un convegno, ma io non mancherò per niente al mondo» replicò Angelica offrendole una misera consolazione.

La giornata era iniziata nel migliore dei modi, ma dopo l'incontro virtuale con le sorelle aveva assunto un sapore

amaro. Angelica lasciò il pub con la domanda di Beky che continua a vorticarle nella mente.
Non ti avrà chiesto di sposarlo?
Fu in quel momento che iniziò a domandarsi perché, in effetti, Daniele non le avesse chiesto di sposarlo, nonostante si dichiarasse perdutamente innamorato di lei e felice di mettere su famiglia.
Certo, non che volesse affrettare i tempi, ma entro un paio di mesi sarebbero diventati genitori, lui stesso aveva sostenuto di voler essere sempre presente per il bambino, perché allora non fare quel grande passo?
Una strana apprensione cominciò ad agitarsi nello stomaco, una sorta di nausea che niente aveva a che vedere con la gravidanza. Per esperienza, aveva imparato che ogni volta si trovasse a tanto così dalla felicità, quella vera e duratura, questa le sfuggiva via come una bolla di sapone esplosa, lasciando sotto di sé solo una scivolosa traccia. Troppe volte era caduta e si era rialzata, ma stavolta non si trattava più solo di sé, no, ora c'era una creatura che cresceva in lei, la sua creatura, e avrebbe lottato con ogni forza e mezzo a disposizione per garantire la loro felicità.
«Angelica, ti vedo pensierosa.» Jenny la distolse dalla trance nella quale era piombata.
«Oh, sì, stavo riflettendo.»
«Questo l'avevo capito, ma su cosa?»
Angelica indugiò, lo sguardo sul cane che camminava in mezzo a loro, stirò le labbra dal lato sinistro e tornò a fissare dritto davanti a sé mentre riordinava le idee.
«Avanti, devo tirartele fuori con le pinze, le parole?»
«Non è niente, Jenny, riflettevo su quanto le nostre vite siano cambiate in soli nove mesi. Guardaci! Tu stai per sposarti e io per diventare madre. E dire che a marzo io stavo con un altro ragazzo e tu eri ancora... sì, be', hai capito.»
«Oh sì, certo» le fece il verso la sorella, «Non c'è Beky

a ricordarmelo, ci mancavi tu.»
Angelica sorrise. «Avanti, sai cosa intendevo. Inoltre, Rebecca e Regina sembrano andare d'accordo e vivono sotto lo stesso tetto, a ben cinquecento chilometri da qui. Rebecca è una pittrice, mentre Regina, ambiziosa e determinata a diventare avvocato, fa la segretaria. Non è incredibile quanto la vita possa cambiare in un battito di ciglia?»
«Già, questa è la dimostrazione che nella vita e in amore, tutto può succedere.»
«Già, ma le cose belle hanno un prezzo e una durata. E se quella durata fosse agli sgoccioli e il conto fosse più elevato di quel che possiamo permetterci?»
«Dio, Angelica, non essere sempre così pessimista! Perché non vuoi convincerti che anche noi possiamo essere felici?»
«Perché la felicità è una calamita per i guai, ed è da tempo che non ne attiriamo su di noi. È troppo bello perché possa durare.»

Mentre la osservava con attenzione, non poté ignorare la tristezza presente sul volto di Beky. «Ma almeno è vero che tu e Matteo state insieme?» Il sospetto trapelava dalla sua voce. «O lo hai detto solo per evitare di tirare in ballo la storia di Angelica?»
«Cosa importa, ormai. Hai visto Angelica, quanto era raggiante, non potevamo certo spezzarle il cuore così.»
«Beky! Tu hai mentito per lei, e Massimo era lì, ha sentito tutto...»
«Ti ho detto che non importa» ribatté Beky con quella sua cocciutaggine. «È stato chiaro quando ha troncato con me, proponendomi con eleganza di non farmi più vedere. Massimo non è più cosa che mi riguardi.»
Già, forse non lo era davvero più. La freddezza celata dietro un forzato sorriso, nel salutarla, lo aveva dimostrato.

Però era evidente quanto Beky soffrisse ancora per lui, e questo era un dato di fatto da non poter essere ignorato.

«Per quanti chilometri io possa fuggire, continuo a commettere sempre i soliti errori. Sai quando si dice a volte ritornano... Be' i guai combinati in passato tornano sempre. Perché se è vero che le cose belle accadono all'improvviso, è anche vero che i guai son come i baci, uno tira l'altro!» Gonfiò le guance d'aria prima di emanare un forte sbuffo. «Sono un vero disastro, Regina, hai sempre avuto ragione tu.»

«No che non lo sei» Regina cercò di tirarla su di morale, sorridendole amabilmente. «E per quanto mi scocci ammetterlo, stavolta ero io a sbagliarmi. Hai dimostrato di essere dotata di grande cuore e della volontà di migliorare. Lo hai già fatto. Devi solo trovare il tuo posto in questo mondo... e il ragazzo giusto che sappia apprezzarti per come sei, senza cercare di cambiarti.»

«Già. Forse, un giorno lo troverò.»

Non era da Beky quell'espressione sconfortata, lei era meglio di così, pensò mentre la guardava abbandonare il cuscino arancione e alzarsi dal divanetto ricoperto di eccentrici teli dai colori sgargianti con motivi di mandala indiani.

«Adesso devo prepararmi, sono in ritardo, Matteo mi aspetta alla galleria.»

«Io ci farei un pensierino, dopotutto» ammiccò Regina. «Su cosa? Su Matteo?»

«Perché no? Non è male. È responsabile e...»

«Terribilmente noioso» tagliò corto Beky. «In effetti, è proprio il tuo tipo. Se vuoi te lo presento.»

Capitolo 6

(Vuoto a perdere – Noemi)
Quanto tempo che è passato senza che me ne accorgessi
quanti giorni sono stati, sono stati quasi eterni
quanta vita che ho vissuto inconsapevolmente
quanta vita che ho buttato, che ho buttato via per niente

Il luogo della festa dove si svolgeva il party era un'enorme villa in stile barocco, completamente rimodernata. Il cortile era pieno di auto di lusso, e pian piano che avanzava su per i gradoni che conducevano a un ampio terrazzo con i parapetti di marmo, Regina si sentiva sempre più fuori posto. Lanciò una veloce occhiata alla sua amica, che contrariamente a lei, osservava ogni dettaglio con acceso interesse. Pamela era abituata a quel lusso, lei stessa proveniva da una famiglia agiata alla quale però si era ribellata, preferendo vivere la vita a modo suo; guidava la moto e vestiva dark, aveva lunghi capelli neri con ciocche colorate rosso fuoco ma non portava un filo di trucco, la sua era una bellezza naturale e abbagliante, doveva ammetterlo. Pamela tatuava le persone, eppure il suo corpo non era mai stato sfiorato dalla punta di un ago; ne aveva il terrore, aveva confidato lei stessa mentre le realizzava la corona sul polso. Detestava le regole che avevano cercato di imporle i genitori, e tuttavia viveva della rendita che essi le elargivano. Di lei Regina pensava che fosse la contraddizione fatta persona, però si era dimostrata una buona amica, sincera, affidabile e generosa, anche se la lingua tagliente a volte la faceva apparire poco simpatica. Qualche volta le capitava di cogliere nei suoi occhi una strana luce, un qualcosa che Regina non riusciva a identificare e che, d'altronde, nemmeno si sforzava più di tanto di approfondire. Le era riconoscente per aver accettato di accompagnarla quella sera, e anche il pomeriggio ad acquistare un abito adatto per l'occasione.

Margherita si era offerta di andare con lei a fare shopping, ma mia sorella aveva educatamente declinato l'invito, consapevole che sarebbe stata proprio la stessa Margherita la sola a fare acquisti. L'eccentrica amica prediligeva il *Quadrilatero della moda*, mentre lei si accontentava di fare un salto al centro commerciale. Invece Pamela l'aveva condotta in una boutique di tendenza presso la quale era solita servirsi, dove l'aveva aiutata a scegliere l'abito che più si addiceva alla sua persona, forse con eccessiva partecipazione, ma comunque con indiscutibile buon gusto, acquistandone poi uno anche per sé, elegante e discreto.

«Non mi avevi detto che quest'uomo è ricco sfondato» commentò Pamela con tono neutro, mentre rivolgeva lo sguardo attorno senza scomporsi.

«Non lo sapevo. Non lo conosco nemmeno, quest'uomo. Magari questa villa è solo in affitto per l'occasione.»

«Anche se fosse, questo lusso gli costerebbe una cifra troppo elevata. Deve tenere davvero a sua figlia. Oppure deve avere davvero molto da farsi perdonare... di solito è così.» Qui la sua voce assunse una connotazione amara.

Regina scrollò le spalle. «I facoltosi sono eccentrici. Si vede che non bada a spese quando si tratta di sua figlia.»

Pamela ridacchiò. «I miei genitori sono benestanti, Regina» commentò puntando su di lei due iridi talmente nere da risultare un tutt'uno con le pupille. «Vivono in un attico, hanno uno yacht, una villa in Toscana e uno chalet in

Trentino. Si concedono ogni anno due lussuose crociere fin da quando ho memoria e sai come hanno festeggiato il mio sedicesimo compleanno?» Fece una smorfia ironica. «Hanno affittato il più piccolo McDonald in zona per me e i miei compagni di liceo, venticinque persone in tutto. Mi hanno depositata lì e poi ripresa alla fine. Per il diciassettesimo, invece, una pizza in una trattoria insieme ai miei amici, una decina in tutto. Ma è stato per il diciottesimo che si sono superati. Dissero che diventare maggiorenni è importante, si diventa adulti e responsabili. Così hanno invitato a casa i *loro* amici, non i miei. Tutti altolocati che avevano dei figli miei coetanei. Speravano che me ne piacesse uno, così da sistemarmi. Una sorta di ballo delle debuttanti, non so se rendo l'idea.» Sbuffò, scuotendo la testa. «Il giorno dopo me ne sono andata di casa, e ho festeggiato insieme a Margherita, ubriacandomi fino a non ricordare più il mio nome.»

«Ci credo bene» commentò Regina, comprendendo quel suo modo di vivere. Pamela era, dopotutto, caratterialmente abbastanza simile a Beky, ma al contrario suo aveva un motivo più che valido per far dispetto ai propri genitori.

Raggiunsero l'ingresso, e qui una sorta di guardarobiere prese loro il cappotto, chiese il nome di entrambe e lo segnò su un foglietto che poi attaccò alla gruccia, prima di riporla in una stanza cui erano allineati decine di eleganti soprabiti. C'erano tantissime persone. Le luci erano soffuse, come in una discoteca, e una musica assordante obbligava a urlare per conversare con la persona accanto. Regina sbuffò, domandandosi ancora una volta perché diavolo avesse accettato quell'invito. L'aria era pervasa da un odore dolciastro alquanto stucchevole; nel lato est del salone su una tavolata ricoperta di tovaglie rosse era allestito un banchetto con ogni sorta di porcheria dolce e salata, e lì, un ragazzo con un ridicolo cappello bianco faceva ruotare uno stecco nella macchina dello zucchero filato. Distolse

lo sguardo, percorsa da un brivido di schifo.
D'un tratto lo vide. Nello stesso momento in cui lei posò lo sguardo su Ferri, lui intercettò il suo. Il volto dell'uomo si aprì in un sorriso estatico, disse qualcosa all'uomo al suo fianco e le andò incontro. Era senza dubbio un uomo affascinante, con una folta capigliatura brizzolata, occhi scuri dallo sguardo acuto circondati da sottili rughe d'espressione. Doveva avere all'incirca cinquant'anni, ma se li portava alla grande.

«Regina, che piacere vederla! Benvenuta nella mia dimora.» Allargò le braccia come a indicare tutto quel lusso che li circondava. *Dunque era davvero tutto suo.* «Mia figlia sarà felice di sapere che ha accettato il nostro invito.»

Tua figlia neanche mi conosce, scommetto che non gliene frega niente che io sia qui, urlò la sua voce interiore. «Il piacere è tutto mio, dottor Ferri» disse invece allungando una mano per stringere quella che lui le porgeva. Era calda e possedeva una stretta energica.

«Basta con i convenevoli, non siamo in ufficio. Puoi chiamarmi Eugenio… possiamo darci del tu, a questo punto.» Senza lasciarle il tempo di ribattere la trasse a sé e le baciò entrambe le guance con trasporto eccessivo, per i suoi gusti. Notò con disagio come avesse posato le labbra sulla sua pelle, soffermandovisi un istante di troppo, anziché sfiorarla soltanto con la guancia come si conviene tra due sconosciuti, e il suo corpo si irrigidì. Ritraendosi in fretta, fece un passo indietro e si portò accanto all'amica, che li guardava con disappunto.

Regina si schiarì la voce. «Lei è la mia amica Pamela, la tatuatrice di cui le ho parlato.» Evitò di dargli del tu, e lui se ne avvide, a giudicare da come scosse la testa con un sorrisino divertito.

A lei, l'uomo riservò un inchino e un baciamano. Deferente e impersonale. «Incantato. Ma venite, vi presento la festeggiata, se riesco a trovarla.» Fece loro strada, lasciandole alle proprie spalle a fissarsi allibite. Trovarono la giovane poco più avanti che ballava avvinghiata con un suo coetaneo. Quando il padre la chiamò, si voltò scocciata, poi squadrò loro due da capo a piedi.

«Suzy, tesoro, lei è Regina, la ragazza di cui ti ho parlato, e questa invece è la sua amica tatuatrice, Pamela. Sarà lei a farti quel piccolo tatuaggio che desideri.»

Suzi non sembrava affatto entusiasta di vederle come il padre aveva invece sostenuto. Si limitò a misurarle entrambe, soffermandosi su Regina più a lungo.

«Ciao.»

Regina rispose allo scontroso saluto della ragazzina e le porse un pacchetto, che Suzi degnò appena di uno sguardo.

«I regali in fondo a quel tavolo laggiù. Li aprirò tutti insieme dopo la torta.»

Regina affilò lo sguardo davanti a tale mancanza di entusiasmo, e la ragazzina la fronteggiò a sua volta con un piglio di sfida. Eh no, le cose non si stavano affatto mettendo bene.

Pamela spezzò la tensione che si era creata. «Il mio regalo sarà il tatuaggio»

L'attenzione di Suzi fu tutta per lei. «Bello» e finalmente mostrò un lampo di interesse. «Vieni con me, così ne parliamo. Conoscendomi meglio, potrai consigliarmi cosa sia più adatto a me.»

«Un teschio con due ossa incrociate» sibilò Regina a bassa voce provocando in Pamela un singulto, che trattenne portandosi una mano alla bocca, mentre Suzi l'afferrava per un braccio e la trascinava via con sé. Ferri non diede segnali d'averla udita, ma era ancora lì, che la fissava con interesse. Regina si sentì a disagio sotto quello sguardo, così diverso da quello che aveva nello studio.

«Vieni» lui piegò il gomito e gliel'offrì come appoggio. «Andiamo in un posto più tranquillo.»

Suo malgrado, lo seguì. Cos'altro avrebbe potuto fare,

non conosceva nessuno. Numerosi adolescenti ballavano al ritmo di una musica assordante, sotto lampade stroboscopiche che facevano strizzare gli occhi.

Lasciarono il salone principale e, superate due porte, raggiunsero un salottino dove diversi adulti discorrevano tranquillamente; fu come se, varcando il disimpegno che divideva i due ambienti, fosse entrata in una dimensione alternativa. Sbatté gli occhi per adattarli alla nuova luce, il ronzio ancora presente nelle orecchie. A quanto pareva, quell'uomo aveva pensato davvero a tutto, assecondando sia i desideri della figlia di festeggiare il compleanno con i propri amici in discoteca – ma sotto la sua supervisione –, sia la necessità di circondarsi di persone del suo stesso rango.

C'era anche il suo capo, notò con un lampo di sollievo: *finalmente un volto conosciuto*. Ferri la presentò ad alcune persone, e una di queste scoprì essere socia di un importante studio legale del milanese che aveva sedi sparse in tutto il territorio lombardo. Si trattava di una donna dal piglio grintoso, Regina rimase affascinata dai racconti di alcune cause vinte dal suo studio. Rimase a parlare con quel gruppo di persone ma, quando le fu chiesto per quale studio avesse lavorato, si sentì pervadere dal disagio.

«Lo studio Accardi» rispose mantenendo una facciata disinvolta.

L'espressione sul volto dei presenti mutò notevolmente.

«*Quella* Regina Graziati.» Il tono della donna suonò accusatorio, e Regina raddrizzò le spalle in assetto difensivo mentre questa proseguiva. «La donna che ha mandato in rovina lo studio legale che l'aveva assunta.» Le sue labbra ora erano tirate per il disappunto.

«Io preferisco guardare la questione da un altro punto di vista...»

«Oh, c'è un altro punto di vista?» intervenne la rampante avvocatessa da sopra il calice di champagne che si era portata alle labbra, inarcando le sottili sopracciglia. Regina ignorò il sarcasmo presente nella sua voce e proseguì.

«Preferisco considerarmi la donna che ha evitato una pesante condanna a un ragazzo innocente, assicurando alla giustizia il vero colpevole.»

Silenzio tra i presenti. Poi l'uomo accanto all'avvocato disse con una nota di biasimo: «Opinione discutibile.»

A quel punto il discorso languì, i due davanti a lei presero congedo e si avvicinarono a un altro gruppetto di persone dove, ne era certa, avrebbero sparlato di lei per il resto della serata. Ne ebbe la conferma quando captò qualche stralcio di conversazione: *"sputare nel piatto"*, *"professionalmente inqualificabile"*... Tanto bastò a chiarirle i loro punti di vista. Regina era infastidita. Prese a occhieggiare di continuo l'orologio e la porta, sperando di veder comparire l'amica, quando, a un certo punto, Ferri le poggiò una mano sul braccio e la invitò, con un cenno del capo, a seguirlo altrove.

La condusse lungo un corridoio fino a una doppia porta scorrevole; al di là, si apriva una veranda delimitata da ampie vetrate davanti alle quali svettavano piante d'ogni specie, da ficus altissimi a rigogliosi ciuffi di ortensie. In un angolo c'era un piccolo dondolo molto grazioso. Ferri fu proprio lì che la invitò a sedersi.

Si sentiva a disagio a stare sola con lui, ma l'uomo non fece alcunché per turbarla ulteriormente. Senza menzionare l'accaduto di poco prima, si tenne su argomenti non meno imbarazzanti.

«Questo era il posto in assoluto preferito da mia moglie. Lei stessa lo ha fatto costruire a sua immagine. Amava i luoghi caldi ed esotici, insieme abbiamo viaggiato molto, ma la malattia che la colpì negli ultimi anni della sua vita ci impedì di continuare a farlo, e lei ricreò qui il suo piccolo angolo di mondo esotico. Trovava rassicurante trascorrere del tempo a leggere in mezzo alla natura.»

Fece una breve pausa durante la quale Regina riuscì a cogliere l'emozione che lo aveva stretto al ricordo della moglie, e poiché lui non sembrava intenzionato a rivelarle da quale malattia fosse stata colpita, per delicatezza evitò di porre domande.

«È la prima volta che porto una donna qui» le confidò poi con voce bassa che mise Regina ancor più a disagio del disprezzo che le aveva riservato poco prima quella donna; una critica maligna poteva affrontarla a testa alta, era il suo pane quotidiano, ma a un corteggiamento in piena regola da parte di uno sconosciuto, un uomo elegante e rispettabile, non sapeva come reagire.

A un certo punto lui le prese una mano e se la portò alle labbra, sfiorandola con un bacio leggero. Regina fece per ritrarsi, ma lui rafforzò la presa.

«Vorrei rivederti, domani sera. In un altro contesto, solo tu e io. Che ne dici, mi farai questo regalo?»

Regina scosse la testa, confusa; provò ad aprire la bocca ma non uscì alcun suono. Come fare per declinare cortesemente l'invito? E tuttavia, qualcosa in lui la affascinava. Aveva un volto piacevole e un fisico asciutto, nonché le maniere di un vero galantuomo. Era piacevole. Ma qualcosa, in fondo, non la convinceva. Prendendo quel silenzio per un sì, lui sorrise trionfante.

Quella notte, Regina rientrò a casa parecchio turbata. Raccontò all'amica ogni cosa, e Pamela la informò che quel sabato, dopo scuola, Suzi sarebbe passata da lei per il tatuaggio; sembrava soddisfatta, e Regina non aggiunse altro. La mattina successiva si preparò come al solito per andare al lavoro. Per la prima volta in tutti quei mesi, riuscì ad arrivare con mezz'ora di anticipo. Sedette al bar con calma, e Cesare fu subito da lei con un sorriso canzonatorio.

«Addirittura in anticipo! Sento odore di cambiamenti...

Che ti stia adattando alla frenetica vita della città?» Strizzò un occhio allegramente.
Regina lo guardò di traverso. «Questo mai» dichiarò con uno sbuffo, «ma questa notte non ho chiuso occhio, perciò sono uscita presto.»
«Mm. Pensieri buoni o cattivi?» domandò lui mentre le porgeva la tazza del cappuccino.
Regina ci pensò su qualche istante, incupendosi.
«Più che altro... presentimenti.»
«Ahia» rispose lui, poggiando i gomiti sul bancone davanti a lei. Tentennò qualche istante, fissandola, poi parve trovare il coraggio. «Senti, sabato sera alcuni miei amici suonano in un locale qui vicino. Ti andrebbe di farci un salto? Una serata informale, potresti portare anche le tue coinquiline, magari riesci a distoglierti da quei presentimenti.» Le fece l'occhiolino. Di nuovo.
Un altro invito? Dio, no, non poteva farcela! Era solo a giovedì ed era già il terzo che riceveva. Ma perché non la lasciavano in pace come succedeva un tempo? Forse si era ammorbidita troppo. Doveva rispolverare la vecchia Regina, ovunque l'avesse sotterrata, e rimettere tutti alla debita distanza.
«Non posso, Cesare, sabato mattina torno a casa mia, all'Argentario» rispose in modo cortese.
Un lampo di delusione passò sul volto del ragazzo, che tuttavia non si perse d'animo. «Allora stasera» tentò ancora.
«Suonano anche stasera?»
«No, ma potrei portarti ovunque tu voglia.» Si era fatto più audace, e questo la fece sorridere.
«Senti, ne riparliamo, okay? Adesso è meglio che vada, se voglio essere puntuale.» Cesare annuì e strizzò ancora l'occhio, ammiccando. Ma che gli era preso? Sembrava avesse un tic, quella mattina.
Le sorprese non erano ancora finite. Appena entrò in ufficio si sentì chiamare dalla voce baritonale del suo capo,

che la stava aspettando seduto alla scrivania.

«Buongiorno» esordì Regina, felice di non presentarsi con il fiatone per aver cercato di compensare il ritardo correndo.

Il volto del capo non era altrettanto gaio. Le fece cenno di sedersi. «Regina, è inutile girarvi attorno. La settimana prossima termineranno i sei mesi di prova del suo contratto.»

«Esatto» sussurrò lei. Il sorriso di colpo aveva abbandonato il suo volto. Ecco, lo sapeva, era di nuovo disoccupata.

«Ebbene, non potrò rinnovarle il contratto. Ha delle ferie maturate e non godute, pertanto domani sarà il suo ultimo giorno di lavoro, mi dispiace.»

Una doccia fredda. Regina raccolse tutto il suo sangue freddo per ostentare la compostezza necessaria. Annuì, senza chiedere spiegazioni, quindi si alzò e lasciò lo studio in silenzio. Non le servivano spiegazioni. Lui era presente, la sera prima, al suo *amichevole* colloquio con quell'odioso tiranno. Quello stesso tiranno a capo dello studio legale che seguiva le faccende della società finanziaria presso la quale lavorava. Queste erano le conseguenze. Cominciava davvero a odiare la categoria degli avvocati. Due giorni. Le rimanevano solo due giorni di lavoro, dopodiché sarebbe stata di nuovo al punto di partenza.

Quando lasciò l'ufficio per la pausa pranzo, con il morale sotterra, pensò che non aveva affatto voglia di fermarsi al bar per il solito piatto d'insalata; non era dell'umore giusto per sopportare il velato corteggiamento di Cesare né aveva voglia di dovergli spiegare il perché di quel cambiamento d'umore. Ma il creato non aveva alcuna intenzione di lasciarla in pace, e le inviò la propria sfida sottoforma di una lussuosa auto nera ferma davanti al marciapiedi proprio davanti al portone d'ingresso. Dallo sportello posteriore ne uscì Eugenio Ferri, che vi si appoggiò guardandola con un aperto sorriso. Regina si avvicinò incerta. Che diavolo ci faceva lui lì?

«Ciao» le indirizzò un sorriso fanciullesco. «Posso offrirti il pranzo?»
Regina lo osservò accigliata. Come sapeva a che ora lei staccasse da lavoro? E perché era lì ad aspettarla con quell'aria soddisfatta? Raddrizzò le spalle e ostentò un mezzo sorriso.
«Ho solo un'ora per la pausa pranzo, mi spiace ma non credo faremmo in tempo.»
Ferri guardò il proprio orologio, un pataccone d'oro massiccio che luccicò non appena lo scoprì. «Ma sì, sarà sufficiente. Dove intendo condurti... non ci vorrà molto.»
Regina tentennò, le mani strette attorno alla borsetta. Era davvero indecisa.
«Suvvia» la incalzò, «giusto un piatto di spaghetti alle vongole, le più buone che possiamo trovare in zona. Un tributo alle tue origini. Ti prometto che tra un'ora precisa sarai già in ufficio.»
Regina si guardò attorno; non era convinta. Ma, dopotutto, non aveva niente da perdere, e lo stomaco aveva reclamato sonoramente alla menzione degli spaghetti alle vongole.
«D'accordo.» Salì sull'auto agevolata da Ferri che le tenne lo sportello aperto; dopodiché se lo ritrovò seduto accanto sul sedile posteriore.
L'elegante vettura si fermò davanti a un piccolo ristorante, che come promesso dal suo accompagnatore, si trovava a una breve distanza. Il locale era semivuoto e luminoso. Mazzi di fiori freschi svettavano su ogni tavolo, e l'aria profumava di pesce. Il languore si accentuò alla vista dei piatti che un cameriere – con un'immacolata divisa bianca – stava servendo a un tavolo lì vicino, occupato da due uomini in camicia.
Furono fatti accomodare a un tavolo in un angolo appartato, dove consumarono spaghetti alle vongole davvero gradevoli e una fetta di torta alle mele, il tutto annaffiato

da una coppa di *Chardonnay*. Un'ora che, al contrario delle previsioni, volò in maniera piacevole. Ferri si mostrò educato, un buon intrattenitore e, quando lei gli fece notare che mancavano soltanto dieci minuti al termine della pausa pranzo, mandò un messaggio al suo autista, andò a saldare il conto e la ricondusse all'auto. Quando raggiunsero il luogo dove si erano incontrati, prima di scendere dalla vettura, lui posò una mano sulla sua.

«Vorrei rivederti per un'uscita più… tranquilla. Solo noi due, senza doverci preoccupare di guardare l'orologio, disturbati dallo scorrere delle lancette.» La voce bassa e un sorriso malandrino ne tradirono le notevoli doti da seduttore, maturate senza dubbio da anni d'esperienza.

Regina avvertì una strana sensazione alla bocca dello stomaco, ma riuscì a pronunciare: «Non saprei. Non mi sembra il caso.»

«Perché? Cos'è che ce lo impedisce?»

Regina avrebbe potuto elencargli tutta una serie di cose che glielo impedivano, ma preferì tacere. Dopotutto, quell'uomo la intrigava ma qualcosa le suggeriva di stargli alla larga. Se il suo lato razionale le intimava di accettare, quello più istintivo le diceva di rifiutare. Lasciò che la bocca dicesse la prima cosa che le passò per la mente.

«Va bene. Niente di impegnativo, però.»

Ferri sorrise, le posò un lieve bacio sulla guancia, scese dall'auto e le tenne aperta la portiera, come in precedenza.

«Il mio autista passerà a prenderti sotto casa alle diciotto in punto.»

«Devo darle il mio indirizzo…»

«Non occorre. So già tutto.» Detto questo risalì in auto e partì, lasciandola a fissare il veicolo con le labbra dischiuse in procinto di replicare.

Cosa intendeva con quel *so già tutto*?

Sentì suonare nella propria testa un campanello d'allarme. Quella sensazione alla bocca dello stomaco era ancora là, ma non era piacevole come quella che un tempo aveva provato con Ivan... No, era più vicina a un'indigestione.

Si era appena pentita per aver accettato quell'invito, quando si sentì chiamare alle spalle. Si voltò di scatto, roteando gli occhi al cielo allorché si trovò davanti il volto allegro di Cesare. Fortuna che fosse schermata da lenti scure.

«Regina! Allora, ci hai pensato per questa sera?»

Accidenti, si era dimenticata del suo invito. «Ehm, a dire il vero, questa sera non posso. Ho un altro impegno.»

Il sorriso gli morì sulle labbra, ma il ragazzo si riprese alla svelta. «Fa niente, sarà per un'altra volta.»

«Sì, un'altra volta» rispose lei sottovoce alle sue spalle, guardandolo rientrare nel bar.

Che avesse accettato l'invito sbagliato?

Capitolo 7

(Accade, Alex)
Semplicemente è tutto così complicato
e non è giusto ma neanche sbagliato
semplicemente accade, scompare

Davanti allo specchio della camera da letto, Regina rimirava la propria immagine con aria critica. Un trucco leggero, abbigliamento sobrio e capelli raccolti sulla nuca. Aveva l'aria di una quarantenne austera e noiosa. Mancavano un bel paio d'occhiali da maestrina. L'avesse vista Beky, gliene avrebbe urlate di santa ragione. Scosse la testa, arrabbiata con se stessa. Quel pomeriggio Beky era tornata all'attacco con la questione di Angelica. Ma cos'avrebbero potuto fare, da lontano? Non potevano di certo dirle tutto per telefono. Quella volta, aveva insistito, avrebbero fatto a modo suo. Tornate a casa sarebbero andate a parlare prima con Daniele, per vederne la reazione. Avevano entrambe provato un'immediata simpatia per lui, e poi, questa volta c'era in ballo anche il futuro di un bambino.

Stranamente, si erano entrambe ritrovate a convenire che quella fosse la decisione più saggia. Non ne avrebbero informato nemmeno Jenny, per il momento, ben sapendo quanto nei momenti di stress la lingua della sorella andasse a ruota libera.

«Vorresti uscire conciata così?» Eccolo là, il suo peggior

timore si materializzò alle sue spalle. La sua giovane sorella la adocchiava con aria di scherno attraverso lo specchio. Regina lisciò le pieghe immaginarie della sua maglia nera sui pantaloni del medesimo colore. Non era convinta neanche lei di quella mise, ma non aveva intenzione di mettersi qualcosa di audace.

«Perché, cosa c'è ce non va?» finse di non odiare la propria immagine riflessa.

«Oh, niente, se ti stai recando a una veglia funebre.»

Regina serrò i denti ma non rispose.

«Non uscirai con un uomo?» Regina continuò a tacere.

«Avanti, Reg, hai ventotto anni...»

«Ne ho quasi ventinove» puntualizzò.

Beky la ignorò. «Quell'abbigliamento non va bene né al primo appuntamento con un uomo né per un'uscita fra amiche, se vuoi abbordare.»

«Io non voglio abbordare nessuno» sottolineò con aria mordace.

«E non lo farai, stai tranquilla, se esci così.» Si avvicinò all'armadio e cominciò a frugare dentro.

«Cosa stai facendo?»

«Vediamo un po'. Ecco, sì, questo fa al caso nostro.»

«Nostro?» ripeté Regina con una smorfia.

Beky sospirò in modo grave. «Regina, sei imbarazzante. Io non ti porterei in nessun posto vestita in quel modo. Porta con più fierezza il nostro nome. Avanti, indossa questo.» Le lanciò addosso l'abito e se ne andò.

Lo osservò con aria critica. Si trattava di un abito intero, blu elettrico, aderente in vita, chiuso sulla schiena da una zip invisibile. Le arrivava al ginocchio, e la scollatura era generosa ma non volgare. C'era ancora il cartellino attaccato. Arricciò le labbra. Forse, dopotutto, non era poi così male. Se sopra vi avesse indossato quella giacca nera stretta in vita...

Trovò l'auto ad attenderla già sotto casa. Ferri, ancora una volta accanto alla portiera aperta, le rivolse un'occhiata d'apprezzamento e un caloroso saluto. Troppo caloroso.
«Dove andiamo?» domandò con una punta di nervosismo. Trovarsi da sola con lui, per una serata intima, la rendeva agitata, tanto che si trovò più volte a domandarsi perché diavolo avesse accettato il suo invito.
«In un luogo tranquillo» rispose lui in modo enigmatico.
Il luogo tranquillo in questione, scoprì Regina poco più tardi, era la sua immensa dimora. Non giocavano più in terreno neutro, e questo la infastidì.
«Casa sua?» lo osservò circospetta. «Non sarebbe stato meglio un ristorante? Sua figlia...»
«Mia figlia è a casa di amici. Non rientrerà per la notte.»
Ecco. Quello non era un semplice campanello d'allarme. No, era più una campana a morte. Forse avrebbe fatto meglio a indossare l'abbigliamento da veglia funebre.
Accidenti a te, Beky.
Si recarono nel salotto in cui era avvenuta la spiacevole conversazione con quell'avvocato che, ne era certa, fosse la causa del suo licenziamento.
Ferri continuava a blaterare di qualcosa riguardo a sua figlia e al party di compleanno, ma lei lo ascoltava appena, chiusa in un meditabondo silenzio; i suoi sensi erano all'erta e la mente occupata dagli eventi di quegli ultimi giorni.
All'improvviso si trovò davanti una cameriera che portava tra le mani un vassoio d'argento con sopra due calici e una bottiglia di *Franciacorta*. «La cena sarà servita tra mezz'ora. Nel frattempo, vogliate gradite un aperitivo.»
Ferri ringraziò e fece cenno a Regina di seguirlo.
Lei si sentiva come fosse svestita, avvolta in quell'aderente e scollato abito blu. Si strinse nelle braccia come se avesse freddo e, notandolo, lui si avvicinò. Le si piazzò davanti e con due dita le sollevò il mento.

«Stai tremando» notò con voce gutturale. «Posso sperare sia la mia vicinanza a farti questo effetto?»
«Ho freddo» rispose lei con un tono gelido, divincolandosi dalla sua presa. L'uomo emise una bassa risata, quindi le porse il calice.
Regina ingoiò il contenuto con avidità, sperando che le infondesse coraggio. Poco più tardi, lui suggerì di accomodarsi per la cena.
Vi furono diverse portate, dall'antipasto al dolce, tutte deliziose e talmente curate dal punto di vista estetico da darle l'impressione di trovarsi in un ristorante stellato. Dopo diversi calici di vino, Regina riuscì a rilassarsi e rise di gusto ad alcune sue battute. Al termine della cena – peraltro decisamente veloce – lui le andò accanto e le porse la mano invitandola ad alzarsi. Un vero gentiluomo d'altri tempi, doveva ammetterlo. Qualsiasi donna ne sarebbe rimasta lusingata e ammaliata, ma lei continuava a essere diffidente. Nemmeno l'alcol aveva sciolto quel nodo allo stomaco.
Temeva d'aver capito dove lui volesse arrivare, ma non era affatto convinta di volerlo. E poi, c'era ancora un pensiero che aleggiava nella sua mente come un tarlo...
La condusse in uno studio riccamente arredato. C'erano mobili in lucido mogano, tappeti orientali ricoprivano il parquet e un maestoso camino riempiva il centro di una parete. Dall'altro lato si apriva una libreria ricolma di volumi. L'intera stanza aveva i caldi colori del legno pregiato.
«Mi dica una cosa. Oggi, quando volevo darle il mio indirizzo, ha detto che sa già tutto di me. Cosa intendeva, esattamente? Ha fatto ricerche sul mio conto?»
«Suvvia, Regina, non ti sembra il caso di cominciare a darmi del tu? Ormai, siamo abbastanza intimi.» Ma Regina era ostinata e non avrebbe certo mollato la presa. Ignorando la sua richiesta insisté ancora.
«Non ha risposto alla mia domanda.»

Ferri scosse la testa, sembrava divertito dai suoi modi diretti. «Faccio sempre delle ricerche sulle persone che mi interessano, e su quelle di cui non mi fido.»

Regina inarcò le sopracciglia. «E mi dica, in quale categoria rientrerei?»

«Pensavo lo avessi capito, ormai.»

«Non mi perdo in deduzioni, preferisco affrontare l'argomento. Ma a lei, invece, piace girarci intorno.»

«È di tuo gusto, la mia casa?» le domandò a un tratto, spiazzandola con quella brusca virata.

Regina non si mosse, il suo volto rimase imperturbabile come sempre. «È lussuosa, ma temo non sia il mio genere. Perché me lo chiede?»

«Non è il tuo genere?» chiese ancora, evitando come al solito di rispondere alla sua domanda. Questo suo vezzo era davvero irritante.

«No, non lo è. Tutta questa opulenza… Non fa per me.» La risposta fu secca e decisa, a scanso di equivoci, tanto che Ferri le scoppiò a ridere in faccia.

«Di solito, quando la volpe non arriva all'uva dice che è acerba» commentò andandole vicino. «Ma tu, Regina, potresti arrivarci, se volessi.»

Regina stava facendo un enorme sforzo per contenersi, ma cominciava a provare una sincera avversione per quell'uomo dai modi falsi e stucchevoli.

«Perché dice questo?» fece un passo indietro per allontanarsi da lui.

«Vedi, Regina. Non nego di essere attratto da te. E molto. Come ti ho detto, faccio sempre delle indagini sulle persone che… diciamo, mi interessano. Io so molte cose di te.»

Regina lo spronò a proseguire con un cenno della testa.

«So della causa che hai fatto perdere al tuo studio legale. Sei un avvocato in gamba, eppure ti sei abbassata a fare la segretaria in una finanziaria. Ne deduco che non dovevi

passartela bene. Ebbene, a me non importa tutto questo. Ti propongo addirittura di lavorare per me.»
Regina era scettica. «Per lei.»
«Potrei metterti in forze nella mia società, affidarne a te le questioni legali. Avrei bisogno di una persona come te. So che ambisci ad arrivare in alto, e perché accontentarsi, se puoi raggiungere le vette più elevate?»
«Non sono interessata alla sua proposta» dichiarò con fermezza, ma lui sembrò non capacitarsi di quella risposta.
«Ti sto offrendo una posizione di prestigio.»
«E io la so rifiutando! E ora mi scuso, ma non è il caso che rimanga.»
«Al contrario, mia cara, non è il caso che tu vada. Sai, potresti perdere tutto, solo uscendo da quella porta.»
Regina avvertì ogni singolo bulbo pilifero bucarle la pelle. Si voltò a fronteggiarlo con furiosa lentezza. «Mi sta minacciando?»
«Oh, no! Ti sto offrendo una brillante carriera. E anche tutto questo, se lo vorrai.» Fece un ampio cenno della mano a indicare ciò che avevano attorno. «Sono un uomo solo da tanto tempo, e non ho mai incontrato nessuna donna che mi affascinasse quanto te.» Le si avvicinò, fissandola con bramosia, e all'improvviso le piazzò una mano sulla schiena e una dietro la nuca, avvicinando il volto al suo. «Posso renderti ciò che vuoi. Posso offrirti ciò che vuoi. In cambio chiedo solo... te.» Detto questo scese con la testa per posare le labbra sulle sue. Regina rimase spiazzata da tanta audacia. Ma prima che lui potesse schiudere le labbra, gli assestò un calcio sullo stinco con la scarpa appuntita, facendolo gemere e piegare in due dal dolore.
«Bastardo schifoso, solo perché sei potente non credere di potermi comprare» gli urlò contro con tutto il disprezzo che provava. «Volevi ti dessi del tu? Perfetto. Non meriti tanta deferenza. È per non dover difendere in tribunale le persone come te, che ho deciso di non fare più l'avvocato.»

Giunta sulla porta, si voltò a fulminarlo ancora. «E comunque, non puoi togliermi più nulla, visto che il lavoro l'ho già perso.»

Stava per uscire dalla stanza, quando fu raggiunta dalla sua minaccia.

«Hai lasciato il tuo paese per sfuggire agli errori che hai commesso. Ma Accardi era ben poca cosa in mio confronto. Dove pensi che potrai andare a nasconderti, stavolta, se sfiderai me?»

Regina inarcò un sopracciglio con tutta la glaciale altezzosità di cui era capace. Quella era stata la goccia che aveva fatto traboccare il vaso. «Io non ho intenzione di nascondermi. Semplicemente, me ne torno a casa, lontano dagli ipocriti del cazzo come te.»

Dio, l'avesse sentita sua sorella, in quel momento, sarebbe stata fiera di lei.

«Ehi, Rebecca, mi stai ascoltando?»

La voce di Matteo penetrò la sua mente rivolta altrove. Lo aveva lasciato parlare a vuoto, doveva ammetterlo, ma davvero non riusciva a concentrarsi sulle sue parole.

«Eh? Sì, certo che sì» rispose Beky con aria assente. «Ti ho detto che per me va bene spostare la mostra.»

Matteo scosse la testa. «Ma a che stai pensando? Non è questo che ti ho domandato. Rebecca, c'è qualcosa che non va?» le domandò infine con maggior garbo.

«No, certo che no.» Per un momento incontrò il suo sguardo, e si sentì in colpa.

L'aveva invitata a cena, quella sera, e lei aveva subito accettato, grata di avere qualcosa con cui distogliere il pensiero dagli ultimi avvenimenti. Ma era del tutto inutile. Le parole di quella dottoressa, la felicità sul volto di Angelica e, non ultima, la gaffe con Massimo; il suo sguardo duro, quando le aveva fatto i complimenti per il nuovo ragazzo. Che sciocca era stata, a inventare una scusa del genere. E quel ragazzo ora era lì che cercava di fare conversazione mentre lei proprio non riusciva a prestargli attenzione. Voleva davvero bene a Matteo, lui si era sempre mostrato affettuoso e gentile. La corteggiava con discrezione, senza metterle pressioni e, soprattutto, le infondeva un senso di stabilità, che era ciò di cui più aveva bisogno, anche se era un tipo noioso e abitudinario, per i suoi gusti. Eppure con lui non riusciva ad aprirsi come invece faceva... come accadeva con Massimo. Era questo il principale problema. Anche quando lo conosceva appena, aveva sempre confidato a Massimo ogni problema, bisognosa dei suoi consigli e certa che lui l'avrebbe capita. Si era subito sentita a suo agio con lui, e aveva provato una forte attrazione. Un'attrazione pura, pulita, che le aveva fatto desiderare di cambiare, di piacergli... per diventare una persona migliore che potesse essere alla sua altezza. Solo per lui. Aveva davvero desiderato appartenere a lui soltanto, e lo desiderava ancora.

Per quanto Matteo fosse sempre premuroso, con lui non riusciva a provare le stesse emozioni. Ma ormai Massimo era acqua passata, lo aveva perso. Era ora di voltare pagina.

Almeno stavolta, Beky, fidati di lui. *Provaci*, la rimproverò quella vocina in fondo alla propria mente. Quanto aveva bisogno dei saggi consigli della sua gemella. Le parole di Regina ancora le ronzavano nelle orecchie, e suo malgrado più ci pensava, più doveva ammettere che aveva ragione.

«Il fatto è che... ho scoperto una cosa che distruggerà mia sorella Angelica.»

Matteo si portò una mano al mento e cominciò a giocherellare con la pelle perfettamente rasata. «Angelica... quella che sta col pubblicitario.»

Gli lanciò uno sguardo di fuoco. Non era partito bene. «No, quella che sta col dottore» rispose indispettita.

«Oh. Quella che sta con il pubblicitario, invece, è quella

che aspetta il bambino.»

Oh. Mio. Dio. Beky lo guardò avvilita e prese un sospiro per mantenere la calma. «Il pubblicitario, come tu lo chiami, si chiama Christian» precisò irritata. «E, no, non è Jenny che aspetta un bambino, ma Angelica, quella di cui ti sto parlando, che sta con Daniele, il medico.»

«Ah, okay. Hai molte sorelle, difficile star dietro alle loro storie.»

Già, è difficile se non te ne frega un fico secco, pensò irritata.

«Avanti, ti ascolto. Cosa mai avrai scoperto?»

Quel tono di sufficienza non le piacque affatto. Ripensò all'idea di confidarsi con lui, certa che non le sarebbe stato di alcun aiuto.

«Lascia stare, davvero. Non importa.»

«Cosa c'è, il bambino che aspetta non è di Daniele?» la buttò là Matteo con leggerezza. Leggerezza che la fece infuriare come non le accadeva da tempo.

«Ma tu sei proprio un cretino!» sbottò lanciandogli contro il tovagliolo. «Io cerco di confidarmi con te per avere un consiglio, uno straccio di supporto morale, e tu mi prendi in giro?»

Matteo la guardò con aria innocente. «Io non ti stavo prendendo in giro, ho solo tirato a indovinare. Hai così tante sorelle che… Io, cioè… avevo pensato...»

«Allora hai pensato male.»

Matteo sospirò pesantemente. «Rebecca, dobbiamo organizzare una mostra. Abbiamo solo una settimana di tempo, non puoi farti carico anche dei problemi delle tue sorelle. Sono grandi abbastanza da pensare ai fatti loro, no? Pensa di più a te stessa.» Allungò una mano fino a sfiorare la sua, stretta a pugno sopra al tavolo, e sussurrò le ultime parole in maniera seducente iniziando a sfiorarle il dorso della mano con una carezza. «Pensa a noi.»

Beky lo fissò al colmo del risentimento e si allontanò da

lui con uno scatto. «Sai che ti dico? Hai proprio ragione. Penserò di più a me stessa, quindi organizzatela da solo la mostra, che io me ne torno a casa.»

«Rebecca! Non puoi lasciarmi da solo e pretendere che mi accolli tutti gli oneri della tua mostra.»

«La galleria è tua, e da questo momento io non lavoro più per te. Il mio compito è quello di creare delle opere, il tuo di curare la loro esposizione. Margherita come mia manager sarà ben lieta di esserti d'aiuto. E poi, sai che ti dico? Sono stressata. Ho bisogno del mare. Di buon cibo. Della mia famiglia. Ne ho abbastanza di questa città. Me ne torno all'Argentario, mi rilasso i nervi, e quando sarò pronta a tornare lo farò. Non prima.»

«A quest'ora? Ma dici davvero?» Erano le ventuno e trenta.

Pamela si strinse nelle spalle. «L'ho trovato quando sono rientrata a casa, mezz'ora fa, ma non posso sapere da quanto fosse lì.»

«Un altro mazzo di fiori. Quel tipo mi ha mandato un mazzo di fiori.» Regina fissò le margherite, stizzita. Un semplice biglietto anonimo lo accompagnava: *Sappi che non mollo. Domani sera?*

Aveva faticato non poco per trovare un taxi alle venti e trenta di sera, con il risultato di impiegare quasi un'ora per tornare a casa. Dopo il turbolento rientro in appartamento, Pamela si era presentata a lei con l'aria scura, tra le mani l'omaggio floreale che aveva trovato adagiato sullo zerbino al suo rientro.

Per Regina, la scritta sul dorso della bustina. Aveva una vaga sensazione su chi fosse il mittente. Un uomo era stato malamente respinto, l'altro gentilmente rifiutato: chi dei due poteva essere così pazzo, o presuntuoso, da tentare ancora?

Dopo l'appuntamento peggiore della sua vita, che poteva ben definire l'ennesima delusione in campo maschile,

aveva chiuso con gli uomini.
Col senno di poi, magari sarebbe andata a finire meglio se avesse accettato l'invito di Cesare. O forse no. Anche lui voleva qualcosa da lei, come tutti gli uomini volevano qualcosa da una donna, quando la corteggiavano. I fiori erano un preambolo. *Gli uomini*, pensò stizzita, *non puntano mai solo alla semplice amicizia*. Ed eccolo di nuovo all'attacco, che le chiedeva ancora una volta di uscire. Ma non voleva capire?

«E allora?» ribatté Margherita, sopraggiunta in quell'istante con indosso la vestaglia di raso fucsia e la maschera nera sul viso, fissandola come se la ritenesse fuori di testa. «Per San Valentino io me li mando da sola in ufficio tramite Interflora, tanto per far vedere che non sono una sfigata, e tu sei offesa perché due uomini ti hanno mandato dei fiori?»

Regina la guardò di traverso. «Margherita, il primo ha cercato di sedurmi e poi mi ha minacciata, mentre il secondo mi serve ogni mattina il cappuccino, ma nemmeno mi conosce, lo capisci?»

«È bello, almeno?» indagò Margherita mentre si portava alla bocca un altro cucchiaio di gelato preso dalla sua vaschetta personale.

Regina la guardò di traverso «Chi, il molestatore o il barista?»

«Ooh, vada al diavolo il molestatore. Ma il barman... mi hanno sempre intrigato, sai, con le maniche della camicia ripiegate fino al gomito a scoprire quei muscoli sugli avambracci, un canovaccio gettato con noncuranza su una spalla e il sorriso sempre pronto. Loro sanno ascoltare, sai? Sanno capire le persone. Potrebbe essere un buon corteggiatore.»

«Io non lo voglio un corteggiatore» ribatté Regina.

«Non lo vuoi» ripeté Margherita sbattendo velocemente le ciglia.

«No, non lo voglio. Mia sorella si è innamorata di un barman, e guarda com'è andata a finire! Io – Non – Voglio – Un – Corteggiatore.» Scandì le parole a una a una, come se stesse parlando a una cerebrolesa. «Sta diventando intollerabile tutta questa situazione» terminò in tono torvo.

Margherita si portò le mani al viso. «Ooh sciocchina! Io mi venderei quella scorbutica di mia madre per avere almeno uno spasimante, e tu che ne hai addirittura due tra cui poter scegliere, ti lamenti.»

«Te li lascio ben volentieri. Anzi... Sai cosa? Io sono venuta qui per lasciarmi il passato alle spalle e ricominciare una vita senza uomini attorno. Ma da queste parti funziona ancor peggio che dalle mie.» Allargò le braccia, il volto colpito da una folgorazione. «Ho deciso, me ne torno a casa.»

«Ma, Regina, rinsavisci. Un ricco imprenditore e un galante barman si contendono la tua mano, la tua vita non potrebbe diventare più romantica, e tu vuoi fuggire? Perché almeno non ci rifletti su? Uno dei due non sarà poi così male...»

«Margherita, ma dici sul serio?» Era furiosa con quella sciocca svampita che si ostinava a non voler capire. «Non me ne importa niente dell'uomo ricco che mi importuna o del romantico barista. Non la voglio una storia, e non voglio più dovermi accontentare di far la segretaria. Ho deciso, ormai. E poi sono stata licenziata, non ho più un lavoro, mi resta un'ultima settimana, e tra l'altro sono stata messa in ferie. Cosa ci resto a fare, qui?»

Pamela la fissava a labbra strette dal vano della porta, braccia incrociate e spalla appoggiata allo stipite. Margherita scosse la testa, ma tacque, contrariata. In quel momento si sentì armeggiare con la serratura, poi la porta d'ingresso si aprì e richiuse con uno schianto così forte che tutte e tre balzarono nel corridoio.

«Dio mio, cos'è successo?»

«È successo che mi sono rotta!» esclamò Beky lasciando cadere a terra borsa e cappotto.

Regina inarcò un sopracciglio. «Anche tu reduce da un appuntamento disastroso?» L'occhiata incendiaria di nostra sorella confermò. «Gli uomini sono tutti uguali» commentò sprezzante.

«Avevi ragione tu, Regina. Sono stufa di questa città, di consigli idioti dispensati da persone che non mi conoscono nemmeno. Voglio tornare nel mio paese, al mio mare, dal mio cane e dalla mia famiglia. Ho un nipote che non conosco, Angelica ha bisogno di noi e mi manca Jenny. Ho deciso, Regina, torniamo a casa.»

Sul volto di Regina si profilò un sorriso sornione. Pamela rimase immobile con le braccia lungo i fianchi e il volto pallido; Margherita, invece, portò le mani in aria con gli occhi fuori dalle orbite.

«Ma cos'è, stasera, un virus? Tutti appuntamenti deludenti, i vostri. Non è che siete troppo pretenziose?»

«Margherita, fatti gli affari tuoi» le intimò Pam con tono duro.

«No che non me li faccio. Rebecca, non puoi lasciare tutto. Hai una carriera che sta prendendo il volo, per non parlare di una manager entusiasta. Che ne sarà di te? E di me?»

Beky scosse la testa. «Non lo so. L'unica cosa a cui riesco a pensare adesso, è che voglio tornare a casa. Ho bisogno di schiarirmi le idee, Margherita, e non resterò in questa città un giorno di più.»

«Ricordatevi di riservarci una camera per capodanno» commentò Pamela mentre tornava nella propria stanza, «non lo passeremo qui da sole senza di voi, intesi?»

Margherita scosse la testa e le corse dietro. Regina e Beky rimasero sole nella stanza.

«Allora, molliamo di nuovo tutto e fuggiamo?» Il corpo di Beky pareva già proiettato verso la porta

«Non siamo fuggite» la rimbeccò Regina, «abbiamo solo provato a rifarci una vita altrove, ma dopo sei mesi, abbiamo capito che questa non fa per noi. La vedo più come un ritorno alle origini. Domani è il mio ultimo giorno di lavoro, sono stata licenziata questa mattina.»
«Che cosa? E perché mai?» domandò incredula Beky.
«A qualcuno non vado a genio. Ma va bene così» ribatté alzando la testa. «Ti consiglio di sistemare la questione con Matteo, perché sabato si torna a casa.»
Beky scrollò le spalle con noncuranza. «Allora questo significa...» la superò dondolando, mentre si avviava verso la camera da letto.
Regina le lanciò una lunga occhiata, intuendone le intenzioni. «Prepariamo le valigie?» propose divertita.
«Chi arriva prima prende quella blu shocking!» urlò Beky scattando felice verso la camera da letto.
Quella notte Regina non chiuse occhio; immobile al centro del letto, fissava il soffitto con le mani incrociate sul petto, il pensiero, ancora una volta, segretamente rivolto a quell'unica persona che le avesse fatto battere il cuore. Non lo aveva dimenticato. Non ci riusciva. Gli eventi di quei giorni, dall'incontro con quella donna odiosa che le aveva riportato alla mente il suo coinvolgimento nella rovina dello studio Accardi, nonché l'essere contesa da due uomini tanto diversi sia fra loro, sia dal suo ideale di compagno, lo avevano riportato con prepotenza nei suoi pensieri.

Capitolo 8

(Un disperato bisogno d'amore – Stadio)
E non c'è niente da fare, non si può controllare
è qualcosa di grande di più grande di noi
èuna forza misteriosa che poi non si ferma mai

La mamma si alzò come al solito, preparò il caffè e guardò l'orologio: le sette e trenta. La casa vuota e silenziosa sembrava tanto enorme e due bagni così inutili, da quando i suoi figli non vivevano più lì. C'era sempre silenzio, e quel silenzio urlava forte la loro assenza. Lasciò andare un sospiro e tornò in cucina, dove il marito – il mio fantastico babbo – era davanti alla portafinestra con la tazzina del caffè in mano. Aveva l'aria distratta.

«Le cose cambiano» adottò il solito tono pragmatico che usava per nascondere i propri stati d'animo, «e i figli crescono. È la vita. Senti che pace in questa casa. Dovremmo godercela, finché dura.»

Lui le sorrise, scolò il contenuto della tazzina e chiamò Ariel, che festosa comparve col guinzaglio tra i denti.

«Per fortuna ci sei tu a tenerci allegri, vero piccola?» sussurrò all'amato cane.

Conosceva la mamma meglio di qualunque altra persona al mondo, ed era al corrente che dietro la sua compostezza si nascondesse, in realtà, una forte emotività. Non gli avrebbe mai detto quanto soffrisse per la lontananza delle figlie e per i problemi che ognuna di loro, negli ultimi mesi, aveva dovuto superare, ma ne percepiva gli stati d'animo. Era proprio questa sua capacità di nascondere le preoccupazioni e mostrarsi agli altri sempre serena, solo apparentemente indifferente a quanto la circondava, che le aveva impedito di crollare in più di un'occasione.

Mamma non era mai stata sola in vita sua. Si era sposata a ventidue anni con quell'uomo dieci anni più grande di lei che aveva riempito la sua vita d'amore... e di figli. Dieci mesi dopo il matrimonio aveva dato alla luce me, il primogenito. Dopo cinque anni era arrivata Regina, poi, come un fiume in piena, Angelica e a seguire le gemelle. La casa era sempre stata piena di schiamazzi; non sempre allegri, poiché riuscire a far andare d'amore e d'accordo cinque figli era un'illusione, ma il rumore aveva riempito le sue giornate per trentatré anni, tanto che ora ne sentiva la mancanza. Continuare a nasconderlo stava diventando arduo.

Adesso le sue figlie avevano raggiunto la serenità: Rebecca e Regina apparivano soddisfatte della loro vita a Milano. Jenny era entusiasta del suo lavoro che la portava a viaggiare molto; dormiva a casa solo qualche notte a settimana, e più volte le aveva fatto notare che quello non era un albergo, ma poi babbo la rimproverava con lo sguardo inducendola a capitolare. Angelica, invece, conviveva in maniera altalenante con il suo compagno; non si decideva a trasferirsi in maniera definitiva, e mamma aveva il vago sentore che non si sentisse pronta per fare il grande passo: il suo rifugiarsi fra le mura natie lo dimostrava. Dopotutto, come biasimarla, poiché dalla rottura del fidanzamento con l'ex, all'incontro con Daniele e alla gravidanza, era avvenuto tutto così in fretta.

L'unico a godere di una vita tranquilla e abitudinaria – se paragonata a quella delle mie sorelle – ero io. Ma non mi lamento, come potrei, quando ho al mio fianco una moglie che amo alla follia e un figlio che è il ritratto della salute?

Tornando alla mamma, tutti i suoi figli stavano vivendo un momento di stabilità e lei non poteva far altro che gioirne, benché, in fondo all'anima, continuasse ad aleggiare quel senso di ansietà, come un cattivo presentimento. Una volta, quando stava per sposarsi, sua madre le aveva sussurrato una frase che lei non aveva mai più dimenticato: «Ricordati sempre questo adagio, figlia mia: la vita è fatta a scale, c'è chi le scende e chi le sale. Ognuno, durante la propria vita, dovrà scenderle e risalirle molte volte. Però esistono anche i pianerottoli. Sii felice di stazionarvi il più a lungo possibile, accontentati di quello che la vita ti offre senza mirare troppo in alto, perché tanto più su sarai arrivata, tanto più rovinosa sarà poi la discesa.»

Mamma sapeva che, per quanto grezza potesse essere la nonna, aveva sempre visto giusto. E così lei non aveva mai preteso molto dalla vita, era stata felice di fare la moglie e la madre a tempo pieno, e di veder crescere i propri figli sani e forti, sebbene qualcuno di loro le avesse dato più problemi degli altri. Ma il fatto era che lei si trovava su quel famoso pianerottolo da molti, troppi anni, e i cambiamenti sono alla base della vita, belli o brutti che siano. Era dunque giunto il momento di imboccare di nuovo quelle scale. Ma stavolta, per salirle o per scenderle?

Per quel pomeriggio lei e babbo avevano fissato un appuntamento in uno studio di Grosseto, e durante tale incontro avrebbero avuto la conferma che stavano aspettando; una conferma che avrebbe decretato il futuro loro, e forse dell'intera famiglia.

Avevano deciso di fare una sorpresa tornando a casa senza avvertire. Fu una sensazione inebriante quando imboccarono la loro amata Giannella. Il sole splendeva in cielo e le due sorelle, che un tempo quasi si detestavano, non erano mai state più affiatate ed emozionate di tornare a casa di come lo erano in quel momento.

Erano da poco passate le tre del pomeriggio, quando Beky scese per aprire il cancello permettendo a Regina di parcheggiare all'interno del cortile. Presero dal portabagagli due valigie ciascuna, e si soffermarono a guardare il resto delle loro cose in un elaborato incastro sul sedile posteriore, fino al tettuccio; come avessero fatto a far entrare nell'utilitaria tutta quella roba, era un mistero. Margherita e Pamela avrebbero portato loro il resto – uno scatolone che non aveva voluto saperne di entrare nell'auto strapiena – quando fossero andate a trovarle per un week-end.

Dalla porta d'ingresso lasciata aperta una scodinzolante Ariel corse fuori come una scheggia, uggiolando e facendo ogni sorta di acrobazia fino a saltare addosso, a turno, alle padroncine.

«Dio mio, non credo ai miei occhi» urlò una voce dalla finestra del piano superiore. La testa di Jenny scomparve dietro le imposte, e un attimo dopo era già nel cortile per lanciarsi come un proiettile sulle sorelle, veloce quasi quanto il cane. E in effetti dovette combattere parecchio con Ariel per dividersi le attenzioni di Beky e Regina.

«Ma guardati» Jenny fece un passo indietro per osservare meglio la gemella. «La videochiamata non rendeva l'idea di quanto tu sia cambiata! Ti stanno bene i capelli schiariti e...» aggrottò la fronte, mentre Beky serrava le labbra immaginando cosa lei stesse per dirle, «anche quei chiletti in più che ti arrotondano il viso.»

«Già, per non parlare delle maniglie dell'amore» rispose Beky con uno sbuffo.

Non aveva più praticato sport né lunghe pedalate in bici e tantomeno sesso selvaggio. Sempre spensierata e trasgressiva, e soddisfatta della propria vita, Beky non aveva mai cercato rifugio nel cibo come negli ultimi sei mesi. A Milano, lontano dalla famiglia e dai vizi, con un impiego che non le faceva bruciare alcuna caloria e un tarlo fisso in testa che cercava di scacciare, si era confortata con i dolci.

In quel di Milano c'erano delle pasticcerie davvero niente male...
«Regina, tu invece sei perfetta come sempre» aggiunse Jenny abbracciando forte la sorella maggiore. «Che bello rivederti!»
Beky sbuffò. «Grazie tante per aver sottolineato in maniera tanto velata la *mia* imperfezione.» Jenny rispose con una linguaccia.
Dalla porta sopraggiunse anche Angelica, appesantita dall'avanzare della gravidanza. Era raggiante, bella come sempre, coi lunghi capelli che ondeggiavano, a ogni passo, sfiorando il punto vita; il viso più paffuto e colorito denotava un ottimo stato di salute. Regina e Beky si scambiarono uno sguardo complice, quindi andarono ad abbracciarla. Non le avrebbero detto nulla, non prima di averne parlato con Daniele.
Si spostarono verso casa, e giunte all'ingresso Regina si guardò attorno, chiedendo: «Babbo e mamma?»
Jenny prontamente rispose: «A Grosseto per fare acquisti.»
«Saranno felicissimi quando vi vedranno» disse Angelica raggiungendole. «Quanto vi fermerete?»
«Vi prego, ditemi che vi allungherete fin dopo il battesimo» le implorò Jenny.
«In realtà...» cominciò a dire Beky, guardando Regina. Quest'ultima proseguì dicendo: «Siamo tornate per rimanere.»
Due paia d'occhi si appuntarono su di loro, ben spalancati.
«Sì, abbiamo deciso che fosse ora di tornare a casa. La città non fa per noi» confidò Beky.
«Ma, il vostro lavoro?» Angelica sembrava confusa. «La casa che condividete con quelle due ragazze...»
Beky scosse le spalle. «Oh, per la casa non c'è problema. È di proprietà di Pamela, quindi non avranno difficoltà con l'affitto.»

«E il lavoro non è un problema» dichiarò Regina.
«Vero! La prossima domenica si terrà la mostra, ma si occuperà di tutto Margherita.»
Jenny la squadrò. «Tu non parteciperai?»
«No. Non intendo apparire pubblicamente, su questo punto io e Matteo già eravamo d'accordo. Firmo le mie opere come Rebel, e lei mi rappresenterà.»
«Matteo, il tuo nuovo ragazzo» commentò Jenny ammiccando. «Lui come ha preso questo trasferimento?»
«Basta parlare di me. Dimmi piuttosto di te, Angelica, sei un incanto! Come procede la gravidanza?» Beky sviò da sé l'attenzione; si stavano inoltrando su un terreno scivoloso.

«Oh, le mie gambe sono gonfie, cammino come una papera, devo fare pipì ogni mezz'ora e questo mascalzoncello è già a testa in giù pronto a fare il tuffo. Per il resto sto divinamente» concluse Angelica con una smorfia.

Regina esultò e con entusiasmo chiese: «Quindi è un maschio?»

Angelica scosse una mano. «Oh, non lo so, ma ormai mi sono abituata a parlare di lui al maschile.»

«Non capisco perché ti ostini a rimanere nel mistero. Come farai a scegliere il nome? E ad avere il corredino giusto per lui, o lei?»

«Sceglierò un nome da maschio e uno da femmina. E... bianco, giallo e verde, così sarà il suo corredino, molto colorato.»

Beky e Regina le rivolsero una domanda ciascuna, all'unisono:

«Ancora non hai scelto nemmeno il nome?»

«Ancora non hai iniziato a preparare il corredino?»

Angelica incrociò le braccia sopra la rotondità del ventre, che utilizzò come appoggio.

«Ma dimmi di te, Regina» glissò sull'argomento, incentrando l'attenzione su di lei. «Hai già dato le dimissioni in

ufficio?»
«Non ve ne è stato bisogno» rivelò nostra sorella maggiore, pragmatica come sempre. «Sono stata licenziata.»
«Che cosa?» esclamarono all'unisono Jenny e Angelica.
«Ragazze, vi spiegherò tutto stasera, ma adesso, vi prego, ho bisogno di fare una doccia e riposarmi. Siamo partite questa mattina presto, e *vostra* sorella mi ha fatto fermare in tre diversi autogrill perché aveva fame, doveva fare pipì, e si sentiva fortunata per acquistare un gratta e vinci.» Lanciò un'occhiata in tralice a Beky, che le fece il verso.

«Questa sera hai un impegno, e a meno che tu non voglia parlare del tuo licenziamento davanti a nostro fratello e agli amici, rimanderemo a domani» la informò Jenny con un sorriso sornione.

«Sì, avete avuto davvero un tempismo perfetto a tornare oggi» aggiunse Angelica, «così potremo festeggiare anche il vostro ritorno!»

«Festeggiare *anche* il nostro ritorno?» fece eco Regina con una generosa dose di diffidenza.

«Sì, questa sera festeggeremo Jenny e Christian, che ci sveleranno la data scelta per il matrimonio.»

Jenny aggiunse, elettrizzata: «E sarà anche una sorta di baby shower per festeggiare il nascituro, nonché l'imminente inizio della convivenza tra Angelica e Daniele. È stata un'idea di Massimo.»

Una sirena d'allarme risuonò nella testa di Beky, che domandò sospettosa: «Dove festeggeremo, esattamente?»

Jenny temporeggiò guardando altrove, verso un punto in alto nel cielo. «Al "Blue Moon".»

Il colore defluì dal suo viso. «Cazzo, Jenny!»

«Beky, tu adesso stai con Matteo. Hai dimenticato Massimo, vero? Non ti dà fastidio rivederlo?»

Silenzio.

«Beky, se ti fa stare meglio possiamo andare da un'altra parte...»

Beky sospirò e alzò una mano per interromperla. «No! No, è stato lui a proporre di festeggiare nel suo locale, sarebbe scortese non andare solo perché io...» esibì un largo sorriso. «Tranquille, non c'è alcun problema per me. Non potrei mai tirarmi indietro davanti a un giro di bevute.» Sorrideva ancora quando iniziò a trascinare la pesante valigia blu shocking su per le scale. Era stata così felice di essersela aggiudicata! Adesso malediceva la rapidità con la quale era tornata a casa. Forse sarebbe stato meglio aspettare un giorno... Il sorriso sulle labbra fu sostituito da un ghigno infastidito e una silenziosa imprecazione.

«Accidenti a me e al mio solito pessimo tempismo.»

Le ventidue in punto. Beky e Regina erano in camera da letto e si fissavano; negli ultimi sei mesi avevano imparato a capirsi senza aprir bocca. La gemella sapeva quanto nostra sorella detestasse andare per locali, bere e festeggiare, ed era anche a conoscenza che Regina, d'altro canto, sapeva bene cosa si stesse agitando nel suo cuore; strano ma vero, lei era l'unica a conoscenza del sentimento che provava ancora per Massimo, e che doverlo rivedere le costava un grande sforzo.

Beky non era certa su cosa gli avrebbe dovuto dire, se si fossero trovati a faccia a faccia.

«Sei pallida» constatò Regina. Beky sbuffò.

«Non ce la posso fare, Regina. Mi sono ficcata da sola in questo guaio, e mi maledico ogni istante.»

«Avanti, Beky, sono sicura che andrà bene. Questa sera hai fatto le prove generali. Vedrai che al locale sarà ancora più semplice.»

Già, quella maledetta cena di famiglia. Per loro era stato come doversi districare in mezzo ai rovi per trovare la via d'uscita.

Quella sera ci eravamo riuniti tutti, come non accadeva da tempo. C'eravamo anche Lorena e io con il nostro pic-

colo Loris, che aveva monopolizzato gran parte dell'attenzione come nuovo membro di quella chiassosa famiglia.
Spiccava l'assenza di Daniele, che Angelica aveva giustificato con la partecipazione a un convegno di medici, per puro caso a Milano. Beky e Regina si erano date un calcio sotto il tavolo, a quella notizia, ma per errore la gemella aveva preso lo stinco di Christian, che tacendo prese a studiarla con aperta curiosità.
Per Beky e Regina si era aperto un serrato interrogatorio stile inquisizione, con Angelica che domandava a Regina il motivo del licenziamento e, esaurito l'argomento, passava all'attacco con Beky pungolandola per saperne di più sul nuovo fidanzato.
«Il proprietario della galleria d'arte dove Beky espone le sue opere» aveva esclamato Jenny con esultanza.
Angelica, inorgoglita, l'aveva spalleggiata. «E la prossima domenica ci sarà la sua esposizione.»
«Ma sabato ci sarà il battesimo, come farai a tornare a Milano in tempo per la mostra, il giorno dopo?» Lorena era alquanto preoccupata.
«Perché tu ci sarai al battesimo, vero?» la inchiodai con il mio tipico cipiglio minatorio.
«Rebecca, non potevate fissare questa mostra per un'altra data?» aggiunse infine mamma.
Beky prese un grosso respiro e serrò il tovagliolo fino a far sbiancare le nocche. «No mamma, non era possibile. E, Marco, certo che ci sarò. Io non parteciperò alla mia esposizione» spiegò sollevando il bicchiere per bere un sorso.
«Come no?» domandò ancora nostra madre.
«No, io non voglio apparire in pubblico, lo sapete bene. Firmo le mie opere con uno pseudonimo, e Margherita, che si è offerta di diventare mia manager in via amichevole, mi rappresenterà occupandosi di tutto al posto mio. Se venderò delle opere, lei avrà la sua parte di compenso.»
«Così vuoi rimanere nell'ombra» osservò Christian, che

aggiunse: «perché?»

«Non voglio apparire. Punto. Dipingo per mio piacere, e se questo può diventare un modo per guadagnarmi da vivere, ben venga, ma non voglio che le persone sappiano di chi è il volto dietro quei dipinti.»

«Hai del talento, ed è un vero peccato tenerlo nascosto. Ma capisco e rispetto la tua decisione» commentò Christian, alzando il bicchiere verso di lei. «A te, e al successo che meriti. E al tuo ragazzo Matteo, che ha saputo fiutare sia quel successo, sia il tuo buon cuore.»

Beky tossicchiò come se le fosse andato del liquido di traverso; appena ripreso fiato, sollevò il bicchiere verso di lui pronunciando un atono ringraziamento.

«Sorelline mie, a quanto pare la città ha giovato non poco al vostro carattere impulsivo» commentai con un diabolico sorriso, allo scopo di provocarle. All'epoca ancora non conoscevo tutti i retroscena come adesso, altrimenti mi sarei goduto ancor di più le loro reazioni indignate e il loro annaspare in cerca d'una via di fuga dalla rete di bugie che si stavano tessendo attorno.

I nostri genitori si erano mostrati così interessati e fieri di lei, che Beky non se l'era sentita di smentire la sua relazione con Matteo, descrivendolo come bravo ragazzo dedito al lavoro.

Regina le aveva tenuto il gioco confermando ogni cosa; Beky sapeva quanto odiasse mentire – contrastava con la sua integrità morale –, ma era certa lo facesse perché ne comprendeva i motivi.

Nostra madre era così euforica di riavere tutti i figli riuniti a tavola, e aveva uno sguardo così fiero del cambiamento sopravvenuto in lei, la più scavezzacollo di casa, che né Beky né Regina avevano avuto il coraggio di dire che si trattava di una menzogna, sparata lì per celare una terribile verità.

Ancora non sapevano come avrebbero fatto a rivelare ad

Angelica che il suo compagno, padre del figlio che portava in grembo, in realtà fosse già sposato con una dottoressa e che era stata proprio Beky a scoprirlo – di nuovo –, dopo essere stata trascinata al pronto soccorso.

Le sembrava che la propria vita fosse basata su un cumulo di menzogne, e prima o poi era certa le si sarebbero rovesciate addosso, affondandola. Era solo questione di tempo.

«Sei pronta?» Regina appoggiò la mano sulla maniglia. Al piano di sotto, tutti stavano aspettando loro due.

Beky gemette, si strofinò forte le guance per infondervi un po' di colore, prese un respiro e alzò la testa. «Andiamo!»

Trovarsi di nuovo davanti all'insegna luminescente del "Blue Moon", dopo tutti quei mesi, le procurò un brivido. Lì aveva trascorso i momenti più belli e più brutti della sua vita; aveva fatto a pugni, si era ubriacata, ma anche innamorata. Perdutamente. Nell'appartamento sul retro aveva consumato l'amore con l'uomo al quale sentiva ancora d'appartenere. E sempre lì, era stata lasciata. In quel locale aveva commesso molti errori, ma vi erano anche avvenuti i cambiamenti migliori che l'avevano portata a essere quella che era oggi: una ragazza più seria, giudiziosa e soprattutto casta e sobria.

Beky infilò le mani nella tasca del cappotto, improvvisò un sorriso ed entrò nel locale per ultima, dietro alle sorelle. Lorena e io declinammo l'invito per non dover lasciare il piccolo con i nonni, ma Sabrina e Stefano li stavano aspettando dentro il locale, pronti a far baldoria.

Una volta dentro, dopo un saluto alla coppia di amici, si guardò attorno con curiosità, aguzzando la vista nella penombra delle luci blu. Benché ostentasse indifferenza, c'era una sola persona che sperava e temeva con pari intensità di scorgere fra i numerosi volti.

Qualche passo più avanti, la mano stretta a quella di Christian, Jenny lanciò un'esclamazione che fece traballare i suoi nervi tesi.

«Massimo! Ehi, siamo qua.»

Lui si voltò di scatto e il suo volto si aprì in un sorriso appena li vide. Andò loro incontro con la mano alzata verso Christian. I due si diedero un cinque per poi stringersi in un abbraccio.

«Congratulazioni, amico» Massimo batté una pacca sulla schiena di Christian. «Hai fatto un'ottima scelta.»

Christian ricambiò con un'identica botta amichevole, mentre Massimo si apprestava ad abbracciare Jenny. Angelica fece un passo avanti per salutarlo in maniera più riservata, accettando senza però ricambiare il lieve bacio che lui le posò sulla guancia; intanto, poco più dietro, Beky si faceva scudo con Regina per posticipare il più possibile l'incontro con Massimo. Era agitata e non voleva che lui se ne avvedesse. La cosa sembrò funzionare. Si era fatto crescere la barba ma aveva tagliato i capelli, e a Beky sembrò comunque bellissimo. Stefano e Sabrina le coprirono la visuale, e lei non seppe decidersi se esserne più sollevata o indispettita.

«Allora, ragazzi, questa sera dobbiamo festeggiare ben due unioni! I primi due giri li offro io.» Massimo fece allegramente cenno al gruppo di seguirlo sul soppalco, quando Jenny lo afferrò per la manica.

«In realtà, questa sera abbiamo da festeggiare anche due graditi ritorni.»

Massimo inclinò la testa di lato, quindi seguì la direzione della mano tesa a indicare Regina.

Per un attimo sembrò che avesse ricevuto una scossa, ma durò pochissimo. «Regina, che piacere vederti.» Fece un passo verso di lei, poi la sua attenzione guizzò più in là, sul volto che faceva capolino dietro le sue spalle.

Beky ricambiò lo sguardo da sotto la frangia castana,

che le ricadeva sugli occhi; ringraziò mentalmente per non aver avuto il tempo di tagliarla, nell'ultimo periodo, così riuscì a nascondere il primo impaccio. *Ma la fortuna è un attimo...*

«Rebecca.» Pronunciò il suo nome con un'intonazione differente, velata di stupore e malinconia.

Beky fece un passo di lato e ricambiò il saluto con riserbo. «Massimo.»

Quel brusco ritorno alle origini l'aveva colta impreparata. Le emozioni che provò vedendolo da vicino la lasciarono spiazzata.

Rimasero a fronteggiarsi per qualche istante, finché non li raggiunse la voce allegra di Andrea che l'aveva riconosciuta da dietro il bancone. «Ehi, Beky! Che piacere rivederti. Sei uno schianto, come sempre» concluse soffiandole un bacio, prima di tornare a rivolgere l'attenzione ai clienti.

Massimo spostò di nuovo lo sguardo da lei a Regina ed elargì a entrambe un tiepido bentornate prima di incitare di nuovo tutti gli invitati a salire le scale.

Raggiunto il privée e i tavoli a loro riservati verso il centro del soppalco, le due coppie presero posto all'estremità opposta, l'una di fronte all'altra; poi Beky sedette vicino a Jenny e, di fronte, Angelica prese posto accanto a Sabrina e Regina le si affiancò. Rimase un unico posto libero vicino a Beky, e fu lì che sedette Massimo.

«Allora, Rebecca, ti trovo bene. L'aria del nord ti ha giovato» commentò Massimo guardandola dritto negli occhi.

«Oh, ma perché non fate tutti che ripetermelo? Sembra quasi un'incitazione a tornarci.»

«No, certo che no» si difese Massimo rivolgendole un sorriso condiscendente. «La mia era solo un'osservazione.»

«Okay, grazie per la tua opinione. Sembrate tutti così desiderosi di farmelo notare.» Beky era stufa di sentire sempre la stessa frase e riuscì, finalmente, a dare sfogo alle proprie frustrazioni.

Massimo la osservò in silenzio.

Erano a soli trenta centimetri di distanza, poteva sentire il suo profumo, vedere le pupille dilatate, anche nella penombra. Assimilò tutto di lui, lo sguardo intenso, la piega delle labbra all'insù, lo stacco della barba sulle guance lisce. Le loro mani erano vicine sul tavolo, se avesse allungato la propria di pochi centimetri l'avrebbe sfiorato. E invece la ritrasse e strinse il pugno sforzandosi di apparire disinvolta, quindi si spostò di lato fino a cozzare contro il fianco di Jenny. In altri tempi, avrebbe civettato con lui in maniera sfacciata, ma... Ora era addirittura intimidita.

Una cameriera portò il primo giro di drink con le coppette stracolme di snack, e Beky afferrò subito alcuni salatini per distogliere l'attenzione da lui.

«Ho avuto molti stimoli che mi hanno dato modo di riflettere.» *Ma che cavolo stai blaterando* urlò la sua voce interiore. Sembrava una ragazzina inesperta al primo incontro con il ragazzo che le piaceva.

«Stimoli» sottolineò lui, «ho saputo che ti sei dedicata alla tua passione con successo.»

«Con successo no, non direi. Sto solo muovendo i primi passi.»

«Be', i tuoi dipinti sono esposti in una galleria, a breve ci sarà la tua prima esposizione ufficiale.»

«Roba di poco conto. Si tratta di alcune opere buttate giù in velocità durante la mia permanenza a Milano» si sminuì sperando che l'attenzione di Massimo fosse presto rivolta altrove. E invece no, lui non mollava, sembrava un cane che fiutava la preda.

«Fortunato, il tuo nuovo ragazzo, che ha incontrato l'amore e un talento da lanciare tutto in un'unica persona.»

Beky lo soppesò con aria seria: stavolta non sapeva davvero come interpretare quell'affermazione. Era un complimento o una frecciata? Nel dubbio evitò di rispondere, ma lui insisté.

«Non è venuto con te? Sono curioso conoscerlo.»

Lui era curioso...

Come sarebbe uscita fuori da questo impiccio?

«No, è rimasto a Milano. Deve organizzare la mostra per domenica prossima.»

«Quindi ripartirai presto.»

Cos'era quella, la serata del terzo grado? Lui non era mai stato tanto loquace, in sua presenza, perché diavolo doveva cominciare proprio adesso? Beky si prese tutto il tempo per scolare il proprio cocktail prima di rispondere con disinvoltura.

«A dire il vero, sono tornata per restare.»

La sorpresa sul volto di Massimo fu palese e si affrettò a chiedere: «Non intendi più ritornare a Milano?»

Beky scosse la testa in senso di diniego. «È questo che implica il termine *restare*, no?» Pungente, ma Massimo era ancora in cerca di risposte.

«Perché? Da quel che so, lì hai un lavoro, una carriera spianata e... un ragazzo. Vuoi mollare tutto?» Ora il tono conteneva una nota di biasimo.

«Non mollo tutto. Continuerò a dipingere, e se Matteo vorrà continuare a esporre le mie opere, Margherita se ne occuperà al posto mio. Lei è mia amica e manager. A ogni modo non avrei partecipato comunque alle mostre, preferisco rimanere anonima.»

«Perché?»

Cielo, ancora quella domanda. Ma cos'avevano tutti quella sera?

«Perché preferisco così. Un'opera attrae di più se il mistero avvolge chi l'ha realizzata, no?»

Massimo la scrutò con un'espressione seria. «Tu vuoi nasconderti. Non è che stai fuggendo di nuovo?»

«Se vuoi scusarmi, dovrei andare in bagno.» Beky era stizzita. *Basta*, pensò, quel treno stava prendendo i binari

sbagliati, e lei doveva interrompere quella corsa.
 Scese le scale in velocità e si incamminò verso il bancone, dove cercò l'attenzione del barman. Andrea fu presto da lei.
 «Mi dai qualcosa di forte, per favore?»
 Andrea annuì e cominciò a dosare gin, vodka e tequila in uno shaker che poi agitò con gesti sapienti. Lei ne seguì i movimenti affascinata.
 «A te. Un Long Island, il tuo preferito» strizzò un occhio mentre le avvicinava il drink. «Bellezza, da queste parti abbiamo sentito la tua mancanza. Che racconti di bello?»
 Si strinse nelle spalle. «Niente di che. Credo che da ora in avanti sentirete di nuovo parlare di me.»
 «Wow, la nostra Beky è tornata, ed è pronta a far follie.»
 «Niente follie, Andrea. Almeno per il momento.» Prese il suo drink e lo sorseggiò pensosa. D'un tratto sentì un movimento al proprio fianco. Con la coda dell'occhio notò un braccio, con una manica nera di camicia arrotolata fino a metà tricipite, appoggiato sul bancone proprio accanto al suo. La consapevolezza che non si sarebbe liberata di lui tanto facilmente le strappò un sospiro. Sollevò lo sguardo e incontrò quello dell'uomo che tormentava i suoi sogni.
 «Una bevuta in solitaria, non è da te.»
 Beky sbuffò e guardò altrove. «Non mi andava di essere l'argomento principale della serata. Siamo qui per festeggiare le mie sorelle e le loro *vite perfette*» rispose asciutta, alzando la mano per richiamare l'attenzione di Andrea. «Un altro uguale, per favore.»

Massimo la osservò. Se la conosceva bene come riteneva, c'era qualcosa che non andava. Il tono in cui aveva pronunciato quel *perfette,* la tristezza nel suo viso e quei tre drink nel giro di dieci minuti. Tutti segnali inequivocabili. Ne osservò il profilo mentre si ostinava a rivolgere l'attenzione ovunque tranne su di lui. I lunghi capelli blu erano stati tagliati e non erano più blu, ma di un caldo castano striato da sfumature rugginose. Aveva tagliato la frangia, che ora le copriva la fronte e ricadeva sugli occhi donandole – insieme alle guance piene, non più scarne come le ricordava –, un aspetto adolescenziale. Anche il piercing al naso era scomparso, così come il trucco pesante che portava sempre, sostituito da uno più leggero, effetto naturale. Le iridi castane avevano perso quel luccichio malizioso, come anche i suoi modi non più sfacciati; appariva riservata e sulla difensiva. Molto cambiata dalla ragazzina che gli aveva fatto girare la testa, la sua vicinanza continuava comunque a fargli un certo effetto.

«Stai bene, con questo nuovo look.»

Beky si trattenne dal guardarlo. «Un complimento o una critica?»

«Come potrebbe essere una critica?»

«A quel che ero prima. Volevi tanto che cambiassi, ed eccomi qua.»

Massimo sospirò. «Rebecca, hai frainteso...»

Lei sollevò una mano per zittirlo. «Lascia stare, non m'interessa. L'ho fatto per me, non certo per te.»

Colpito.

Massimo le tenne lo sguardo ancora incollato addosso, buscandosi alla fine un'occhiata interrogativa.

«Cosa c'è, ancora?»

«Ti vedo diversa, mi fa strano, tutto qui.»

Beky sbuffò e tornò a rivolgere la propria attenzione al cocktail, che succhiò dalla cannuccia con rabbia.

«Parlami di lui» la incitò con più gentilezza, intuendo che, forse, i suoi problemi potessero essere attribuibili a quel suo nuovo ragazzo. Lei smise di colpo di bere, e gli fece tenerezza l'espressione di sgomento che affiorò sul suo volto. Pensò d'aver centrato il bersaglio, quindi insisté con intonazione più comprensiva. «È da lui che stai prendendo le distanze?»

Il tono di Beky fu duro. «Tu non sai niente.»
«Allora spiegami.»
«Non ti devo alcuna spiegazione.»
«Non farlo per me, ma per te. Parlarne può farti bene.»
«A me non porta mai niente di buono.»
Massimo sbuffò. Conversare con lei non era mai stato tanto snervante. D'un tratto, vide la bocca d Beky muoversi e dovette avvicinarsi ancor di più, per udire la sua voce in mezzo a quel frastuono.
«Lui ha visto qualcosa nelle mie opere. Anche se non so davvero cosa. Mi ha spronata a proseguire, ha esposto le mie creazioni nella sua galleria e organizzato questa mostra. Ha creduto in me quando nemmeno mi conosceva, offrendomi il suo aiuto e un lavoro.»
«E quando poi ti ha conosciuto meglio, si è innamorato» concluse lui rivolgendole un sorriso. «Pare un déjà-vu.»
Una risatina amara le sfuggì in risposta. «Già, peccato che…»
«Che cosa, Rebecca?»
Beky ammutolì.
«Meriti di essere felice, Rebecca. E se lui ha visto qualcosa in te, è perché *c*'è davvero qualcosa di unico, in te.»

Avrebbe voluto dirgli che non era così, non era affatto come lui pensava, non poteva essere un déjà-vu perché lei non avrebbe mai ricambiato Matteo come invece… ma le parole le morirono in gola.
D'un tratto avvertì quel familiare impulso di aprirsi a lui e rivelargli la verità. Magari avrebbe capito. Aprì la bocca per parlare, e in quel momento furono raggiunti dalla voce di Jenny che reclamava la presenza di nostra sorella.
«Beky, ti stiamo aspettando per il brindisi! Non vuoi sapere in che giorno dovrai farmi da testimone di nozze?»
Beky spostò lo sguardo da Massimo alla gemella, ferma a metà scala che li fissava, poi di nuovo a Massimo. Sentì

le lacrime pungerla come spilli, così sbatté le palpebre e si alzò per sfuggire allo sguardo indagatore del suo ex.

«Arrivo, arrivo» urlò cercando di apparire allegra. «Andiamo Massimo, ci stanno aspettando.» Posò una mano sulla sua spalla con tocco leggero; Massimo gliela coprì con la propria per trattenerla, ma lei gli scivolò via.

Aveva avvertito una scossa, come se un fuoco l'avesse scottata. Che fosse il classico ritorno di fiamma? Sperò solo che i suoi occhi lucidi fossero sfuggiti a Massimo, o avrebbe avuto la conferma che qualcosa davvero non andava.

Capitolo 9

(Salvami – Modà)
E va sempre così, che tanto indietro non si torna
e va sempre così, che parli ma nessuno ascolta
e va sempre così, che vuoi cambiare ma non servirà

Jenny conosceva fin troppo bene la gemella; intuiva quando qualcosa la turbava, e dal suo ritorno la vedeva strana.

Particolarmente silenziosa. Si era aspettata una qualche esultanza durante il brindisi; la cara vecchia Beky avrebbe fatto follie, qualsiasi evento era per lei una ghiotta occasione per festeggiare. E invece niente, si era limitata a sorridere, alzando il bicchiere in un muto brindisi.

No, questo non era da lei.

Saltare sul tavolo e scolare il bicchiere in un colpo, urlare e metterli tutti in imbarazzo: questo, sarebbe stato da lei.

Le sedette accanto, preoccupata, scrutandone il volto in cerca di un qualche indizio, ma niente, Beky continuava a eludere il suo sguardo. Cominciò a dubitare che l'idea concepita insieme a Christian fosse saggia. Si morse un labbro mentre rifletteva in maniera febbrile, e quando infine si decise ad afferrare la mano del fidanzato per implorarlo di desistere, era ormai troppo tardi.

Christian si alzò con il calice di Martini levato in aria, richiamando su di sé l'attenzione di tutti. In quel momento sopraggiunse Massimo. Jenny espirò e pose la mano su quella della gemella, che le rivolse un cipiglio interrogativo.

«Ora che la mia futura sposa ha la sua testimone di nozze, anche io ho bisogno del mio. Massimo, amico mio, vuoi farmi l'onore?»

Jenny non distolse un solo istante lo sguardo da lei.

Il volto di Beky sbiancò per poi infiammarsi con altrettanta veemenza. Sfilò fulminea dalle dita di Regina il drink ancora intatto e lo tracannò tutto d'un fiato; il liquido le andò di traverso, tossicchiò e sputacchiò nel tovagliolo prima di riuscire a riprendere fiato.

«Beky, stai bene?» Jenny era davvero in allarme, ma la sorella continuò a ignorarla mentre, da sopra le loro teste, i due ragazzi si stringevano il pugno.

«Ne sarei onorato, amico!»

Massimo aveva accettato.

Beky si portò le mani al viso e sprofondò più giù sulla sua poltroncina.

Jenny riusciva ad avvertire tutta la sua angoscia. A dirla tutta, la scelta dei testimoni non era stata casuale; immaginava che i sentimenti di sua sorella per l'ex fiamma fossero ancora vivi, così come era certa che vivo fosse l'interesse che lui nutriva nei suoi confronti. La storia di quel nuovo ragazzo, Matteo Mura, non l'aveva del tutto convinta, e il fatto che Beky non le avesse parlato mai di lui, confermava i suoi sospetti.

Regina allungò una mano verso Beky, spinse via il bicchiere e afferrò la sua, tremante.

Jenny osservò i loro sguardi incrociarsi e rimanere avvinti, seri e imperscrutabili a occhio esterno. Tra quelle due scorreva uno strano flusso. Era evidente stessero custodendo un segreto, e lei lo avrebbe scoperto.

Studiò con sospetto Regina che, da quando era tornata da Milano, non sembrava più così tanto distaccata. Aveva notato in lei anche uno strano morboso interesse nei confronti di Angelica e nelle domande che poneva sull'assenza prolungata del compagno.

Enormi cambiamenti erano nell'aria, e non farne parte, insieme alla sua gemella, le lasciò in bocca un sapore amaro. No, Jenny non sarebbe rimasta in disparte a lungo, e la sua mente già stava tramando un modo per far uscire Beky allo scoperto.

Lasciò passare un'intera settimana permettendo a Beky di aprirsi di sua spontanea volontà, ma lei si ostinava a rimanere chiusa in quel caparbio silenzio.

Insieme alla prima domenica di dicembre, giunse anche il giorno del battesimo di mio figlio. Sembrava non facesse altro che piovere, da quando erano tornate, e neanche quel giorno fece eccezione. I nostri genitori erano già usciti di casa e Angelica aveva passato la notte a casa di Daniele. Era giunta l'ora di intervenire.

Jenny raggiunse Beky e Regina, chiuse nel bagno da oltre venti minuti; spalancò la porta di scatto facendole sobbalzare per lo spavento e si piazzò davanti a loro con le mani sui fianchi. Cercò di assumere un'espressione più intimidatoria possibile.

«Basta così! Adesso voi due mi dovete delle spiegazioni. Mi state tenendo nascosto qualcosa di grave, lo sento, e adesso dovete rendermi partecipe o riferisco anche ad Angelica e...»

«No, ad Angelica no!» esclamarono le altre due all'unisono, con aria colpevole.

Sogghignò trionfante. «Dunque è lei, il motivo di tanta segretezza.»

Beky si torceva le mani. «Jenny, abbiamo scoperto una cosa riguardo Daniele.»

«Dio mio, non avrà un'amante anche lui?»

Regina scosse la testa. «Ho paura che questa volta l'a-

mante inconsapevole sia Angelica.»
Beky aggiunse: «Abbiamo scoperto che Daniele è sposato.»
Jenny aprì e chiuse la bocca, ma non vi uscì alcun suono. Le occorse un istante per assimilare la notizia.
«Lo abbiamo scoperto la settimana scorsa, così siamo tornate subito a casa.»
«Come diavolo avete fatto a scoprire una cosa del genere da Milano?» Mosse alcuni passi e si lasciò cadere di peso sul bordo del bidet. Regina seduta sulla vasca da bagno, Beky sul water con il coperchio abbassato, diedero inizio alla riunione di gabinetto.

Ne uscirono fuori mezz'ora più tardi, con una Jenny edotta e sconvolta, e una strategia d'attacco ben precisa.

Una corsa sotto il diluvio fino all'auto di Regina, dove proseguirono con le rivelazioni.

«Jenny, c'è un'ultima cosa che devo confessarti.»
Seduta sul sedile posteriore, Jenny guardò la gemella con curiosità.

«Non è vero che sto insieme a Matteo. Stavo per dirti quello che avevo scoperto su Daniele e... è stata la prima cosa che sono riuscita a inventare quando ho visto Angelica accanto a te.»

Jenny batté le mani e le puntò contro un dito. «Ah-ah! Ne ero certa!»

Beky sembrava confusa. «Perché sei felice?»
«Perché avevi descritto quel ragazzo come affidabile ma noioso, era evidente l'indifferenza che manifestavi nei suoi confronti. Non era possibile che avessi cambiato idea. Non è da te.»

Nostra sorella sbuffò.

«Invece, quando parli di Massimo il tuo viso si illumina. Anche lui è un ragazzo affidabile, ma noioso direi proprio di no. Eravate perfetti insieme, vi compensavate.»

«Massimo è un discorso chiuso, ormai, e tu devi pro-

mettermi che non ficcherai il naso.»
«Oh no, non lo farò.» Si portò un dito alla bocca e tamburellò l'unghia contro un dente. «Dobbiamo solo rimediare alla gaffe che hai fatto con lui in videochiamata.»
«*Noi* non dobbiamo fare niente, Jenny! Stanne fuori.»
Jenny sorrise compiaciuta, e l'auto partì sfidando la pioggia che riduceva il raggio visivo.

Già durante la messa mi resi conto che qualcosa non quadrava. Le mie tre sorelle non facevano che scambiarsi strani sguardi alle spalle di un'ignara Angelica, che invece sembrava rapita e commossa dalla celebrazione. Durante il pranzo, al ristorante, ne ebbi conferma. Approfittai dell'arrivo della torta per afferrare Jenny per un braccio; puntai a lei, perché sapevo fosse l'unica delle tre che non avrebbe mai saputo mantenere un segreto, se messa alle strette.
Mi guardò con quei suoi occhioni da innocente cerbiatta che mi strapparono una risata.
«Ah, Jenny, sei prevedibile, sai?»
«Perché mi dici così?»
«Voglio sapere cosa state tramando.» Senza giri di parole, proprio come sapevo che l'avrei messa in difficoltà.
«Io... Noi... No, ma che vai a pensare?»
«Jenny, stai balbettando. Quando lo fai o sei ubriaca oppure menti. O entrambe le cose insieme. Dimmi cosa mi devo aspettare.»
Jenny si guardò intorno in una ricerca febbrile. La vidi posare lo sguardo su Angelica, prima di spostarlo con una certa premura su Beky.
«Bingo! Si tratta di Angelica. È così, Jenny?» Rafforzai la stretta sul suo braccio per indurla a guardare me. «Ne ha passate tante, cercate di non combinare altri guai. Per favore, sorellina» conclusi addolcendo il tono severo che avevo utilizzato.
Lei deglutì e si allungò sulla punta dei piedi per dar-

mi un bacio sulla guancia. Sapeva bene che mi scioglievo ogni volta lo facessero. Mi sentivo come un galletto in un pollaio, desideroso di proteggerle e di ricevere in cambio il loro affetto.

«È quello che stiamo cercando di fare.» Mi rivolse un dolce sorriso e scivolò via.

Scossi la testa mentre le guardavo riunirsi. Qualcosa mi suggeriva che non sarebbe finita bene. Mi passai una mano fra i capelli, scuri come quelli delle mie sorelle. In molti sostengono che io e Regina siamo due gocce d'acqua; stessi occhi, stessa altezza. Due gemelli mancati, contrariamente a Jenny e Beky che di uguale hanno solo la capacità di ficcarsi nei guai.

Angelica e Daniele non si erano staccati un attimo l'una dall'altro, tranne che per le brevi incursioni di lei in bagno, perciò avvicinarlo fu davvero difficile. Il momento propizio giunse con una telefonata. Lo puntarono mentre usciva nel portico per rispondere; uno sguardo tra di loro ed entrarono in azione. Le mie agguerrite sorelle lo accerchiarono a telefonata conclusa, poi Regina indietreggiò per far da palo accanto al finestrone, parzialmente celata dai tendaggi.

Lui guardò le ragazze con aria divertita. «Cosa vi siete messe in testa? Volete rapirmi?»

«Peggio» rispose Beky sul piede di guerra. «Vorremmo picchiarti ma ormai non facciamo più certe cose.»

«No, infatti, siamo persone più mature, adesso» convenne Jenny annuendo con fermezza.

Tuttavia, Beky ci tenne a precisare: «A meno che non siamo costrette.»

«Già, i traditori ci fanno prudere le mani. E Beky non picchia una persona da molti mesi, perciò valuta bene la tua risposta.»

Regina, dalla porta, lanciò loro un'occhiata storta. «Vedete di arrivare al dunque!»

L'espressione divertita di Daniele ben presto svanì.
«Ehi, ehi, ma fate sul serio? Perché io non vi seguo.»
«Vediamo se ci segui adesso.» Beky lo fronteggiò con le mani sui fianchi, quindi disse solo tre semplici parole che riassumevano l'intero concetto: «Milano, Denise Fontani.»
Le *tre semplici parole* sortirono il temuto effetto.
Il sorriso morì sulle labbra di Daniele, e quella fu la reazione che Jenny sperava tanto di non dover cogliere sul suo volto.
«Ecco» esclamò Beky puntandogli contro il dito, «quindi lo ammetti, è tutto vero.»
«Cosa, esattamente, dovrei ammettere?» Stavolta la voce di Daniele era tesa, così come la sua postura.
«Che quella donna è tua moglie.»
Daniele la fissò per un istante, poi si voltò passandosi una mano sul viso in un gesto nervoso. Un risolino gli scosse le spalle.
«Aveva ragione vostra sorella, a definire le sue gemelle come segugi cui non si può nascondere nulla, mentre Regina» si voltò verso di lei. «Be', Regina un cane da guardia. Tutte mordaci e iperprotettive.»
Jenny si mostrò offesa. «Angelica avrebbe detto questo di noi?»
«Jenny lascia perdere» la rimproverò Beky, che puntò sull'uomo il più temibile dei suoi sguardi. «Dicci la verità, Daniele. Non ci sembri uno stronzo come Flavio, per questo abbiamo deciso di parlarne prima con te. Ti concediamo una spiegazione.»
«Voi mi concedete... Oh, santo cielo!» Per la prima volta, l'espressione sempre serena di Daniele fu sostituita da un'aria truce. Mise una mano sul fianco e puntò loro contro l'indice dell'altra. «No, no, ragazze, voi mi starete ad ascoltare, e non direte assolutamente niente a vostra sorella, mi avete capito?»
«Non penserai che ci renderemo tue complici?»

«Non serve che lo facciate, chiedo solo che pensiate al bene di vostra sorella.» Sospirò, quindi la sua voce tornò a essere più controllata. «È vero, sono... anzi, *ero* sposato con Denise. Ci siamo sposati troppo in fretta per i motivi sbagliati. Abbiamo convissuto per due anni, poi siamo tornati ognuno alla sua vita. Non abbiamo mai pensato di chiedere la separazione perché ci andava bene così. Fin quando, tre anni fa, abbiamo deciso che fosse giunto il momento. Poi ho conosciuto vostra sorella e scoperto che lei aspettava un bambino mio. Lei mi ha fatto venire voglia di mettere su una famiglia tutta nostra.» Un sorriso gli ammorbidì il viso mentre si perdeva in un intimo pensiero, e Jenny intuì la sincerità del sentimento che provava per Angelica.

Daniele allargò le braccia in un gesto d'impotenza. «Le avrei già chiesto di sposarmi, se avessi potuto, ma per il momento posso offrirle solo me stesso, finché non avrò in mano la sentenza di divorzio.»

Beky lo osservò con diffidenza e pretese ancora una spiegazione: «Perché non le hai detto niente?»

«Se all'inizio le avessi detto che ero in fase di divorzio, considerata la situazione dalla quale stava uscendo, sarebbe subito fuggita via. Non voleva nemmeno tenere questo bambino, per non doversi legare a me – un perfetto sconosciuto con una storia complicata – immaginate quale sarebbe stata la sua reazione. Non potevo... Non avevo scelta.»

Regina dissentì. «Mentire, o omettere, come in questo caso, non è mai la scelta giusta.»

«È l'avvocato che è in te, a parlare» la redarguì lui bonariamente, «ma la donna ferita, come la pensa? Perché sai, un conto è vedere certe situazioni in terza persona, un conto è viverle.» Tornò poi a rivolgersi alle altre due. «E penso sappiate meglio di me, che quando ci sono i sentimenti di mezzo si commettono un sacco di sciocchezze.»

Loro malgrado, ne convennero.

«Volevo essere importante per Angelica quanto lei lo è per me, prima di trovare il momento adatto per parlargliene. La gravidanza a rischio richiedeva un ambiente sereno. Non me la sono sentita di darle questo dispiacere. Mi ripetevo "è solo questione di mesi" poi la situazione è sfuggita di mano, e ora... Il bambino è già in posizione, rischia un parto prematuro. Non voglio farla agitare. I documenti sono firmati da entrambe le parti, la procedura è conclusa, devo solo avere una copia di quei documenti e apporvi la mia firma. Dopo la nascita del bambino ho intenzione di dirle ogni cosa, ve lo giuro.» Adesso, nella sua voce risuonava un disperato appello. «Manca poco ormai, non rovinate tutto. Vi prego, ragazze.»

Jenny scambiò con le sorelle delle occhiate complici, e ritenendosi la più ragionevole delle tre, quella che più aveva legato con lui e avuto modo di vedere quanto amasse Angelica, si avvicinò e gli posò una mano sul braccio.

«Cerca solo di non farla soffrire.»

«Mi impegnerò con tutto me stesso.» La abbracciò riconoscente.

Beky si intromise guardandolo di traverso: «Toglimi una curiosità. Inglese o americana?»

Lui rimase imperturbabile. «Americana.»

«Lo sapevo!»

Distratta da quello scambio di battute, Regina non si rese subito conto dell'arrivo della sorella, finché questa non fu a un paio di passi da lei.

«Angelica!» esclamò bloccandole la strada. «Che fai qui? Fa freddo, rientra nel salone.»

«Daniele è qui? Era uscito per prendere una chiamata e... oh.» Parve sorpresa quando scorse il compagno che rientrava insieme alle due sorelle. «Che facevate là fuori?»

Beky le si avvicinò con prontezza e la prese a braccetto. «Vedi, cercavamo di corrompere tuo marito per conoscere il sesso del nascituro, ma a quanto pare sa mantenere bene i suoi segreti.» Guardò storto Daniele, gustandosi la sua occhiataccia d'ammonimento.

Regina sorrise alla stoccata che la sorella gli aveva lanciato.

«Corrompere, dici? Non stento a crederlo, quando ci sei tu di mezzo, sorellina. Anche se *minacciare* credo sia il termine più appropriato.» Si sciolse dalla stretta di nostra sorella e aspettò che Daniele la raggiungesse, quindi allacciò la mano alla sua.

«E così mia sorella non ha perso tempo. Mi chiedevo quando sarebbe venuta a importunarti! È nella sua natura.»

Lui sorrise e le posò un dolcissimo bacio sulle labbra.

Speravano davvero che avesse ragione lui, o Angelica, stavolta, ne sarebbe uscita annientata.

Capitolo 10

(Portami via – Fabrizio Moro)
Tu portami via
dalle ostilità dei giorni che verranno
dai riflessi del passato perché torneranno […]
dalla convinzione di non essere abbastanza forte
quando cado contro un mostro più grande di me

Mentre attraversava il lastricato con la mano ben stretta in quella del fidanzato, respirava profondamente per cercare di calmare il batticuore. Dire che fosse agitata era riduttivo. Aveva incontrato i genitori di Christian solo tre volte, prima di allora, e ogni volta ne era uscita avvilita. Il padre lo conosceva bene, e non era un problema, ma *mamma chioccia…* Lei le dava l'ansia. Sapeva che non la approvava, perciò poteva solo immaginare la reazione che avrebbe avuto alla notizia del matrimonio. Niente di buono l'attendeva oltre quella porta.

Sull'uscio, Christian si mise di fronte a lei. Le afferrò il viso con entrambe le mani e impresse le labbra sulle sue.

Quando si ritrasse, Jenny sperò che non scorgesse la paura che le si agitava dentro, mentre si conficcava le unghie nei palmi; magari il dolore autoinflitto avrebbe allentato la tensione… ma niente da fare. Sapeva di non essere granché brava a controllare le emozioni.

«Hai del rossetto sui denti.»

«Oh, no, ci manca pure che le sorrida con i denti imbrattati.» Gemette, mettendosi a scavare in quel pozzo senza fine che era la sua borsa, in cerca di uno specchietto.
«Aspetta, lascia fare a me. Sorridi.»
«Come se fosse semplice.» Jenny tirò le labbra in una sorta di sorriso, più che altro un ghigno di terrore, scoprendo i denti incriminati. Christian trattenne una risatina mentre vi strofinava sopra l'indice.
«Ecco fatto, sei perfetta. Stai tranquilla, mia madre abbaia ma non morde. Vedrai che alla fine sarà felice per noi.»

Alla fine. Era questo che la terrorizzava: cosa le avrebbe fatto passare, prima di accettarla?

E poi non era nemmeno certo che demordesse, *alla fine*. L'aveva vista dare uno schiaffo sulla mano della colf, quando questa aveva osato far cadere a terra un piattino di porcellana. Non il ritratto della bontà, dunque. Il doversi presentare a lei come la futura moglie dell'amato, *unico figliolo*, la faceva sentire come una capretta offerta a un mostruoso tirannosauro.

«Lo spero» disse invece all'amore della sua vita, certa che per lui avrebbe affrontato ben altro... Sebbene dubitasse potesse esistere qualcosa peggiore della futura suocera.

Un ultimo bacio ancora, poi Christian aprì la porta d'ingresso e Jenny si preparò ad affrontare la discesa negli inferi.

«Mamma, siamo arrivati» declamò a gran voce Christian mentre aiutava Jenny a togliersi il cappotto. Lei strofinò le mani come se avesse freddo, ma in realtà stava solo cercando di celarne il tremore. Bastava già l'enorme atrio gelido rivestito di marmo – custode di terribili ricordi vissuti proprio nel punto in cui si trovava adesso –, a intimidirla. Poi udì quella voce e le sembrò che il peggio non avesse mai fine. Cercò di richiamare a raccolta tutte le preghiere che le avevano insegnato al catechismo, ma anche la mente sembrava paralizzata e non riuscì a ricordarne nemmeno una.

Eccola. Il temuto momento era giunto. *Mamma chioccia* sbucò fuori dal salotto, elegante nel suo tailleur color pesca, e con un sorriso raggiante puntò dritto sul suo prediletto. Il primo colpo fu incassato: Jenny si sentì inadeguata nei suoi jeans scuri e maglioncino beige.

«Eccoti finalmente.» Senza degnarla nemmeno di uno sguardo, la donna abbracciò Christian e gli baciò le guance come se non lo vedesse da qualche mese, sebbene lui vivesse nella dependance dietro casa. Quando, infine, non poté più continuare a evitarla, le rivolse un rigido cenno del capo.

«Dunque state ancora insieme» chiosò senza alcuna inflessione particolare nella voce. Tornò a rivolgersi al figlio come se lei non fosse presente. «Era da tempo che non la vedevo, pensavo avessi superato questa fase di ribellione.»

«Mamma» la redarguì lui. «Sai bene che si tratta di una storia seria. Abbiamo delle buone notizie da darvi.»

Giusto in quel momento arrivò il grande boss, il padre di Christian, che al contrario della moglie si gettò subito su Jenny.

«Bentornata, Jenny, è sempre un piacere vederti.» La strinse in un caloroso abbraccio. Diede poi una stretta sulla spalla al figlio e tornò a rivolgersi a lei con un sorriso che contribuì a sciogliere la tensione accumulata. «Come è andato il tuo ultimo viaggio?»

«Oh, bene, grazie. Ho visitato una nuova baita sull'Abetone. Davvero un posto gradevole, ve lo consiglio in caso voleste passare un fine settimana in montagna.»

«Grandioso, è da tanto che non faccio una bella sciata, magari quest'inverno…»

Luisa fu pronta a contraddirlo «Oh, il freddo fa dolere le nostre ossa non più giovani, meglio orientarsi su luoghi caldi.»

«Sono certo che Jenny avrà da consigliarci anche per quanto riguarda le mete esotiche.»

«A dire il vero...» tentò di rispondere, ma *mamma chioccia* si vide bene dal lasciarla parlare.

«Non mi fido a provare cose nuove, sai come si dice, chi lascia la strada vecchia per quella nuova...» E qui lanciò un'occhiata allusiva al figlio, che ricambiò con un'altra carica di rimprovero e avvertimento. Ma lei era senza freni né ritegno, non si sarebbe lasciata di certo zittire.

«Come può una ragazzina senza anni di esperienza alle spalle, giudicare luoghi di villeggiatura? Quale metro di paragone utilizzi, se posso chiederlo?»

Per la prima volta si era rivolta a lei guardandola dritta negli occhi. E considerando *come* lo aveva fatto, Jenny preferiva di gran lunga quando evitava di rivolgerle sia lo sguardo sia la parola.

«Io non giudico né paragono, mi limito a presentare il luogo raccogliendo delle informazioni oggettive.» Jenny cercò di non mostrarsi troppo sulla difensiva, ma si sentiva agitata e la voce tremante non l'aiutava di certo.

«Mamma, Jenny è una giornalista. Lei si reca sul luogo, intervista i proprietari, i dipendenti e i clienti che vi alloggiano, illustra cosa quel determinato posto ha da offrire, provando lei stessa i servizi. Poi stende il suo articolo. La redazione fa il resto, e i lettori traggono le proprie conclusioni, scegliendo o scartando quel luogo in base ai propri gusti. Si tratta di pubblicità, non c'entra niente l'esperienza in fatto di viaggi.»

Jenny rivolse al fidanzato un sorriso di ringraziamento e si accorse che, chiacchierando, avevano raggiunto il salotto.

Luisa rimase accanto alla porta a osservare i due ragazzi che prendevano posto sul comodo divano angolare in pelle bianca. Mentre si lasciava andare contro lo schienale imbottito, a mia sorella sfuggì un sospiro di beatitudine: se doveva trovare una nota positiva in quella fredda dimora, ecco, era proprio quel divano.

Solo allora, *mamma chioccia* sedette sulla poltrona posta nell'angolo più lontano, lo sguardo arcigno fisso su di lei.

Giacomo, invece, con il suo solito fare spigliato sedette sul lato del divano rimasto libero. «Luisa, perché non siedi accanto a me?»

«Preferisco rimanere qui.» Tornò a rivolgersi al figlio. «Figliolo, da come descrivi il suo ruolo, più che una giornalista, si tratta di una modella messa lì per pubblicizzare un determinato prodotto» precisò avendone tratto le proprie conclusioni. «Una hostess.»

Una modella messa lì...

L'aveva declassata come era solito fare il suo precedente capo.

«No mamma, non è questo che ti ho detto.» Dalla sua voce trapelò una punta di nervosismo, mentre stringeva la mano di Jenny per infonderle coraggio.

«Suvvia, Luisa, lascia stare questa povera ragazza. È un lavoro meraviglioso, il suo. E poi, lei era la mia dipendente preferita.» Giacomo le dedicò un affabile sorriso.

«Certo, non ne conoscevi nemmeno l'esistenza fino a che nostro figlio non ha preso il tuo posto in azienda.»

«Mamma, per favore basta.»

Jenny si passò una mano sulla fronte, rassegnata. Quella donna aveva reso palese l'opinione che si era fatta di lei, altro che *"alla fine sarà felice per noi"*. Non lo sarebbe stata mai, nemmeno in un centinaio di anni.

Luisa guardò l'elegante orologio da tavolo situato sul treppiede accanto alla sua poltrona, e con un'agilità invidiabile scattò in piedi. Jenny trasalì a tanta veemenza, e obbedì all'istante quando *mamma chioccia* batté le mani invitandoli nel suo tono imperioso a recarsi a tavola, mentre si allontanava per dedicarsi al pranzo; ovvero, cercò la colf tuttofare – per non dire schiavizzata –, e le ordinò di iniziare a servire gli antipasti.

Jenny spiluzzicò appena quello che le fu messo nel piatto, lo stomaco in subbuglio a causa di quello che Christian, a fine pasto, avrebbe annunciato.

Immersa in cupi pensieri, ignorò la discussione in tavola fra Christian e suo padre, che si erano dilungati per lo più sulle questioni aziendali, finché *mamma chioccia* non intervenne con la sua letale nonchalance.

«Sai Christian, venerdì è venuta a farmi visita Chanel. Che gentile è stata, è proprio una cara ragazza.»

Chanel? Quel nome fece drizzare le orecchie e irrigidire le spalle di Jenny.

«Mi ha portato in dono una pianta di orchidea, ricorda ancora che è il mio fiore preferito.» Stava gongolando, era palese.

«Mamma, perché Chanel è venuta a farti visita?» Christian sembrava infastidito da quella notizia.

«Su Luisa, non è il caso...»

Il marito cercò di tapparle la bocca, ma lei fu ben lieta di illuminare Jenny su quanto Chanel fosse perfetta, e con un sorriso mellifluo aggiunse: «Sai che Chanel era la fidanzata di Christian, vero cara?» La malefica aspettò che Jenny annuisse. «Oh, bene, te ne ha parlato.»

Tu me ne hai parlato, vecchia strega!

«Erano una gran bella coppia, e quella dolce ragazza ancora continua a telefonarmi e a farmi visita, di tanto in tanto. Mi è molto affezionata.»

«Mamma, Chanel era tutto fuorché dolce» la contraddisse il figlio con un tono glaciale. «Ma forse è proprio per questo che andavate tanto d'accordo.»

«Christian! Come puoi dire una cosa del genere?» lo rimbrottò Luisa, portandosi una mano al petto con indignazione. Suo marito, invece, fece una risatina sotto i baffi ma evitò di intromettersi.

«La dico perché conosco bene lei, e conosco te.»
Jenny si portò un bicchiere di vino alle labbra cercando di mantenere i nervi saldi. Christian non le aveva mai parlato di lei, si era limitato a informarla di essere da poco uscito da una relazione. Ci aveva pensato Luisa, con malefica soddisfazione, a illuminarla durante il loro primo incontro attraverso un indelicato confronto tra lei e Chanel: questo, scoprì, era il nome della ex fidanzata; fu lapalissiano fin da quel primo momento che la mia sorellina non ne sarebbe mai uscita vincitrice.

Ecco, ci risiamo, pensò Jenny inghiottendo il liquido rosso.

Christian riprese la parola. «Mamma, piantala! Chanel è storia passata. Jenny e io siamo qui per darvi una notizia che riguarda il nostro futuro.» Prese la sua mano e se la portò alla bocca per un bacio lieve.

«Ho chiesto a Jenny di sposarmi, e lei ha accettato. La terza domenica di marzo ci sposiamo.»

Luisa rimase a guardare il figlio ammutolita, poi spostò lo sguardo su Jenny e di nuovo su Christian. Il suo volto era congestionato. Sembrava stesse cercando le parole giuste, ma era evidente non riuscisse a trovarne di abbastanza cattive. Suo marito, invece, si alzò da tavola e si avvicinò al figlio con la mano tesa.

«Che bella notizia, figliolo, congratulazioni!» Giacomo abbracciò il figlio, poi si avvicinò alla futura nuora, che nel frattempo si era alzata e li osservava da dietro la sedia torcendosi le mani. Abbracciò anche lei. «Sono davvero felice per voi, mio figlio non avrebbe potuto fare scelta migliore.»

«Grazie.» La voce di Jenny era poco più di un sussurro, ma i suoi occhi lucidi manifestavano la propria gratitudine.

Christian, a quel punto, guardò sua madre, ancora incollata alla sedia con le labbra strette e le mani serrate sopra il tavolo.

Un silenzio funebre calò nella stanza, interrotto dall'ingresso della cameriera che domandò timidamente: «Posso portare via i piatti?»

«Vattene!» fu l'urlo isterico di Luisa, che subito si ricompose e piombò in un distaccato silenzio. La giovane chinò la testa, ingobbì le spalle e s'affrettò a lasciare la stanza.

«Mamma?» chiamò Christian, un sopracciglio inarcato, in attesa di una reazione. A quel punto la donna si alzò assumendo la solita postura impettita e il figlio le andò incontro. Luisa si lasciò abbracciare in maniera composta, con freddezza; a quel punto non poté fare a meno di rivolgersi a Jenny, rimasta al di là del tavolo come se questo potesse proteggerla da eventuali attacchi.

Luisa annuì in sua direzione. «Quindi, è tutto deciso. Ma siete certi del passo che state per compiere? Dopotutto da quanto tempo vi conoscete? Quattro, cinque mesi?»

«Otto» precisò il figlio.

«È comunque una quantità di tempo davvero esigua per poter dire di conoscere a fondo una persona. Non ci si può legare a qualcuno per la vita dopo soli otto mesi.»

«Mamma, noi ci amiamo. L'abbiamo capito subito, non c'è motivo di aspettare.» Guardò Jenny e le sorrise. «Il tempo è stato sufficiente per conoscerci, e quel che abbiamo appreso l'uno dell'altra, ci è piaciuto molto.»

«Ma chi meglio di te può sapere che i sentimenti sono così effimeri? Anche tu e Chanel vi amavate. Siete stati insieme per ben due anni, avevate molte cose in comune, era la ragazza perfetta per te, eppure non le hai chiesto di sposarla.»

«Che cazzo, mamma, perché non ero felice con lei, come devo dirtelo!» Tutti avevano ormai chiaro quanto a Christian desse fastidio sentir nominare Chanel, ma sua madre non mollava.

«E te ne sei accorto dopo due anni? L'hai lasciata solo

per una ripicca. Sono certa che sareste tornati insieme, se solo non avessi incontrato questa...» Luisa esitò, come se cercasse le parole adatte, ma notando l'occhiata di avvertimento da parte del figlio si arrese. «Questa ragazza» concluse la frase adottando un tono più accomodante. Infine sospirò, fissò il figlio e lo sguardo le si addolcì. «Se è davvero ciò che vuoi, non sarò io a impedire queste nozze. Maria» urlò, poi, in direzione della porta. La domestica giunse al suo cospetto, mani giunte e sguardo basso. «Puoi portare il dolce. E anche quattro calici con lo *Chardonnay* che teniamo in fresco per le occasioni. Dobbiamo festeggiare mio figlio e la sua futura sposa.»

I lineamenti di Christian si rilassarono. Posò un bacio sulla guancia della fidanzata e scambiò un sorriso complice con il padre, che a sua volta strizzò l'occhio a Jenny per incoraggiarla.

Sul volto di Luisa permase un sorriso tirato, ma Jenny riusciva senza sforzo ad avvertirne il gelo. E dire che proprio Christian, una volta, l'aveva rassicurata che sarebbe andata d'accordo con sua madre, definendola una persona schietta proprio come lei. Alla faccia della schiettezza, la signora Luisa – definirla signora, poi – a mio modesto parere, è proprio una stronza!

Sempre Christian, aveva altresì sostenuto che sua madre avesse sempre desiderato una figlia femmina, e che come tale l'avrebbe accolta. Ma era palese desiderasse una figlia di nome Chanel...

Jenny ricambiò il sorriso forzato della suocera con la stessa glacialità; *mamma chioccia*, ora promossa *mamma t-rex*, poteva anche sorridere, ma lei sapeva quanto, in realtà, detestasse l'idea di quel matrimonio. Pian piano, in lei prese forma un'inquietante consapevolezza: quella donna subdola aveva un piano per ostacolare la loro unione, e l'avrebbe portato avanti a ogni costo. Seppe in quel momento di essersi fatta una terribile nemica.

Il tempo sembrava non volesse scorrere. Erano ancora le due, ma Jenny avvertiva il bisogno di parlare con le sorelle, così prese la propria borsetta e con una scusa andò in bagno. Solo una volta abbassato il coperchio del water tirò un sospiro di sollievo. Vi si lasciò cadere pesantemente e sospirò, neanche fosse un comodo divano. Prese il telefono per inviare un messaggio alla gemella, quando ne notò uno in entrata da parte di Regina.

"*Ho sentito la nostra ex coinquilina. Guai in vista per Beky.*"

Jenny si morse il labbro. Compose il numero di Regina, ma si ritrovò a fissare imbronciata la cornetta rossa sul display finché non attaccò la segreteria. Riagganciò e iniziò a scrivere.

"*Di cosa si tratta?*"

Attese un istante, sbuffò e passò a Beky.

"*Com'è andata l'ecografia? Sei riuscita a scoprire il sesso del bambino?*"

La seconda spunta non voleva saperne d'apparire.

«Accidenti a te, Beky, accendi quel maledetto telefono. Sempre spento, quando mi servi.»

"*Rispondimi, ho bisogno di parlarti. Quel mostro ha assaggiato la mia carne e ora sono certa voglia divorarmi.*"

Niente. Tentò ancora con Regina.

"*Regi, Beky non risponde, e anche io sono nei guai. Aiuto! La madre di Christian non ha preso bene la notizia del matrimonio, sono certa che stia già pianificando la maniera di eliminarmi. Ti prego, soccorrimi. Fra un quarto d'ora chiamami, dicendo che si tratta di un'urgenza così potrò fuggire da qui più veloce della luce.*"

Sbuffò. Si assicurò di avere la suoneria del telefono al massimo e lo ripose nella borsa. Sperava che Regina sarebbe giunta in suo soccorso, non poteva reggere ancora a lungo in quella casa. Per la prima volta da quando aveva conosciuto Christian, la certezza di voler passare il resto della vita con lui vacillò. Lo amava, era pazza di lui, erano una coppia pazzesca che andava d'accordo su tutto, okay. Ma sarebbe riuscita a tener testa alla futura suocera? Non poteva davvero immaginare una vita a doversi difendere dai continui attacchi di quel bisbetico *t-rex*. Guardò la propria immagine riflessa allo specchio, le mani serrate sul lavabo.

«Forza Jenny, ce la puoi fare» si incoraggiò esibendosi in un forzato sorriso.

Un leggero bussare contro la porta del bagno la fece scattare sull'attenti.

«Jenny, ti senti bene?»

Esalò un sospiro di sollievo. Christian. Santo cielo, non poteva vivere sulla difensiva ogni volta che la madre di lui era nei paraggi.

«Sì, sì, arrivo.» Quando aprì la porta si trovò di fronte al viso preoccupato del suo fidanzato.

«È da un po' che sei lì dentro, pensavo ti fosse rimasto il pranzo sullo stomaco.» Inarcò un sopracciglio mentre la studiava.

Oh no, mi è rimasto ben altro sullo stomaco.

Guardò l'orologio. «Oh, non mi ero resa conto di esserci stata così tanto» si scusò arrossendo. Si rese conto solo allora di aver passato barricata lì dentro un quarto d'ora. *Menti, menti,* pensò freneticamente. «È che... ero in pensiero per Angelica. Sai, stanotte ha avuto dei dolori, così volevo sapere come fosse andata la visita.»

«Ah, non me lo avevi detto. E come sta, tutto bene?»

«Be', non mi ha risposto, così ho provato a contattare Beky ma è irraggiungibile, e non mi risponde nemmeno Regina, però mi ha inviato uno strano messaggio.» Si accigliò, guardando la propria borsa che non voleva saperne di vibrare. «Ho lasciato dei messaggi, ma niente. Sono preoccupata, sento che è successo qualcosa, Christian.»

«Ma no, vedrai. Ti avrebbero chiamato se così fosse.

Vieni qui» l'attirò fra le proprie braccia. «Resisti ancora un po', e poi ti porto via da qui. Promesso.»

Jenny abbassò le ciglia. Quel dolce sussurro contro i capelli le provocò un brivido dietro l'orecchio e un moto di gratitudine. Lui la capiva, sapeva come prenderla e riusciva sempre a rassicurarla. Era certa che fosse l'uomo della sua vita, e non avrebbe lasciato che quella donna rovinasse tutto. Riaprì gli occhi, e avvertendo una strana sensazione lasciò vagare lo sguardo al di sopra della spalla di Christian; come evocata dai suoi pensieri lei era lì, a distanza di sicurezza, che la fissava in modo malevolo dal fondo del corridoio. La vide serrare le labbra prima di sparire dietro la porta. Un altro brivido le serpeggiò lungo la spina dorsale, e questa volta non era di piacere.

Capitolo 11

(Non me lo so spiegare – Tiziano Ferro)
Io non piango mai per te, non farò niente di simile, no mai...
sì, lo ammetto, un po' ti penso ma mi scanso, non mi tocchi più

«Ma come puoi non voler conoscere il sesso del bambino? Mancano meno di due mesi, *devi* saperlo.» Beky non riusciva davvero a capire sua sorella. Possibile che solo lei, di tutta la famiglia, fosse così curiosa e impaziente di essere sempre ben informata su ogni avvenimento?

«Appunto, Beky, manca poco più di un mese, saprò aspettare, ormai il più è passato.»

«Ma io ho visto un completino da carrozzina coordinato, tutto rosa, così carino. Non lo ritroverò fra un mese.» Le puntò addosso il più torvo degli sguardi. Poi, mentre sua sorella si rivestiva, rivolse a Daniele uno sguardo accorato. Mimò con le labbra: «Posso comprarlo oppure no?»

La supplichevole domanda non lasciò suo cognato indifferente. Daniele lanciò un'occhiata in direzione di Angelica, che lo ammonì di tacere. Appena lei si voltò, mosse di nascosto un dito della mano che teneva lungo la gamba e fece l'occhiolino a Beky. Mia sorella colse quel cenno e comprese, ma appena Angelica fece per raggiungerli tornarono entrambi impassibili come due attori consumati.

«Mancano ancora cinque settimane, ma questo birbante è già incanalato. Stai iniziando a dilatarti, e questo può portare a un parto prematuro. Anche la pressione è ancora alta. Dovrai restare a riposo il più possibile, mi hai capito?»

Angelica annuì, sospirando, quindi l'attenzione di Daniele si spostò sulla sorella. «Posso contare su di te, per tenerla tranquilla?» Beky annuì senza esitazione. La domanda poteva sembrare del tutto innocente, ma lei colse in essa un avvertimento e una supplica ben mirate.

«Oh, Beky non mi sembra la persona più adatta, quando si parla di riposo e tranquillità.»

«Ma che dici?» ribatté mostrandosi offesa. «Io sono il riflesso della tranquillità! E comunque, non è che in questo periodo abbia molto da fare. Potremmo farci delle grandiose maratone di film in tv e pop-corn.»

«Ma vacci piano con il sale» la ammonì Daniele.

«Oh, e anche con lo zucchero» commentò Angelica scambiando con la sorella un'occhiata divertita. «Quando questo palloncino si sarà svuotato, vedremo chi, fra le due, avrà preso più chili!»

«Ah-ah» le fece il verso Beky. «Io posso tornare in forma quando voglio, ma tu quel palloncino te lo porterai appresso ancora per un po'.»

Risero entrambe, poi si alzarono per raggiungere la porta. Daniele e Angelica si salutarono con un bacio. E mentre Beky prendeva le borse di entrambe, accusò una fitta lancinante al fianco destro. Ultimamente, quei dolori erano peggiorati.

Daniele colse il disagio della cognata e preoccupato le chiese: «Rebecca, qualcosa non va?»

«Oh, no, no, non è niente. Dev'essere l'appendicite infiammata.»

Daniele la guardò serio. «Non si scherza, con l'appendicite. Ti sei già fatta vedere da qualcuno?»

«Sì, a Milano. Una dottoressa americana» lo guardò

senza battere ciglia.

Lui assottigliò lo sguardo, poi la invitò a stendersi sul lettino. Beky si oppose, ma davanti alle insistenze alla fine cedette.

«Tu sei un ginecologo, che ne sai di appendicite? Questo non è il tuo campo» borbottò cercando una scusa per sottrarsi all'imbarazzo di quella visita, mentre lui le palpava il ventre scoperto.

«Anche quella dottoressa americana ha una specializzazione in ginecologia, sebbene poi abbia scelto medicina interna. In ogni caso, siamo entrambi chirurghi professionisti. Fidati, per favore.»

«Oh, avanti, Beky» la sgridò Angelica avvicinandosi al lettino. «Pensa a Regina, che non ha esitato a farsi fare una visita ben più... profonda, da Daniele, nonostante l'imbarazzo.»

«Non visiterai *mai* anche me così in profondità, puoi contarci!»

Daniele fece una risatina e prese l'ecografo. Quando lo ripose, la sua espressione si era fatta seria.

«Hai una forte infiammazione, Rebecca. Dovresti fare delle analisi e prendere in considerazione l'idea di farti vedere da un chirurgo, prima che la situazione peggiori.»

«Addirittura?»

«Per il momento ti prescrivo degli analgesici. E soprattutto, niente insaccati, cibi troppo grassi, dolci e alcol. Intesi? Fra una decina di giorni vorrei rivederti.»

Beky annuì e lo ringraziò con un certo imbarazzo. Si ricompose e raggiunse la porta dove i due la stavano aspettando. Daniele aprì e le fece uscire, seguendole dappresso.

«Questo fine settimana potremmo fare un salto tutti insieme al "Blue Moon", che ne dite?» Si rivolse in particolare a Daniele. «Tu non eri presente l'altra volta, potresti rimediare.»

Daniele declinò l'invito «Ci sarà uno sciopero dei medici. Da quanto ho capito, aderiranno in molti. È probabile che debba fare doppio turno in ospedale. Mentre tua sorella, farà meglio a restarsene a letto.»

«E lo farò, credimi» rispose Angelica prima di tornare a rivolgersi a Beky. «E tu dovresti farmi compagnia.»

Una donna alta, bionda, con gli occhiali maculati e un tailleur grigio dal taglio severo si avvicinò loro con una borsetta griffata a tracolla e una cartellina gialla in una mano.

Beky riconobbe all'istante quel volto austero. «Oh, cazzo» sussurrò spostando uno sguardo di puro panico da lei a Daniele.

Anche l'espressione che spuntò sul volto, fino a poco prima sereno, di nostro cognato, parve urlare la stessa cosa.

«Ciao» salutò la donna in tono tutt'altro che amichevole, «ti ho trovato, finalmente.»

Che bella faccia tosta, pensò Beky provando un moto di risentimento nei confronti di quella bionda, fin troppo bella e regale per i suoi gusti.

Daniele non le rispose, si voltò invece verso Angelica, e le strinse le mani attorno alle braccia. «Qualunque cosa sentirai, qualsiasi cosa accadrà, sappi che ti amo. Ti prego, credimi, io ti amo, e ti spiegherò tutto a casa, con calma» le sussurrò con voce implorante. «Ti prego solo di credere a *me*.»

Angelica lo fissava senza capire. «Cosa dovresti spiegarmi? Daniele, che sta succedendo?»

«Perdonami Angelica, ti avrei detto tutto a breve, credimi.»

A quel punto, la sconosciuta spostò lo sguardo altezzoso su Beky e le parlò con quel graffiante accento americano.

«Noi due ci conosciamo, non è vero?»

Lei scosse la testa con fervore, sopraffatta dal timore che nostra sorella scoprisse ogni cosa in quel modo. «No, non credo.»

Poi il volto della donna si illuminò «Ma sì, Milano, la pazza del pronto soccorso. Mi aveva detto che Daniele è il suo medico. E di sua sorella incinta.» Guardò il pancione di Angelica. «Dev'essere lei. Oh, e come sta la sua appendicite?» domandò con una punta di sarcasmo tornando a rivolgersi a Beky. «Si è messa a dieta come le avevo suggerito, spero.»

Beky le lanciò un'occhiataccia risentita. Ma chi si credeva di essere?

Angelica, in qualche modo, si sentì minacciata e chiese spiegazioni: «Daniele, chi è questa donna?»

L'interpellata esaminò Angelica con aria di superiorità, e lo stesso fece con Daniele. Di colpo parve assimilare lo sguardo di lui e il modo in cui teneva per mano la sua compagna, nonché l'espressione contrita di Beky, accanto a loro. Dal modo in cui inclinò la testa indietro, fu evidente che tutto le fosse chiaro. Sul volto dell'americana si profilò un sadico sorriso.

«Io? Oh, cara, io sono sua moglie. E potrei farti la stessa domanda.»

Angelica rimase paralizzata a fissare il volto di quella donna odiosa, prima di spostarsi su Daniele. «È la verità?»

«Stiamo divorziando.»

La bocca di Angelica si spalancò.

Daniele tergiversò, parve cercare le parole più adatte, ma a quel punto era troppo tardi. Angelica si liberò della sua mano come se si fosse scottata. Arricciò le labbra con disgusto e scosse la testa, ma non disse nulla. Non esistevano parole che potessero esprimere quello che stava provando in quel momento. Fu come se il nastro si riavvolgesse facendola piombare di nuovo nell'incubo. Un altro triangolo, ma stavolta la donna di troppo era lei.

Lo sguardo accusatorio e ferito si spostò su Beky.

«Tu lo sapevi! Da quanto?» Beky agitò la testa mentre si

torceva le mani. «Da quanto?» insisté Angelica.
«Poco prima di tornare a casa.»
«Prima di...» L'espressione di Angelica si fece disgustata. «E in questo tempo, non hai mai ritenuto opportuno informarmi che il mio compagno, l'uomo dal quale aspetto un figlio, è sposato?»
«Sono stato io a chiederle di non dirti niente» intervenne Daniele in difesa di Beky. «L'avrei fatto io stesso, dopo la nascita del bambino.»
Angelica rimase a fissare Beky con astio, ignorando completamente Daniele. «Gli uomini sono tutti traditori. Ma tu... Tu sei mia sorella.» Una lacrima le scese lungo la guancia. Si sentiva doppiamente ferita, ma era il tradimento della sorella a bruciarle di più.
Beky fece un passo verso di lei, ma Angelica sollevò una mano in aria per bloccarla e tenerla a distanza.
«Io di te mi fidavo. Ho passato tutti questi mesi a preoccuparmi per te e per Regina.» A questa affermazione ebbe un'altra illuminazione. «Anche lei sa tutto, vero?»
«Angelica, lei non c'entra niente. Ti prego, usciamo di qui e parliamone con calma.»
«No! Non voglio più vedervi. Né te né lui. Tornatene a casa da sola.» Di scatto si voltò e fece per andarsene. Daniele le fu addosso in un istante afferrandola per un braccio.
«Dove credi di andare in questo stato? Non è prudente, Angelica, lascia che tua sorella ti accompagni...»
E per la prima volta nella sua vita, Angelica fece un gesto che mai, nella sua indole mite, elegante e riservata, aveva fatto o si sarebbe immaginata di poter fare: gli sputò in faccia lasciando tutti esterrefatti. Qualcosa dentro di lei si era lacerato, era come se la sua anima si fosse scissa in due, e la parte più debole fosse stata sopraffatta. Distrutta. Si sentiva affondare, ma mentre guardava Daniele prese una decisione: sarebbe rimasta in piedi, qualunque fosse

stato il prezzo, e mai più avrebbe permesso a un uomo di rovinarle la vita. A testa alta, si divincolò dalla sua presa e lasciò l'ospedale.

Daniele avrebbe voluto correrle dietro, ma quello sguardo ferito l'aveva immobilizzato al suolo; non v'era traccia della dolce Angelica che conosceva tanto bene, in quella donna che lo aveva fronteggiato con aperto disprezzo.

Denise, che aveva osservato la scena con espressione compiaciuta, rivolse un'occhiata a entrambi. «Dovreste saperlo, che le bugie hanno le gambe corte.»

«Le tue, invece, sono fin troppo lunghe.» Mentre le passava accanto, Beky le assestò un bel calcio con la punta dello stivale su uno stinco coperto solo da collant trasparenti. La donna urlò di dolore e la minacciò di denunciarla per aggressione, rivolgendosi poi a Daniele che alzò le mani, in segno di innocenza, e scosse la testa.

«Sostieni pure ciò che vuoi, in ogni caso non è quello che ho visto io.»

Denise sbuffò. «Ti sei scordato che domani mattina abbiamo l'incontro in tribunale per la trascrizione del divorzio? I miei documenti sono già firmati, manca solo la tua firma, *fool*.» Gli lanciò la cartellina con un'occhiata di fuoco e lo lasciò lì, solo, con le braccia lungo i fianchi e lo sguardo perso al soffitto che pareva di colpo intenzionato a cadergli addosso.

Quello che era cominciato come un tranquillo lunedì di inizio dicembre, si era rivelato il preludio di una catastrofe.

Capitolo 12

(Luce – Elisa)
Parlami, come il cielo con la sua terra non ho difese ma ho scelto di essere libera, adesso è la verità l'unica cosa che conta

Sembrava una mattina tranquilla, quel primo lunedì di dicembre. Lei e Beky erano tornate a casa da due settimane, e ancora non si erano infilate in nessun guaio. *Un vero successo*, pensò Regina con sarcasmo, intenzionata a prendersi l'intera giornata per rimettere ordine nella propria vita.

Jenny era andata a pranzo a casa dei genitori di Christian per dar loro la notizia delle imminenti nozze, Beky aveva accompagnato Angelica a fare la visita di controllo in ospedale, e i loro genitori erano andati a fare shopping in un centro commerciale; ultimamente si recavano spesso fuori paese per fare compere e incontrare architetti e muratori, sostenendo di voler ristrutturare di sana pianta la piccola casa che possedevano sul Monte Amiata. Regina sorrise al ricordo dei week-end della sua infanzia trascorsi nella piccola baita. Erano stati tempi felici, prima che i caratteri adolescenziali dei membri di quella grande famiglia cominciassero a collidere tra loro, creando scompigli, disastri e situazioni imbarazzanti. Adesso tutto era tornato a filare liscio, ma per Regina era giunto il momento di concentrarsi sul proprio obiettivo e sul futuro che voleva costruirsi; non tollerava più quel lento scorrere del tempo senza uno scopo ben preciso. Era determinata a non rientrare a casa finché non avesse ottenuto un impiego.

La prima parte della giornata era filata liscia, sebbene le visite effettuate nei vari uffici – di ogni genere – di Porto Santo Stefano, non avessero sortito i risultati sperati. Aveva stilato una lista con tutte le attività del luogo, dagli studi legali passando per quelli di commercialisti fino ad arrivare alle agenzie immobiliari, ma l'offerta di occupazione sembrava ormai satura. Ripensò alla facilità con cui era riuscita a trovare lavoro a Milano; Christian un giorno aveva fatto una telefonata, e lei la settimana successiva aveva iniziato il nuovo lavoro. Una breve ricerca su internet, e aveva scovato l'annuncio di Pamela che offriva due stanze de proprio spazioso e confortevole appartamento. In città tutto scorreva più velocemente. Si poteva camminare per strada passando inosservati ed effettuare un gran numero di commissioni, mentre quella mattina parte del suo tempo era volato via in futili chiacchiere con conoscenti che l'avevano fermata solo per esclamarle un sorpreso: «Ma da quanto tempo non ti si vedeva da queste parti» seguito da ogni sorta di interrogatorio su dove si fosse nascosta in tutti quei mesi. Tuttavia, la vita frenetica non le permetteva di godersi appieno una giornata all'aria aperta, per quanto nuvolosa e satura d'umidità fosse quella. Per non parlare del traffico e della necessarietà di muoversi con mezzi pubblici.

Era appena salita in auto, parcheggiata allo scalo prima del foro per la Cantoniera, quando il telefono squillò: era Pamela. Dopo i primi saluti e convenevoli, l'amica giunse al dunque.

«Sai, quel Ferri, ha accompagnato la figlia nel mio studio per quel famoso tatuaggio, e mi ha chiesto di te.»

Regina si irrigidì. «E tu cosa gli hai detto?»

«Be', gli ho detto che ti sei trasferita, che hai trovato un lavoro grandioso e appagante, e che hai riallacciato i rapporti con il tuo ex ragazzo, una guardia del corpo assai quotata, per questo non ti rivedremo più da queste parti.»

Regina inarcò le sopracciglia e trattenne il respiro. «Wow, grandioso! È l'esatto contrario di ciò che mi sta capitando davvero.»

«L'importante è aver centrato il bersaglio. E l'ho fatto, credimi. Ma non è finita qui. Quel Cesare, il barista, c'era anche lui all'esposizione di quadri alla galleria d'arte di Matteo.»

«Dici sul serio?»

«Sì, e anche lui ha chiesto di te.»

Regina si raddrizzò sul sedile dell'auto. «Non avrai detto anche a lui…»

«No che non l'ho fatto, tranquilla! Però è rimasto deluso quando ha appreso che sei partita per non tornare mai più, senza prima averlo salutato.» Il tono di Pamela assunse una nota strana, piccata.

Regina rifletté alcuni istanti, poi ignorò quella sensazione. «Se ne farà una ragione.» Finse che la cosa non la toccasse ma, in realtà, era dispiaciuta per lui. Cesare era un bravo ragazzo. Forse, in un'altra situazione, avrebbe anche potuto dargli un'occasione. Ma ormai era andata così, inutile rimuginarci ancora. In quel momento doveva concentrarsi solo sulla propria carriera, l'aveva trascurata fin troppo in quegli ultimi mesi.

«Mi ha lasciato il suo numero di telefono. Ha detto di dartelo, se mai ti venisse voglia di una chiacchierata. Te lo invierò su WhatsApp.» Poi l'amica aggiunse, come ragionando tra sé e sé: «Caspita, quel ragazzo non ha un filo d'amor proprio.»

Regina fece una breve risatina all'insinuazione dell'amica. «Ma dimmi, com'è andata la mostra?»

«Un vero successo! Pensa, Matteo è riuscito a vendere

tutti i lavori di Beky. Il fatto che l'identità di Rebel sia sconosciuta, ha aggiunto quel tocco di mistero che intriga gli acquirenti. Matteo mi ha detto di aver ricevuto alcune prenotazioni. Era presente persino un fotografo di fama internazionale. Non sarebbe potuta andare meglio di così.»
«Dici davvero? Beky ne sarà entusiasta.»
«Peccato non fosse presente.»
«L'hai detto anche tu, il mistero dell'identità gioca a suo favore.»
«Sì ma nessuno noterebbe una ragazza qualunque, amica del gallerista, che è lì solo per godersi la vista dei quadri e dell'evento.»
«Mm. Dovrebbe prendere in considerazione l'idea, per la prossima esposizione.»
«Potresti venire anche tu.» Regina la sentì espirare a fondo, prima di proseguire con un tono più sgonfio: «E dovresti vedere Matteo, ha intenzione di implorarla a tornare.»
«Dubito che accetterà, ma potrebbe lavorare da qui, e inviare le sue opere. In ogni caso, è con lei che deve discuterne.»
«Infatti, glielo ha detto anche Margherita. Oh, vedessi anche lei! Si è presa due settimane di ferie in ufficio, e la prima l'ha passata in galleria per occuparsi dell'organizzazione. Non ha nemmeno fatto shopping, tanto era presa.»
«Accidenti, non è da lei.»
«La sua aria sognante, a dire il vero, non me la racconta tutta. Sono dell'idea che si sia presa una sbandata per Matteo» confessò in tono confidenziale, abbassando la voce come se qualcuno potesse udirla.
«Be', non sarebbero male come coppia.»
«No, non fosse che Matteo ancora sbava dietro Beky.»
Regina sospirò. «Povero Matteo.» Provava una sincera compassione per lui; conosceva bene i gusti di nostra sorella in fatto di uomini, e lui non rientrava fra questi.

«Regina... Avete preso in considerazione l'idea di un ritorno a Milano?»

«No Pam, la cosa è da escludere.» Era stata categorica, e il sospiro di Pamela le suggerì che c'era qualcosa che non le stava dicendo. L'amica riprese a parlare cancellando via, ancora una volta, le sue sensazioni.

«Senti, a tal proposito, avrei una cosa da dirti. Ho pensato di avvertirti.» Adesso la voce di Pam aveva assunto un tono esitante che mise Regina in allerta.

«Di cosa si tratta.»

«Io e Marghe avremmo pensato di venire a trovarvi.»

«Ma è grandioso! Siete le benvenute, la vecchia camera di Marco è a disposizione per gli ospiti, e abbiamo un altro letto disponibile, ora che Angelica è andata a convivere con Daniele.»

«Uh, ne desumo che non le abbiate detto niente della spiacevole sorpresa.»

«Ne abbiamo parlato con lui, e ci ha assicurato che lo farà quando lo riterrà opportuno. Non è come poteva sembrare, e non ho intenzione di ficcare il naso rovinando la vita a mia sorella ora che il parto si avvicina.»

Pamela convenne con lei. «Ma tornando a noi, doveva essere una sorpresa, abbiamo già le valigie pronte in auto, la partenza era prevista per mezzogiorno ma è slittata di un'oretta a causa di un imprevisto. E non so se a Beky piacerà, questo imprevisto.»

Regina poteva avvertire il ticchettio dell'unghia che l'altra batteva contro il dente. Lo faceva sempre quando era tesa.

«Di quale imprevisto si tratta, Pam?»

«Ha deciso di venire con noi anche Matteo.»

«Cosa?»

«Mi dispiace, ma hanno fatto tutto da soli Matteo e Margherita. Io le ho detto che non era il caso, ma lui ha avuto l'idea e lei ha insistito. All'una esatta passerà a prenderci.

Ha già prenotato una camera per sé e una per noi in albergo, arriveremo in serata, in tempo per una rinfrescata prima di incontrarvi per un drink, magari in quel famoso "Blue Moon" di cui avete tanto parlato, se non avete già impegni.»

«Dio mio, Pam, questa sì che è una... sorpresa.» Regina non sapeva davvero cosa pensare. Certo era che Beky non sarebbe stata entusiasta di portare Matteo nel locale di Massimo. Non dopo ciò che si era inventata.

«Senti, Regina, loro non volevano che dicessi nulla, ma io ho ritenuto doveroso avvertirti.»

«D'accordo Pam, ti ringrazio, sei un'amica.»

Alcuni istanti di silenzio, e la sua voce, quando tornò a parlare, le sembrò instabile. «Ma figurati. Anzi, ti chiedo scusa per questa trovata.»

«Non importa. Senti, mandami un messaggio quando state per arrivare. Adesso ti saluto, così posso avvertire Beky.»

«D'accordo. Devo andare anche io, stanno arrivando Marghe e Matteo.»

Regina riagganciò e in velocità compose il numero di Beky. Era spento. Provò allora con quello di Angelica, ma niente, squillava a vuoto. Compose allora un messaggio per Jenny.

"Ho sentito la nostra ex coinquilina. Guai in vista per Beky."

Doveva avvertire sua sorella il prima possibile, per darle il tempo di chiarire le cose con Massimo e il resto della famiglia sulla presunta relazione con Matteo. I suoi programmi per la giornata, alla fine, erano cambiati. Guardò l'orologio: mezzogiorno e quaranta.

Lanciò il telefono nella borsa aperta sul sedile, ingranò la retromarcia, guardò da un lato e uscì dal parcheggio a tutta velocità. Un urto fortissimo e inaspettato la fece sobbalzare in avanti. Premette forte il freno e gemette, sbattendo le mani sul volante.

«Maledizione!» Aveva paura a scendere dall'auto per vedere il guaio combinato, ma s'impose di farlo mantenendo la calma.

«Accidenti a te, ma sei cieca? Hai preso la patente con i punti della coop? Non ti hanno insegnato a guardare prima di uscire da un parcheggio?» inveì contro di lei una profonda voce maschile.

Regina avrebbe voluto ribattere a quelle parole offensive, ma quella voce la spiazzò. Il ragazzo stava guardando la propria moto che giaceva a terra in una pozza di benzina. Lei rimase immobile e muta a guardarlo mentre tentava di risollevare il pesante mezzo incastrato sotto il paraurti.

Si schiarì la voce e raddrizzò le spalle cercando di assumere un dignitoso contegno. «Mi dispiace, non l'avevo proprio vista.»

Lui s'immobilizzò; accantonò il pensiero di sollevare la moto e, ancora piegato in avanti con i gomiti poggiati sulle ginocchia, alzò il viso verso di lei, che lo fronteggiava immobile in tutta la sua regale rigidità. Con lentezza si raddrizzò, sbatté le mani per ripulirle e le portò ai fianchi. L'espressione del viso, fino a un momento prima adirata, scomparve a favore di un piglio stupido.

«Regina.»

Lei annuì in cenno di saluto. «Ivan.»

Dio mio, di tante persone proprio lui dovevo tamponare!

I due rimasero a fronteggiarsi per un istante infinito, poi lei mosse un passo in direzione della moto per verificare il danno arrecato; a giudicare dalla pozza di benzina che si andava allargando sull'asfalto e dalla lamiera incastrata sotto il suo parafango, era bello grosso.

Un pensiero allora la colpì, inducendola ad avvicinarsi a lui. «Tu eri sopra? Ti sei fatto male?»

Ivan sollevò le mani. «No, no, mi ero appena fermato per rispondere al telefono. Ero sceso, lasciandola ferma

dietro l'auto accanto alla tua.»
«Oh, grazie al cielo!» Il pallore del suo viso s'imporporò in fretta quanto il suo cambiamento di tono. «E non mi hai vista ingranare la retromarcia e uscire?»
Ivan abbassò di colpo le braccia lungo i fianchi. «Se lo avessi fatto, non ti avrei lasciato investire la mia moto, che dici?»
Regina guardò ancora il danno commesso e sentì una bruciante rabbia crescerle dentro; il resto del suo programma per il pomeriggio era definitivamente volato nel cesso.
«Anche tu, però, parcheggiare la moto così, in seconda fila» lo apostrofò con una marcata nota di biasimo.
«Non l'ho parcheggiata, mi ero fermato un istante. Fortuna che non fossi ancora sopra o avresti travolto anche me. E fosse passato un pedone lo avresti investito, quindi non venire a farmi la morale.»
Rimasero a fronteggiarsi qualche secondo, ma alla fine lei ammise le proprie colpe.
«Hai ragione, è solo colpa mia. Ero distratta. Anche io da una telefonata che ha... rivoltato il resto della mia giornata, diciamo così.»
L'espressione di lui si fece più accomodante. «Niente di grave, spero.»
«No... almeno lo spero anch'io. Problemi di... sorelle.»
Un sorriso le ammorbidì i lineamenti. Gli occhi brillarono sotto il sole, e un leggero refolo di vento le mandò i capelli scuri sul viso, che spostò con un gesto stizzito della mano.
«Già, se ben ricordo, le sorelle Graziati sono abili ad attirarne.»
Lei ignorò la battuta sarcastica. «Senti, compiliamo il CID, poi chiamiamo il carroattrezzi. Ti accompagno io dove vuoi, dopo. Mi metto a tua disposizione.» Allargò le braccia in segno di resa.
Un luccichio divertito illuminò Ivan. «Potrei prendere alla lettera questa tua ultima proposta, sai.»

«Intendevo dire che ti farò da autista, ovunque tu debba andare» precisò lei ricambiando l'occhiata divertita. «Ma non aspettarti che mi prostri a terra, perché non lo farò mai.»

Ivan la fissò. Parve sul punto di dirle qualcosa, ma lei gli diede le spalle.

«Aspetta che cerco i documenti.» Si infilò dentro l'auto e aprì il cruscotto. La frenata aveva fatto cadere la borsa dal sedile rovesciandone parte del contenuto sul tappetino. Cercò di rimettere ordine in tutta fretta e uscì dall'auto. Trasalì nel trovarsi a pochi centimetri dal viso di Ivan, proteso in avanti con una mano appoggiata al tettuccio. Si ritrasse, ma non aveva scampo incastrata com'era tra l'auto e il suo petto, e a meno di tornare a infilarsi dentro l'abitacolo come un coniglio, doveva imporsi la sua vicinanza con il dovuto distacco.

«Lascia stare» disse lui, senza accennare a volersi spostare.

«Cosa?» Ma perché era così nervosa vicino a lui?

Va bene, era giunto il momento di ammetterlo, quanto meno con se stessa. Quando aveva rimesso piede al "Blue Moon", dopo tanto tempo, il suo pensiero era tornato indietro. Aveva pensato spesso a Ivan, in quei mesi, senza rimorsi né rimpianti, certo, ma con dolce struggimento, e dentro quel familiare locale denso di ricordi non aveva potuto fare a meno di cercarlo.

Mentre avanzava verso le scalette che portavano al piano superiore, a un certo punto il cuore era sobbalzato quando un ragazzo alto, ben piazzato e con i capelli scuri le aveva ostruito il passaggio. Alzando su di lui uno sguardo carico di aspettativa, si era ritrovata a distoglierlo in tutta fretta, delusa nell'apprendere che non si trattava di lui. Si era data della sciocca per aver sperato di rivedere Ivan, dopo tutti quei mesi in cui a malapena lo aveva pensato. Quel posto, doveva ammetterlo, faceva strani effetti.

Ma in quel momento, averlo così vicino a sé, respirare il suo odore e fissare quelle labbra morbide atteggiate a un sorriso diabolico, le fece desiderare di fare quello che si era proibita in quel mese in cui erano usciti insieme. Poiché la frequentazione era iniziata per mezzo di una scommessa, ben conoscendone l'indole da dongiovanni impenitente e nonostante le occasioni non fossero mancate, non aveva ceduto al suo fascino fino in fondo, e adesso non riusciva a scacciare dalla mente il pensiero di come sarebbe stato fare l'amore con lui.

«La constatazione amichevole non serve.» Le parole di Ivan la destarono da quegli inappropriati vagheggiamenti. Lo guardò staccare il braccio dal montante dell'auto mettendo tra loro qualche centimetro in più di lontananza, e solo allora Regina riuscì a riprendere fiato, rendendosi conto d'averlo trattenuto per tutto quel tempo.

«Perché? Preferisci chiamare la municipale?»

Ivan rise. «Niente affatto. Voglio solo pareggiare i conti.» Davanti alla sua espressione confusa, si affrettò a spiegare: «Hai fatto sì che fossi prosciolto dalle accuse di aggressione. L'onore di mia sorella è stato ristabilito, quel farabutto ha pagato per le sue colpe e la mia fedina penale ne è uscita immacolata. Tutto questo grazie a te. Non eri tenuta a farlo, ma hai difeso me a discapito del tuo cliente e della tua stessa carriera. Per cui, sì, hai già fatto abbastanza, non serve che la tua assicurazione mi ripaghi i danni.»

Regina, per la prima volta, rimase a corto di parole. Scosse la testa come se dovesse scacciare le nubi che l'avevano avvolta. «Ne sei certo? Il danno sembra costoso.»

«Tranquilla, ho l'assicurazione sugli atti vandalici» le confessò, facendo poi schioccare la lingua. «Da qualche mese lavoro per una ditta di vigilanza che copre il promontorio. E nel tempo libero offro dei corsi di sub. Non sono più uno sfaccendato buttafuori, sai?»

«Non credo tu lo sia mai stato. Eri un rispettato carabiniere, prima che qualche vigliacco ti facesse lo sgambetto. Ti sei rimboccato le maniche come potevi, facendo quello che ti riusciva meglio. Regina sorrise con sincerità. «A ogni modo, mi fa piacere che le cose vadano meglio. Ti piace quello che fai? Voglio dire, ti fa sentire appagato?»

«Appagato.» Ivan pronunciò quella parola soppesandola. «Questo è un termine che posso attribuirmi solo a metà. Mi sento appagato quando faccio ciò che mi piace. Sfrecciare sulla mia moto, mi rende appagato. Immergermi nelle profondità con una muta e una bombola d'ossigeno. Il rischio fa parte di me, riesce a ripulirmi la mente.»

«Ne deduco che l'altra metà, quella non appagante, sia l'altro lavoro che svolgi.»

«Non è esaltante, no, ma impingua il conto in banca, perciò non mi lamento.»

Regina preferì non approfondire.

«Adesso, se vuoi farti avanti, provo a disincagliare la moto.»

Lei fece quanto richiesto. Ivan sollevò la moto e la spinse fino al primo spazio libero poco più avanti, in prossimità del foro. La appoggiò per terra e tornò verso Regina con un sorriso smagliante. Lei però era in apprensione per il danno causato.

«Adesso devi chiamare il meccanico.»

«No, ci penserò più tardi. Adesso» si piegò nell'abitacolo e sfilò le chiavi della vettura per poi chiuderla, «se permetti, approfitterò della tua proposta.»

Lei lo osservò perplessa mentre si metteva le chiavi nella tasca dei jeans.

«Hai detto che ti saresti messa a mia disposizione.» Guardò l'orologio, quindi si posò una mano sullo stomaco. «Bene, è l'una, e muoio di fame. Ho il pomeriggio libero e una gran voglia di fare una camminata. Che ne dici di

pranzare insieme?»
Regina tentennò a quella proposta. Doveva ammettere di avere fame, e una passeggiata era allettante. Tuttavia, stare da sola con lui la metteva in imbarazzo. Ivan sembrò cogliere le sue perplessità e cercò di convincerla.
«Avanti, solo una passeggiata e un pranzo come due vecchi amici. Sono curioso di sentire come te la passi... dov'è che vivi adesso, a Milano, giusto?»
«A dire il vero, non vivo più lì. I miei sei mesi di prova sono finiti, così sono tornata per rimanere.» Elusiva al punto giusto, pensò con soddisfazione. Però non era certa che sarebbe riuscita a esserlo se avesse passato le successive ore in sua compagnia. Conosceva bene l'effetto che quel ragazzo aveva su di lei.
«Magnifico! Allora è a questo che brinderemo. Al tuo ritorno. Perché sai, a volte tutto cambia, ma poi torna esattamente come prima.» Mise le mani in tasca e inclinò la testa di lato. «Andiamo.»
Regina ci pensò ancora, fissando quel sorriso da simpatica canaglia. *Ma sì*, si convinse infine, dopotutto non c'era niente di male. Quella giornata non sarebbe potuta peggiorare.
Mezz'ora più tardi sedevano a un tavolo del ristorante "La Regina di Napoli", in attesa che venisse servito loro un piatto di spaghetti alle vongole, i preferiti di Regina, accompagnato da una bottiglia di vino bianco. Si trovò a ripensare allo stesso pasto gustato insieme a Ferri, concludendo che non vi fosse assolutamente paragone né riguardo la compagnia né riguardo la location. Ora, era davvero a casa, e stavolta era lei a desiderare che le lancette non scorressero. Strada facendo Ivan le aveva raccontato ciò che era avvenuto dopo il processo, e Regina era stata ben lieta di apprendere che la sua vita avesse subìto una raddrizzata. Appese al chiodo le vesti da carabiniere e quelle da buttafuori del "Blue Moon", non aveva però dismesso

gli abiti del dongiovanni. Regina sorrise, Ivan era proprio incorreggibile, eppure con lui si sentiva a proprio agio.

Incalzata, in uno slancio di fiducia decise di rivelargli cosa l'avesse indotta a lasciare Milano. Gli raccontò dell'incontro con quella donna al party di compleanno di un'adolescente che nemmeno conosceva, e il successivo licenziamento; le avances di Ferri e le minacce conseguenti al suo rifiuto. Ma per correttezza nei loro confronti, non rivelò nulla che riguardasse le sue sorelle.

Pensando a loro, realizzò che Jenny ancora non l'aveva richiamata. Armeggiò nella borsa in cerca del telefonino, che non trovò; doveva essere scivolato dalla borsa nell'impatto della frenata. Non avrebbe dunque potuto contattare le sorelle finché non fosse tornata indietro. *C'è ancora tempo*, rifletté guardando l'orologio.

«Accidenti, è incredibile quanto le notizie corrano» esclamò Ivan alludendo all'incontro con quella donna che, si disse certo anche lui, era l'artefice del suo licenziamento. «Un solo passo falso, e l'onta non ti si stacca mai più di dosso. Ne so qualcosa, credimi, e mi dispiace per te.»

«Non dispiacerti. E poi non è stato un passo falso, io ero consapevole di quel che stavo facendo, e lo rifarei ancora. Troverò un altro lavoro.»

«Ne sono certo. Quel Ferri» commentò poi scuotendo la testa. «Che razza di persona. Sono pronto a spaccargli il muso, in caso osi importunarti ancora.»

«Oh, non credo che tu debba arrivare a tanto.» Regina fu sorpresa dalla reazione del ragazzo. «Non si prenderà certo il disturbo di venire fin qui solo per mantenere la parola data. Non sono niente per lui, si dimenticherà in fretta di me.»

Lui la osservò pensoso. «Non ci metterei la mano sul fuoco... ma in ogni caso, io sono qui, se dovessi aver bisogno. Promettimi che te ne ricorderai.»

Regina lo guardò e promise: «Lo farò. Ti ringrazio.»

«A te» brindò Ivan sollevando il calice del vino in sua

direzione. «Al tuo ritorno, e a un nuovo brillante inizio.» Abbassò la voce e le rivolse un cenno d'intesa. «Segui i tuoi obiettivi, e non lasciare mai più che qualcuno ti intralci.»

Regina sollevò il calice e lo batté piano contro quello di lui. «Ai cambiamenti. E ai vecchi incontri.»

Capitolo 13

(Magnifico – Fedez, Francesca Michielin)
L'amore è un punto di arrivo, una conquista
ma non esiste prospettiva senza due punti di vista

Il pomeriggio in compagnia di Ivan era volato. Dopo il pranzo si erano fermati in spiaggia dove avevano parlato a lungo, riscoprendo il piacere della reciproca compagnia, quindi erano tornati con tutta calma verso la moto che languiva stesa per terra. Appena la vide Ivan simulò un colpo al cuore, poi chiamò il carroattrezzi che la caricò per portarla in officina.

Regina lo accompagnò a casa che il buio era già sceso.

Lui le posò un bacio sulla guancia con una promessa: «Alla prossima!»

Lei rimase sorpresa dalle maniere gentili di quel playboy. Aggiustò la propria posizione sul sedile per guardarlo meglio e le sue labbra si curvarono in un sorriso d'apprezzamento.

«Sai, sei una continua sorpresa. Dopo un'estate a caccia di avventure pensavo che ti avrei ritrovato ancora più scostumato. Anzi, a dirla tutta, ero convinta ce l'avessi con me…»

La mano di Ivan era posata sulla maniglia dello sportello, già aperto, quando lui s'immobilizzò per tornare a guardarla. «A essere sincero, anche io ero convinto che tu ce l'avessi ancora con me per via di quella scommessa, e per come ti ho trattato in seguito. Mi sono comportato da gran bastardo.»

Lei scosse le spalle. «Sì, questo è vero. Ma anche io ti ho frequentato per via di una scommessa. Non fosse stato per quella, non mi sarei mai presa la briga nemmeno di parlarti. E invece mi sono ricreduta. Ancora oggi mi sorprende la tua galanteria.»

Ivan si fece una grossa risata e richiuse lo sportello con un colpo secco.

«Ancora devo inquadrarti» riprese lei osservandolo con circospezione. «Non so se quell'aria spavalda serva solo a nascondere il tuo lato romantico e gentile, o se invece sia una maschera per celare lo spregevole seduttore senz'anima che c'è in te.»

«Be', se questo è davvero il tuo dilemma, l'unico modo per scoprire chi io sia è frequentarmi, no? Solo così puoi conoscermi meglio.»

«Ma io non sono certa di volerti conoscere meglio.»

«Io invece credo proprio di sì.» Allungò una mano per darle un pizzicotto sulla guancia. «Stavolta senza scommesse. Io non cercherò di conquistarti, e tu non dovrai sforzarti di adeguarti a me. Saremo solo due persone che vogliono conoscersi restando se stesse. Che ne dici?»

Regina fece una smorfia e sollevò le spalle. «Non ho comunque di meglio da fare.»

«Che gentile concessione! Quanto a me, potrei inserirti tra una ragazza e l'altra, come tappabuchi.»

Capì che la stava prendendo in giro dall'ampio sorriso che seguì quell'affermazione.

«Questa sera lavoro. Domani sera?» tentò ancora lui, la fossetta sulla guancia a dargli quell'aria scanzonata. «Scegli tu il locale.»

«Mm.» Regina finse di pensarci. «Immagino che dovrò passare a prenderti io, visto che ti ho scassato la moto.»

«Immagini male, perché anche io ho un'auto, se ben ricordi. La stessa con la quale accompagnai le tue sorelle gemelle al comando dei carabinieri.» Ammiccò, e Regina non poté fare a meno di nascondere il volto nelle mani, al tragico ricordo. Tutto avvenne quella maledetta sera in cui Angelica scoprì il tradimento dell'ex fidanzato; fu in tale occasione che Regina conobbe Ivan. Sguardo spavaldo, maniere da Casanova, non perse tempo a flirtare spudoratamente con tutte loro, arrivando persino a proporre a Jenny un *giro* sulla sua auto. Fatto sta che, a fine serata, quel giro sia Jenny che Beky si trovarono costrette ad accettarlo: destinazione centrale dei carabinieri a seguito della rissa scatenatasi al "Blue Moon".

Lui proseguì divertito. «Jenny sembra non essersi più infilata in nessun guaio, da quando sta insieme a Christian. Mi chiedo se sia lo stesso anche per quella testa calda di Beky.»

«Oh, sono i guai a cercare lei, credimi. Però sta rigando dritto.»

«Mi fa piacere. È una brava ragazza, deve solo capire cosa vuole dalla vita. Merita di essere felice. A ogni modo, ora che ci penso, tu sei l'unica, fra le tue sorelle, a non essere mai salita sulla mia comodissima auto.»

«Già, la stessa in cui ti sei scopato un numero imprecisato di ragazze.» Quelle parole le uscirono senza che potesse trattenerle.

«Touché. Prometto che non ti salterò addosso!» Sollevò le mani in aria.

Una spiacevole verità le piombò addosso con furia disarmante: Ivan era stato una delle avventure di Beky, proprio in quella stessa auto. Non era certa che sarebbe riuscita a frequentare un ragazzo che aveva fatto sesso con sua sorella. Le immagini di loro due insieme, di lei che godeva del corpo di quello stesso ragazzo che le toglieva il respiro con la sola vicinanza, erano intollerabili. Come avrebbe potuto mostrarsi nuda, farsi possedere da un uomo che aveva avuto, prima di lei, Beky? Avrebbe finito con il fare paragoni, e Regina sentiva di non poter competere con l'esuberanza e il fisico da urlo di sua sorella. Non poteva. Tutto ciò era sbagliato. Si irrigidì, conscia di quello che avrebbe dovuto fare.

«Ora che ci penso, domani non posso. Questa sera arriveranno degli amici di Milano e rimarranno con noi qualche giorno. Mi dispiace.»

«Mi farebbe piacere conoscerli. Potremmo incontrarci in un locale.»

Regina distolse lo sguardo. «Non posso Ivan. Mi ha fatto piacere vederti e sapere che stai bene, ma le cose tra noi non cambieranno.» No, non poteva farcela.

Ivan divenne serio. «Un attimo fa mi eri sembrata di tutt'altra opinione.»

«Ho cambiato idea.»

Ivan incassò, alzò le mani, i palmi rivolti verso l'alto, e non riuscì a trattenersi: «Cazzo, Regina, ne ho conosciute di ragazze lunatiche, ma tu le batti tutte!»

«Ecco, vedi? Questa è la dimostrazione che noi due, insieme, non saremmo in grado di costruire niente di solido.»

«Perché?»

«Perché finiresti col fare paragoni! Con il mettermi a confronto con...» *mia sorella*, stava per dire, ma si frenò giusto in tempo. «Con le altre.»

«Questa è una stronzata! Non ho mai fatto paragoni! E tu non puoi sapere come andrebbe fra noi senza averci nemmeno provato.»

Regina si portò una mano alla fronte. «Ivan, non ce la faccio a dimenticare che tu...» Il silenziò creò tra loro una solida barriera e divenne teso, mentre lui la osservava.

«Cos'è che non puoi perdonarmi? L'averti umiliata pubblicamente o l'aver scopato con tua sorella?»

Regina sussultò a quella brutalità. «Scendi, per favore»

lo invitò secca, voltandosi dall'altra parte.
Ivan annuì ed emise una risatina simile a uno sbuffo.
«Eccola qui, la vera Regina. Quella inarrivabile, che giudica e non perdona! Mi ero giusto domandato con chi avessi avuto il piacere di trascorrere il pomeriggio. A quanto pare non eri tu.» Scese dall'auto, e dopo una forte sbattuta di sportello scomparve nel buio.
Regina serrò la mascella e s'impose di non provare emozioni. Sarebbe stato inutile, tanto certe cose non cambiano mai. Lui sarebbe rimasto un donnaiolo che ci prova alla prima occasione, lei l'intransigente Regina che non abbocca e non perdona. Eppure... Prese alcuni grossi respiri per regolarizzare i battiti, le mani serrate sul volante e lo sguardo perso fra le ombre della sera.
Solo guardando l'orologio si rese conto che si era fatto tardi. Annaspò in cerca del telefono. Era finito sotto il sedile del passeggero, e quando lo prese vi erano ben nove chiamate perse e numerosi messaggi da parte di tutte le sorelle.
Lesse per primi quelli di Jenny.
Regi, Beky non risponde e anche io sono nei guai! Aiuto! La madre di Christian non ha preso bene la notizia del matrimonio, sono certa che stia già pianificando la maniera di eliminarmi. Ti prego, soccorrimi tu!

Fra un quarto d'ora chiamami, dicendo che si tratta di un'urgenza così potrò fuggire da qui più veloce della luce.

Regina perché non mi hai richiamata? Fa niente, ma tu dove sei?

Regina! Beky e Angi non mi rispondono. Help!!!

Regina scosse la testa, quindi passò a leggere i messaggi di Beky.

Regina, avevo il telefono scarico, accidenti! È successo un casino.

Perché non rispondi? Richiamami subito.

Dove cazzo sei finita? Ho bisogno di te!

Regina, accidenti a te! Angelica mi ha mollata a Grosseto e mi si è scaricato il telefono. Ho dovuto mendicare una telefonata al bar dell'ospedale per chiamare Marco!

Angelica ha scoperto tutto, non so dove sia adesso, mi ha piantata in asso in ospedale, e a casa non è tornata. Sto in pensiero per lei.

Regina! Ma devo cominciare a preoccuparmi anche per te adesso?

Sono le cinque passate, maledizione, rispondi!

Santo cielo, per un pomeriggio che si era presa per sé, era successa un'ecatombe! Infine, l'ultimo era un messaggio vocale in segreteria da parte di Angelica.
Regina io non torno a casa, e non voglio più vedere Daniele. Tanto tu sai già tutto, che ti spiego a fare? Sto bene e sono al sicuro, dì questo a mamma.

Nell'auto scese un silenzio spettrale. Regina afferrò con forza il volante e vi sbatté la testa più volte. Angelica aveva un tono funereo, non poteva nemmeno immaginare cosa stesse provando in quel momento. Doveva fare presto, perché la sua famiglia l'attendeva. Accese il motore e partì più in fretta che poteva.

A casa era il delirio. I nostri genitori facevano avanti e

indietro nel salotto con i volti pallidi, babbo aveva anche delle profonde occhiaie, di sicuro non attribuibili alla recente catastrofe, ma solo ora me ne rendevo conto. Sembrava di colpo invecchiato di dieci anni, come se qualcosa lo preoccupasse. Avrei indagato a tempo debito, quando quest'assurda situazione si fosse placata. Lo sapevo, me l'ero sentito, giusto il giorno prima, che qualcosa non andava. Mi ero raccomandato con Jenny, ma a quanto pare la situazione era talmente grave da sfuggire da ogni controllo. Era stata Beky a chiamarmi, implorandomi di andare a prenderla a Grosseto. Durante il viaggio di ritorno mi aveva ragguagliato in grandi linee.

Nel momento in cui Regina rientrò, stavo giusto lasciando un messaggio sulla segreteria telefonica di Angelica.

Jenny sedeva accanto alla mamma, stringendole la mano, mentre Beky, disperata, scuoteva la testa continuando ad attribuirsi la colpa dell'accaduto.

«Se solo non mi fossi fatta visitare, avremmo lasciato lo studio prima che quella vipera ci piombasse davanti! È solo colpa mia. È *sempre* colpa mia!»

«Non è colpa tua, Beky» dissi io alzando la voce. Dovevo averglielo ripetuto già almeno un centinaio di volte, ma lei non si dava pace. Non l'avevo mai vista tanto agitata.

«Non potevi prevedere una cosa del genere» convenne Jenny. «Però potevi mettere il telefono in carica prima di uscire.»

«E magari potevi evitare di lasciarla andare via da sola.» Regina fece la sua entrata trionfale, e cinque paia d'occhi si appuntarono su di lei con espressioni che andavano dal sollevato al furente.

«Grazie al cielo almeno tu sei rientrata!» disse mamma, portandosi una mano al viso in un gesto stanco.

«Ma si può sapere dove cavolo ti eri cacciata?» inveì Beky andandole incontro.

Jenny si limitò a guardarla di traverso, ma il suo tono era

più pacato. «Perché non rispondevi al telefono? Ti abbiamo lasciato un'infinità di messaggi!»

«Già, scusate se oggi ho avuto da fare. Sapete com'è, a volte anche io cerco di rifarmi una vita!» Un silenzio stupito seguì la sua tirata. Rendendosi conto di essere stata antipatica, si passò una mano sulla fronte, sospirò e riprese in maniera più mite. «Il telefono mi era caduto in auto, ho vagato tutto il pomeriggio in cerca di un lavoro. Appena ho visto i messaggi sono corsa a casa.»

Regina sfidò Beky con un'occhiataccia all'altezza di quella che lei le aveva appena lanciato; nessuna delle due intendeva abbassare lo sguardo o addolcirlo, rimasero a fronteggiarsi finché non mi misi tra loro.

«Ragazze, stiamo calmi, non serve accusarci l'un l'altro. Questa bomba è scoppiata senza che nessuno potesse far nulla per evitarla.» Chiusi l'esile corpo di Beky nel mio rassicurante abbraccio e mi rivolsi a Regina. «Tu hai notizie di Angelica?»

«Lungo la strada ho chiamato Mariangela. Mi ha confermato che è da lei. Era sconvolta quando è arrivata, ma dice che si è calmata e sta bene. Si è addormentata, perciò è meglio lasciarla in pace. Si occuperà lei di nostra sorella, e mi farà avere sue notizie.»

«Grazie al cielo!» Mamma per poco non sveniva per la preoccupazione tanto a lungo trattenuta, e babbo le fu subito accanto.

Il campanello della porta suonò, e tutti ci scambiammo un'occhiata.

Lasciai mia sorella e andai ad aprire la porta. Mi si gelò il sangue quando me lo trovai davanti; non avessi avuto i miei genitori alle spalle, probabilmente lo avrei steso seduta stante, ma non era il caso di fare scenate in quel momento.

«Tu hai il coraggio di farti vedere in questa casa, dopo quello che hai fatto a mia sorella?»

Dalla mia voce penso fosse trapelato il desiderio di prenderlo a pugni, perché mi sentii afferrare il braccio destro con presa ferrea, e voltandomi trovai fisso nel mio lo sguardo ammonitore di Regina. Daniele sollevò le mani in aria come a dimostrare di non volere problemi.

«Marco, ascoltami, non è quello che può sembrare. Io amo tua sorella, ma la vita non è tutto sempre bianco o nero. E soprattutto i problemi non si risolvono alla vostra maniera, prendendo a pugni chiunque osi deludervi.»

Beky si avvicinò, e fu a lei che allora si appellò. «Rebecca, grazie al cielo! Lei come sta?»

«Non lo so, non sono riuscita a raggiungerla. È sfrecciata via con la sua auto quando ero a pochi metri da lei. Ma Regina dice che è da Mariangela e che si è calmata.»

«Devo andare subito a riprenderla.» Si voltò per correre via, ma Beky lo fermò.

«No, Daniele! Era sconvolta, lasciale il tempo di assimilare la notizia.»

«Non posso farle assimilare la notizia nel modo in cui crede lei! Le cose non stanno così, io di fatto non sono mai stato sposato a quella donna! Non ci siamo mai nemmeno sfiorati con un dito, santo Dio!»

«O sei sposato o non lo sei» intervenni io. Come puoi essere sposato con una donna, e non farci sesso?

Daniele sbuffò e allargò le braccia in segno di resa. «Se mi lasciate entrare, vi spiegherò ogni cosa. Ve lo devo.»

Lo fissai torvo, ma dovevo sapere. «Già, direi proprio di sì.» Mi feci di lato per lasciarlo entrare. I nostri genitori lo accolsero con gelo, Regina rimase imperturbabile, mentre Jenny gli rivolse un debole sorriso d'incoraggiamento e gli andò vicino per mostrargli il proprio sostegno. Tipico. Lei e Angelica erano le uniche persone ragionevoli – o forse sarebbe meglio dire *arrendevoli* – nella nostra famiglia.

Immobile in mezzo a tutti noi che lo fissavamo con le espressioni più disparate, Daniele cominciò il suo racconto.

«Ero in America per un master in medicina, quando ho conosciuto Denise. Lei frequentava lo stesso corso, siamo subito diventati amici. Ottimi amici, ma non c'è mai stato niente oltre a quel legame fra noi, mai. Stava insieme a un ragazzo che qualche volta alzava le mani su di lei, ma non riusciva a lasciarlo, lui non glielo permetteva. Finito il master ricevetti un'offerta di lavoro presso l'ospedale dove ero stato uno specializzando, a Milano, così mi trasferii lì. Un giorno, Denise mi telefonò implorando il mio aiuto. Presi il primo aereo e la raggiunsi in America. Il farabutto l'aveva picchiata fino a mandarla in ospedale. Scoprì così d'essere incinta. Denise non volle rivelargli di aspettare un bambino; lui proveniva da una famiglia potente ed era certa che se avesse provato a lasciarlo, glielo avrebbero portato via. E lei voleva soltanto fuggire il più lontano possibile.»

«E tu hai visto bene di farti carico dei suoi problemi.» Beky non era del tutto convinta.

«Lui ci scoprì mentre ci abbracciavamo in quella stanza d'ospedale. Diede di matto. Medici e infermieri intervennero, e così scoprì la gravidanza. Per proteggerla, d'impulso sostenni che il bambino fosse mio.» Si toccò la cicatrice vicino al sopracciglio. «Conservo ancora il ricordo di quel giorno. La portai in Italia con me. Lui non conosceva la mia identità, nemmeno che fossi italiano, non l'avrebbe trovata. Ma senza un lavoro non le avrebbero rinnovato il visto.» Allargò le braccia e sospirò, evitando di aggiungere l'ovvio.

«Lui non l'ha più cercata?» domandò Regina con tono tagliente.

«Grazie alla denuncia presentata alle autorità americane da parte nostra e del personale medico, Denise ottenne a proprio vantaggio un'ordinanza restrittiva. Evita di utilizzare pubblicamente il suo cognome perché non vuole essere rintracciata dallo psicopatico che giurò di ucciderla.

Non usa social, non appare in pubblico.»

Tutta quella storia aveva dell'incredibile, eppure l'intuito mi suggeriva che stesse dicendo la verità. Lo incitai a proseguire con il racconto.

«L'ho aiutata a stabilirsi, a farsi assumere da una clinica privata e a crescere il suo bambino per i primi due anni della sua vita. Io avevo le mie storie, lei le sue. Poi abbiamo deciso fosse meglio che ognuno prendesse la propria strada. Era cambiata, la vita l'aveva indurita. Dedita completamente al lavoro, il bambino cresceva con la baby-sitter, e mentre lei faceva carriera a Milano, io ho girato diversi ospedali prima di stabilirmi a Grosseto, fino alla decisione di prendere casa qui, un luogo tranquillo dove poter vivere serenamente. Ed è allora che ho conosciuto Angelica.»

Per la prima volta dacché era entrato parlò mamma, e il suo tono fu tagliente. «Perché non le hai detto subito la verità? Sarebbe stato tutto più semplice.»

«Ha ragione.» Daniele era sinceramente contrito. «All'inizio, però, fra noi doveva essere solo un'avventura. Ero rimasto talmente intrigato da lei, che come un idiota l'ho messa incinta al nostro unico incontro. E dire che sono un ginecologo e a certe cose dovrei pensarci...» Assunse un'espressione dispiaciuta in direzione dei miei genitori, che lo guardarono con disappunto.

«Ma in quel momento non pensai a nient'altro. O forse, diedi per scontato che prendesse la pillola, mi sembrò così...» lasciò cadere il discorso nella tensione che serpeggiava, e tornò a rivolgersi a me.

«In seguito, mi ritrovai spesso a pensare a lei, speravo di rivederla, fino a quando ho scoperto che era incinta. Voleva abortire, e io non potevo convincerla a tenerlo rivelandole al tempo stesso che per lo Stato risultavo sposato. Quando lei ha deciso di provarci, insieme, dovevo conquistarmi la sua fiducia, lei era appena uscita da una rottura dolorosa, così mi sono preso del tempo. Avevo deciso di parlarle dopo il parto. Intanto le pratiche per il divorzio stavano giungendo al capolinea, era solo questione di tempo. Non mi sarei mai immaginato che Denise sarebbe venuta fin qui per consegnarmi di persona i documenti, ma soprattutto, avevo dimenticato che per domani mattina è fissato l'incontro che porrà fine a questa storia.»

«Quando si parla di tempismo.» Sentivo che l'incazzatura nei suoi confronti stava scemando a favore di una sorta di cameratismo maschile.

«Già. Le maniere di Denise sono sempre state discutibili... Non avrebbe potuto avere tempismo peggiore, come sempre è avvenuto nella sua vita.» Agitò la cartellina gialla che aveva tenuto stretta in una mano fino a quel momento. «Qui dentro ci sono i documenti del mio divorzio. È ufficiale. Da domani sarò libero.»

«Scusa, Daniele» intervenne Jenny con voce bassa. «Ma perché non chiedere l'annullamento, invece di un divorzio, ben più lungo e dispendioso, se non avete mai consumato?»

«Ma lui ha dichiarato che il bambino è figlio suo, gli ha dato il proprio cognome» ribatté Regina con il suo tono pratico, terminando la frase con un'allusiva alzata di spalle.

Jenny si portò una mano alla bocca. «Oh! Non potevi, ovvio.»

Nella stanza scese il silenzio, ma non si trattava più di un silenzio ostile.

«Tutto questo devi dirlo a lei, adesso» disse la mamma. «Va' dalla tua donna, non lasciarle passare la notte con questo peso sul cuore.»

Daniele annuì, colmo di gratitudine, poi le si avvicinò e la abbracciò. «Grazie, Caterina.» Si staccò solo dopo averle sfiorato la guancia con un bacio. Lei annuì. Anche babbo si avvicinò, tendendogli una mano che lui strinse con riconoscenza.

Io gli assestai una vigorosa manata sulla schiena «Corri da lei.» Indicai la porta con un cenno della testa, lui ringraziò e corse via.

Dopo che Daniele ebbe lasciato la casa, su di noi scese un velo di silenzioso sollievo, rotto qualche istante dopo da un colpo di clacson.

«Chi può essere ancora?» Mi affacciai per vedere chi fosse. «C'è una vettura, ferma fuori al cancello, e una ragazza sta sbracciando verso di me.» Uscii per andarle incontro, e Regina, incuriosita, prese il mio posto sulla porta; mentre io avanzavo, la sentii esclamare alle mie spalle in preda al panico: «Oh maledizione, maledizione, maledizione!»

Eh già, con tutti gli avvenimenti del giorno, si era dimenticata degli amici milanesi. Guardò l'orologio. Dovevano aver viaggiato senza mai concedersi una sosta, per essere arrivati così presto.

«Beky, riunione di gabinetto. Ora!» ordinò mentre l'afferrava per un braccio trascinandola verso il bagno.

«Regina, ma che cavolo...»

«Ssh! Non c'è tempo» la zittì, mentre Jenny si affrettava a seguirle e io, da bravo anfitrione, mi accingevo ad accogliere in casa nostra tre perfetti sconosciuti.

Una volta entrate in bagno e chiusa la porta alle spalle, Regina vi si appoggiò di peso come se dovesse impedire un'intrusione.

«Una serie di avvenimenti, oggi, mi ha impedito di riferirti della chiamata di Pamela. Sono loro, quelle là fuori!» Indicò con un dito in direzione dell'esterno.

«Ah.» Beky si raddrizzò e piegò la testa di lato. A giudicare dall'espressione di Regina, sembrava stesse per annunciare una tragedia. «Be', non hanno scelto il momento adatto, ma è una bella sorpresa... o no?» La osservò meglio. «Regina, che male c'è se sono venute? Non comprendo il perché di tanta agitazione.»

«C'è» Regina scandì bene le parole, «che a questa sorpresa, ha voluto unirsi anche Matteo. Che ora è là fuori con loro!»

Eccolo lì, il panico la raggiunse insieme a una stretta allo stomaco. «Oh. Oh, cazzarola!»

«Matteo?» intervenne Jenny. Il Matteo che hai spacciato per il tuo fidanzato con mamma, babbo e... Massimo?» Il silenzio di Beky rispose da sé.

«E c'è dell'altro» proseguì Regina.

«Cosa? Cos'altro può aggiungersi a questa giornata di merda?» urlò Beky con voce isterica. Ormai non c'era davvero più niente che potesse peggiorare quella giornata.

«Questa sera vogliono andare al "Blue Moon".»

E invece sì. Il peggio era sempre in agguato. Più in basso di così non sarebbe potuta precipitare.

«Rebecca, Regina!» Dalla cucina giunse il richiamo della mamma, poi un allegro vocio riempì l'aria. Era fatta. Doveva inventarsi qualcosa, e doveva farlo in fretta.

A passo di carica, Beky spinse via Regina dalla porta, ma appena la spalancò trovò davanti me, con la mano sollevata nell'atto di bussare.

«Marco! Mi hai fatto prendere un colpo» sibilò guardandomi storto, per poi allungare il collo alle mie spalle.

«Oh, credimi, te ne farò prendere uno vero, anzi, a tutte voi, se non mi dite subito che sta succedendo. E non provate a rifilarmi le stronzate che avete blaterato per tutta la serata perché io vi conosco troppo bene, finora mi avete raccontato solo ciò che era comodo a voi, ma so che non la raccontate giusta.»

Provai una sadica soddisfazione nel vederle scambiarsi occhiate preoccupate, poi Beky mi afferrò per un braccio e mi tirò nel bagno insieme a loro.

Wow, per la prima volta in tutta la mia vita, avevo il privilegio di partecipare a una loro *riunione di gabinetto*.

Ok, ammetto di esserne uscito leggermente sconvolto. Troppe notizie tutte insieme, ma a preoccuparmi di più fu quel: «D'ora in avanti ti diremo sempre tutto, grazie fratellone.»

Devo dire che hanno preso sul serio tale promessa. Tutto cominciò ad assumere una diversa sfumatura, da allora non mi limitai più a osservare le mie sorelle dall'esterno, no, mi fu concesso l'accesso privilegiato a ogni loro più recondito pensiero e segreto.

Al termine di quell'illuminante riunione, con aria innocente sciamammo tutti e quattro verso il salotto, dove i nostri genitori stavano intrattenendo i nuovi arrivati come meglio potevano.

Seduta sul divanetto accanto alla mamma c'era Margherita che chiacchierava come una mitraglietta, accanto a lei Pamela, con atteggiamento ben più modesto, e infine lui, Matteo, in piedi accanto al camino che stava discorrendo con babbo. Beky prese un sospiro e si gettò nella mischia.

«Marghe, Pam! Ma che magnifica sorpresa, è così bello vedervi! Avete mantenuto la promessa.» Abbracciò prima l'una poi l'altra, con entusiasmo.

«Ma certo che sì» cinguettò Margherita. «Poteva la tua manager preferita non portarti di persona il resoconto della grandiosa esposizione di quadri?»

«Ma certo che no» scimmiottò Pamela con un sorriso tirato, per poi sussurrarle a denti stretti un accorato «Scusami.»

A quel punto Beky passò oltre, e si lanciò tra le braccia di Matteo dandogli un leggero bacio sulle labbra che lo lasciò di stucco.

Fissando la scena con malcelato divertimento, vidi il ragazzo irrigidirsi mentre lei lo abbracciava. Avvicinandomi, la sentii sussurrare, di modo da essere udita solo da lui, e da me, appostato alle loro spalle: «Tienimi il gioco, ti imploro, poi ti spiego.» Dopo il debole assenso da parte di Matteo, si voltò verso i nostri genitori con il sorriso più entusiasta che riuscisse a esibire. «Lui è Matteo Mura, il mio ragazzo e proprietario della galleria d'arte che espone i miei quadri.»

Gli sguardi increduli di Margherita e Pamela si puntarono su loro due, ma Margherita sembrava aver perso la favella. Se Matteo in un primo momento era rimasto spiazzato, si riprese in fretta dando prova di eccellenti doti recitative, non certo inferiori a quelle di Beky. Le allacciò un braccio attorno alla vita e le sorrise raggiante.

«È un vero piacere conoscere la famiglia della mia stella.» Tornò poi a rivolgersi a lei. «Mi sei mancata.» E inaspettatamente si fiondò sulle sue labbra per un bacio più profondo e... imbarazzante.

Te la sei cercata, pensai gustandomi l'occhiataccia di mia sorella.

Capitolo 14

(Quando una stella muore – Giorgia)
Ho imparato a modo mio a leccarmi le ferite più invisibili
perché è così che si fa. Ma la vita cambia idea
e cambia le intenzioni e mai nessuno sa come fa

Stesa al buio, sul letto dello stretto soppalco, Angelica seguiva con la mano i movimenti della piccola creatura che portava nel grembo. La pelle si tendeva e deformava dove spuntava uno spigolo, probabilmente un piede, che poi discendeva lungo il fianco rendendo il pancione di nuovo uniforme. Poteva avvertire le tumultuose pulsazioni di quel cuoricino che cresceva in lei, mentre il battito del proprio le rimbombava nei timpani. Dopo la terribile scoperta fatta in ospedale, era salita in auto guidando il più veloce possibile con gli occhi offuscati dalle lacrime, e ripensandoci non riusciva a capire come fosse riuscita a mantenere il controllo della guida. Voleva solo fuggire il più lontano possibile da lui, da Beky e dal resto della famiglia. Si sentiva ancora una volta tradita e umiliata. Le gambe – dotate di volontà propria – l'avevano condotta a lei, l'unica persona che nel corso degli anni non l'aveva mai delusa. E la cara amica Mariangela l'aveva accolta in casa sua con calore, lasciando il centro estetico in mano alle dipendenti per accorrere da lei e starle accanto. Le aveva preparato una tisana e l'aveva accompagnata sul soppalco della sua piccola abitazione, ascoltandone lo sfogo finché Angelica glielo aveva permesso, dopodiché l'aveva lasciata da sola per darle il tempo di rimettere ordine nei pensieri.

Ma quei pensieri erano troppo tumultuosi perché potesse riuscirvi, ancora una volta le pareva che l'anima le fosse stata frantumata in tante scaglie che, ora, la pungevano ovunque infondendole dolore a ogni respiro.

Si era quasi assopita quando avvertì prima il campanello, poi la voce di Mariangela ingaggiare uno scambio verbale con una maschile. Una voce bassa e calma, ma carica di una tale disperazione che richiamava la propria. Non poteva affrontare Daniele, non era pronta.

Asciugò il viso e si raddrizzò sul letto mettendo le gambe fuori per sedersi sul bordo, le mani ancorate al materasso. Un capogiro la colse, tutto intorno cominciò a vorticare e la vista divenne blu con tanti puntini neri. Strinse con forza la coperta tra le dita e combatté contro un crescente senso di nausea, mentre la voce si faceva più vicina. Si sentì chiamare, come dal fondo di un tunnel, ma lei non aveva le forze per reagire. Riusciva a malapena a respirare. D'un tratto due mani la afferrarono per le spalle in una presa decisa e la fecero stendere sulla schiena. Poi i suoi piedi furono sollevati in alto, e di nuovo quella voce, pacata, le suggerì di prendere dei respiri. Lenti ma profondi. Lei eseguì. Pian piano il mondo si stabilizzò e la vista tornò a fuoco. Chino sopra di lei, il volto preoccupato di Daniele. Sembrava sempre così tranquillo... Da quando lo conosceva non l'aveva mai visto perdere la calma. Era un medico, anni di quel mestiere dovevano averlo temprato.

«Cosa ci fai qui?» sussurrò con voce rotta. «Io non ti voglio, vattene.»

Daniele la ignorò. «Quando hai mangiato l'ultima volta?»

In effetti, era dalla colazione che non metteva niente nello stomaco, fatta eccezione per un sorso di tisana la cui tazza ancora piena giaceva sul comodino accanto al letto.

Fece un sospiro e si ostinò a non rispondere, ma il suo stomaco traditore cominciò a gorgogliare parlando per lei.
Senza allontanarsi, Daniele chiese a Mariangela se avesse della marmellata e qualcosa su cui spalmarla. Qualche istante dopo la ragazza arrivò con una fetta biscottata con sopra una generosa spalmata di confettura di pesche. Tuttavia, Angelica ignorò l'offerta e replicò di nuovo con un secco: «Vattene.»
«Ascoltami, così non fai un dispetto solo a me. Lo fai a te e soprattutto al bambino. Devi mangiare qualcosa, poi ti riporto a casa.»
«Io non ho una casa.»
«Sì che ce l'hai. È casa nostra, Angelica, ed è lì che devi stare, dove io possa prendermi cura di te.»
«Io non ti voglio vicino a me.»
«Avanti, Angelica, non fare la bambina. Lasciami spiegare...»
A quel rimprovero Angelica saltò su infuriata. «Non fare la bambina? Tu mi hai trattata come tale in tutti questi mesi in cui mi hai nascosto l'esistenza di una moglie. È passato il tempo per le spiegazioni, ormai.»
«Lei non è mia moglie! Non lo è mai stata, l'ho sposata solo per mettere lei e suo figlio al sicuro, ma non c'è mai stato niente fra noi. Abbiamo vissuto separati negli ultimi sette anni, l'unico contatto che avevamo era quando mi recavo a vedere Luca. Lo prendevo, passavamo insieme una giornata e la sera lo riportavo da lei. Stop.»
Angelica scrutò a fondo il suo viso. Sembrava sincero. Ma non era questo il punto. Il punto era che lui le aveva mentito, e anche quella era una forma di tradimento. E lei le menzogne davvero non le tollerava più.
«Denise era venuta in ospedale per consegnarmi di persona i documenti del divorzio» proseguì lui, imperterrito. «È ufficiale, Angelica, non sono più sposato.» Cercò di prenderle la mano, che lei ritrasse.

Le lacrime ripresero a scendere lungo le guance di Angelica. Avvertiva un peso opprimente sul petto, divisa com'era tra il desiderio di fidarsi e l'istinto di cacciarlo via. «Non importa. Tu mi hai mentito per tutti questi mesi. Mi hai guardata dritto negli occhi, a casa tua, e nonostante il vocale nella segreteria hai continuato a mentirmi senza alcuna esitazione.»
«Sono stato colto dal panico...»
Lei sollevò una mano per zittirlo. «Panico?» Sbuffò. «Sono solo scuse. Avrei capito, se me l'avessi confidato, accettato la situazione. Ogni giorno trascorso insieme hai avuto l'occasione per dirmi la verità, ma non l'hai fatto. E ora non mi importa quali siano stati i motivi che ti hanno spinto a tacere, l'unica cosa che conta è che tu. Mi. Hai. Mentito. E ora non mi interessano le tue scuse né le tue giustificazioni.» Scandì ogni parola alzando via via la voce fino a urlare. «Voglio solo che tu vada al diavolo e mi lasci in pace.»

Era fuori di sé. Il volto in fiamme, gli occhi luccicanti di una tale furia da lasciarlo ammutolito, la voce che raggiungeva decibel mai sfiorati prima. Non era da lei; Daniele l'aveva trasformata sotto ogni frangente.

Le pulsavano le vene del collo tanto urlava e tale era lo sforzo di trattenersi. Non l'aveva mai vista in quello stato, quella era una parte di Angelica che non conosceva, che non le apparteneva, e che lui, in quella situazione, non era in grado di affrontare. E ne rimase sconvolto. Fin dall'inizio l'aveva vista soffrire in silenzio, aveva visto il suo viso rigato da lacrime discrete, il deciso rifiuto quando l'aveva implorata di non abortire, quando lo aveva respinto, e poi ancora la calma nel dirgli che non poteva rinunciare ad avere quel bambino, che voleva provarci insieme a lui. L'aveva sentita fremere sotto le proprie dita e aprirsi a lui con timida passione, affrontare i problemi della gravidanza sempre con un quieto sorriso sulle labbra, a volte il suo sguardo era stato velato di malinconia; ma sempre, in ogni occasione, aveva mantenuto un'incredibile pacatezza esteriore. Mai, quell'ammirevole calma l'aveva abbandonata. La sua dolce e mite Angelica non era la stessa persona che aveva davanti in quel momento, le guance infuocate e le lacrime che andavano a mescolarsi con saliva e moccio.

«Sparisci dalla mia vista» proseguì lei cercando di alzarsi in piedi. Provò a fermarla, ma Angelica allontanò la sua mano con uno scatto stizzito, poi lo schiaffeggiò in viso e si dimenò come una furia quando tentò di abbracciarla per placarla. Non c'era niente che potesse fare o dire in quel momento, lei non avrebbe cambiato idea, così Daniele ritenne più saggio fare un passo indietro per non nuocere alla sua salute e a quella del bambino.

Indietreggiò fino alla porta e Angelica, ansimante, si fermò per fissarlo, i capelli che le ricadevano sul volto. Quando riprese a parlare lo fece con un sussurro così colmo di risentimento che gli mise i brividi.

«Dicono che il confine tra amore e odio sia molto labile. Ecco, io quel confine oggi l'ho superato. Questo è stato l'anno peggiore della mia vita, ma di tutto quello che ho dovuto sopportare, il *tuo* tradimento è stato il peggiore.» Quindi la sua voce s'incrinò. «Perché io mi fidavo di te. Mi fidavo e ho voluto crederci, in noi. Ti amavo, e tu mi hai spezzato il cuore. Adesso non ti appartiene più. *Io*, non ti appartengo più. E ora vattene, non voglio più vederti.» Detto ciò, gli voltò le spalle rimanendo immobile e in silenzio. Daniele fu lacerato dalla sofferenza. Quelle parole, i suoi gesti, lo sguardo spiritato, furono tanto decisi da non lasciare spazio alle speranze. L'amava profondamente, ma in quel momento capì di non poter fare niente per lei. Capì d'averla distrutta, e forse perduta per sempre.

Intanto, mentre io facevo ritorno da quella santa di mia

moglie, a casa Graziati fu improvvisata una cena per gli ospiti inattesi; non avrebbero potuto scegliere momento peggiore per fare una visita a sorpresa, tuttavia non era colpa loro se quella giornata si era rivelata un vero disastro. L'umore della famiglia non era dei migliori, ma i tre giovani portarono una ventata di leggerezza. Il chiacchiericcio continuo di Margherita, le pungenti battute di Pamela e il brillante e dettagliato resoconto di Matteo riguardo l'esito dell'esposizione avevano tenuto alta la conversazione a tavola. Tutti i quadri di Beky erano stati venduti, e ben altri tre erano stati commissionati da donne facoltose ed esigenti. Il mistero che avvolgeva l'ignoto autore di quelle opere intrigava gli acquirenti, che si erano dilettati nelle ipotesi più stravaganti. Addirittura, qualcuno aveva proposto di aprire una scommessa circa l'identità di tale Rebel; per il momento, si sarebbero accontentati di scoprirne il sesso e la fascia d'età, e le quotazioni fino ad allora la davano per un uomo sulla trentina. Tale rivelazione suscitò un moto d'ilarità a tavola, e Beky si disse soddisfatta perché la sua identità sarebbe rimasta al sicuro.

«Certo, molto ha aiutato anche quel fascinoso fotografo» cinguettò Margherita presa dall'eccitazione. «Dicono sia famoso e quotato. Ha un sito web niente male, le sue foto sono vendute a ogni rivista di rilevante importanza in Italia e all'estero. Pare siano sue le foto di copertina di alcune riviste famosissime, tra cui Focus, National Geographic e altre di cui non ricordo il nome! Ma vi rendete conto?»

Beky sbatté le ciglia senza capire. «Fantastico, davvero capace questo tizio. Ma spiegami cosa c'entra con me.»

«Beky! Ma è lui che ha scattato le foto delle tue opere e le ha messe sul proprio sito, procurandoti tre commissioni.» rivelò come fosse una cosa ovvia. «Da lì è stato un boom di richieste. La sua stessa presenza, che lui aveva annunciato, ha procurato un tale scalpore da riempire la galleria. Oh, sapevo che si trovava a Milano, così gli ho inviato un'e-mail. Lui, gentilissimo, ha subito accettato.»

Beky rimase senza parole, mentre spostava lo sguardo da Margherita a Matteo, che annuì, e poi di nuovo su Margherita. «Cioè, tu sei riuscita a far immortalare le mie opere al fotografo più quotato d'Italia?»

«No, non d'Italia, sciocchina. Del mondo! Quell'uomo viaggia un sacco e ovunque vada scatta foto fantastiche. Tutte le riviste più importanti se lo contendono... be', quelle minori non se lo possono permettere.»

Beky la guardò insospettita. «E noi, invece, ce lo possiamo permettere, Marghe?»

Margherita scrollò le spalle. «Diciamo che, al posto di un pagamento monetario, ha chiesto uno dei tuoi quadri. Come tua manager, l'ho ritenuto un equo scambio, tesorino.»

Adesso sì che non capiva.

«Com'è possibile che si sia accontentato del quadro di una sconosciuta, uno che viaggia su cifre esorbitanti?»

A questo punto fu Matteo a intervenire. «Accontentato, dici? Ma tu hai idea del valore che possono avere i tuoi dipinti? Scene vivide ed evocative in cornici create su misura da te per ognuno di essi. E il mistero che avvolge la tua identità dona fascino e prestigio! Potresti essere benissimo un personaggio già famoso e quotato, per quanto ne sappiano.»

«Quell'uomo ha visto qualcosa nei tuoi lavori» rafforzò Margherita. «Avessi visto con quale reverenza ha fatto scorrere le dita sulla tela. Ha detto che diventerai famosa e quel quadro varrà un sacco di soldi, molti più di quelli che avrebbe guadagnato adesso scattando quelle foto.»

Beky stentava a credere a quella storia. Si lasciò andare indietro contro lo schienale soppesando i suoi amici che, intanto, consumavano con gusto l'ottimo petto di pollo che la mamma, in un lampo, aveva preparato e messo in tavola. Lei, invece, aveva lo stomaco chiuso e a malapena era riuscita a buttare giù una foglia di lattuga.

«Come si chiama questo fotografo? Magari faccio un giro sul suo sito.» Beky allungò un braccio sul tavolo e prese a giocherellare con la forchetta.

Margherita posò invece la sua e si sporse in avanti. «Oltre al talento anche questo avete in comune: l'anonimato. Si firma Wild, e nessuno ne conosce il vero nome»

«Fantastico, un altro volto anonimo. Però lo avete visto.»

«Oh sì» intervenne Matteo roteando gli occhi. «Un selvaggio in piena regola. Capelli tirati in una coda, barba incolta, occhiali a specchio sempre ben piazzati sul naso anche al buio e berretto da baseball. Ah, senza dimenticare la bandana al collo, sia mai che si notasse un lembo di pelle. Giubbotto mimetico e jeans strappati infilati in anfibi neri. Nessun nome, solo Wild. Se questo lo chiami vedere una persona... Io direi piuttosto *intravedere*.»

Margherita sospirò con aria trasognata. «Fascinoso. Quelle dita che si muovono intorno alla fotocamera, e la sua voce, calda e profonda... Oh, solo quella la dice lunga! Ha un'aurea così luminosa e calda...»

«Hm-hm.» Regina si schiarì la voce. Margherita ne seguì lo sguardo appuntato sui genitori che la fissavano straniti, chiuse la bocca e si raddrizzò assumendo un dignitoso contegno.

«Ma ditemi» verso la fine della cena, mamma si rivolse agli ospiti. «Quanto pensate di fermarvi?»

«Abbiamo prenotato due stanze in albergo, noi ci fermeremo solo per due giorni» li informò Margherita indicando con un cenno della mano se stessa e Matteo. «Presto sarà Natale, i giorni sfuggono e ci sono così tante compere da fare e cose da organizzare! Pam, invece, si tratterrà più a lungo.»

Beky e Regina si scambiarono un'occhiata, prima di condividere con l'amica tale sorpresa.

«Davvero pensi di trattenerti?»

Pamela si strinse nelle spalle. «Non è che a Milano abbia tutto questo gran daffare, e Margherita riuscirà a stare un paio di settimane da sola senza combinare troppi guai.»

Beky osservò le due ragazze, accigliata. C'era qualcosa che non quadrava, quelle due non gliela raccontavano tutta. Margherita sembrava fin troppo entusiasta, ma del resto lei lo era sempre quando si trattava di fare acquisti o investimenti. Pamela, invece, era fin troppo taciturna. Spesso distratta. E soprattutto, aveva la stessa espressione preoccupata e smarrita che aveva avuto lei appena trasferita a Milano. Ma lei stava fuggendo da Massimo e da un passato che rischiava di toglierle il respiro... E Pam?

«Bene, direi che è una bella notizia, quindi proporrei di brindare all'amicizia» dichiarò babbo sollevando in aria il bicchiere di vino. «Ai nuovi amici, e a quelli vecchi, perché possano riempire sempre gli spazi che la vita ci riserva.»

«E naturalmente, sarete sempre i benvenuti qui da noi» proseguì la mamma con slancio.

Al termine del brindisi, Matteo propose di riprendere i festeggiamenti al "Blue Moon", ma Beky non era davvero in vena di festeggiare, quella sera, perciò declinò l'invito così come le altre sorelle.

«Sarete stanchi e non avete ancora visto dove si trova l'albergo, non sarebbe meglio rimandare a domani?»

«Noi non siamo affatto stanchi!» brontolò Margherita.

«No davvero» concordò Matteo. «Giusto un salto in quel locale di cui ci avete parlato, beviamo una cosa e via in albergo. Dovrebbe essere semplice da raggiugere, da quel che abbiamo visto, e la ragazza con la quale ho parlato al telefono sa che saremmo arrivati tardi, e ha affermato che non c'è alcun problema.»

Beky ascoltò lo scambio di battute in silenzio. Non era davvero in vena, quella sera, di recarsi al "Blue Moon", ma non sapeva come uscirne fuori. Trasalì quando la mamma, alzandosi da tavola, le punzecchiò il gomito. Sollevando su di lei uno sguardo interrogativo, vide che le stava facendo cenno di seguirla.

«Avanti, Beky, chiudendoti in casa non sarai d'aiuto a tua sorella» l'ammonì la mamma non appena furono sole in cucina. Era evidente avesse attribuito il suo malumore a quanto avvenuto con Angelica. «Quei ragazzi si sono fatti tutti quei chilometri per portarti delle buone notizie, si sono adoperati così tanto e vogliono festeggiare insieme a te. E il tuo ragazzo mi sembra una brava persona, merita un po' del tuo tempo.» Le sfiorò una guancia con una carezza, poi l'abbracciò e le posò un bacio sulla fronte. «Sono davvero fiera di te, piccola mia. Hai trovato la tua strada, e hai fatto tutto da sola. Meriti il meglio che la vita possa offrirti.» Detto questo uscì dalla cucina senza lasciarle il tempo di ribattere. Non che ne fosse stata in grado, con la gola stretta in un nodo.

Sentì le lacrime pungerle le palpebre. Era la prima volta che le rivolgeva delle parole simili. Probabilmente, pensò, perché non le aveva mai meritate, prima di allora. La colpì più quell'unico complimento che gli innumerevoli rimproveri ricevuti in tutta la sua vita.

Nessuno, in casa, le aveva mai detto d'essere fiero di lei. Di solito le rivolgevano solo critiche, e quella era una sensazione davvero nuova.

Prese un profondo respiro per impedire all'emozione di prendere il sopravvento; non era certo abituata a lasciarsi andare in tal modo. Passò i dorsi delle mani sulle guance e tirò su col naso, quando un'ombra la raggiunse alle spalle.

«La mamma ha ragione.»

Voltandosi, si trovò a fissare gli occhi blu di Regina, ammorbiditi da un sorriso.

«Hai sentito quello che ha detto?»

Regina fece spallucce. «Non ho potuto farne a meno. Dai, vedrai che d'ora in avanti, la vita ti riserverà solo gioie.»

Sbuffò dal naso. «Come fai a dirlo? Il lavoro sta ini-

ziando a ingranare, ma la parte privata della mia vita è un disastro. Ho il cuore che mi brucia, Regi, sento un peso proprio qui.» Si posò una mano sul petto. «Cerco di fare la cosa giusta, ma qualunque cosa faccia combino casini. È nella mia indole, e da quella non posso fuggire.»
«E non devi farlo. Chi ti merita davvero, ti capirà e accetterà per come sei fatta. Anche Angelica ti perdonerà, vedrai. Presto quel peso si alleggerirà e potrai tornare a respirare liberamente. Quando meno te lo aspetti arriverà un ragazzo che metterà le ali al tuo cuore, Beky, nel frattempo, dimostra che non hai bisogno di nessuno per essere felice. E, sembra strano sia proprio io a dirti una cosa del genere, ma... Sai, dovresti tirare fuori la Beky di un tempo, quella che se ne sbatteva dell'opinione altrui e non soffriva le pene d'amore, semmai, le faceva soffrire!»

Beky rise tra le lacrime. «Hai detto il giusto, Regina, sembra strano sia proprio tu a dirlo. Quanto hai avuto da ridire proprio su questo lato del mio carattere!»

«Però adesso comprendo tutti i tuoi comportamenti, sorellina, e sebbene molti di questi non fossero certo esemplari, altri ti hanno aiutata a vivere serenamente.»

Beky sorrise, e le sembrò di respirare già un po' meglio.
«Avanti, sorellina. Un salto al "Blue Moon" non ti farà del male. Al diavolo Massimo e Matteo!» Regina le poggiò una mano sulla schiena. «Un giro di bevute e poi torniamo a casa.»

Beky guardò la sorella con riconoscenza, emozionata per quelle inaspettate parole.

«Devo farmi prima attendere un po' da lui, una volta arrivato» commentò Jenny con quella sua espressione cocciuta mentre, scostando la tendina, si accertava che Christian non fosse ancora arrivato. «Sia mai che disattenda il mio rituale! Anche se con lui non ha mai funzionato.» Scosse la testa.

Regina scoppiò in una risata. «Santo cielo, Jenny, ancora con questa storia del lasciarlo attendere in auto?»
Jenny si voltò stizzita verso la sorella e raddrizzò le spalle. «Certo che sì, finché non riuscirò a suscitare in lui una qualche reazione, lo farò attendere sempre più a lungo!»
«Ma quella reazione che aspetti non arriverà mai!»
«E tu cosa ne sai?»
«Lo so perché gli ho rivelato ogni cosa di questo tuo assurdo rituale.»
Jenny le andò davanti a passo svelto. «Tu cosa?»
Beky osservava sempre più intrigata lo scambio di battute delle sorelle, soprattutto la reazione di Jenny, che sembrava sul punto di saltare al collo di Regina.
«Gli ho spifferato tutto una delle prime sere in cui uscivate insieme, proprio mentre attendeva esasperato accanto alla Jeep. Ha accolto la rivelazione con un sorriso malizioso, e da allora si diverte a farti dispetto. Lui stesso me lo ha riferito qualche tempo fa; si porta dietro alcuni fascicoli nei quali immergersi durante l'attesa, per poi fingersi sorpreso di vederti arrivare. Sveglia, bella addormentata, vi state prendendo in giro a vicenda!»
Beky si piegò in due dalle risate. «Oddio, Jenny, dovresti vedere la tua faccia! Vi ringrazio per avermi sollevata di morale, davvero!» Si diresse verso la porta, ma prima di varcarla le lanciò un ultimo sguardo ammiccante. «Be', dovrai trovare qualche altro giochetto per farlo spazientire, mia bella addormentata!»
«Stronze! Vi preferivo quando eravate lontano chilometri da qui!»

Capitolo 15

(Una volta ancora – De Palma)
Dimmi se tutto rimane per sempre uguale o va bene così
dimmi che il primo ricordo di me è che il buio da qui si illuminava
e aveva il suono di una melodia lontana

Il locale non era affollato; seduti al bancone c'erano due ragazzi, altri quattro giocavano al biliardo nell'angolo mentre alcuni consumavano tranquilli seduti ai tavolini. Beky condusse i suoi amici al tavolo più appartato. Le luci blu donavano al locale un aspetto surreale, una gradevole musica faceva da sottofondo e l'aria era pervasa dall'odore di alcol e pane tostato. Le due amiche milanesi si guardarono intorno affascinate. Andrea alzò una mano per salutarla appena la intercettò, e Beky ricambiò con un cenno della testa.

Elencò agli amici alcune specialità della casa, dagli squisiti dolci ai cocktail, senza bisogno di leggere la carta, proponendosi di portare l'ordine al barista.

«Calma, non lavori più in questo locale» l'ammonì Matteo passandole un braccio dietro al collo. «Adesso sei una rinomata pittrice e siamo qui per festeggiare il tuo successo, perciò rilassati e lascia che sia una cameriera a prendere le ordinazioni.»

Beky si mosse a disagio sotto quell'abbraccio. Voleva

a tutti i costi allontanarsi per poter parlare un momento in privato con Massimo, prima di doverlo presentare. Si guardò attorno con crescente apprensione.

«In realtà, avrei una cosa da dire al proprietario del locale, e vorrei che Beky mi accompagnasse» intervenne Regina in suo soccorso. Lei colse al balzo l'occasione offerta, grata dell'intuito di cui la sorella era dotata.

«Oh, sì, ti accompagno sul retro. Scusateci un momento.» Appena furono abbastanza lontane, la ringraziò a denti stretti.

In prossimità del bancone richiamò l'attenzione del barman: «Andrea, sai dirmi dove posso trovare Massimo?»

«Ehi bellezza. No, a dire il vero era qua un momento fa, poi è uscito dal locale, non saprei dirti dove sia andato. Ma dimmi Beky, chi sono quelle bellezze sedute al tavolo con voi?»

«Amiche di Milano» ripose lei evasiva. «Senti, faccio un salto sul retro per cercarlo» lo informò mentre si allontanava. Niente. Il retro era vuoto. Vuoto il magazzino e anche il bagno.

«Forse è andato via» ipotizzò Regina.

Beky scosse la testa. «No, lo escludo. Lascia il suo locale solo per le occasioni importanti, e Andrea lo avrebbe saputo se ce ne fosse stata una. È qui, da qualche parte, e io devo trovarlo e parlargli prima di presentarlo a Matteo.» Non sapeva spiegarsi perché fosse tanto importante, però sentiva di tenere ancora alla sua opinione e non voleva deluderlo.

Uscì e si guardò attorno, poi rientrò ripercorrendo gli stessi passi che aveva fatto poco prima. Niente, di Massimo non c'era traccia. Sbuffò, quindi tornò verso il tavolo... Troppo tardi. Massimo era lì, in piedi accanto a Matteo che gli stava tendendo una mano con un grande sorriso stampato sul volto.

«Oh no. Oh no, no, no» gemette Beky artigliando il

braccio di Regina. «Lui è lì, e stanno facendo le presentazioni da soli.»

«Calma, Beky, vedrai che si risolve tutto.» Le due sorelle si avvicinarono al tavolo, e appena Matteo la intercettò allungò una mano verso di lei.

«Eccovi qui! Bene, mentre voi due cercavate il proprietario di questo locale, lui ha trovato noi.»

L'espressione di Massimo era enigmatica. «Andrea mi ha detto che mi stavi cercando, e che loro sono i vostri amici di Milano.»

«Sì, loro sono...» iniziò Beky, ma subito fu interrotta da Massimo.

«Ha già provveduto il tuo ragazzo a fare le presentazioni.»

Come per confermare quell'affermazione, Matteo la avvicinò a sé per un braccio e le stampò un bacio sulle labbra. Beky si irrigidì ma non fece nulla per respingerlo.

«Bene, è stato un piacere fare la vostra conoscenza» disse Massimo in tono asciutto, quindi si allontanò per tornare dietro al bancone.

Beky lanciò a Matteo uno sguardo di fuoco e lo attaccò con un sussurro. «Dovevi proprio farlo?»

Lui la guardò con aria innocente. «Cosa? Non sei stata tu a implorarmi di reggerti il gioco e fingermi il tuo ragazzo?»

«Con i miei genitori! Non davanti a tutti, in un locale pieno di gente» sibilò a denti stretti.

Matteo si guardò intorno con le sopracciglia inarcate. «Non vedo poi tutta questa gente.»

Beky scosse la testa, frustrata, gli diede le spalle e si avviò verso il bancone. Ecco perché era certa che con lui non avrebbe mai potuto avere una relazione; non c'era feeling, nessuna empatia, niente di niente.

Trovò Massimo nel retro, intento ad accatastare dei pacchi contenenti bottigliette di succhi di frutta.

«Massimo, vorrei spiegarti come stanno le cose.»

Lui continuò a dedicarsi al proprio lavoro. «Cosa c'è da spiegare?»
«Tra me e Matteo...»
«Beky, non devi spiegarmi cosa c'è tra te e Matteo» la interruppe lui. Il suo tono rasentava l'indifferenza. «Né ci tengo a sapere come sia iniziata la vostra storia.»
«Ma io invece ci tengo a dirti che tra me e Matteo non...»
«Beky, basta!»
Beky chiuse la bocca all'istante.
Massimo sospirò e fece vagare lo sguardo ovunque pur di evitare lei. «Senti, sono finiti i tempi in cui ero pronto ad accogliere le tue confidenze. Abbiamo provato a stare insieme, ma la cosa non ha funzionato e sai perché?» Una breve pausa durante la quale lei non ebbe la forza di replicare. «Perché mi sono stufato di dover sopportare le tue bravate. I tuoi continui colpi di testa, i tuoi attacchi ingiustificati. Tu agisci prima di pensare, poi cerchi di correre ai ripari, ma questo è sbagliato. Perché io prima di agire ci penso, e ci ripenso. È questa, la differenza abissale tra noi.»
«E le parole che mi hai rivolto sere fa, quando ci siamo rivisti? Mi hai detto che merito di essere felice, che in me c'è qualcosa di unico e che Matteo fosse fortunato ad avermi incontrata. Non c'era niente di vero in tutto ciò? Erano solo frasi di circostanza?»
Il guizzo della mascella di Massimo mostrò tutto il nervosismo che cercava di tenere a freno.
«Ho rotto con te perché non sopportavo l'idea di dover condividere il ricordo del tuo corpo nudo con... non so nemmeno io quanti ragazzi di mia conoscenza. E tu sei andata via, hai cercato di raddrizzare la tua vita, ma ora torni qui sbandierandomi sotto al naso la tua nuova conquista. Questo è troppo, Beky. Perché mentre io pensavo a te sperando che avessi trovato la pace e una qualche redenzione, in realtà tu già ti eri gettata fra le braccia di un altro, e Dio solo sa quanti altri...»

«Questo non è vero!» si difese con ardore, «se solo mi lasciassi spiegare...»

«Non puoi negarlo! Non quando la prova inconfutabile è seduta a quel tavolo» esclamò lui indicando con foga la porta alle sue spalle.

«Non è giusto, Massimo, non ti permetto di trattarmi in questo modo. Tu non sai niente! E a quanto pare, nemmeno io so niente di te.»

«Tu, forse, non sai niente di me, ma io di te ho capito tutto. Sei tornata qui, e mentre il tuo ragazzo era a Milano, hai cercato di avvicinarti a me! Persino adesso che lui è venuto fin qui apposta per te e ti sta aspettando di là, stai qui a cercare di...» scrollò le spalle come se non riuscisse a trovare più le parole giuste. «Non so nemmeno *cosa* tu voglia ancora da me, e francamente non mi interessa, Rebecca. Almeno lui non conosce il tuo passato, non dovrà convivere con tutto ciò» commentò amaramente. «Auguro a entrambi buona fortuna. E, un suggerimento. Il promontorio ha un sacco di ottimi locali in cui puoi portare il tuo ragazzo, non so se mi spiego.»

Rispose a tono a quell'invito. «Oh, ti sei spiegato benissimo, tranquillo.» Il mento tremava nello sforzo di trattenersi, ma non gli avrebbe dato la soddisfazione di vederla umiliarsi.

Deglutì quel boccone amaro, prese un respiro e annuì. Uscì dal magazzino con le spalle ricurve; sembrava che il peso del mondo intero le fosse caduto addosso. Aveva bisogno di stare sola, non ce l'avrebbe fatta a sedersi al tavolo e fare finta che nulla fosse accaduto. Non con Matteo davanti a ricordarle la grossa scemenza che aveva combinato. Ancora una volta. La colpa era sua e sempre sua, non c'era nient'altro da aggiungere. Appoggiò le spalle contro il muro e vi rimase con il petto ansante, respirando a fondo per dare un ritmo regolare al proprio respiro.

Trascinandosi fra le luci soffuse del locale, intercettò lo

sguardo di Regina, che fingeva di seguire la conversazione mentre in realtà aveva l'attenzione rivolta alla porta dietro il bancone del bar. La sorella annuì e fece un cenno in direzione della porta; Jenny e Christian erano appena entrati nel locale e si stavano guardando attorno. Beky si diresse da loro senza farsi vedere dagli amici seduti al tavolo.

«Jenny, per favore, ho bisogno che mi accompagniate a casa.»

La sorella la fissò sconcertata. «Beky, siamo appena arrivati! Volevo presentare gli altri a Christian!»

«Jenny, ti prego.»

Jenny la scrutò, buttò uno sguardo in direzione del tavolo dove sedeva Regina, che rivolta verso di loro annuì seriamente. Poi spostò l'attenzione dietro al bancone; non ci voleva un grande intuito per capire, per cui afferrò il braccio di Christian e gli rivolse un'occhiata implorante.

Non vi fu bisogno di ulteriori parole. «Ma certo, andiamo.» Christian si mise alle spalle delle gemelle e le avvolse entrambe in un abbraccio protettivo, ponendosi in mezzo a loro; quindi le scortò fuori, lontano dalle luci e dal chiacchiericcio del "Blue Moon".

Qualche minuto più tardi, Regina ricevette un messaggio sul cellulare da parte di Beky.

«Ragazzi, mi dispiace, ma Beky è dovuta scappare via» informò gli altri che rimasero allibiti.

Matteo era contrariato. «Perché lo avrebbe fatto?»

«Non vi abbiamo detto niente, ma oggi è avvenuto un pasticcio con nostra sorella Angelica. Ricordate cosa Beky aveva scoperto sul suo compagno?» aggiunse poi rivolgendosi a Pamela.

«Certamente.»

«Oggi nostra sorella ha scoperto tutto e Beky era lì con lei. Angelica l'ha accusata di averglielo tenuto nascosto ed è fuggita via. Fino a poco fa ignoravamo dove si fosse rifugiata, ma Jenny l'ha scoperto e ora stanno andando da lei.»

Silenzio da parte delle due amiche, che annuirono con aria comprensiva; prima di partire avevano spiegato loro che uno dei motivi, se non il principale, che le aveva spinte a tornare a casa era proprio il segreto che riguardava Angelica e il suo compagno. E sapevano bene anche quanto l'aver scoperto questo segreto avesse sconvolto Beky. Ma Matteo non era informato di quel particolare, e spostò lo sguardo dall'una all'altra con impaziente attesa.

«Allora? Vorreste informare anche me?»

«Lo farà lei, se vorrà.» Pamela cambiò subito argomento. «Regina, tu resterai con noi, vero?»

A malincuore, Regina annuì.

Pamela fece schioccare le dita. «Perfetto! Vogliamo ordinare qualcosa? Ho voglia di bere e di ballare.»

«Sì!» concordò Margherita battendo le mani come una bambina. «Questo giro lo offro io.» Giubilante, lasciò il suo posto e si diresse traballando sul tacco dodici verso il bancone del bar.

Pamela si affrettò a seguirla. «Ti aiuto.»

Regina e Matteo rimasero soli al tavolo. In realtà i due avevano scambiato solo poche parole da quando si erano conosciuti, abbastanza tuttavia da convincerla che lui non fosse il tipo adatto a nostra sorella. A Beky occorreva avere accanto qualcuno che sapesse tenerle testa, che comprendesse le sue paure e la aiutasse a superarle con mano ferma ma non soverchiante; Matteo, per come Regina lo conosceva, non era credibile in quel ruolo. Spezzando il flusso di quelle considerazioni, lui le pose una domanda a bruciapelo.

«Per lei è solo una farsa, vero? Non riuscirò mai a conquistarla davvero.» Matteo sospirò e abbassò lo sguardo sulle proprie mani, appoggiate sul tavolo, in attesa della sentenza.

Regina scosse la testa optando per un approccio diretto

e sincero.

«Mi ha preso alla sprovvista con quel bacio, sai? Poi mi ha bisbigliato di stare al gioco...» sorrise al ricordo piegando la testa di lato. «Accidenti, per un momento ci ho sperato. Non abbiamo ancora avuto tempo per le spiegazioni, ma visto il modo in cui mi ha attaccato quando ho continuato il teatrino qui, e come è fuggita via senza una parola...» lasciò la frase a metà e tornò a fissare Regina. Qualche istante di silenzio, come se si aspettasse che lei dicesse qualcosa, ma Regina non gli diede alcuna risposta. E questo per lui fu un'eloquente conferma.

Proseguì, nello stesso tono pacato. «Sai, c'è qualcosa in lei che non riesco a cogliere, eppure mi attrae... forse proprio per tale motivo. La passione che mette in quello che fa, la vulnerabilità che intende celare con i modi spesso sgarbati. Dalle sue opere si può evincere uno stato d'animo turbato, diviso fra due differenti personalità, è come se entrambe lottassero ogni giorno per emergere. La parte fragile, in lotta continua con quella aggressiva. Mi chiedo chi delle due lei sia veramente.»

«Entrambe e nessuna delle due, temo. Beky è... complicata» Regina accennò a una risatina.

Lui raddrizzò la testa e la osservò perplesso. «Se è come dici tu, significa che ha sempre recitato una parte in questi mesi. Allora aiutami a capire chi è veramente!»

Regina scosse ancora la testa. «Questo credo che non lo sappia nemmeno lei. Sta combattendo una guerra interiore per cercare di essere quello che gli altri vorrebbero, e che va contro tutto ciò che è sempre stata. Solo quando avrà capito che non deve far contento nessuno, ma solo se stessa, sapremo chi è la vera Rebecca. Fino ad allora dovremo limitarci ad amarla per la dolce, sensibile, incasinata, battagliera e contorta combina guai che è.»

Matteo si ritrasse e poggiò le spalle contro lo schienale. «Però lei non amerà mai me.»

Capitolo 16

(Una canzone d'amore buttata via – Vasco Rossi)
Sembra strano anche a me, sono ancora qui a difendermi
e non è mica facile, hai ragione pure te
le mie scuse sono inutili
ma non posso stare senza dirtele

Come previsto, Margherita e Matteo rientrarono a Milano il mercoledì, mentre Pamela rimase a godersi la tranquillità del promontorio in inverno; al contrario di ciò che le mie sorelle si erano aspettate, l'amica non cercò la loro compagnia, anzi, a dirla tutta, la sentirono meno in quel periodo rispetto a quando stava a Milano.

Ma sia Regina, sia Beky, avevano le loro grane a cui pensare, e per Beky, la settimana non fu affatto entusiasmante.

Prima di partire, Matteo l'aveva cercata per un confronto.

«E così è vero?» le domandò guardandola contrariato. «Non tornerai più a Milano.»

Beky scosse la testa. Era dispiaciuta, ma non poteva fare altrimenti. Vedeva benissimo che Matteo teneva a lei in modo sincero, che ci aveva creduto, o quantomeno sperato; proprio per questo non gli avrebbe concesso false aspettative.

Lui perseverò: «Avevi detto che saresti tornata quando fossi stata pronta. Cosa ti ha fatto cambiare idea?»

«Le mie radici sono qui. Tutta la mia vita è qui. Forse non me ne sarei mai dovuta andare. Col senno di poi, adesso credo di averlo fatto per i motivi sbagliati.»

«Ma così non ti avrei mai conosciuta. Forse, avrei sentito parlare di te e avrei ammirato i tuoi dipinti, senza mai sapere che a celarsi dietro la talentuosa Rebel fosse una ragazza meravigliosa. E senza aver avuto l'onore di scoprire io stesso questo talento» allargò le braccia e fece schioccare la lingua.

Beky sorrise a quello sfoggio di falsa modestia. «Io non sono meravigliosa, Matteo. Tutt'altro. Non sono il tipo che fa per te.»

«Lascialo giudicare a me, questo.»

Beky scosse la testa. «Lasciamo le cose come stanno.»

Lui mosse un passo verso di lei e l'attirò a sé, abbracciandola forte per trasmetterle tutto il proprio supporto. «Se dovessi ripensarci, sappi che Milano ti aspetta. Insieme faremmo faville.»

Ma Beky considerava quella di Milano una parentesi ormai chiusa. Le parole della mamma avevano riacceso una fiammella nel suo petto, e lei intendeva alimentarla. Avrebbe smesso di struggersi per Massimo e per le parole cattive che le aveva rivolto. Era ora di voltare pagina, di sfoggiare una Beky tutta nuova, restaurata e di nuovo sicura di sé.

Come prima cosa iniziò con la dieta. E quella, forse, fu la parte peggiore. Non potersi consolare con il cibo era davvero devastante. Come secondo passo, tornò in palestra. Messa una croce su quella vecchia in cui lavorava l'ex fidanzato fedifrago di sua sorella e che custodiva spiacevoli ricordi, si recò presso il "csi Don Bastianini" sotto la Chiesa dell'Immacolata; prima di entrare fu a questa che si rivolse facendosi il segno della croce.

«Ti prego, fa che spirito e corpo ne escano rinvigoriti, il corpo soprattutto. Il sedere e le cosce, in special modo.»

Due corsi al giorno, uno la mattina e uno il pomeriggio, di tonificazione TOTAL BODY e TRX. Al secondo giorno era già morta di fatica. Un fascio di dolori del giorno precedente, guardava le altre ragazze eseguire agilmente ogni esercizio imposto dall'istruttrice. Uno squat poteva infliggere mostruose sofferenze, e mentre le altre riprendevano velocemente fiato per gettarsi nell'esercizio successivo, lei ansimava rantolante in cerca di ossigeno. Non c'era un solo centimetro del corpo che non grondasse sudore, la maglietta talmente fradicia da metterla in imbarazzo. Forse non era partita col piede giusto. Nove mesi di inattività totale non avevano giovato affatto al suo fisico, al quale ora stava chiedendo uno sforzo eccessivo. Il sedere le doleva così tanto da farle venir voglia di piangere, mentre cercava di adagiarsi supina sul tappetino troppo duro.

Alice, così si chiamava l'istruttrice di pilates del corso mattutino, che lei frequentava per tonificare il corpo e rilassare la mente, continuava a lanciare comandi facendo rimbalzare la voce acuta da un lato all'altro dell'ampia palestra. Infinite informazioni urlate in maniera troppo ravvicinata. "Abbottona la pancia, retroversione del bacino, inarca, solleva, concentrati sulla respirazione..."

No, non ce la poteva fare.

Si trattava di allenamenti che conosceva bene, che un tempo eseguiva anche meglio di quel gruppo di casalinghe del corso della mattina, ma adesso ogni fibra del suo corpo urlava di dolore e frustrazione, e quelle stesse casalinghe con anche vent'anni in più sulle spalle rispetto a lei, ai suoi occhi apparivano modelle agili e scattanti. Ma almeno, tutto quel dolore e quella fatica la aiutavano a liberare la mente da altri pensieri.

Non da meno era Samy, del corso di TRX pomeridiano. Un vero sergente senza la divisa intenzionato a spillarti fino all'ultima goccia di sudore di cui il tuo corpo disponeva. Era lì che si trovava in quel preciso istante, in cui sentiva che ogni briciolo d'energia rimasta stava scivolando via dalle sue stanche membra, raccolta in quella pozza di sudore sul tappetino viola situato sotto le gambe appese ai cavi penzolanti dal soffitto.

Guardò verso l'alto domandandosi, per l'ennesima volta, chi glielo facesse fare...

«Forza Beky, suuu! Solleva quel bacino e tieni il tempo, ce la puoi fare!»

«Certo che ce la posso fare. Io – Ce – La – Posso – Fare!» sibilò sputacchiando, rossa come il sangue che le scorreva indemoniato nelle vene, sforzandosi di portare a termine quella serie. Una serie maledettamente faticosa. Entro un mese sarebbe tornata in perfetta forma, o sarebbe schiattata provandoci. Questo era assodato. E lei era determinata a portare a casa la vittoria... e la pelle.

Il terzo passo, il più importante, sarebbe stato mettere un punto fermo nella propria vita. Aveva bisogno di occupare la mente e le giornate con un impiego che prosciugasse tutte le sue energie. Il progetto era quello di ampliare le opere da esporre nella galleria d'arte di Matteo, creando per ognuna anche le cornici, e aprire un sito internet professionale.

Adesso che si era prefissa degli obiettivi, Beky si sentiva più libera e appagata. Al diavolo tutti quelli che l'avevano giudicata, avrebbe fatto vedere loro di che pasta fosse fatta!

Dopo una doccia, lasciò la palestra sentendosi più leggera. Uscendo incrociò un gruppetto di bambine in body colorati, pronte per la loro lezione di ginnastica artistica. Incuriosita, si fermò qualche momento a spiarle attraverso uno spiraglio della porta scorrevole. Le bambine sciamarono intorno alla loro insegnante, Giulia, per un saluto, poi lei cominciò a impartire ordini con tono molto dolce. Disciplinate, tutte eseguirono senza perdere il ritmo, tanto che Beky fu quasi tentata di spostarsi al corso di ginnastica artistica del primo livello. Scosse la testa, divertita, allo strambo pensiero, e con passo dolorante risalì le scale e s'incamminò a piedi lungo via Baschieri per raggiungere la fermata dell'autobus. Con i proventi della prossima mostra avrebbe dovuto come prima cosa acquistare un mezzo proprio.

Passando davanti al bar sull'incrocio, l'odore del caffè e delle brioches blandì il suo stomaco facendolo gorgogliare, ma ignorò quel richiamo e proseguì a testa alta. Giunta in prossimità dei giardinetti iniziò a percepire una leggera pioggerella che, ben presto, si tramutò in un forte acquazzone. Si trovava nel rettilineo sopra lo scalo, privo di qualsiasi riparo. Guardò l'orologio: le diciassette e trenta. Era buio e cominciava a fare freddo. La sua doccia calda e i capelli fonati erano ormai solo un lontano ricordo. All'improvviso un colpo di clacson la fece trasalire. Dall'altro lato della strada, procedendo in senso contrario a quello in cui lei era diretta, si stava fermando una familiare Opel nera. Beky si irrigidì. Il finestrino si abbassò e il volto serio di Massimo si materializzò come in un incubo.

«Salta su, ti do un passaggio.»

«No grazie, preferisco fare una passeggiata.» Raddrizzò la borsa da palestra sulla spalla e riprese il cammino.

«Avanti, non fare la sciocca. Ti riaccompagno a casa, o dove preferisci» insisté lui con un'intonazione tale da farle sembrare che stesse parlando con una bambina capricciosa. Beky gli lanciò un'occhiata di fuoco e proseguì.

Senza aggiungere altro, lui rialzò il finestrino e partì a tutta velocità, sfrecciando via sull'asfalto bagnato. Beky lanciò un'occhiata truce al posteriore dell'auto, sollevata ma anche delusa di quella rapida resa. Pochi secondi dopo sentì arrivare una vettura alle spalle e la vide fermarsi di fianco al marciapiede poco avanti a lei; lo sportello del passeggero si aprì bloccandole la strada. Era lui. Aveva svoltato all'incrocio per tornare indietro, solo per lei.

Dall'interno della vettura giunse la sua voce spazientita.
«Avanti Rebecca, sali. Sta per scendere giù il diluvio, ti inzupperai.»
Era indecisa. «E succederà la stessa cosa alla tua macchina se salissi. Ormai sono già zuppa, lascia stare» obiettò lei debolmente.
«La moquette interna dello sportello è già bagnata» osservò lui indicando lo sportello aperto. In quel momento la pioggia prese vigore come se qualche forza misteriosa volesse spingerla a salire. E lei l'accontentò. Entrò nell'auto e richiuse lo sportello con un colpo secco, poggiò la borsa sul tappetino accanto ai piedi e si tolse in capelli bagnati dal volto, sbuffando.
«Grazie.»
Lui annuì, quindi riprese la via. «A casa?» Non staccava gli occhi dalla strada. Beky annuì, ma rimase rigida e in silenzio. Avevano appena preso la salita del valle, quando la radio cominciò a diffondere le note di *Una canzone d'amore buttata via*. Quella canzone la faceva sempre star male, eppure non poteva fare a meno di ascoltarla per rievocare quei momenti trascorsi insieme; l'avevano ascoltata numerose volte facendone la colonna sonora della loro relazione.
Beky trattenne il respiro. Quante possibilità potevano esserci che, su milioni di canzoni che la radio poteva trasmettere in quel momento, mettessero proprio quella? L'imbarazzo, tuttavia, non durò a lungo, perché Massimo spense la radio senza rivolgerle nemmeno una parola.
Rimase senza fiato per quel gesto; sbirciò per coglierne l'espressione, ma lui si limitava a fissare la strada investita dal forte acquazzone senza battere ciglio. Avrebbe tanto voluto urlargli contro, e la Beky di qualche mese addietro l'avrebbe fatto, invece rimase in silenzio e, proprio come lui, tornò a fissare la strada, un mattone rovente posato proprio sullo stomaco. In fin dei conti, le aveva già ampia-

mente chiarito il proprio punto di vista, e dopo quel gesto non c'era altro da aggiungere. Fu allora che lo sentì scivolare via da sé, come un velo che per tanto tempo si era tenuta stretto addosso per impedirgli di volare via con il vento, e ora si sentiva pronta a lasciar andare.

Avevano appena superato la curva del Pozzarello, quando lui spezzò il silenzio. «Sai che Giovanni è tornato?»

«No, non lo sapevo. Quando?»

«Qualche giorno fa. È qui con la sua band. Adesso c'è anche una ragazza, con loro.»

«Questo lo sapevo. Ha dato alla band un'aria meno spettrale, devo dire. La loro musica è più orecchiabile, direi gradevole, da quando c'è lei.»

Massimo le lanciò un'occhiata di sfuggita.

«Che c'è?» si difese lei. «Ho seguito con piacere il loro successo. Una volta ho notato una locandina che pubblicizzava la band in un locale di Milano, così ci sono andata con Regina e le nostre amiche. Ci siamo incontrati, e siamo rimasti in contatto, di tanto in tanto.» Beky intuì dalla sua espressione che lui non sapesse niente di tutto ciò. «Non te lo ha mai detto?»

Massimo scosse la testa. Rimasero qualche istante in silenzio, poi lei gli rivolse un'altra domanda.

«Come sono i rapporti tra voi? Avete più parlato?»

Massimo storse le labbra. «Suonerà nel mio locale, cosa ne evinci?» Il tono sarcastico la indispettì; l'avrebbe mandato volentieri a quel paese, ma sapeva quanto quell'argomento fosse delicato per lui.

«Sai cosa intendevo. Parlare veramente. Tra voi. *Di voi.*»

«Be', se ti stai chiedendo se lui mi abbia più parlato di te, ebbene no, non l'ha mai fatto.»

Ma che... «Non è questo che io...»

«Non ci siamo sentiti per mesi» proseguì Massimo come se non l'avesse nemmeno udita, e il suo tono era aggressivo. «Avevo notizie solo da parte del suo amico, il batterista della band. Poi, lo scorso mese, mi chiama dicendo che sarebbe tornato a casa e chiedendomi se fossi interessato ad averli nel mio locale. Ho subito accettato. Se quello è l'unico modo per rivedere mio fratello, ben venga.»

Beky conosceva perfettamente quanto tesi fossero i rapporti tra i due, ed era stata proprio lei la causa del loro allontanamento definitivo.

«Sono davvero bravi. Non te ne pentirai, credimi. Anzi, porterà valore aggiunto al tuo locale. E spero possiate, finalmente, appianare le vostre divergenze.»

Massimo annuì. «Sicuramente. Il nostro problema, in fondo...» di colpo tacque, come se ci avesse ripensato.

«Avanti, puoi dirlo. Il vostro problema, in fondo, ero io. Ma adesso non si pone più, giusto?»

Massimo dilatò le narici e serrò la mascella, ma non dissentì. «Magari, anche a lui avrà fatto bene l'aria del nord.»

Beky fece una smorfia. «Magari. Almeno a lui.»

«Senti, riguardo a come ti ho trattata. Non ne avevo il diritto» confidò a un tratto rompendo il silenzio, ma il suo tono era ben lontano dall'apparire pentito.

«Non importa. Avevi ragione, ero io a non avere il diritto di ripiombare nella tua vita. Anzi, mi dispiace essere stata la causa di ulteriori scontri tra te e Jo. Non avrei mai dovuto. Ma non accadrà più, puoi stare sereno.» La sua voce si spense, e con essa ogni speranza di poter riallacciare con lui un rapporto amichevole.

In realtà, non rimpiangeva niente della sua storia con Massimo, sebbene questa avesse causato la rottura definitiva tra lui e il fratello, in quanto anche Jo era innamorato di lei ed entrambi lo sapevano.

L'auto si fermò davanti al cancello della sua abitazione. Beky lanciò un'occhiata al piano superiore, alla finestra illuminata della camera di Jenny. Non vedeva l'ora di parlare con lei. Si rivolse a Massimo senza mostrare neanche

l'ombra di un sorriso. «Grazie per il passaggio.»
«Beky.» Stava per aprire lo sportello quando la voce di lui le fece balzare il cuore in gola. Si voltò cautamente per guardarlo. Erano così vicini, avvolti dal silenzio interrotto solo dalla pioggia che picchiava sull'auto, che temette si potesse udire il battito martellante del proprio cuore.
«Ovviamente tu e le tue sorelle avrete l'ingresso omaggio e un posto d'onore, come sempre.»
«Mi hai suggerito di non mettere più piede nel tuo locale.»
Massimo si strinse nelle spalle. «È un locale pubblico, ci sarà tanta gente, e poi la vita va avanti. Io di certo non mi guardo indietro. Il buttafuori vi conosce, vi lascerà passare. E sono certo che a Jo farà piacere vederti.»
Quel tono freddo, distaccato e impersonale, lo sguardo rivolto alla strada e mai a lei, le fece venire un nodo alla gola. Beky stentava a riconoscere in lui il ragazzo gentile che era sempre stato. Ma cosa mai gli aveva fatto, per suscitare in lui una simile reazione? Chi era, quel tizio scontroso che aveva davanti?
Delusa, aprì lo sportello e scese. Avrebbe fatto un'uscita trionfale correndo, peccato per i dolori che la indussero a mantenere un'andatura abbacchiata.

Capitolo 17

(Come nelle favole – Vasco Rossi)
Quello che potremmo fare io e te non l'ho mai detto a nessuno
però ne sono sicuro quello che potremmo fare io e te non si può neanche immaginare

Jenny era stata fuori per un'altra delle sue trasferte; questa volta si trattava di scrivere un articolo su una Spa a Forte dei Marmi, dalla quale ne era uscita coccolata e rigenerata. Era stata via solo due giorni e al suo rientro aveva trovato Christian ad attenderla con un favoloso mazzo di fiori, una scatola di Baci Perugina e una prenotazione in un ristorante molto quotato di Porto Santo Stefano. Lei aveva obiettato di sentirsi più in vena per una pizza veloce, in modo da lasciare maggior spazio a un piccante dopocena, ma i suoi bollenti spiriti erano stati raffreddati dalla notizia che, a quella cena, avrebbero partecipato i genitori di entrambi. Il matrimonio doveva essere pianificato nei dettagli, e coinvolgere le famiglie gli era parsa una scelta sensata. A lui. Di certo non a Jenny. Quella notizia le era andata di traverso così come il cioccolatino che aveva in bocca, e per poco non soffocava con la nocciola. Fantastico, non chiedeva altro che dover affrontare il *t-rex* la sera stessa del rientro, quando tutto ciò che desiderava era godersi un po' di genuino relax insieme all'uomo che amava.

E cosa avrebbero pensato, i suoi genitori, di quella donna e del modo in cui non mancava mai di offenderla e sminuirla?

Raggiunse la finestra sbuffando, ma ogni sua rimostranza fu messa a tacere dalla bocca di Christian che, dopo averla raggiunta in due falcate, occupò la sua esigendo una risposta a quel tocco infuocato.

«Mm.» Si staccò quel tanto per osservarlo languida. «Sai che quando fai così, non riesco mai a dirti no?»

«Certo che lo so, ed è per questo che lo faccio» rispose lui con un sorriso malizioso, prima di baciarla di nuovo.

«D'accordo, ora basta» protestò Jenny piantandogli le mani sul torace per allontanarlo. «O potrei saltarti addosso, e non mi sembra il caso visto che siamo nella mia cameretta.»

«In casa non c'è nessuno.»

«Ma qualcuno potrebbe tornare da un momento all'altro. E poi ti meriti una punizione per aver organizzato questa cena a mia insaputa.» Lo guardò in tralice, poi si gettò al centro del letto e sedette a gambe incrociate.

Christian infilò le mani nelle tasche posteriori dei jeans. «Sai che prima o poi sarebbe dovuto accadere. Mancano tre mesi al matrimonio, è il caso che iniziamo a darci da fare con i preparativi, non credi?»

«Fosse per me, sceglierei una cerimonia intima in municipio, magari nella Fortezza Spagnola, con pochi parenti e amici, i più importanti. Una cena in un ristorante in riva al mare. Scattare le foto sulla spiaggia al tramonto, tu vestito di beige, io con un abito semplice, senza il velo. Magari rosso, perché no? Una cerimonia moderna, semplice, solo per noi. Sovvertire le regole, almeno per una volta nella vita. Creare il *mio* giorno perfetto.»

Christian allargò le braccia. «Facciamolo! Cosa ce lo impedisce? Condivideremo queste idee questa sera con i nostri genitori.»

Povero illuso, pensò. *Chi ce lo impedisce? Tua madre, ecco chi.*

Invece disse: «Tu pensi che tua madre accetterebbe una cosa simile?»

«Perché non dovrebbe?»

«Perché non le piaccio, Christian, e non le piacciono le mie idee.»

«Sciocchezze.» Sedette sul bordo del letto. «Dici così per come ha reagito alla notizia del matrimonio. Dalle del tempo, deve solo abituarsi all'idea.»

«No Christian, lei non si abituerà mai all'idea, perché non si abituerà mai a *me*!»

«Jenny, adesso esageri. Certo, mia madre ha delle vedute completamente diverse dalle nostre, lei è per certi versi una donna d'altri tempi e, sì, lo ammetto, tende a essere snob, ma ti garantisco che non è cattiva, e soprattutto non ti odia. Vedrai, questa sera quando i nostri genitori si conosceranno, andranno subito d'accordo. E nessuno interferirà nelle nostre scelte. Se è un matrimonio semplice alla Fortezza e un banchetto sulla spiaggia quello che vuoi, è questo che avrai, amore mio.» Si allungò e, allacciandole le braccia intorno alla vita, la trasse a sé. «Ti vestirai di rosso e sarai la sposa più bella che si sia mai vista.»

«Ma cos'è che vorresti tu, invece? Perché l'idea deve piacere a entrambi. Voglio che tu sia partecipe e soddisfatto…»

«Io voglio te. Del resto non mi importa. Quel giorno diventerai mia moglie, e questo è tutto ciò che voglio.» La baciò con passione ponendo fine a ogni sua rimostranza. «Che ne dici se approfittiamo di questa casa vuota?»

Jenny lo fissò con desiderio. La pelle morbida delle sue guance perfettamente rasate, quegli occhi grigio-verde che la provocavano e il suo profumo inebriante… Era così tentata. Lanciò uno sguardo fuori della finestra, poi sull'orologio e infine su Christian.

«Direi che sarebbe un vero peccato non farlo.» Sorrise deliziata prima di abbandonarsi tra le sue braccia.

La mano di lui già le stava abbassando la cerniera della felpa.

«Allora la pensiamo allo stesso modo» fu il sussurro di Christian contro la pelle del suo collo estremamente ricettivo. Jenny gettò indietro la testa, e un attimo dopo si ritrovò schiacciata contro il piumone, imprigionata da forti braccia.

Lui si puntellò sui gomiti e la scrutò con le pupille dilatate dal desiderio. «Possiamo prenderci l'agio di spogliarci completamente, o rischiamo un'incursione da un momento all'altro?»

Jenny ricambiò con lo stesso bruciante desiderio. «Gli abitanti di questa casa sono imprevedibili, ma se chiudi a chiave la porta, direi che possiamo tentare un approccio... completo, e avere tutto il tempo di correre ai ripari.»

Un seducente sorriso, poi con un balzo Christian scese dal letto e girò la chiave nella serratura. Accese lo stereo sulla scrivania accanto alla porta e Vasco Rossi riempì il silenzio con la sua meravigliosa *Come nelle Favole*.

Christian indicò lo stereo con la mano aperta. «Vedi, è un segno.» Cominciò a slacciare la cintura dei pantaloni con gesti lenti e calcolati, e intanto scalciò via le scarpe. Un attimo dopo le dita di Jenny stavano sbottonandogli la camicia con frenesia, mentre lui armeggiava per abbassarle la tuta.

Lo guardò con intensità e intonò il ritornello per lui. «Io e te, sdraiati su un divano, parlar del più e del meno...»

Finalmente nudi, Christian rimase a osservarla con aria adorante.

«Dio, Jenny, sei perfetta. Non vedo l'ora di poter reclamare il tuo corpo a ogni ora del giorno, senza timore d'essere disturbati. Presto sarai mia moglie. Soltanto mia, per sempre. Io e te.»

Più tardi, mentre Christian tornava in agenzia, Jenny fece un giro per negozi in cerca dell'abito adatto a quella sera. Voleva fare buona impressione con i futuri suoceri, e sebbene sapesse che un abito elegante non sarebbe di certo bastato a farla accettare da mamma *t-rex*, almeno voleva apparire all'altezza del suo uomo e della di lui famiglia. Attraversò Corso Umberto con passo indolente, fino a fermarsi davanti alla vetrina di una nuova boutique, attratta dall'abito indossato da un manichino. A colpirla in particolar modo la gonna rossa svasata, lunga fino al ginocchio; a questa avevano abbinato una camicetta nera con i fiori rossi, un incanto sotto la giacca nera che si appoggiava ai fianchi grazie alla morbidezza del tessuto che sembrava carezzare le curve. Nell'insieme si trattava di una mise elegante e sbarazzina.

Entrò intenzionata ad acquistare l'intero completo, con un sorriso raggiante ad animarle il volto. Una volta dentro, però, il sorriso le si gelò sulle labbra nel trovarsi davanti l'antica rivale.

«Samantha» salutò con voce priva d'intonazione.

La ragazza aveva il mento sollevato mentre la scrutava dall'alto in basso, il rossetto rosso acceso e lenti circondate da una montatura nera abbassata sul naso, il volto scoperto dai capelli scuri che teneva raccolti in una coda alta. La postura sprizzava eleganza e superiorità, sebbene il semplice abbigliamento consistente in una maglia nera e legging dello stesso colore sotto degli stivaletti senza tacco, fosse decisamente anonimo.

«Oh, chi si vede. L'anonima arrampicatrice.» Quella voce velenosa Jenny la ricordava fin troppo bene, l'aveva perseguitata perfino nei suoi peggiori incubi notturni. L'arpia proseguì.

«Cosa ci fa una *come te*, in una boutique come *questa*?» Samantha mise particolare enfasi nei riferimenti a lei e al negozio.

Jenny cercò di mantenere la calma, non si sarebbe lasciata sopraffare come accadeva un tempo. «Immagino la stessa cosa che ci fai tu.»

Samantha eruppe in una risatina derisoria. «Oh, Jenny, cara, devo dire che sei sempre stata uno spasso con la tua inadeguatezza.»

«Samantha, non sono qui per discutere con te. Ripasserò più tardi.» Mise una mano sulla maniglia per uscire dal negozio, ma la voce affilata della ragazza la raggiunse con tutta la sua cattiveria.

«Non credo proprio, sai! Vedi, questa boutique è *mia*. Tutti gli abiti che vedi qui esposti sono *mie* creazioni. E tu non sei all'altezza di indossarne uno.»

Jenny si voltò per fronteggiarla. Non riusciva davvero a credere che la stesse offendendo ancora, dopo tutti quei mesi, ma lei non si sarebbe lasciata più ferire dalle sue cattiverie.

Tuttavia, Samantha dovette aver frainteso la sua reazione perché prese a gongolare.

«Ti ho odiata quando sono stata licenziata per colpa tua. Pensavo che avrei potuto fare strada alla "Public&Co", ma il nuovo capo si è lasciato abbindolare da una ragazzina da quattro soldi, una spiona che ha tradito i propri colleghi, pur di fare strada.» Sospirò teatralmente. «Ma sai, alla fine, invece, è stata una fortuna per me. Ho aperto una mia linea di moda d'alta classe, e sto avendo ottimi riscontri nel settore. E presto mi sposerò con un uomo alla mia altezza, un vero guru della pubblicità a livelli internazionali, non come quel tuo Visconti. Le cose non potrebbero andarmi meglio.»

«Ma allora perché, se la tua vita è tanto perfetta come sostieni, continui a odiarmi con tanto fervore? Dovresti essermi grata, se il cambiamento ti ha portato tante cose buone.»

Samantha emise una risatina velenosa. «Esserti grata? Io, a te? Il tuo intento era quello di rovinarmi la vita solo perché eri invidiosa! Non eri nessuno in quell'agenzia. Tutti ti ignoravano, finché non sei riuscita, chissà come, ad abbindolare il capo. A proposito, state ancora insieme oppure si è già stancato di te?»

Jenny scosse la testa, disgustata, ma non l'abbassò e le disse ciò che pensava: «Sei sempre la solita stronza.»

«E tu una povera mentecatta. Ma presto lui si stuferà di te, che paragonata alla sua ex fiamma non sei assolutamente nulla! Oh, lei sì che ha classe quando indossa i miei abiti, ha il portamento di una modella! Christian se ne accorgerà, e tu raccoglierai ciò che hai seminato.»

Mentre Samantha le urlava dietro quelle parole, Jenny si era già chiusa la porta alle spalle e stava tornando indietro, da dove era arrivata. Si voltò a lanciare un'occhiata stizzita all'abito che l'aveva affascinata, domandandosi come potesse una creazione tanto bella e raffinata, essere stata partorita da una mente tanto orribile e squilibrata. *Accidenti a lei!*

Jenny maledisse il fato che l'aveva spinta a entrare proprio in quel negozio, di tanti fra cui avrebbe potuto scegliere. In quel momento, gocce di pioggia cominciarono a scendere giù, sempre più copiose, fino a diventare un vero e proprio acquazzone. Non aveva un ombrello, e tutto ciò che voleva era tornare a casa. Al diavolo il vestito nuovo. Aumentò l'andatura fin quasi a correre. In prossimità della scalinata, il tacco le si incastrò nella grata di un tombino, ma lanciata nella corsa Jenny non riuscì a fermarsi. La scarpa rimase bloccata a terra, mentre il piede coperto solo dal collant impattò contro i gelidi sanpietrini.

Gemette nel ricordare una scena simile già vissuta in passato. «No, non di nuovo!» Lanciò un'imprecazione contro il cielo e si abbassò per riprendersi la scarpa, ma il tacco era incastrato, e quando lei tirò con maggiore forza si staccò. Jenny perse l'equilibrio e cadde con il sedere per terra, spostando lo sguardo basito dalla décolleté che aveva tra le dita, al tacco nove ancora conficcato tra le grate. Alcune giovani passanti – munite d'ombrello, le furbe! – la guardarono ridacchiando e proseguirono, voltandosi di tanto in tanto per sghignazzare. Non si curò di loro e nemmeno del taglio sul palmo della mano sinistra con la quale impugnava la calzatura, che infilò di nuovo al piede; si raddrizzò scostando i capelli appiccicati sulle guance ai lati della bocca e, zoppicando, riprese il cammino accompagnata da un profondo tormento. Quando raggiunse l'auto aprì lo sportello, ma prima di salire sfilò le calzature ormai inutilizzabili e le gettò nel sedile posteriore.

«Accidenti, non indosserò mai più scarpe con il tacco alto!»

Seduta davanti al volante, diede libero sfogo alla propria umiliazione. Le lacrime cominciarono a straripare, ma sbatté le ciglia decisa a ricacciarle indietro. Si guardò allo specchietto retrovisore e prese coscienza del suo aspetto imbarazzante. Il rimmel era colato lungo le guance – un waterproof, no? – donandole le sembianze di Joker grazie anche alla striscia rossa, sul lato sinistro delle labbra, lasciata dalla mano sanguinante nel momento in cui si era spostata la ciocca bagnata.

Strofinò le mani sulle cosce, le serrò attorno al volante e, prendendo dei grossi respiri per calmarsi, tornò a osservarsi di nuovo nello specchietto. Non sarebbe mai potuta apparire peggio di come era in quel momento. Se l'avesse vista in quelle condizioni Samantha, o peggio, la madre di Christian... No, non voleva soffermarsi in pensieri tanto distruttivi.

Quel pomeriggio era stato pessimo, ma lei non si sarebbe lasciata abbattere tanto facilmente. Accese il motore e partì.

Lasciò l'auto nel cortile, che attraversò scalza; strofinò

i piedi sulla mezzaluna sistemata sul pavimento davanti all'uscio, che le strappò un brivido al ruvido contatto, ma non si curò di quell'ulteriore fastidio fisico. Per fortuna in casa non c'era nessuno. Corse al piano superiore e fece una doccia, dopodiché si accanì sulla scatola di cioccolatini, della quale dimezzò il contenuto in meno di dieci minuti. Aveva appena finito di scartarne un altro quando sentì il rumore della porta al piano di sotto, poi la voce della gemella che la chiamava.

«In camera!» urlò a bocca piena. Dopo una manciata di secondi Beky entrò nella stanza con l'aria sconvolta.

«Lui mi odia» esordì Beky senza una particolare intonazione. Appoggiò una spalla contro lo stipite della porta. «Mi odia tanto, ma non riesco davvero a capirne il perché. E questa cosa mi sconvolge al punto da non capire se sono più incazzata o triste. Dico davvero. Sai, pensandoci, potrei iniziare a odiarlo anche io… se solo non lo amassi ancora. Ma dopotutto, non dicono che fra amore e odio il passo è breve?» Si appoggiò un dito contro il mento. «Già, penso che lo sperimenterò sulla mia pelle molto presto.»

Jenny la stava fissando in silenzio, la mascella immobilizzata. «Ma di che stai parlando?»

«Di Massimo!» sbottò Beky irritata. «Di chi altri sennò?»

Jenny osservò i suoi capelli e gli abiti gocciolanti, l'espressione di evidente turbamento. Parlava a raffica ma la voce era tremolante. Le sembrava di rivedere… se stessa. Dovevano aver avuto entrambe un brutto pomeriggio.

«Beky, io non ti riconosco più, davvero! Ma che fine ha fatto la divoratrice di sesso che non si faceva mettere i piedi in testa da nessuno? Da quando sei tornata da Milano, io stento a riconoscere in te la mia ribelle gemella!»

«Be'? Non vi andavo bene prima, non vado bene adesso. Scendete a patti con il vostro cervello, per favore.» Le puntò addosso il proprio disappunto. «Ma cosa cazzo volete da me tutti quanti? Sono arrivata al punto di non sapere più nemmeno io chi sono. Mamma è felice di vedermi così dimessa, tu mi rimproveri d'aver perso la mia impronta. Regina mi odiava, adesso dice che dovrei ritrovare la vecchia me. Massimo prima mi dice che sono perfetta così, poi cambia idea e mi rivela di essere troppo per lui. Ma troppo cosa?» Sollevò le mani in alto. «Cerco di essere qualcosa in meno, e non è sufficiente nemmeno così! Ma nessuno pensa a cos'accidente voglio io, eh? Vi siete messi tutti d'impegno a farmi sentire una merda abbandonata sul marciapiede?»

Jenny rimase turbata da quello sfogo, non aveva mai visto sua sorella tanto afflitta. Di solito era lei propensa alle crisi isteriche e Beky la rassicurava con il suo malefico sarcasmo. Solo in quel momento comprese che qualcosa, dentro sua sorella, era stato tirato troppo e ora si stava spezzando. Con il maggior tatto possibile e una voce bassa e modulata cercò di esporle il proprio pensiero.

«Beky, il problema non sei tu, ma Massimo. Hai mai pensato a questo?» Notò, dall'incresparsi della fronte della gemella, d'aver catturato la sua totale attenzione.

«Stai male da quando lo hai conosciuto. Prima eri sempre allegra e spensierata. D'accordo, la davi via troppo facilmente» uno sbuffo da parte di Beky ed entrambe sorrisero, «però eri serena e te ne infischiavi del parere altrui. Da quando lo hai incontrato non hai fatto altro che reprimerti per adattarti al suo ideale di ragazza. Ma, come tu stessa hai ammesso, non gli sei andata bene. Ci ha provato, ma dopo un po' si è stufato. È quello che facevi tu. Provavi un ragazzo, e poi lo scaricavi.»

«Io non ho mai tentato di cambiare nessuno» obiettò lei sulla difensiva. «Quando mi stufavo, li mollavo.»

«Perché non ti sei innamorata di nessuno di loro. E questo cosa ti fa capire?»

Beky non rispose, ma i suoi lineamenti si distesero a dimostrazione che il concetto era stato recepito.

«Sorellina, chi ama in maniera sincera, ama tutto di te. Ama i tuoi pregi, ma anche i tuoi difetti, e quando questi difetti iniziano a diventare intollerabili, allora non c'è più amore o non c'è mai stato.»
Il petto di Beky iniziò ad alzarsi e abbassarsi più velocemente, mentre deglutiva a vuoto. Jenny le sorrise con affetto.
«Vai a cambiarti quegli abiti bagnati e poi torna qui.» Batté con la mano sul letto accanto a sé. «Ma fa' presto, o me li finirò tutti.»
Beky adocchiò la scatola di cioccolatini aperta sul letto e l'ammasso scomposto di stagnola al suo interno. Il suo volto riacquistò vigore. «No grazie. Sono stati la mia consolazione per sei mesi, e oggi ho sputato sangue nel tentativo di rimediare ai danni che hanno inferto al mio fisico.»
Jenny fece spallucce. «Sempre meglio che cercare consolazione nell'alcol. Quello non lo reggo proprio, mi fa sparare a ruota libera e combinare casini.»
«Be', l'ultimo casino che ti ha fatto combinare non ti è andato poi tanto male: ti ha procurato un fidanzato.» Ammiccò, quindi scivolò indietro nel corridoio illuminato.

Quando, più tardi, rincasarono i nostri genitori, le gemelle si erano già scambiate tutti i dettagli di quel pomeriggio, consolandosi a vicenda e ingozzandosi di cioccolatini con l'augurio che andassero di traverso ai due responsabili del loro tetro umore.
Mamma le raggiunse nella camera di Jenny, dove l'abbracciò con affetto. «Tesoro, com'è andato il viaggio?» Due giorni potevano essere pochi per chiunque, ma per una mamma come lei apparivano un'eternità.
«Bene mamma, quel posto è uno spettacolo, dovreste andarci tu e babbo, qualche volta. È davvero... rigenerante.»
Mamma le diede un colpetto sulla mano. Sorrideva, ma entrambe le mie sorelle notarono che quel sorriso non le

raggiungeva gli occhi.

«Magari un giorno ci andremo davvero. Penso che quando tutta questa storia sarà finita, ne avremo davvero bisogno.»

Beky era incuriosita. «A quale storia ti riferisci, mamma?»

Lei esitò, ma la postura rigida ne lasciò trapelare la tensione. «C'è Angelica che non vuol più vedere Daniele, e con il parto imminente non è una bella situazione. Sono in pensiero per lei. E poi c'è il matrimonio da organizzare, che non è cosa da poco. Regina in cerca di lavoro...»

«Oh, per una volta fa piacere non essere io il problema da risolvere» scherzò Beky.

«Oh, Rebecca, tu non sei mai stata un problema. Ci hai dato tanti pensieri sì, ma nulla che non si sia risolto. Ora, però, sembri un'altra persona. Stare del tempo con Regina ti ha giovato.»

«Oh sì, e anche a lei ha fatto bene stare del tempo con me!»

«È vero» intervenne Jenny ridendo. «Erano talmente opposte, ma lo stretto contatto le ha rese più simili. Regina si è... diciamo... allentata, mentre Beky si è data una frenata.»

Beky sbuffò. «Pensa a te, piuttosto. Non hai da prepararti per una cena importante?»

«Non mi ci far pensare!» Jenny gemette e si piegò in avanti per nascondere la testa sotto il cuscino.

«Jenny, che succede?» Mamma le carezzò la schiena. «Tutto bene con Christian?»

«Sì mamma, con lui non potrebbe andare meglio. E anche suo padre è una persona gentile e simpatica. Ma Luisa...» Emise una sorta di lungo ringhio. «Quel *t-rex* mi odia, non mi accetterà mai. Per lei non valgo niente, sono solo quella che si è accaparrata suo figlio portandolo via alla nuora prediletta.»

«Ma no, avrai frainteso» cercò di sdrammatizzare mamma. «Christian è il suo unico figlio, ovvio che gli sia attaccata e cerchi di proteggerlo. L'unica cosa che ogni madre vuole è il bene dei propri figli, e quando ti conoscerà meglio capirà che siete fatti l'uno per l'altra.»
«No mamma, ora non mi credi, ma questa sera, dopo averla conosciuta, capirai» tagliò corto Jenny tirando fuori la faccia da sotto il cuscino.
«La storia del figlio unico mi pare una cazzata, mamma!»
«Rebecca!»
«Mamma, tu hai cinque figli» proseguì Beky ignorando il rimprovero. «Vuoi dire che non te ne frega abbastanza di ognuno di noi, dal momento che siamo tanti? Che ci lasceresti al primo che viene e ci porta via?»
«Ma che discorsi, certo che no! Il bene che vi voglio è uguale per tutti.»
«Allora vedi che averne uno o cinque non fa differenza!» sostenne Beky con fervore. «Però tu hai ben accolto i ragazzi che ti abbiamo presentato senza mai farli sentire delle merde. Flavio, Christian, Daniele, Massimo... Matteo! Persino con Ivan, non hai fatto o detto nulla che potesse far pensare che non lo ritenessi adatto a Regina.»
«È vero» intervenne Jenny lanciando un'occhiata obliqua alla mamma. «Vuoi forse sbarazzarti delle tue figlie?»
Con le spalle al muro, mamma le rivolse un'occhiata ammonitrice, ma stette al gioco.
«No Jenny, è qui che sta la differenza» ribatté Beky. «Mamma è una persona buona e dall'animo gentile, che vuole bene alle sue figlie e sa capire cos'è che le rende felice. Sa porgere dei giusti consigli ma anche farsi da parte quando il caso lo richiede. La mamma di Christian, invece, è semplicemente una stronza. E su questo non si discute.»
Mamma sospirò e continuò a tacere. Era rassegnata.
«Che fai? Non dici niente?» la punzecchiò Jenny.
«Ragazze, che devo dirvi? So per esperienza che con voi

non potrò mai avere l'ultima parola. Staremo a vedere. Se davvero la mia futura consuocera è come la descrivi, allora troverà pane per i suoi denti.»

Capitolo 18

(Angelica – Le Vibrazioni)
Ma Angelica, le mie parole sono inutili
se già c'è il tuo odore a dirmi che
la tua presenza è un dono unico.

Angelica ancora non se l'era sentita di tornare a casa e affrontare le sorelle né tantomeno Daniele, perciò era rimasta da Mariangela. La gravidanza cominciava a farsi pesante, aveva spesso delle fitte dolorose al basso ventre accompagnate da perdite di liquido che non lasciavano presagire nulla di buono. Sapeva che avrebbe dovuto contattare Daniele, lui aveva seguito la sua gravidanza fin dall'inizio, la conosceva ed era il miglior specialista in assoluto nel suo campo, tuttavia, paventava l'idea di incontrarlo. Quando riuscì a calmarsi, prese in mano la cartellina con i documenti del divorzio che lui aveva lasciato sul suo letto prima di andarsene, e ne esaminò il contenuto. Le mancava da morire, ma l'orgoglio ferito le impediva di perdonarlo così velocemente.

Io ero passato da lei e le avevo riferito ogni parola che Daniele mi aveva rivelato, e stavolta Angelica si era mostrata più disposta ad ascoltare; anche nostra madre, per telefono, le aveva ripetuto le stesse parole e cercato di farla ragionare, e lei aveva ascoltato i nostri consigli. Ma non aveva ancora intenzione di confrontarsi con tutte le sorelle.

Ancora una volta avevano agito alle sue spalle invece di parlarle direttamente, e non c'era niente di cui stupirsi. Sapeva che le motivazioni potevano essere ammirevoli, ma i modi, come sempre, erano stati pessimi.

Essendo io – e me ne vanto – l'unico di cui al momento potesse fidarsi, si aprì a me come un fiore lasciando che ne scoprissi ogni segreto. Quando me ne andai, lo feci sollevato al pensiero di averla rasserenata.

Stufa di starsene chiusa in casa, quel giorno pensò bene di uscire per fare una passeggiata. Indossò una leggera sciarpa di morbido cotone grigio sopra il cappotto blu con il cappuccio bordato di pelliccia sintetica; prese l'ombrello e uscì. Il cielo in lontananza era simile all'ardesia e minacciava pioggia, ma non se ne preoccupò. Aveva bisogno di sgranchirsi le gambe e ossigenare la mente. La casa di Mariangela si trovava in una traversa del corso di Orbetello, vicino al Duomo, per cui impiegò solo pochi minuti a raggiungere il lungolago. Con andatura lenta prese la direzione dell'ospedale. Stava passeggiando da più di venti minuti, quando avvertì una leggera fitta al basso ventre. Si arrestò e fece dei profondi respiri. Durò poco, e appena il dolore passò riprese a camminare. Dopo poco il dolore si ripresentò. Si fermò, guardò l'orologio e sedette su una panchina. Un'altra fitta della stessa intensità.

«Oh no, non proprio ora, ti prego» gemette massaggiandosi la pancia da sopra il cappotto con movimenti circolari. Iniziò a fare dei respiri lenti e profondi, cercando di mantenere la calma. Si trovava a metà strada fra casa e l'ospedale, non sarebbe stato semplice raggiungere nessuno dei due e aveva lasciato il cellulare a casa perché non voleva essere rintracciata. Nei dintorni non c'era anima viva. Il vento si era rafforzato sferzandole il volto; sollevò il cappuccio sulla testa e si coprì al meglio con la sciarpa. In un pomeriggio di dicembre che minacciava pioggia, chi poteva pensare di fare una passeggiata? A parte lei, inco-

sciente e testarda come...
Come le mie sorelle, pensò con una punta di biasimo verso se stessa. Provò ad alzarsi e a muovere qualche passo verso l'ospedale, facendosi leva con l'ombrello.

«Puoi farcela, certo che puoi farcela» sussurrò a denti stretti, ma una nuova fitta di dolore la fece piegare in due. Puntò l'ombrello a terra e vi si appoggiò, traendo dei rapidi respiri. Aveva caldo, un gran caldo; con uno strattone tirò via dalla testa il cappuccio, abbassò la cerniera del cappotto e si sfilò la sciarpa. Un refolo di vento la colpì. Fu tutto molto rapido.

La sciarpa sfuggì dalla sua presa e, sollevata dal vento, concluse il suo volo proprio sul parabrezza dell'auto in avvicinamento, che frenò bruscamente e sterzò verso sinistra per non investirla. Arrestò la propria corsa poco più avanti.

Angelica si portò le mani alla bocca. Avrebbe potuto causare un incidente, d'accordo, ma non era accaduto. Era mortificata e sollevata al tempo stesso. E lei aveva un disperato bisogno di aiuto. Magari il conducente del veicolo avrebbe potuto farle fare una telefonata, o darle un passaggio...

La portiera si aprì e ne uscì un ragazzo; afferrò la sciarpa impigliata nel tergicristallo e si incamminò verso di lei. Angelica non lo vide subito in faccia, troppo concentrata sul metodo di respirazione che le avevano insegnato per far calmare le contrazioni. Era solo a pochi passi di distanza quando questi le si fermò davanti.

I capelli frustati dal vento e le mani congiunte a sostenere l'enorme pancione sotto il cappotto sbottonato, in un primo momento non lo riconobbe.

«Angelica.»

Quella voce era familiare. Troppo. Quando lo guardò in volto, sotto quella massa di capelli biondi che sembravano fluttuare e il volto abbronzato, ebbe la spiacevole conferma.

«Flavio.»

Lui rimase a osservarla inebetito. Quel susseguirsi di

emozioni contraddittorie la fecero innervosire. Mosse alcuni passi verso di lui e gli strappò di mano la sciarpa, la arrotolò e cercò di ficcarsela nella tasca destra del cappotto. Non aveva bisogno del suo aiuto. *Meglio partorire sola sul marciapiede che farsi aiutare da quel viscido mascalzone*, pensò sentendo montare l'antico risentimento.

Gli diede le spalle e senza degnarlo di un'altra parola arrancò in direzione dell'ospedale. Si sentiva spavalda, dunque provò ad aumentare l'andatura per mettere maggiore distanza fra loro, nel minor tempo possibile. Ma eccola là, a tradimento, un'altra fitta di dolore che la obbligò a fermarsi di colpo. Cercò di mantenere una posa naturale, ma questa era lunga più delle altre e la obbligò a piegarsi in avanti.

«Traditore! Anche tu mi remi contro. Devi essere un maschio, ne sono certa» borbottò tra i denti in direzione del proprio ventre.

«Angelica, tu non stai bene» urlò preoccupato *il traditore* per eccellenza, quel verme vigliacco che l'aveva cornificata.

Appena Angelica sentì le sue mani su di sé, che la strinsero come per volerla sostenere, urlò: «Non toccarmi! Vattene, lasciami stare.»

Flavio sollevò le mani in aria. «Sembra che tu stia per partorire, non posso lasciarti qui da sola.»

«Tu mi hai già lasciata da sola!» Si morse la lingua, poi gli diede di nuovo le spalle. «Non voglio il tuo aiuto! Me la caverò come ho sempre fatto. Non ho bisogno di nessuno» borbottò riprendendo il suo cammino.

«Senti Angelica, non fare la bambina. Fa freddo, sta per scatenarsi un temporale e a giudicare dal tuo stato sembra che tu sia entrata in travaglio. Lascia solo che ti accompagni in ospedale. Una volta che ti avrò portata dentro me ne andrò e non mi vedrai più, lo giuro.»

Angelica sollevò il viso verso il cielo, e una gocciolina

le cadde sul naso. Poi un'altra e un'altra ancora. Si voltò. Guardò Flavio in tralice, sembrava preoccupato. Era combattuta. Non voleva il suo aiuto, aveva giurato che mai più gli avrebbe rivolto la parola. Ma non poteva rischiare di fare del male al bambino. E rifiutare l'aiuto che Flavio le stava offrendo, equivaleva proprio a ciò.

A malincuore annuì, ma non mancò di schiaffeggiargli la mano, allorché lui tentò di toccarla di nuovo.

«Posso arrivare da sola alla macchina.»

La pioggia s'infittì fino a sfociare in un vero e proprio diluvio.

Giusto in tempo, pensò traendo un segreto sospiro di sollievo una volta seduta.

«Hai cambiato auto» constatò lei accomodandosi sul sedile. Era sorpresa che si fosse separato dalla sua adorata Peugeot sportiva rosso fiammante con gli interni in pelle bianca, che lucidava e venerava come fosse una reliquia. Quella in cui si trovava adesso era una semplice utilitaria grigio metallizzato – non aveva badato al modello –, interni di tappezzeria e nessun segno particolare che la contraddistinguesse.

«Già. Alla fine anche lei mi ha abbandonato.» Le lanciò un'occhiata eloquente che la fece stizzire non poco.

«Ah sì? Dev'essere stata davvero terribile da digerire» commentò lei in tono caustico.

Flavio si voltò a guardare attraverso i tergicristalli che si muovevano sul lunotto posteriore «Non c'è tempo per fare tutto il giro, dobbiamo tornare indietro a retromarcia.»

«Ma la strada è a senso unico e la visibilità è ridotta, rischi di fare un incidente.»

Flavio rifletté. «Hai ragione.» Diede gas e avanzò fino a uno slargo, fece inversione e a tutta velocità tornò indietro tenendo premuta la mano sul clacson. Angelica appoggiò con forza una mano sul cruscotto e puntò il gomito contro il finestrino, appiccicando la schiena al sedile. Per fortu-

na non incrociarono nessuno. In pochi istanti raggiunsero l'ingresso del pronto soccorso, e prima che lei potesse aprire lo sportello Flavio era già al suo fianco. L'aiutò a uscire dall'abitacolo e la sollevò tra le braccia nonostante i coloriti improperi che lei gli lanciò.
«Stai calma, o finirai col cadere.»
«Mettimi giù» protestò con veemenza. «Mettimi subito giù, maledetto...» un'altra contrazione le tappò la bocca, inducendola ad affondare la fronte contro il suo collo.
Un uomo con una casacca bianca li accolse con indolenza. «Di cosa si tratta?»
«Credo sia in travaglio.»
«La porti in quella stanza, un medico verrà subito a visitarla.»
Angelica ascoltò lo scambio di parole tra Flavio e l'infermiere del pronto soccorso. Attraversarono una porta verde, giunsero in un piccolo ambulatorio, e su indicazione dell'infermiere la depositò sul lettino. Appena si fu ripresa per poter parlare ringraziò Flavio in modo impersonale, prima di aggiungere: «Adesso va'.»
Lui annuì, e con gli occhi incollati sul suo pancione fece per dire qualcosa. Ma poi parve ripensarci e se ne andò senza aggiungere altro.
Negli attimi che seguirono arrivò una dottoressa che la fece spogliare mentre le rivolgeva diverse domande sulla gravidanza, sul ginecologo che l'aveva seguita e sul motivo che l'aveva condotta lì; infine le fece un'ecografia per accertare che il feto stesse bene. Sentire il battito veloce del cuore, simile a un cavallo al galoppo, sciolse Angelica in lacrime per il sollievo.
Maledetta emotività.
«Il bambino sta bene.» Il medico le rivolse un rassicurante sorriso. «Adesso vediamo com'è messa là sotto.» La visitò accuratamente, e alla fine si scoprì che non vi era alcun segno di dilatazione.

«False contrazioni?» esclamò Angelica risentita. «Le contrazioni saranno pure false, ma il dolore lo sento davvero!» In effetti, però, da quando era entrata in ospedale quei dolori si erano fatti più leggeri e distanti.
«Signora, non c'è una scatenante specifica, sono molte le cause che le possono provocare. Nel suo caso, tuttavia, sono certa si tratti di stress. Lei è un soggetto ansioso?»
«Io un soggetto... No davvero!»
La velocità e l'intonazione di quella risposta, però, dovevano aver convinto la dottoressa dell'esatto contrario.
«Cosa stava facendo quando sono iniziati i dolori?»
«Una passeggiata.» Notando il movimento della fronte s'affrettò ad aggiungere: «Molto rilassante.»
«Una passeggiata. Con questo tempo?»
«Preferisco le nuvole al sole.»
«Mm-Mm.» Quel suono denotava scetticismo. «Ed era sola?»
«Sì. Passeggiavo da sola sul lungolago mentre stava per scatenarsi un temporale, okay, ho avuto una contrazione, e poi un'altra e un'altra ancora, finché non ho incontrato Flavio che mi ha accompagnata in ospedale.»
«E Flavio è il suo compagno?»
«Certo che no! Lui è il mio ex, che mi ha tradita. Non lo vedevo da diversi mesi, fino a oggi che mi è piombato davanti all'improvviso proprio come un fulmine. A pensarci bene, avrei preferito un fulmine di quelli veri, a lui.»
La ginecologa la osservò con attenzione. «E a quel punto le fitte di dolore sono aumentate.»
Messa così le sembrò una critica.
Angelica annuì suo malgrado. «Però erano già forti» ci tenne a precisare.
«E lei continua a sostenere che non sia stressata?» Breve pausa a effetto che contribuì ad acuire la stizza di Angelica. «Signora mia, lei non sta per partorire, ma temo che se non parla con qualcuno, avrà a breve un crollo di nervi.»

Il sarcasmo di quell'odiosa donna lasciò Angelica a corto di parole. Ma dov'era finito il cameratismo femminile?
«Le mando subito un'infermiera che si occuperà di lei.»
Detto fatto. L'acida dottoressa scomparve oltre la porta per non farsi più vedere; al suo posto un'infermiera bassa e cicciotta e con un largo sorriso stampato in volto entrò portando in mano due buste di plastica, alcol, garze e un rocchetto di nastro adesivo. Angelica guardò sospettosa tutta quella roba.
«Ha paura degli aghi?» domandò la donna con voce affabile.
Angelica scosse la testa con poca convinzione, e quando l'infermiera cominciò ad armeggiare con la farfallina, dovette voltarsi dall'altra parte per non vedere l'ago che le entrava sottopelle.
«Questa flebo le calmerà i dolori e l'aiuterà a rilassarsi.»
«In pratica mi state drogando.» L'infermiera ridacchiò.
«Non dovrò passare la notte in ospedale, vero?»
«No, solo per il tempo della durata della flebo. Poi, se non avrà più contrazioni, potrà tornare a casa dove dovrà restare a riposo assoluto. Niente passeggiate e niente arrabbiature» l'ammonì benevola ma risoluta. Tutti a giudicarla e a ordinarle cosa fare. Angelica voltò il viso verso la finestra, sul lato opposto rispetto all'ingresso.
«Adesso cerchi di riposare e di calmarsi. È molto importante.» Giunta sulla porta, la donna si voltò verso di lei. «Qui fuori c'è il ragazzo che l'ha accompagnata... il padre del bambino, immagino, vista l'ansia che lo attanaglia. Sembra davvero preoccupato, non ha smesso un momento di fare su e giù per il corridoio e chiedere notizie.» Senza aspettare una risposta socchiuse l'uscio e se ne andò, lasciando Angelica sul punto di negare ogni sua parola senza però averne il tempo.
Emise uno sbuffo e si sistemò il cuscino dietro la schiena. Era certa che Flavio non avrebbe osato tanto, che una

volta rassicurato sulle sue condizioni se ne sarebbe andato come le aveva promesso.

A conferma di quanto poco capisse della mante maschile, dopo pochi istanti un leggero bussare alla porta tradì le sue aspettative.

«Posso entrare?»

Tentata di rispondere con un secco no, Angelica si ritrovò invece a dire: «Se proprio devi...»

Flavio entrò e si richiuse la porta alle spalle. Con estrema calma prese la sedia davanti alla scrivania e la sistemò al suo capezzale, quindi vi sedette.

«Come ti senti?»

«Bene.» Il suo tono scontroso sovrastò quello dimesso di lui.

«Dunque non stai per partorire.»

«Evidentemente no. Grazie a Dio.»

Flavio dedicò l'attenzione alle proprie mani, giunte fra le gambe. Giocherellava con i pollici e il suo turbamento era palese. «Di quanti mesi sei?»

Lei lo fissò circospetta. «Non penserai sia tuo, vero? Perché ti assicuro che non è affatto così.»

«No, certo che no, non l'ho pensato nemmeno. In tal caso, sarebbe già nato... credo.»

«Infatti. E invece manca ancora un mese al termine.»

Flavio annuì e rimase qualche istante in silenzio, meditabondo.

«Quindi, è stato concepito ad aprile. Subito dopo che noi...»

«Cosa? Che noi cosa? Avanti, dillo!»

Flavio sollevò una mano per invitarla a calmarsi. «Angelica, non scaldarti, non ti stavo accusando.»

«Invece sembra tu non faccia altro. Mi sono consolata in fretta, è questo che pensi? Certo, e non me ne sono mai pentita! Io almeno mi sono consolata *dopo*, non ho cercato altro *prima*!»

Parole cattive, le sue, che centrarono il bersaglio.

«Mi sono sentito un vero schifo, dopo la fine della nostra relazione. Al matrimonio di Stefano avrei voluto spiegarti, ma tu non me ne hai lasciato il tempo. Poi, più avanti, ti ho vista con quel tipo... immagino sia lui il padre.»

Angelica non capiva ancora dove lui volesse arrivare, ma era curiosa, per quanto incazzata, perciò lo lasciò parlare.

«Sono stato male, sai? Troncai subito con Patrizia, come ti dissi. Lei non era niente per me. Non in confronto a te.»

«Ma guarda, hai troncato subito! Sì, dopo mesi di menzogne.» Se quelle parole dovevano servire a scusarsi ‚be᾽, in lei stavano sortendo l'effetto contrario. «Ti sei inventato ogni sorta di scusa per stare con lei, mentre io ti aspettavo a casa come una scema perché mi fidavo di te! Dopo tutto quello che abbiamo passato insieme! Anni gettati al vento! Anche tu e io aspettavamo un bambino, che se n'è andato, ma nemmeno allora ti ho visto tanto dispiaciuto come adesso. È evidente che i sensi di colpa in te devono essere maggiori di quanto io abbia mai ritenuto possibile.»

«Anche per te non deve essere stata così dolorosa la nostra rottura, visto che non hai perso tempo. Mi hai subito rimpiazzato. Dimenticato come se sei anni non valessero nulla!» La sua voce salì di volume. «Dov'era tutto quel dolore per la scoperta del mio tradimento, se dopo un mese eri già tra le braccia di un altro? Non solo ci sei andata subito a letto, hai deciso di avere un figlio con lui.»

Il volto di Flavio dardeggiava d'indignazione; Angelica lo fissò con furiosa incredulità.

«Ma stai parlando sul serio?» Il persistere del suo sguardo di sfida glielo confermò. «Dico, ti stai ascoltando? Tu che vieni a fare la paternale a me! Mi stavi tradendo da mesi, *mesi*! Non si è trattato di una scappatella occasionale, no, tu eri preso da quella ossigenata svampita... Mentre... mentre io ho solo cercato di gettarmi tutto alle spalle.

È così che è nata la storia tra me e Daniele, sì! Lui mi ha fatta sentire apprezzata come tu non facevi da anni! Mi sono gettata in un'avventura per farti dispetto e per stare meglio. Volevo tornare a vivere.»

«Ti ha fatto stare molto meglio, sì, lo vedo» commentò lui, sardonico, indicando con un gesto del capo il lettino su cui era stesa.

Angelica lo fissò indignata. «Guarda, non ho parole. Assurdo!»

La voce di Flavio tornò su note più miti. «Non sono io che sto per avere un figlio da un'altra!»

«Ma di certo non sono stata io a metterti le corna e a umiliarti davanti a tutti i nostri amici, alle mie sorelle. Davanti a un intero locale!»

Flavio si strattonò indietro il ciuffo di capelli biondi che gli ricadeva sulla fronte. «Non parliamo di umiliazioni. Le tue sorelle sanno infliggerle alla perfezione.»

Angelica cercò di mantenere la calma, ma ultimamente non le riusciva più tanto bene. Non era più la ragazza mite e riflessiva di un tempo, no, sentiva l'impellente bisogno di sbraitare e gettarsi su qualcuno come una furia solo per scoprire se sarebbe riuscita a esaurire tutta la rabbia che covava dentro. Neanche tutte le flebo del mondo sarebbero servite a mantenerla serena e rilassata.

Eppure, s'impose la calma; non poteva avvelenarsi il sangue, ne avrebbe risentito la salute del bambino. «Meritavi di peggio.»

Flavio lasciò ricadere il braccio sulla gamba piegata, e quando riprese a parlare la sua voce era di nuovo modulata. «Ho avuto un incidente, quest'estate. Ho perso il controllo della vettura e sono finito fuori strada. Ho terminato la corsa in un fossato.»

Angelica trasalì. «Non ne sapevo niente. E cosa ti sei fatto?»

Lui allargò le braccia. «Sono ancora qui, no? È questo

ciò che conta.»

«Certo. Ma come stai?» Accantonate le ostilità, Angelica tornò a guardarlo negli occhi.

«Tutto saldato» sorrise della propria battuta. «Senza scendere nei dettagli, mi sono rotto le costole, una spalla e un ginocchio, più un importante trauma cranico. Ho trascorso un mese in ospedale, vari interventi e infinite terapie. Ma adesso sto bene.»

«Mi dispiace davvero tanto.»

«Davvero? Be', chissà quante volte mi avrete augurato tutto questo e anche di peggio, tu e le tue sorelle.» Stirò le labbra. «Sai, non ho potuto fare a meno di pensarlo.»

«Magari il karma?» Usò la sua stessa intonazione sarcastica. «Ma no, io non ti ho mai augurato tutto questo. Ero distrutta, mi sentivo affondata e cercavo solo il modo di riemergere. Mi sono concentrata sul mio futuro, non certo sul desiderio di vendetta.»

«Già, questa sei tu. Riesci sempre a superare tutto con la calma e la pazienza, e il tuo innato ottimismo. Non ti sei mai persa in cattiverie o futilità. Non iniziare a farlo adesso.»

«Mm, direi che è tardi, ormai. La calma, la pazienza e la docilità, ma soprattutto l'ottimismo, non sono più tra le mie virtù.»

«No, non ci credo. La vera Angelica è ancora lì sotto, sepolta da strati di fregature che la vita ti ha scaricato addosso. Vedrai che quando riuscirai a fare uscire tutte le emozioni negative, ti ritroverai.»

Si fissarono per alcuni istanti, e Angelica sentì davvero che tutta la tensione, tutto il dolore e la rabbia che l'avevano animata negli ultimi mesi, la stavano abbandonando lasciando il posto a un inspiegabile senso di pace. E stanchezza. Un'incredibile stanchezza mentale che desiderava far sparire.

«Quando mi sono risvegliato» proseguì lui, «la prima

persona che mi è venuta in mente sei stata tu. Dicono che sono stato rimasto incosciente per quattro giorni, e al risveglio, sei tu il primo nome che ho pronunciato.» Angelica rimase turbata da quella confessione, ma lui proseguì. «Il mio unico desiderio era rivederti per poterti chiedere scusa. Non c'è niente da spiegare, sono stato un coglione. Non so cosa mi sia preso, ero così infatuato da lei... Però nel preciso istante in cui tu mi hai lanciato l'anello, ho capito l'errore che avevo commesso. Lo so che ormai è tardi per noi, ma spero non lo sia per il perdono. Se penso che questo bambino poteva essere...» si portò le mani fra i capelli e scosse la testa, lasciando cadere la frase nel vuoto.

«Perché lo hai fatto? Spiegami il motivo. Non ero abbastanza?»

«Affatto. Ero io a non considerarmi all'altezza. Mi sentivo sopraffatto dall'importanza della nostra relazione, sapevo che tu puntavi al passo successivo ma io non mi sentivo pronto a farlo, e quando lei mi ha mostrato interesse... ho smesso di ragionare. Anzi no, ho iniziato a ragionare con l'uccello anziché con il cuore.»

Angelica rimase in silenzio, il volto una maschera indecifrabile. Non riusciva davvero a spiegarsi cosa le avesse provocato il tumulto del cuore, che in quel momento le sembrò si fosse spostato in gola. Lui era lì, di fronte a lei, e le stava parlando in tutta onestà. Il ragazzo che tanto aveva amato, per il quale aveva sacrificato i propri sogni, le proprie ambizioni, colui con il quale aveva programmato una vita insieme, che aveva desiderato sposare, farci dei figli. Si era annullata a causa del suo amore per lui, che invece non aveva mai smesso di godersi la vita. Un ragazzino viziato, ecco cos'era, dedito alla palestra, alle donne rifatte e alle auto sportive.

Ma forse adesso è cambiato davvero, le suggerì la vocina interiore. La vita gli aveva dato una bella lezione, facendogli scontare la pena meritata. Forse, adesso poteva essere meritevole di fiducia... e di un'altra possibilità.

Abbassò lo sguardo, cercando di mettere ordine nei propri pensieri – quante volte, negli ultimi giorni, ci aveva provato! – e d'un tratto un debole senso di colpa fece capolino.

Daniele era piombato nella sua vita all'improvviso. Con lui non aveva programmato niente, aveva vissuto momento per momento senza pensare al futuro, finché il fato non era intervenuto con una gravidanza inaspettata. Lui era sempre stato così dolce con lei, e di certo l'omissione del suo matrimonio non era nemmeno paragonabile al tradimento di Flavio. Magari era già tutto scritto. Il bambino di Flavio non aveva mai visto la luce, mentre quello di Daniele sarebbe nato di lì a poco.

È stato il *destino*.

Quello stesso destino le aveva anche fatto rincontrare Flavio.

Solo per poter voltare pagina, o ha in serbo qualcos'altro?

D'un tratto calde lacrime rotolarono giù.

«Angelica? Ti senti bene? Angelica...»

La voce di Flavio penetrò la fitta coltre di quei pensieri, riportandola al presente. Lui posò la mano sopra il dorso della sua; d'istinto Angelica la rigirò per allacciare le dita in quelle di lui. Dopo un primo momento di sorpresa, Flavio rafforzò la stretta.

«Grazie per essere rimasto con me, oggi» iniziò lei con voce bassa ma incredibilmente calma. «All'inizio avrei preferito partorire sola su quel freddo asfalto, piuttosto che accettare aiuto da te» ammise, le spalle scosse dal tremito di un risolino.

«Sì, ne ero certo.»

«Però... adesso sono contenta che tu sia passato di lì in quel momento, e che la mia sciarpa ti sia piombata sul parabrezza obbligandoti a fermarti.»

«Si potrebbe pensare alla divina provvidenza!»
«Probabile, sì. Sono giunta a credere che per ogni avvenimento vi sia un disegno ben preciso, una sorta di sgambetto del destino che spinge a imboccare la strada che lui ha già tracciato per noi. Conosci la storia delle tre Moire?»
Lui scosse la testa, incuriosito.
«Certo, come potresti. Non ti ho mai visto con un libro in mano in vita tua. A ogni modo, adesso mi sento più serena.»
Flavio la fissò con intensità. Poi, di punto in bianco: «Sei felice con lui?»
Angelica si concentrò sul ricordo dell'uomo che l'aveva stregata in così breve tempo. Rivisse il loro primo incontro nella videoteca, il secondo al "Blue Moon", il terzo nel negozio di giocattoli, la prima volta a casa sua... da lì era cominciato tutto. La loro prima volta insieme, poi l'incontro al matrimonio e infine quel giorno in ospedale, quando l'aveva implorata di tenere il bambino, di provare a crescerlo insieme. La felicità sul suo volto, quando, più tardi, gli aveva detto che il loro bambino era ancora là; la devozione e l'affetto che ogni giorno, da *quel* giorno, le aveva mostrato. L'aveva fatta sentire amata e protetta. Ma si trattava davvero di amore?

Di certo, in quei mesi si era sentita felice. Le sue labbra s'incurvano in un timido sorriso. «Lo sono» ammise a voce bassa, con un luccichio che aveva ogni volta pensasse a lui.

Flavio si alzò in piedi, estrasse dalla tasca del giacchetto il cellulare e glielo porse. «Chiamalo. Torno fra dieci minuti, poi me ne andrò.»

Angelica lo prese e lo guardò mentre lasciava la stanza. Stringendo il telefono contro il petto, si lasciò andare indietro sul cuscino. Si sentiva davvero pronta a chiamarlo? Rifletté sull'incontro di quel pomeriggio. Se era riuscita a perdonare il ragazzo che l'aveva fatta sprofondare in un abisso di tristezza, rancore e insicurezza, come poteva non perdonare l'uomo che da esso l'aveva dolcemente fatta riemergere? E come poteva non perdonare quelle pazze delle sue sorelle, la cui unica colpa era stata sempre e solo quella di volerla proteggere a tutti i costi? Sospirò e, presa la propria decisione, iniziò a comporre i numeri sulla tastiera con mano ferma e un piacevole senso di sollievo.

Capitolo 19

(È sempre bello – Coez)
Capisci i sentimenti quando te li fanno a pezzi
è bello rimettere insieme i pezzi
vedere che alla fine stanno in piedi anche da soli
è bello stare insieme, saper stare da soli

Molto più tranquilla era stata la giornata di Regina, che nella sua ricerca di un lavoro aveva sostenuto un colloquio con l'avvocato che aveva preso possesso del vecchio studio legale di Umberto Accardi, al quale, scoprì, era stata tolta la licenza per i numerosi illeciti di cui era stato accusato.

«Allora, signorina Graziati, direi di passare subito alle presentazioni» propose l'uomo davanti a lei dopo un'energica stretta di mano, indicandole la sedia dinanzi la scrivania. Regina sgranchì le dita indolenzite ma celò il dolore dietro un composto sorriso. Aveva davvero una bella stretta!

«Io sono l'avvocato Aurelio Bianchi. I miei soci e io abbiamo fondato il nostro studio legale qualche anno fa, e ci occupiamo di diritto penale. Siamo giovani, ma abbiamo una nostra linea di condotta da cui non intendiamo discostarci. Poiché ci stiamo espandendo, e questa è la seconda sede che apriamo, necessitiamo di aiuto, di una persona professionale e affidabile. A tal proposito, se vuole gentilmente mostrarmi curriculum e referenze, prima di conoscerci meglio, darei subito uno sguardo. Il tempo non ci manca» rivelò con espressione cordiale.

«Ma certo» convenne Regina mentre estraeva dalla borsa una cartellina nera che porse all'uomo con elegante contegno, prima di tornare a sedere rigida. «Questo è il mio curriculum, ma quanto a referenze, temo di non averne, mi dispiace.»

L'avvocato aprì la cartellina e le lanciò un'occhiata penetrante. «Ah no? E come mai?»

«Temo di aver concluso entrambi i miei impieghi in maniera... non troppo amichevole.»

L'uomo la squadrò con aria indecifrabile e diede una veloce scorsa ai fogli tra le mani. Chiuse poi la cartellina, la gettò sulla scrivania come se lì non vi fosse nulla d'interessante; appoggiò i gomiti sul ripiano, congiunse le mani e tornò a dedicarle tutta la propria attenzione.

«Si spieghi meglio. Vedo una laurea con il massimo dei voti, un tirocinio presso un discutibile studio legale troncato bruscamente, e un impiego di sei mesi presso una finanziaria di Milano, dove non le è stato rinnovato il contratto. Mi faccia capire chi è lei.»

Regina ricambiò con altrettanta austerità. «Io sono colei che ha incastrato Accardi, rifiutandosi di esporre in tribunale delle prove false e opponendosi al suo sporco sistema. Sono colei che si è spostata fino a Milano per trovare un nuovo lavoro, visto che quell'uomo avrebbe fatto sì che in zona non fossi assunta da nessuno studio. E colei che non si è vista rinnovare il contratto di lavoro quando non ha ceduto alle avances di un uomo potente. Oh, già, per non dimenticare che l'influenza di Umberto Accardi mi ha seguita fin lassù, svolgendo un ruolo determinante in quel mancato rinnovo. Spero solo che quella di Eugenio Ferri non mi segua fin qua. A tal proposito» aggiunse ancora osservando l'uomo che la fissava con una scintilla d'interesse. «Lei conosce un uomo di nome Eugenio Ferri?»

L'uomo non si scompose. «Non mi pare, no.»

«E approva la politica di Umberto Accardi? Quel suo voler vincere una causa con ogni mezzo pur di acquisire prestigio, sebbene ciò implichi incastrare degli innocenti a vantaggio di delinquenti figli di personaggi influenti?» Ancora quello sguardo diretto. «Non la approvo assolutamente, anzi, è proprio ciò contro cui il mio studio legale si batte.»

Regina si rilassò sulla poltrona. «Allora sì, sono disposta a lavorare per lei.» Un sorriso deciso le curvò le labbra. La sua poteva apparire come presunzione, ma lei non sarebbe mai scesa a patti con la propria coscienza, e questo voleva fosse chiaro fin da subito.

L'uomo di fronte a lei rimase a osservarla per qualche istante con quella che lei era certa fosse una pacata ammirazione, poi prese il cellulare e digitò qualcosa. Si fissarono in silenzio finché la porta si aprì e una donna molto bella ed elegante, con occhiali dalla montatura di ferro e tailleur nero, entrò nella stanza.

«Cara, ti presento la nostra nuova collaboratrice, la signorina Regina Graziati.»

Regina ebbe un fremito nel sentirlo pronunciare quelle parole, ma s'impose di mantenere un atteggiamento professionale.

La nuova arrivata inclinò la testa verso di lei, sorrise e le porse una mano. «Piacere. Io sono Luce Baldi, moglie e socia di quest'uomo. Se ha deciso di assumerla così in fretta, significa che mio marito ha visto qualcosa in lei che la rende congeniale a noi.»

Regina ancora non riusciva a crederci. Era stata assunta. Così, su due piedi, senza far altro che elencare i motivi per i quali il suo curriculum era privo di referenze. Non aveva dovuto fare o dire niente per tentare di convincerli, come invece aveva temuto. Era felice e incredula, ma fu molto abile nel mascherare tali emozioni dietro un garbato sorriso. Accettò la mano e la strinse con energia. «Il piacere è tutto mio. Sono certa che andremo d'accordo.»

«Luce, lei è la giovane tirocinante che ha inchiodato Accardi nel processo contro quell'innocente carabiniere accusato di aggressione.»

Eccola, quella lusinghevole ammirazione si dipinse anche sul volto dell'avvocatessa alimentando il suo ego. La guardò mentre si spostava dietro l'orecchio sinistro un'esile ciocca di capelli sfuggita allo chignon improvvisato con una penna.

«Le faccio i miei complimenti, ha avuto coraggio a opporsi a quell'uomo, e le rinnovo il mio piacere di averla con noi.»

«Come le dicevo, c'è anche un terzo socio» le ricordò il suo nuovo datore di lavoro, Aurelio Bianchi. «Patrizio al momento si trova nella sede di Grosseto, avrà modo di conoscerlo la prossima settimana. Abbiamo aperto questa seconda sede e ci serve una persona in grado di affiancarci. Oh, se conosce qualcuno di fidato, avremmo necessità anche di una brava segretaria.»

«Se può iniziare già da lunedì» proseguì Luce, «ci sarò io, qui, per mostrarle i fascicoli dei nuovi casi presi in carico, dopodiché la lascerò subito nelle mani di mio fratello, mentre Aurelio e io ci concediamo un viaggio rimandato fin troppo a lungo per mancanza di rinforzi sul lavoro.» Ammiccò allusiva in direzione del marito.

Regina colse lo scambio di sguardi languidi dei due coniugi, ma non poté fare a meno di notare un particolare. «Suo fratello, ha detto?»

«Oh, sì.» Luce le cucì addosso uno sguardo incuriosito. «Patrizio, l'altro socio dello studio legale. Non glielo aveva detto mio marito?»

«No tesoro» l'anticipò lui, «ancora non abbiamo avuto modo di scendere nei dettagli, ma sono certo che lunedì saprai ragguagliarla perfettamente su tutto ciò che è necessario sapere. E anche sul superfluo, ne sono certo.»

«Niente è mai superfluo, quando si tratta di conoscenza.»
«Oh no, certamente non lo è mai, quando si tratta di *te*.»
Si rivolse poi di nuovo a lei, che osservava compiaciuta lo scambio di battute fra i due coniugi che già le stavano simpatici. «Si prepari, dunque, mia moglie ha la parlantina sciolta e la curiosità ancor più spiccata, vorrà sapere ogni cosa che la riguarda.»

Mezz'ora più tardi, dopo aver concordato i dettagli del contratto d'assunzione, Regina lasciò lo studio con passo leggero e un sorriso smagliante.

Finalmente poteva dare un taglio netto al passato, nonché un punto fermo alla propria vita grazie a quel lavoro, ed era certa, dalla prima impressione che quella giovane coppia di soci le aveva fatto, che stavolta non avrebbe ricevuto brutte sorprese.

Il vento la colpì appena uscita dal portone. Sollevò lo sguardo al cielo; minacciava pioggia, ma a lei non andava di rientrare a casa. Sentì la necessità di condividere quella giornata con qualcuno, e il suo primo pensiero corse a Ivan.

Sciocca, si disse, *che cavolo vai a pensare!*

Difficile da ammettere ma vero: Ivan continuava occupare i suoi pensieri, ma l'orgoglio le impedì di compiere quella telefonata.

Il telefono nel palmo, selezionò un numero tra i preferiti.

«Fratello, ti andrebbe un aperitivo con il nuovo legale dello studio associato Bianchi e Baldi?»

E io come potevo rifiutare una bevuta gratis e tanti succulenti pettegolezzi?

Stesa sul letto a fissare il soffitto, le braccia incrociate dietro la testa, Beky non faceva che pensare ad Angelica. Non l'aveva mai vista tanto infuriata, e nelle sue condizioni, poi, non poteva nemmeno immaginare cosa stesse passando adesso per causa sua. Se solo l'avesse informata per tempo…

I pensieri altalenavano tra lei e Massimo; anche lui, così come Angelica, non era riuscito a guardare al di là delle sue azioni, a vedere le buone intenzioni che l'avevano animata. Niente, non c'era niente da fare, ovunque mettesse bocca finiva per fare danno.

Il telefono squillò. In un primo momento lo ignorò, non aveva davvero voglia di parlare con nessuno. Ma poi questo riprese a suonare; sembrava non avere alcuna intenzione di smettere. Si allungò sul letto per prenderlo, ma si drizzò di scatto quando vide il nome sul display. Con un gesto stizzito rifiutò la chiamata borbottando: «Ci manca solo lui, adesso.» Un istante dopo arrivò un sms.

Beky rispondimi, lo so che sei lì.

Beky soffiò forte. Il telefono ricominciò a suonare e questa volta decise di rispondere.

«Che cazzo vuoi da me? Cos'è, ti serve qualche altro calcio in culo per capire che…»

«Beky, smettila, sono io!»

Beky ammutolì e si raddrizzò di scatto. Ogni fibra del suo corpo si tese in reazione a quella voce. «Angelica?»

Una vocina tremolante confermò. «Sì, Beky, sono io.»

«Oh mio Dio, Angi, come stai?»

«Senti… sono in ospedale, a Orbetello. Niente di grave» aggiunse bloccando sul nascere qualsiasi altra domanda, «solo un controllo, però vorrei tornare a casa. Potresti venire a prendermi?»

Numerose congetture presero forma nella testa di Beky, che non riusciva a star dietro a tutte. «Sì, però… oddio, fammi riflettere.» Dopo un breve silenzio, trovò la soluzione: «Sì, Jenny è uscita da poco con Christian, posso prendere la sua auto.»

«Ti ringrazio» sussurrò ancora la vocina di Angelica.

«Angi… Sei sicura di star bene? Il bambino?»

«Sì, sorellina, sto bene. Dovevo chiamare qualcuno per-

ché venisse a prendermi, e ho pensato a te. Vorrei parlarti. Io... io vorrei scusarmi per come ti ho trattata.»
Il cuore di Beky fece una capriola. «Angelica, non sai quanto queste tue parole mi rendano felice! E non devi scusarti, per me è già tanto che tu mi abbia perdonata. Però ne parliamo dopo, adesso mi vesto e corro a prenderti.»
Stava per salutare, quando quel fastidioso sospetto la fece bloccare all'improvviso. La sua voce si fece indagatrice.
«Angi, dimmi solo una cosa. Perché mi stai chiamando con il telefono di Flavio?»

Christian era passato a prenderla con sufficiente anticipo per poter trascorrere del tempo insieme prima dell'incontro a cena con i rispettivi genitori. Stavano passeggiando abbracciati alla fine del lungomare, allorché Jenny trattenne il braccio del fidanzato e gli indicò il ristorante pizzeria dove cenarono la sera in cui le chiese di sposarlo.
«Ricordi l'ultima volta che siamo stati lì?»
Christian assunse un'aria torva e avvicinò il volto al suo.
«Altroché! Avrei potuto commettere un omicidio. Però è stata una serata bellissima.» Le rivolse un irresistibile sorriso e appoggiò le labbra sulle sue per un tenero bacio, che lei ricambiò con slancio prima di allungare la mano per rimirarsi l'anello.
E qui il suo volto sbiancò, prima di animarsi di un rosso intenso. Il suo anulare sinistro era vuoto. *Vuoto!*
Christian osservò la sua mano, poi il suo volto, quindi inarcò un sopracciglio.
«Hai perso l'anello.»
Jenny entrò nel panico.
«No. Certo che no, ma che dici! Io... io l'ho solo...» farfugliò in cerca di una logica spiegazione, ma riuscì a trovarne solo una. «L'ho perso.» Abbassò il viso, mesta.
Christian sbuffò ma non le ece pesare l'accaduto. Anzi, l'attrasse a sé e la baciò sulla fronte mentre le carezzava

la schiena.

«Lo avrai senz'altro lasciato a casa. Magari l'hai tolto e ti sei dimenticata di rimetterlo, oppure ti si è sfilato mentre facevi la doccia. Lo ritroveremo.»

Jenny era sconsolata. «No. Sono sicura che non è così. Quel tacco maledetto! Ecco, vedi?» Sollevò il palmo per mostrargli il taglio. «Mi sono tagliata. Il sangue scorreva, e mi fa faceva male, e riuscivo a pensare solo al dolore, all'umiliazione e alla pioggia che mi inzuppava. Ma come ho fatto a non accorgermene?»

La mano di Christian s'immobilizzò e lui divenne serio. Jenny si ricordò troppo tardi che conosceva fin troppo bene i suoi deliri da frustrazione, ma ormai non poteva certo rimangiarsi le parole.

«Umiliazione? Chi ti ha umiliata?»

«Non importa. È che… mi dispiace così tanto!» Di colpo ebbe un'illuminazione. «Andiamo a cercarlo! Pioveva tantissimo, magari chi è passato non l'ha visto. Forse è ancora là!» Lo tirò per un braccio, ma Christian rimase incollato al suolo.

«Jenny, chi ti ha umiliata?» insisté con decisione.

Lei si portò una mano tremante alla fronte. «E va bene, te lo dico, però lo faccio mentre andiamo, d'accordo?»

Christian guardò l'orologio con la mascella serrata. Jenny sapeva perfettamente cosa stava pensando: mancavano pochi minuti all'ora dell'appuntamento, sarebbero arrivati in ritardo. Avevano scorto l'auto di suo padre parcheggiata, di sicuro erano già dentro il ristorante. Senza contare che il rombo dei tuoni in lontananza minacciava di interrompere quella tregua dalla pioggia da un momento all'altro.

«Ti prego» lo implorò.

Era combattuto, ma alla fine le passò un braccio dietro le spalle. «Andiamo, ma facciamo presto.»

Fecero dietrofront, e mentre risalivano Corso Umberto Jenny non poté fare a meno di punzecchiarlo.

«Dopotutto, a te il ritardo non dà fastidio. Sopporti stoicamente i miei da mesi. Per una volta sarai tu a farti attendere.» Christian piegò il collo di lato per guardarla e lei notò che stava tenendo a freno un sorriso. Lo pungolò con un gomito.

«Avanti, so tutto!»

Lui guardò dritto davanti a se, una mano in tasca e l'altro braccio a cingerle le spalle, il sorriso che ancora aleggiava sulle labbra.

«Regina ti ha spifferato tutto» lo pungolò Jenny, «me l'hai fatta sotto il naso per tutti questi mesi!»

Lui la baciò sui capelli mentre rafforzava la stretta. «Perché toglierti quel divertimento?»

«Divertimento? Mi hai fatta uscire di testa con il tuo stoicismo! Sai che all'inizio pensavo non provassi poi tutto questo entusiasmo all'idea di vedermi?»

«Non ho mai provato entusiasmo all'idea di separarmi da te, mia piccola sbadata. Ma adesso raccontami cos'è successo oggi» la incitò mentre camminavano svelti.

Lei esitò. «Samantha.»

«Samantha? Quella che lavorava per la nostra agenzia?»

«E che tu hai licenziato a causa mia.»

«A causa *sua*, vorrai dire. Non ho licenziato nessuno che non lo meritasse, e tu questo lo sai meglio di me.»

«Però tutti mi vedono come la spiona che ha tradito i propri colleghi e si è fatta strada grazie al nuovo capo.»

«Le telecamere hanno fatto la spia, non tu. Loro sapevano bene che ve ne fosse una in ogni ufficio, ma hanno comunque continuato a farsi gli affari propri. Ma che c'entra adesso tutto questo con il tuo anello?»

Jenny non gli rispose, avanzò spedita fino al tombino incriminato.

«Quello è il tacco della tua scarpa?» domandò Christian torcendo le labbra. Jenny annuì mentre, piegata sulle gambe, scrutava il lastricato.

«Santo cielo, mi ricorda una scena già vissuta...» Tacque quando lei gli lanciò un'occhiataccia carica di sottintesi, e cambiò discorso. «Jenny, se davvero lo hai perso qua non lo troverai mai!»

Jenny estrasse il telefono dalla borsa, accese la luce e cominciò a illuminare nelle profondità oscure del chiusino, ma niente, nemmeno un luccichio. Frugò con le dita libere in ogni fessura tra i sanpietrini, raschiando finché non divenne nera e le si spezzò un'unghia, e intanto gli occhi le si appannavano sempre più per le lacrime che cercava di trattenere. Christian l'afferrò per le braccia, e tirandola in piedi la strinse contro il petto.

«Jenny, lascia stare quell'anello. Il nostro amore è più importante di qualsiasi oggetto prezioso.»

«Sì, però per me è importante anche quell'anello, perché è legato al ricordo di quella sera... di noi. Nemmeno un mese che lo porto al dito e l'ho già perso, ma che razza di persona sono se non so prendermi cura delle cose a me care?»

«Te ne regalo uno identico.» Accompagnò le parole a una tenera carezza. «Ma ora dimmi cosa ti ha davvero stravolta, perché è chiaro che non si tratta solo dell'anello.»

Alla fine Jenny gli raccontò tutto dell'incontro con Samantha e del veleno che le aveva riversato addosso. Tutto a parte il riferimento alla sua ex. Sarebbe stato troppo imbarazzante.

«Quella donna è instabile» commentò lui, incupito. «Jenny, tu per me sei la cosa più importante, la più bella che mi sia capitata. Lascia stare chi parla solo per invidia.»

Jenny tirò su con il naso. La campana batté otto rintocchi.

«Santo cielo, siamo in ritardo! I nostri genitori ci stanno aspettando, e non oso immaginare cosa potrebbe accadere lasciando le nostre mamme da sole! Andiamo!» Un'ultima occhiata di traverso al tacco, e d'impulso gli diede un calcio, per poi pentirsene. «Ohi, che male!»

Christian fece una risata e le porse la mano. «Sì, andiamo, ma non riesco a immaginare cosa potrebbe mai accadere di brutto fra le nostre mamme.»

«Oh, prova a lavorare di fantasia, e poi moltiplica la cosa peggiore che ti viene in mente!»

Jenny allungò una mano ma notando quanto fosse sporca la ritrasse immediatamente. Christian la afferrò con tenerezza e si chinò a baciarla. E il tempo si fermò, le loro madri scomparvero e lei si perse e ritrovò in quello sguardo d'acciaio che aveva sempre il potere di cancellare il senso d'inadeguatezza dalla sua mente.

«Smettila di pensare, Jenny. Respira e pensa soltanto a questo: io ti amo, niente e nessuno potrà mai cambiare questo fatto, mi hai capito?»

Jenny pensò che i propri occhi dovessero aver assunto la forma di un cuoricino. Lui non le diceva tanto spesso quelle due paroline, non era un uomo sdolcinato, ma ogni volta che lo faceva aveva il potere di portarla su una nuvoletta argentata, cancellando tristezze e pensieri negativi. Sapeva usare le parole e trovare sempre il momento giusto in cui dirle. E in quel momento, erano perfette. Il suo amore e il suo conforto erano tutto ciò che le serviva per sentirsi meglio.

«Dillo ancora una volta, e non avrò bisogno di nient'altro per essere felice.»

«Ti amo da impazzire, piccola sbadata.»

Capitolo 20

(Sei nell'anima – Gianna Nannini)
Vado punto e a capo così,
spegnerò le luci e da qui sparirai
pochi attimi, oltre questa nebbia, oltre il temporale
c'è una notte lunga e limpida, finirà.

Le due coppie di genitori avevano già provveduto alle presentazioni. La bottiglia di vino bianco sul tavolo in mezzo ai due uomini, dimezzata, suggerì si fossero già messi a loro agio.

Mio padre e Giacomo Visconti stavano discorrendo allegramente quando la giovane coppia li raggiunse, invece le donne sembravano misurarsi a distanza con occhio critico, la tensione tra loro ben visibile.

«Scusate il ritardo. Sono mortificato, ma una questione importante ha richiesto la nostra presenza» esordì Christian mentre li raggiungeva. Jenny lo seguiva con la mano stretta alla sua.

Il sorriso abbandonò il viso di Giacomo che, zelante, gli andò incontro. «Nulla di grave, spero.»

«No, no, tranquillo. Sedete pure. Lorenzo, Caterina» salutò rivolgendo un sorriso affettuoso a entrambi, che ricambiarono.

«Ci hai fatti preoccupare» commentò invece Luisa con biasimo. «Avresti potuto almeno avvertire, mezz'ora di ritardo non è cosa da poco. Sembra che tu abbia dimenticato le buone maniere da quando hai...» Tacque, serrando le labbra. Rivolse un'occhiata furente a Jenny, poi la spostò su Caterina che si era di colpo irrigidita. «Hai assunto il ruolo di tuo padre all'interno dell'agenzia.»

Era evidente si trattasse solo di una scusa e che la sua rabbia fosse rivolta altrove, ma per quieto vivere i presenti evitarono di aggiungere commenti. Mamma la guardò di traverso, e Jenny fu certa che quella mezz'ora fosse stata sufficiente a persuaderla circa l'anima nera della donna.

Intanto Giacomo si avvicinò a Jenny per baciarle le guance. Quell'uomo riusciva sempre a tranquillizzarla con i suoi modi gentili.

«Mia cara» teneva ancora le mani di mia sorella fra le sue, fronteggiandola con affetto, «Christian ci ha detto che sei stata fuori per un'altra delle tue interviste. Dimmi, quale posto stupendo hai scovato questa volta?»

«Suvvia Giacomo, non siamo qui per parlare di lavoro» lo ammonì la moglie mentre tormentava il tovagliolo con la mano destra.

«Luisa non parliamo di lavoro, ma di vacanze. La nostra Jenny ha sempre qualche bel posticino da consigliarci.»

Sciogliendosi dalla presa del futuro suocero, Jenny notò tre posti liberi a tavola e se ne domandò il perché; i nostri genitori avevano occupato un lato del tavolo e quelli di Christian la parte opposta, fronteggiandosi e lasciando liberi i due posti a capotavola – di cui uno non apparecchiato – e gli estremi sulla sinistra. *Strano*, si disse, ma senza fare commenti al riguardo prese posto nell'angolo, accanto a sua madre, mentre Christian occupò quello a capotavola vicino a lei.

Jenny fissò, distratta, il piatto davanti a sé.

«Jenny? Ti sei imbambolata?» Il richiamo di Christian la ridestò. Sbatté le ciglia e notò che Giacomo ancora la stava fissando con aspettativa.

Si schiarì la voce.

«Sì, questa volta si tratta di una Spa con una fonte termale. Un luogo incantevole. L'ho consigliata anche ai miei genitori.» Una breve pausa durante la quale sorrise al loro cenno incoraggiante. «Quando io e Christian partiremo per il viaggio di nozze, loro potrebbero approfittarne per una vacanza rilassante.»

Luisa fece una smorfia, invece Giacomo non esitò a mostrare entusiasmo.

«Bene, è una splendida idea!»

«In effetti, dovremmo iniziare a pensare anche al nostro viaggio di nozze.» Christian coprì con la mano quella di Jenny. «Magari all'estero, in un villaggio turistico. Oppure una crociera. Che ne dici, Jenny?»

Jenny si sforzò di ignorare il disappunto di Luisa. «Dico che forse stiamo partendo dalla fine. Dovremmo pensare a ciò che viene prima, non credi?»

«Come ad esempio dove andrete a vivere» suggerì *mamma t-rex*. «Non penserai di portarla nella dependance, vero?»

«No mamma, non vivremo là dopo il matrimonio. Sai bene che quella per me è una sistemazione temporanea.»

«Già, pur di non vivere fra le mura domestiche, qualche anno fa si è trasferito nella dependance dall'altra parte del giardino.» Luisa parlò con voce stentorea senza rivolgersi a nessuno in particolare. «Mio figlio ha sempre amato la propria indipendenza, e tuttavia è rimasto ben attaccato alla propria famiglia. La dependance fu la scelta migliore per lui. Poteva portarvi le sue conquiste senza però farle accedere dalla porta principale.» Un breve, sadico risolino accompagnò l'infelice uscita che aveva messo tutti a disagio.

Primo colpo assestato, pensò Jenny desiderando più d'ogni altra cosa cancellarle quel ghigno soddisfatto.

Mamma rivolse alla donna un'occhiata malevola, e solo

la mano di mio padre che cercò la sua per una stretta d'ammonimento, la dissuase dal replicare.

«Jenny, cara, dopo il matrimonio non intenderai proseguire con il tuo lavoro nomade, spero» proseguì imperterrita la mostruosa futura suocera. «Non si addice a una donna sposata. Anche tua madre converrà con me su questo, vero Caterina? Una donna come lei, che ha cresciuto con le sue sole forze ben cinque figli, non approverà una giovane sposa che pensa a girare in lungo e in largo invece di metter su famiglia e accudire la prole.»

«Al contrario, Luisa.» Mamma le rifilò un artificioso sorriso. «Proprio perché ho vissuto sempre entro i confini di questo promontorio, incito le mie figlie a volare alto. Se Jenny ama questo lavoro che le permette di viaggiare, che lo faccia! C'è tempo per metter su famiglia.»

«La penso allo stesso modo» intervenne Christian. «Mi sta bene qualsiasi cosa sceglierà di fare, purché sia felice. Con me. E comunque, io potrei accompagnarla spesso e volentieri.» Strizzò l'occhio alla mia sorellina, ma Luisa non perdeva un colpo.

«Nella vita non esiste solo la felicità! Con il tempo, quando la passione dei primi tempi scemerà, potrebbe sparire anche quella. Servono delle basi solide, e stare lontani a causa di continui viaggi di lavoro non aiuta a gettarle.»

L'attenzione di tutti si appuntò prima su Luisa con aria severa, poi su Jenny, stavolta con un'aria ben più compassionevole. Jenny prese il calice di vino davanti a sé e lo scolò tutto d'un fiato, suscitando in *mamma t-rex* una smorfia. Ma tanto tutto quello che faceva o diceva sarebbe stato criticato da quella iena, quindi perché preoccuparsene? Posò il calice vuoto sul tavolo e prese il tovagliolo per forbirsi le labbra, che poi pose alla destra del piatto. Con la mano sinistra afferrò il coltello e ve lo allineò sopra, assorta da quella semplice distrazione.

«Jenny, dov'è il tuo anello di fidanzamento?» Il tono imperioso della donna le graffiò le orecchie.

Jenny dischiuse le labbra, la mente al lavoro per trovare una valida giustificazione senza dover ammettere che...

«A stringere, perché le andava grande.» Christian giunse in suo soccorso, e lei ricambiò allacciando le dita alle sue.

Erano lì da appena dieci minuti, e già non sopportava più di starsene seduta a subire le critiche di quella donna cattiva. Si versò altro vino e ne bevve ancora un altro sorso sotto lo sguardo severo che non l'abbandonava un istante, mentre gli uomini discorrevano per i fatti loro.

«Una donna non dovrebbe bere così tanto, non è elegante» sibilò Luisa. «Chanel non beve, è astemia. Una ragazza di gran classe.»

«Io invece ritengo che una donna non sia elegante quando critica le abitudini altrui» intervenne mamma, la voce secca come uno schiocco di frusta. Gli sguardi di entrambe si allacciarono in una silente sfida.

«Scusatemi, dovrei andare in bagno a lavarmi le mani.» Jenny tirò indietro la sedia e si alzò.

«Ma sta arrivando il cameriere per prendere le ordinazioni» obiettò Luisa. «Non possiamo rimandare ancora o faremo notte in questo posto. È già piuttosto affollato.»

«Ci penserà Christian a ordinare per lei» propose mamma con un'occhiata di fuoco. «Sono certa che conosca i suoi gusti meglio di chiunque altro.»

Jenny posò una mano sulla spalla di Christian, che la prese per sfiorarla con le labbra, quindi lasciò la sala.

Mentre raggiungeva l'ingresso a testa bassa per uscire a respirare dell'aria fresca, andò a sbattere contro un corpo avvolto in una giacca rossa. Fece per scusarsi, ma due iridi celesti la fissarono con irritazione.

«Faccia attenzione a dove va!»

«Mi scusi, ero distratta, non l'ho vista.»

L'altra le passò accanto sfiorandole un braccio e proseguì, lasciando dietro di sé l'intensa scia di un profumo che lei conosceva bene, poiché Christian gliel'aveva regalato per il compleanno.

J'adore, pensò Jenny inalando la fragranza che mal si confaceva a tanta freddezza, perdendosi per un momento nel ricordo del respiro di Christian sul suo collo, mentre le sussurrava quanto amasse quell'odore sulla sua pelle.

Cambiò idea, e invece di uscire fuori corse in bagno; appoggiò entrambe le mani sul lavandino e prese dei respiri profondi per calmarsi. Non poteva farcela, si disse, invocando una forza superiore che giungesse in suo aiuto. Quella giornata era stata un vero incubo, sembrava impossibile quel susseguirsi di sventure tutte in solo giorno. Le offese di Samantha, la perdita del prezioso anello di fidanzamento, l'incalzante attacco di quella donna che non perdeva occasione per ribadire quanto fosse inadatta a suo figlio, umiliandola anche di fronte ai suoi genitori. Respirò ancora, poi si guardò allo specchio.

«Avanti Jenny, puoi farcela. Ormai il peggio è passato, cos'altro può succedere ancora?» Fissò la propria immagine riflessa e pensò a quanto miserabile fosse il suo aspetto, con il trucco sbavato e i capelli scuri scompigliati intorno al viso. Per non parlare dell'abbigliamento; alla fine aveva optato per un pantalone nero sotto a un lupetto verde brillante, arricchito da una sciarpina di seta degli stessi colori donatale da Beky per il compleanno. «E adesso parli anche da sola, devi essere messa davvero male» borbottò mentre cercava di darsi una rassettata.

Lavò bene le mani cercando di raschiare via lo sporco da sotto le unghie, e dopo un profondo respiro s'affrettò a tornare nella sala a passo di carica. Appena svoltato l'angolo si sentì afferrare il braccio da una mano; si trovò a fronteggiare il viso di Christian, che la tirò in disparte.

«Christian! Che ci fai qui? Ti senti bene? Devi andare in bagno?» Era strano, pareva turbato.

Christian si lanciò un'occhiata alle spalle, poi tornò a

fissare lei. «Ascolta, devo prepararti. Mia madre ha…»
«Christian» lo interruppe con veemenza. «Sì, tua madre ha esagerato, lei mi odia, ti avevo avvertito, ma non mi importa, non mi lascerò scoraggiare né reagirò ai suoi attacchi, te lo prometto.»
Christian si addolcì. «Lei non ti odia, te l'ho già detto, è solo…» accennò un sorrisino di scuse; era come se non riuscisse a trovare le parole giuste per definirla.
«Tranquillo, andiamo adesso.»
«Jenny, aspetta. Si tratta di Chanel. Lei...»
Nell'udire quel nome dalle labbra di Christian, così serio in volto, Jenny si sentì trafiggere. Alzò una mano in aria per zittirlo. «Christian, ti prego. Questa sera non potrei reggere una confessione sulla tua ex. Non ora che devo affrontare tua madre!»
Senza lasciargli tempo per replicare si avviò al tavolo. Si bloccò nel vedere la donna bionda e sprezzante con la quale si era scontrata poco prima, seduta nel posto vuoto di fronte al suo. Aggirando il tavolo al rallentatore guadagnò la propria sedia e vi posò con cautela una mano, senza smettere di sbirciare l'intrusa che, in quel momento, sollevò su di lei un'espressione identica a quella di Luisa. Cattiveria pura.
Santo cielo, avrebbero potuto essere madre e figlia, pensò preoccupata. La mano di Christian le si posò alla base della vita come a darle conforto, ma Jenny non riusciva a distogliere lo sguardo dall'intrusa seduta a tavola.
Ci pensò Luisa a chiarire con maligna soddisfazione. «Oh, Jenny, lascia che ti presenti Chanel!»
La testa di Jenny scattò in direzione di Christian, che bisbigliò: «Ho provato ad avvertirti.»
Col sedere incollato alla sedia, Chanel la squadrò da capo a piedi con aria critica. «Dunque sei tu Jenny.»
Jenny si rivolse invece a Luisa. «Perché lei è qui?»
Luisa scrollò le spalle. «Ti ho detto che Chanel è come

una figlia per me, lei fa parte della famiglia, mi sembrava giusto che vi conosceste.»

«Mamma! Questa sera ci siamo riuniti per pianificare i dettagli del matrimonio, non credo che a Chanel interessino queste cose né che la sua presenza sia opportuna.» La voce di Christian conteneva una chiara nota di rimprovero che non sfuggì a nessuno dei presenti, i quali ammutolirono.

Tutti, tranne mamma, che con fare ingenuo chiese: «Non ho ancora compreso, Christian, Chanel è per caso una tua cugina?»

Christian si irrigidì, e Luisa rispose per lui.

«Oh no, Chanel era la fidanzata di Christian» dichiarò con solennità, tutta impettita per l'orgoglio di presentare una così eccezionale ragazza. «La loro storia è finita poco prima dell'inizio di quella tra Christian e Jenny. Un gran dolore per me.» Sottolineò tale affermazione portandosi la mano sinistra all'altezza del cuore, mentre con la destra posava una carezza sulla spalla di Chanel. «Lei è come una figlia, perciò ho pensato di presentarvi.»

A Jenny parve mancare la terra sotto ai piedi per lo sgomento, mentre osservava l'espressione congestionata di mamma. Quest'ultima, che a detta di nostro padre era stata capace di rovesciare un sacchetto di uova sulla testa di una donna che aveva biasimato Angelica dopo la rottura con Flavio, sarebbe stata capace di rovesciare addosso al *t-rex* il tavolo intero.

«Con tutto il rispetto per te, mia cara» intervenne Giacomo rivolto a Chanel, «non credo sia stata una buona idea, Luisa. Dopotutto questa cena è in onore di Christian e Jenny, e invitando Chanel potresti aver messo in imbarazzo sia lei che loro.»

«Oh, no, nessun imbarazzo per me» rispose Chanel con quella sua odiosa voce soave, ben diversa da quella usata poco prima per inveire contro Jenny. «Anzi, non vedevo l'ora di conoscere Jenny. Quando Luisa mi ha detto che questa sera sareste venuti qui a cena, ho pensato di fare un salto. Auspico di non aver creato disturbo.» Il suo sguardo calcolatore si posò prima su Christian, per poi scivolare sui nostri genitori.

Auspico. Quei modi stucchevoli le diedero il voltastomaco.

«Ah, no, questo è troppo» protestò mamma spostando rumorosamente la sedia mentre si sollevava. «Non hai fatto altro che offendere mia figlia da quando siamo arrivati, ma addirittura la ex a tavola no, questo non lo accetto.»

Luisa si portò una mano al petto con indignazione. «Caterina, ma come puoi dire una cosa del genere! Io non ho mai offeso tua figlia!»

«Il solo sbatterle in faccia la ex del suo fidanzato è una mancanza di rispetto bella e buona! Dovresti vergognarti. Hai un figlio, ma in quanto ai doveri di una brava madre hai ancora molto da imparare.» La mascella di Luisa parve toccare il pavimento, ma mamma proseguì mentre infilava il cappotto con rapidi scatti.

«Arrivata a quest'età, però, dubito che imparerai mai ad anteporre il bene di tuo figlio al tuo, e con questo non abbiamo più nulla da dirci.»

«Giacomo!» urlò Luisa avvinghiandosi al suo braccio. «Ma l'hai sentita? Non dici nulla?»

Il marito scambiò uno sguardo con suo figlio e poi con mio padre, e si guardò bene dal rispondere, limitandosi a scuotere la testa.

Mamma proseguì. «Perdonami Christian, ma questa cosa proprio non la accetto. Jenny» le afferrò una mano con affetto, ma la sua voce non perse quella nota furente. «Tu sei libera di fare quello che vuoi, ma io non resterò qui a pianificare i dettagli del matrimonio di mia figlia con una donna che non solo non lo accetta, ma cerca in tutti i modi di sabotarlo.»

L'indignazione di Luisa raggiunse il picco. «Adesso

comprendo da chi abbia preso Jenny i modi sgarbati.»
«Mia figlia sgarbata?» Caterina si guardò intorno in cerca di qualcosa da lanciarle, ma babbo le afferrò le braccia per calmarla.
«Mamma, falla finita!» l'ammonì Christian, mentre Jenny, troppo sconvolta, non riusciva ad aprire bocca. Sentiva su di sé lo sguardo avverso di Chanel e Luisa e quello commiserante di chi stava assistendo al pietoso spettacolo; dei lucciconi le si incastrarono fra le ciglia e un nodo le occluse la gola. Tutto ciò che desiderava era lasciare quel posto il prima possibile.

Come da dentro una bolla guardò Giacomo e nostro padre scambiarsi un veloce saluto, entrambi mortificati per come si fosse evoluta la situazione, poi ricambiò con un cenno della testa il saluto dei genitori che lasciavano il ristorante. Era immobile, una statua di sale, e solo quando Christian le passò un braccio attorno alle spalle si rese conto di star tremando.

«Questa volta ci sei andata giù pesante, mamma. E tu» Christian si rivolse a Chanel con maggior asprezza, «avresti potuto risparmiarti di venire qui stasera. Devi metterti in testa una volta per tutte che non farai mai davvero parte di questa famiglia. *Mai*! Anche noi ce ne andiamo. Babbo, voi tre potete proseguire la serata da soli.» Prese il cappotto di Jenny e la sospinse verso l'uscita, scusandosi con il proprietario del locale che aveva assistito alla scena con due vassoi di calamari fritti, insalata e patatine tra le mani.

«Chris?» La voce di Chanel li raggiunse quand'erano già nei pressi della porta, inducendoli a voltarsi. «Potevi scegliertela con maggiore personalità. È deludente.»

Jenny sentì il sangue rivoltarsi nelle vene.

Christian serrò la mascella. «Tu, Chanel, ti sei rivelata deludente. Grazie al cielo l'ho capito prima che fosse troppo tardi.»

Jenny cercò di sciogliersi dalla sua stretta, ma lui continuò a sospingerla verso l'uscita.

«Lasciami dire solo due cosette alla tua ex perfettina» sbraitò contro il viso.

Christian sibilò a denti stretti: «Jenny lascia perdere, non diamo ulteriore spettacolo.»

«Ma hai sentito cos'ha detto di me? Ho lasciato passare le offese di tua madre, ma anche quelle della tua ex, no davvero!»

«Che t'importa di cosa dice o pensa Chanel?»

Jenny si sollevò sulle punte per sopperire alla differenza di statura e si sporse oltre la spalla di Christian. «Io sarò pure deludente, ma tu, che ancora non ti arrendi davanti all'evidenza, sei patetica!» urlò catturando l'attenzione di tutti i presenti.

«Jenny, basta, non abbassarti al suo livello» la rimproverò Christian mentre la spingeva fuori. Giunti all'esterno del ristorante l'afferrò per le braccia e, di fronte a lei, volle chiarire il punto: «Sei tu la mia fidanzata. Fra pochi mesi sarai mia moglie, lei non conta niente per me. Potrà anche spalleggiare mia madre, ma non le rimane nient'altro.»

Jenny si liberò dalla sua salda presa con uno strattone e indietreggiò di qualche passo. «Fa male! Dover sempre sentirsi dare dell'inadeguata, dell'arrampicatrice, deludente ragazzina, fa male, Christian! Per anni sono stata la goffa, incapace e anonima dipendente di un'agenzia pubblicitaria, l'ingenua sognatrice che a vent'anni suonati guardava ancora i cartoni della Disney e sognava di essere salvata da un principe, come Belle. Venivo derisa ma che m'importava, dicevo. Tanto prima o poi avrei avuto il mio momento di rivalsa!» La sua voce s'incrinò e il pianto ebbe la meglio. «Pensavo fosse arrivato, ma mi ero solo illusa, perché io il mio lieto fine non lo avrò mai!»

«Jenny, non esagerare adesso. Io sono ancora qui.»

«Per adesso! Finché anche tu non ti renderai conto quanto io sia deludente. Forse a te, nella tua vita perfetta non sarà mai capitato di essere trattato con sufficienza, ma a me succede di continuo! Giusto oggi lo ha fatto Samantha, poi tua madre e ora lei, che nemmeno mi conosce! Ma cosa ho mai fatto di male a queste persone, perché mi odiano tanto?» Il suo petto fu scosso dai singhiozzi e la voce le si spezzò, scemando in un gemito disperato.

Tutto il suo dolore si riflesse negli occhi di Christian.

«Jenny, ascoltami.» Fece un passo verso di lei, che subito arretrò mettendo le mani avanti per bloccarlo.

«No Christian, non è così che voglio iniziare la nostra vita insieme. Non posso, mi dispiace.»

Spiazzato, la osservò con attenzione. «Che intendi dire con questo?»

«Che non possiamo sposarci.»

Si piazzò le mani sui fianchi. «Stai scherzando, vero?»

Jenny tirò su col naso e raddrizzò le spalle. Si fronteggiarono alcuni istanti, poi lui si passò le mani tra i capelli e mosse alcuni passi fino a fermarsi a pochi centimetri da lei, che sostenne il suo sguardo col volto segnato dal dolore.

«Ti stai tirando indietro solo perché mia madre non ti ha accettata e la mia ex non si è rassegnata all'idea di avermi perduto per sempre? Tu per questo butteresti via... *noi*?» Incredulità e rabbia trasparivano in maniera inequivocabile.

«Devi sistemare le cose con tua madre e con Chanel. Dopo che avrai fatto chiarezza, forse, potremo riparlare... di noi.»

Lui la scrutò a fondo. «Fare chiarezza? Su cosa? Jenny, ma sei seria? Mi stai lasciando?»

Jenny deglutì, abbassò lo sguardo e gli diede le spalle. «Portami a casa, ti prego.»

«No, Jenny, non te lo permetto! E non ti porto da nessuna parte! È incredibile, questa sera è iniziata per discutere dei dettagli del nostro matrimonio, e finisce con te che mi lasci? Perché?» Alzò la voce e le braccia al cielo, ma lei non rispose, continuò a dargli le spalle, scosse da un tremore appena percettibile. Con due passi la superò e le si piazzò davanti, reclamando la sua attenzione.

«Jenny, guardarmi. Avanti! Appena un'ora fa stavamo cercando il tuo anello di fidanzamento, eri disperata per averlo perduto, per ciò che rappresenta per te! Un oggetto, niente più. Adesso butti via così la nostra storia? Io non ti capisco. Hai accettato di sposarmi perché mi ami, e sai che io amo te, cos'è cambiato?»

Jenny scosse la testa dapprima debolmente, poi con maggior vigore. «Non possiamo farlo! Non ora! Lo vedi, anche l'anello che ho perso, quello è un segno! Io non sarò mai accettata da tua madre, il vostro rapporto finirebbe per raffreddarsi, e io non voglio...»

«Stronzate!» urlò lui, e con rapidità la trasse a sé. «Sai quanto me che siamo fatti per stare insieme, la sera stessa in cui ci siamo conosciuti abbiamo avvertito la stessa scossa, lo abbiamo subito capito! Non me ne frega un cazzo degli altri, proprio niente! Non vuoi sposarmi? Va bene, non lo faremo. Andiamo a vivere insieme. Domani stesso iniziamo a cercare una casa dove potremo stare solo tu e io, al diavolo tutto il resto!» Le posò una mano dietro la nuca e la trasse a sé fino ad appoggiare la fronte contro la sua. «Non abbiamo bisogno di niente e di nessuno. Solo noi, contro il mondo, se serve. Io ti amo, mia dolce testarda, piccola sbadata, e non ho alcuna intenzione di lasciarti andar via dalla mia vita. Non lo farò mai.» La strinse forte a sé, e lei si lasciò andare al suo abbraccio, cingendogli le braccia intorno alla vita mentre singhiozzava.

«Ti amo tanto, Christian, così tanto da stare male perché a volte penso ancora di non meritarti, che sia solo un sogno, e quando ricevo quegli insulti questi pensieri diventano certezze.»

«Non pensare più a delle simili sciocchezze, promettimelo.»

«Mm. Andiamo via di qui, ti prego.»

Lui la guardò in tralice, consapevole che non sarebbe riuscito a strapparle alcuna promessa, quella sera. Ma andava bene così. Era sconvolta, ma dopotutto era riuscito a calmarla. Il loro amore era più forte di qualsiasi cattiveria o insicurezza, di questo ne era sicuro. Avrebbero superato ogni difficoltà, l'indomani avrebbe ripreso il discorso, certo che l'avrebbe trovata più tranquilla. Si sentiva lacerare alla vista della donna che amava in quello stato, e provò una collera mai avvertita prima nei confronti di tutte le persone che l'avevano resa tanto insicura. Aveva faticato per acquistare l'autostima, ed era bastato un giorno per gettarla di nuovo nello sconforto più totale.

Presero a camminare, abbracciati, quando lo stomaco di Christian gorgogliò. Piegò la testa verso di lei e in un sussurro le disse: «Comunque io avrei fame. Che ne diresti di una pizza?»

«Ho fame anche io» ammise lei, strofinandosi il naso. «E quella frittura di patatine e calamari mi è rimasta in gola.»

«Sai, è quello che avevo ordinato per te come seconda portata, oltre a un mix di antipasti freddi e risotto gamberi e limone.»

Il volto di Jenny si aprì in un'espressione sognante. «Tu sì che mi conosci!»

«Ne dubitavi? Nessuno ti conoscerà mai meglio di me, Jenny, non dimenticarlo mai. La tua contorta testolina è come una limpida bolla di cristallo, riesco a carpire tutto ciò che vi si cela dentro.»

«Dovrò fare attenzione a nascondere bene i miei segreti, allora!»

«Tu non ne hai con me» le sussurrò contro la guancia con estrema convinzione. Avvertiva nei suoi confronti un impellente istinto di protezione e possesso, oltre a un amore smisurato. «Io sono stato il tuo primo uomo e resterò l'unico, per sempre, ricordatelo ogni volta che ti sentirai in vena di fare capricci, o di farmi venire un attacco di crepacuore come poco fa. Te lo dissi al matrimonio di tuo fratello, e te le ribadisco adesso: ormai non ti lascio andare da nessuna parte.»

Passando davanti al gazebo di una pizzeria, Jenny sentì chiamare il proprio nome da una voce familiare. Entrambi si guardarono intorno incuriositi.

«Ehi, Jenny, sono qui!»

Seguendo il suono di quella voce, Jenny vide Enrico alzarsi dalla sedia davanti a un tavolo apparecchiato per uno.

«Che piacere rivederti, Jenny. Sei raggiante, come stai?»

«Enrico, che sorpresa.» Il suo tono fu ben più distaccato, e il sorriso di circostanza. «Erano mesi che non ti si vedeva in giro. Ti trovo bene, sei dimagrito.»

«Be', sì» si grattò una guancia coperta da ispida barba rossiccia. «Ho trovato lavoro presso una ditta di traslochi, sono sempre fuori. Faccio movimento, non sto più tutto il giorno seduto.»

«Christian, ricordi Enrico? Faceva la guardia giurata nella tua azienda.»

«Certo, come no.» Lo trattò con distacco, senza nemmeno sforzarsi di apparire amichevole.

Enrico fece un rispettoso cenno con la testa. «Buonasera.»

«Sei qui da solo?» Jenny lo domandò più per cortesia che per interesse.

«In realtà, sto aspettando Samantha.» E qui la sua espressione si inorgoglì; quella di Jenny, invece, si incupì. «Sai, stiamo ancora insieme.»

Jenny era basita. «Tu stai con Samantha? Dici davvero?»

«Certo.» Enrico, adesso, sembrava offeso. «Lo dici come se fosse una cosa assurda.»

«Oh, no, no davvero! E state per sposarvi?»

Da offeso divenne imbarazzato. Agitò le mani davanti

a sé. «No, certo che no. Stiamo insieme da pochi mesi, è troppo presto, non siamo ancora a quel punto.»
«Permettimi di dissentire» intervenne stavolta Christian. «Quando due anime gemelle si incontrano, capiscono subito di essere destinate l'una all'altra. Il tempo non conta. Anzi, si ferma.» Passò un braccio attorno alle spalle di Jenny e le posò un bacio sulle labbra, prima di tornare a rivolgersi a lui. «È per questo che noi presto ci sposeremo.»
Il volto di Enrico divenne paonazzo. «Oh, congratulazioni.»
Dunque, pensò Jenny, la storia che Samantha le aveva propinato era una bufala. Chissà cos'altro si era inventata quel pomeriggio... Sempre che non fosse lui, quello che stava mentendo.
«E dimmi, Enrico, sei qui a cena con lei, questa sera? Perché io non la vedo.» Si dondolò sulle punte per guardarsi attorno.
«In realtà sto aspettando che finisca il turno. Lavora qui come cameriera, così a volte mi fermo a mangiare qualcosa per poter rubare qualche minuto del suo tempo, prima che stacchi.»
Jenny fu colpita da un terremoto di stupore e sadica soddisfazione. Già pregustava la sua vendetta. «Mi stai dicendo che lei lavora come cameriera, e tu come traslocatore?»
Enrico fece spallucce e si mise sulla difensiva. «Perché, che male c'è? Lavoriamo onestamente, e ci vogliamo bene.»
Jenny ignorò quest'ultimo commento, anche se dubitava che quella donna potesse voler bene a qualcuno. «Quindi non è una stilista e nemmeno la proprietaria di una boutique nel corso che vende le sue creazioni?»
«Ma che sciocchezze dici, Jenny? Certo che no! In un paio di negozi del corso va a fare le pulizie durante la chiusura pomeridiana.»

Jenny sbottò in una risata isterica che lasciò tutti stupefatti.

Giusto in quel momento la porta del locale si aprì e ne uscì proprio *lei*, un piatto che strabordava di spaghetti al pomodoro in una mano, e un boccale di vino nell'altra. Si diresse spedita verso il tavolo di Enrico, ma appena il suo sguardo si posò sulla coppia che parlava con lui nei pressi della struttura del gazebo, si bloccò, e quasi rovesciò il piatto. Con evidente impaccio posò tutto sul tavolo e si affrettò a voltarsi per correre al riparo della cucina.

«Samantha! Cos'è, adesso non hai un attimo per me?» le urlò dietro Jenny in tono caustico.

La ragazza si fermò all'istante, e piroettando su un piede si voltò ad affrontarla con un piglio di superiorità. «A dire il vero, no, non ho un attimo per te. Tu non meriti il mio tempo.»

Indossava lo stesso abbigliamento di quel pomeriggio, cui era andato ad aggiungersi un grembiule bianco con il logo del locale stampato sopra.

«Ma davvero? Eppure, oggi avrei giurato il contrario. Ti sei presa tutto il tempo che ti andava per sbattermi in faccia il tuo imminente matrimonio da favola con un pubblicitario di successo, la tua fantastica carriera…» fece una smorfia, «la proprietaria di una boutique piena delle tue creazioni, una stella nascente dell'alta moda, nientemeno. Ti sei presa tutto il tempo di offendermi e umiliarmi, ancora una volta, mentre facevi le pulizie in quel negozio, e prima di correre qui a fare la cameriera.»

Le iridi di Samantha lanciavano saette, mentre Enrico guardava sbigottito dall'una all'altra e Christian ascoltava con la mano ancorata intorno alla vita di Jenny, che proseguì imperterrita.

«Di cosa ti vergognavi di più? Del tuo lavoro o del tuo uomo? Perché vedi, non c'è stato un briciolo di verità in quello che mi hai detto, e io ti ho ascoltata senza ribattere,

come una scema!»
«Ti ho già detto che è per colpa tua se mi sono ridotta così! Avresti gongolato come stai facendo adesso» si difese Samantha sfoggiando il suo lato più malevolo.
Enrico parve trasecolare. «Sam, ma è la verità?»
Samantha lo ignorò e continuò a fissare lei con risentimento.
Jenny scosse la testa, amareggiata. «Se mi avessi detto la verità non ti avrei mai umiliata come tu hai fatto con me. Ogni lavoro, anche il più umile, è onorevole, ma a quanto pare non è quello che pensi tu, se hai dovuto mentire per sentirti superiore a me. *Se* avessi saputo la verità» stavolta impresse maggior enfasi, «non mi sarei precipitata fuori, sotto la pioggia, demolita dalle tue parole, rompendo il tacco in un tombino e perdendo così il mio prezioso anello di fidanzamento! Vedi, questa serata è stata una merda, e lo è stata soprattutto perché non ero nella giusta predisposizione d'animo per affrontarla con la dovuta calma. Non lo ero perché tu, questo pomeriggio, hai annientato le mie sicurezze e le mie buone intenzioni.» Mosse alcuni passi fino a portarsi a un braccio da lei, senza mai interrompere il contatto visivo attraverso le lenti di lei.

«*Se* non mi avessi offesa, avrei acquistato quel bellissimo abito e mi sarei sentita all'altezza della serata. Avrei risposto con il sorriso alle critiche che mi sono state rivolte, invece di sentirmi una pezzente inadatta e deludente. Ma questa serata finirà molto presto, e domani, al mio risveglio, sarà niente più di un brutto ricordo. Perché avrò ancora accanto a me il mio meraviglioso fidanzato. Perché presto andremo a vivere insieme e a marzo ci sposeremo. Perché avrò ancora il mio bellissimo lavoro, le mie sorelle a festeggiare con me nei momenti gioiosi e a consolarmi in quelli tristi. E la mia vita rimarrà serena come lo era questa mattina.»

Breve pausa durante la quale cercò lo sguardo di Christian, che le rivolse un cenno d'intesa.

«Ma tu, tu puoi dire lo stesso? Puoi dire che avermi scaricato addosso cattiverie e bugie, ti abbia resa più felice e realizzata?» Scosse la testa, continuando a fissare il pallore della donna davanti a sé mentre tutto attorno regnava il silenzio. «Io non credo proprio. Sarebbe bastato semplicemente tacere, una volta tanto. Ci saremmo risparmiate entrambe una triste umiliazione. Auguro buona vita a entrambi.»

Con queste parole tornò verso Christian, che riprese possesso del suo girovita prima di dire, a voce abbastanza alta da essere udito dagli altri due: «Andiamo amore mio, troviamo un posto dove proseguire la nostra serata.»

Insieme, abbracciati, si incamminarono lungo la piazza deserta. Jenny tirò un sospiro di sollievo, poi le sue spalle furono scosse da un tremito che via via si fece sempre più forte.

Christian sorrise conscio del buonumore della fidanzata. «Ti senti meglio, amore mio?»

«Oh, sì, molto meglio! Mi sento sollevata, ora che mi sono presa la mia rivincita! E adesso, andiamo nel nostro ristorante! Alla "Regina di Napoli" non avremo altre brutte soprese, ne sono certa.»

Capitolo 21

(Io di te non ho paura – Emma)
Io di te conosco appena le tue convinzioni
tu di me non sai che ti ritrovo in tutte le canzoni
io di te vorrei sapere in cosa sai mentire
tu di me non avrai mai segreti da scoprire

Le otto di mattina di sabato sette dicembre. La finestra del bagno era spalancata quando Beky vi entrò con gli occhi ancora appiccicati dal sonno, inducendola a pensare d'essersi appena inoltrata in un ghiacciaio.

«Regina, accidenti a te! Ma quando perderai questo vizio?»

Regina sbucò fuori dal vano della porta della camera da letto. Era già vestita di tutto punto e sembrava pronta a uscire. Beky le lasciò scivolare lo sguardo da capo a piedi con il labbro superiore sollevato.

Regina sistemò il colletto della camicia che sbucava da sotto lo scollo a v del maglioncino color tortora, poi si passò le mani lungo il pantalone grigio topo come la camicia con aria soddisfatta. «Forza, almeno l'aria fresca ti sveglierà, pigrona!»

«Tu hai fatto la doccia con il bagno caldo, e io dovrei rischiare una polmonite, secondo te?»

«È il vantaggio di alzarsi presto. Io sono già uscita per fare jogging, ho fatto la doccia, ripulito il bagno e letto il quotidiano.»

«Ma tu non sei umana, sorella.»
«Tu, invece, vedi di sbrigarti che abbiamo da fare.»
Beky ingobbì le spalle. «Cosa?»
«Sveglia! Ricordi che Pam si è fermata qui per un po'? Be', non ce la siamo filata di striscio per l'intera settimana, stamani passiamo a prenderla e la portiamo a fare colazione al "Bar Lume". Ci teneva tanto ad andarci con noi, potremmo passare del tempo insieme e mostrarle il nostro bel paesino.»

Beky di colpo si sentì una pessima persona. Presa com'era dai guai suoi e delle sue sorelle, si era dimenticata di lei che – tanto per precisare – non si era fatta sentire. Avvertì, però, un senso di colpa per aver trascurato l'amica, e all'istante si animò. «Hai ragione, in un lampo sono pronta.»

«Ci ha dato buca. Ma ti rendi conto?»
Regina scosse la testa, incredula quanto lei. «Non capisco davvero chi possa aver conosciuto qui, in così poco tempo.»
«Non è da lei. Fa tanto la trattenuta, e poi...» Beky non poteva passarci sopra. In nome del rimorso nei confronti di Pamela si era fatta in tutta velocità la doccia nel piccolo bagno al piano inferiore senza riscaldarlo a dovere, per caracollarsi insieme a Regina fino in paese – odiando come poche volte nella sua vita il fatto di abitare sulla Giannella – solo per scoprire, dopo aver domandato alla receptionist dell'"Hotel Bike & Boat Argentario" dove alloggiava, che non era in stanza.

«Pure tu, però, potevi avvertirla prima!»
Regina le lanciò un'occhiata torva. «Le ho mandato un messaggio alle sei e trenta. Prima di così... Non è colpa mia se non lo ha letto finché non le abbiamo telefonato.»

E dalla sua voce era subito apparso chiaro come l'aria che si era appena svegliata...

Beky serrò le labbra, scocciata. «Sai che c'è, la colazione ce la andiamo a fare solo tu e io. Ma prima facciamo un giro sul lungomare. Devo sbollire. Scoprirò con chi ha passato la notte, la nostra misteriosa amica.» Risoluta, inforcò gli occhiali da sole e s'infilò in bocca una gomma da masticare.

Appena il mare s'aprì dinanzi a lei, Beky abbassò il finestrino per lasciar entrare il profumo dell'aria pervasa dalla salsedine. Tirò la testa fuori per godersi quella sensazione di freschezza e spaziò lo sguardo verso il suo amato paese, tra i pennoni delle barche a vela ancorate lungo il pontile, che si stagliavano contro l'azzurro. Anche i pescherecci erano fermi in porto, ben fissati alle bitte di lato al camminamento per mezzo di spesse funi, beccheggianti sotto l'assalto del moto ondoso. Il tempo era in netto miglioramento; il vento di tramontana, quella notte, aveva spazzato via le nuvole lasciando un cielo terso, ma il mare conservava ancora i segni della burrasca, e a ogni ondata che andava a infrangersi contro gli scogli riversava alti spruzzi sul deserto marciapiede del lungomare.

Una brusca frenata le strappò un sussulto.

«Che cazzo fai? Mi hai fatto mordere la lingua!» Si tastò la punta della lingua con un dito, che si sporcò di sangue.

Ma Regina rimase rigida con le mani strette attorno al volante.

«Regina? T'è preso un ictus? Oh, ma sei fuori?»

Sembrava che avesse visto il diavolo in persona.

«Quello è Ivan.» Continuava a fissare accigliata davanti a sé.

Beky ne seguì lo sguardo, che si fermò poco più avanti, sulle strisce pedonali che spezzavano la fila dei parcheggi. C'era Ivan insieme a una mora da urlo, alta quasi quanto lui, slanciata e bella come poche, con quei lunghi capelli che incorniciavano un ovale perfetto. Si erano appena sciolti da un abbraccio e lui le aveva baciato la fronte con infinita tenerezza. Regina fumava di rabbia. Dietro di loro

esplose un colpo di clacson.
«Perché fai quella faccia?» indagò Beky con sospetto. In tutti quei mesi non aveva mai nominato Ivan, Regina lo aveva definito un capitolo chiuso. Lei pensava lo fosse davvero, e invece...
«Regina!» insisté, destandola dal torpore, e ancora quel clacson odioso intimò loro di muoversi.
«Basta, mi ha rotto questo.» Beky aprì lo sportello e mise un piede fuori, rivolgendosi al guidatore dell'auto dietro la loro. «Ehi, bello, se sei nervoso vai a farti una camomilla o qualcos'altro, invece di rompere le palle con quella mano!»
La risposta le giunse ovattata dall'interno dell'abitacolo: «Ragazzina, datti una calmata e togliti dai piedi.» L'uomo le fece cenno con la mano di procedere.
Beky gli inveì contro e sollevò in aria un braccio rivolgendogli il dito medio. «Sai che ci devi fare con quella mano? Nevrotico!»
Ritornò seduta e sbatté lo sportello con forza. Si voltò verso Regina con noncuranza, e la trovò a fissarla allibita.
«Che c'è?» Riprese a masticare la gomma. Mia sorella Beky sa essere il ritratto dell'innocenza, quando vuole.
«Beky, ma che fai? Qualche volta troverai quello che te le darà di santa ragione, se non la smetti con quest'arroganza.»
«Ci provasse.»
Le sue urla dovevano essere giunte fino a Ivan, perché si trovarono il suo sguardo puntato addosso. Regina partì a tutta velocità sfrecciandogli accanto.
«Non correre, vai piano, così gli facciamo un dispetto a quel nevrotico dietro di noi!»
Proseguirono dritto, seguite dappresso dal *nevrotico*, ma ben presto si dimenticarono di lui.
«Quel farabutto mi ha detto di non avere una relazione. E quella chi era? Sua sorella?» esordì Regina di punto in

bianco.

«*Quando*, se posso saperlo, ti avrebbe detto una cosa del genere?» Un forte sospetto si fece strada in lei.

Regina serrò le labbra, prima di sbottare. «L'ho rivisto lunedì. Sono salita sopra la sua moto mentre facevo retromarcia.»

Beky batté le mani sulle cosce ed esplose in una risata.

«Boom! Grande, sorella! Un incontro col botto! E poi?»

«E poi abbiamo pranzato insieme. Ero con lui quando Angelica ti ha lasciata a piedi e Jenny era disperata a casa del *t-rex*, come la definiscono lei e Marco.»

Svoltarono a destra alla rotatoria vicino a Piazza dei Rioni e proseguirono verso il molo. Regina fissava davanti a sé con espressione truce, le nocche sbiancate. Beky la osservò e ne percepì la tensione. Addolcì la voce nel porle la domanda successiva.

«Che effetto ti ha fatto rivederlo?»

Regina si prese del tempo per rispondere. «Non lo so. In realtà, di tanto in tanto mi è capitato di pensare a lui. Anche quella prima sera al "Blue Moon", ho sperato di vederlo.» Si strinse nelle spalle. «Sono stata bene con lui, mi è sembrato di tornare indietro a quando ci frequentavamo, prima di scoprire di quella maledetta scommessa. Però...» lasciò cadere l'argomento, concentrandosi sulla guida.

«Però?» la incalzò Beky, fissandola. Regina sembrava a disagio a parlare di Ivan con lei.

«Però tra noi non potrebbe mai funzionare. Siamo opposti come il fuoco e il ghiaccio, tra noi non c'è futuro.»

«Ma non è solo questo, vero?» In realtà intuiva cosa fosse a bloccarla: il motivo era lei. Era *sempre* lei.

«Regina, mi dispiace. La colpa è mia, ne sono consapevole. Se solo avessi saputo...»

Regina tagliò corto con un secco no. «Tu non potevi sapere, non fartene una colpa. Anche se, in effetti, trovare qualcuno sotto i trenta che non sia passato sotto, o sopra» aggiunse ammiccando «di te, è alquanto difficile da queste parti.»

Raggiunto il Siluripedio si fermarono un istante e scesero per guardare il mare che si apriva davanti a loro, godendosi quella sensazione di infinito che ebbe il potere – almeno per qualche istante – di allontanare i tristi pensieri. Lottarono contro il vento che sembrava volesse strappar via i capelli, schiaffeggiando i loro visi.

«Non lo lascerò mai più.» Il sussurro di Regina si udì a malapena sopra il rumore delle onde.

«Chi?»

«Il mio paese. Non permetterò a nessuno di influenzare la mia vita a tal punto da indurmi a fuggire via. È questo il mio posto.»

Beky riempì i polmoni dell'aria salmastra e poggiò la testa sulla spalla di Regina. «Brava, sorellona. La penso esattamente come te. Meritiamo molto più delle umiliazioni che ci hanno inferto.» Il suo stomaco si mise a gorgogliare, strappando a Regina un risolino.

«Andiamo, ti porto a fare colazione. Non vorrei svenissi per la fame!»

Ripercorsero la strada nel senso inverso finché non giunsero in prossimità della capitaneria di porto. Un veicolo era fermo in mezzo alla strada. Il conducente era proteso verso il sedile del passeggero e parlava con un ragazzo chino davanti al finestrino.

«Continuo a pensare a Pam.» Quella ragazza era un tarlo fisso per Beky. «Al suo strano comportamento.»

Regina arricciò le labbra. «È una ragazza enigmatica. Nel momento in cui pensi d'averla inquadrata, ecco che ti spiazza con una nuova scoperta sul suo conto.»

A quel punto si spazientì e cominciò a suonare il clacson. «Oh, ma quanto parla questo? Potrebbe parcheggiare e poi farsi i comodi suoi, no?»

Beky era distratta, ma quando si concentrò sul veicolo

fermo dinanzi a loro riconobbe prima l'auto – di quel particolare colore blu elettrico – e poi, nell'uomo che si era voltato a guardarle dall'interno dell'abitacolo, colui che aveva apostrofato sul lungomare. Quando lo vide aprire lo sportello e scendere dall'auto si spalmò sul sedile. «Oh, cazzarola, Regi. È lui, quello di prima!»
«Lui chi?»
«Quello al quale ho urlato di prendersi una camomilla. Merda, sta venendo verso di noi!»
«Beky, accidenti a te! Ho sempre saputo che il tuo caratteraccio ti avrebbe fatto passare un brutto quarto d'ora, un giorno o l'altro, ma speravo di non trovarmi con te quando fosse accaduto!» sibilò mentre teneva d'occhio il tizio che si avvicinava con passo indolente.
«Tu fai quello che ti riesce meglio.».
«Cioè?»
«La stronza abile con le parole.»
Regina dischiuse le labbra ma non ebbe tempo di rispondere, perché le nocche di una mano bussarono sul vetro con un ritmo lento e ben scandito; si voltò, abbassò il finestrino e assunse un'espressione amichevole.
«Sì? Posso aiutarla?» Il suo tono fu talmente buffo da strappare a Beky una risata che dissimulò con un colpo di tosse.
L'uomo appoggiò un braccio sul tettuccio, proprio sopra il finestrino aperto, e si chinò. Il suo viso riempì tutto lo spazio facendo zittire entrambe. Beky smise di masticare, abbassò il mento per guardarlo da sopra le lenti scure e rimase imbambolata.
Lui tolse gli occhiali a specchio e li appese al girocollo della t-shirt bianca che sbucava da sotto il giubbotto di pelle. Movimenti lenti e ben pensati.
Si abbassò ancor più per allacciare lo sguardo in quello di Beky e la fissò con espressione priva di qualsiasi emozione. La barba spruzzata di rame sovrastava un volto ab-

bronzato, duro, i capelli scuri striati dello stesso metallo erano sciolti a incorniciargli "quell'opera d'arte di viso che si ritrovava", per usare le parole di Beky.

Rimasero a fissarsi qualche istante, in un perfetto silenzio, il volto di lui immobile e privo di qualsiasi espressione. Regina tenne la testa ben incollata contro il sedile per sottrarsi al loro raggio visivo.

«Chi sarebbe il *nevrotico*, adesso?»

La sua voce maschia, seducente, provocò in Beky un familiare formicolio. «Be', direi che siamo pari. Ma se vuoi possiamo parlarne davanti a qualcosa di caldo. Tipo una camomilla.» La predatrice che era in lei uscì allo scoperto. Inclinò la testa di lato, sorridendo maliziosa, mentre la bocca di Regina acquisiva una forma attonita.

Lo sconosciuto sollevò il lato sinistro della bocca in un ghigno, non si comprese bene se si trattasse di derisione o divertimento, poi si raddrizzò. Senza aggiungere una parola mise di nuovo gli occhiali sul naso, e con la stessa flemmatica andatura di quando era andato loro incontro, se ne tornò sulla sua auto – che per inciso era una BMW blu elettrico pazzesca – e ripartì.

Regina e Beky si guardarono con la mascella calata.

«Cazzo, Regi, ma hai visto che figo da urlo?»

Regina parve ridestarsi da un incubo, tornò a guardare avanti e a respirare. Ripartì molto piano. «Giuro che mi hai fatto passare la fame.»

«A me invece è tornata, e non certo di cibo.»

«Beky, ha ignorato la tua richiesta, ti rendi conto?» Si portò una mano al viso per tastarne la temperatura.

«Per ora…» Il suo tono non lasciò adito a fraintendimenti. «Eccolo lì, guarda, ha parcheggiato davanti al "Bar Giulia", sta scendendo dall'auto» esclamò tutta eccitata poco più avanti. «Sta entrando nel bar, rallenta quando gli sei davanti.»

Divertita dalla piega presa da quella strana situazione,

Regina la assecondò.

Giunte in prossimità del bar, mentre *lui* si accingeva a entrarvi, Beky non seppe resistere alla tentazione: abbassò il finestrino e si sporse all'esterno.

«Ehi, nevrotico!» Lui si voltò all'istante. «Evita il caffè, sei già nervosetto, una tisana alla camomilla, melissa e passiflora ti farebbe meglio! E usa quella tua mano per fare di meglio, che suonare il clacson!»

Lo vide immobilizzarsi, prima di sorridere in quella maniera che – ne era certa – se fosse stata in piedi le avrebbe fatto tremare le ginocchia.

Regina l'afferrò per il giacchetto e la tirò indietro. «Dio mio, Beky, tu hai perso la testa!»

«Oh, penso invece di averla appena ritrovata, sorellona! Ed è una sensazione fantastica! Adoro questo paese e l'effetto che mi fa!» Rise di cuore. Cos'era quella sensazione alla bocca dello stomaco?

«Regina, andiamo al "Bar Lume", ho bisogno di riempire questo vuoto che ho nello stomaco.»

«Tu il vuoto ce l'hai nella testa, te lo dico io!»

Adorava far colazione in quel bar. Lì poteva trovare un'ampia scelta delle brioches più buone che avesse mai mangiato, e poi l'ambiente amichevole e familiare le era così mancato a Milano. In barba alla dieta, dopo un cornetto al cioccolato, un cappuccino e un caffè, Beky fu certa che quella smania avvertita nello stomaco fosse attribuibile solo in parte alla fame di cibo; il particolare incontro con quell'uomo aveva risvegliato qualcosa di assopito in lei, un appetito più... sensuale.

Il telefono nella tasca iniziò a vibrare. Ignorando le fitte al basso ventre che, ultimamente, si erano fatte più fastidiose, trattenne una smorfia e si spostò per estrarre il telefono dalla tasca posteriore dei jeans. «È Marghe. Io rispondo, tu vai a pagare.»

«Sì, certo! Offro io, grazie, non c'è di che» commentò sarcastica Regina, ma Beky le fece la linguaccia e uscì dal bar.

«Beky, tesoro, ma Pam è con te?» esordì l'amica con quella sua vocetta stridula. «La sto chiamando da ieri sera e sono preoccupata perché non risponde.»

«Che novità» borbottò piano. «No, Margherita, a dirla tutta ci siamo presentate in hotel, questa mattina, ma lei non c'era. Quando si è degnata di risponderci, è parso lampante che avesse trascorso la notte fuori.»

«Con chi?» domandò l'amica. «Condividiamo l'appartamento da anni, e non è mai capitato che passasse la notte fuori.»

«Davvero non ne ho idea. È adulta e non sono il suo cane da guardia. Quando avrà voglia di parlarne con noi, lo farà.»

«Oh! Va bene, dille solo di richiamarmi, se la senti prima tu. Mi aveva detto di aver conosciuto un ragazzo e di voler approfondire la *cosa*, prima di parlarne, soprattutto con voi sorelle. Caspiterina, le ho detto, più veloce della luce!» Alla risatina acuta che le graffiava le orecchie ogni volta, Beky allontanò la testa dal telefono.

Con la mente era rimasta alla frase precedente. «Perché *soprattutto* con noi?»

«Be'? Che ne so io? Sarà un vostro compaesano, vi conoscete tutti in quello striminzito angolino di mondo, no? Mica è Milano! Qui non frequentava nessuno da mesi, poi è bastata una settimana nel bel promontorio per trovare il boy! Avrei dovuto fermarmi qualche giorno in più anche io.» Altra risatina.

Cristo, Marghe, ma perché non ridi meno!

Sbuffò. Quanto a filtri tra bocca e cervello, quella ragazza ne possedeva meno di lei.

«A ogni modo, novità per te, bellezza!»

«Spara.»

«Oh, Beky, un po' di garbo, per favore!»

Beky sospirò e assunse un tono più carezzevole. «Dimmi Margherita, ti prego.»
La fessa parve soddisfatta. «Così va meglio. Matteo ha già la data per la prossima esposizione. Adesso iniziamo a pubblicizzare l'evento, e proverò a contattare di nuovo il fascinoso fotografo.»
«Hai il suo contatto?»
Uno schiocco di lingua sottolineò il disappunto dell'amica. «Macché, ho provato a chiederglielo, ma lui ha detto che saremmo potuti rimanere in contatto attraverso la mail di lavoro, quella presente sul sito. Quanto gli piace fare il prezioso.»
«Non manterrebbe l'anonimato, altrimenti.»
«Oh, voi artisti avete dei vezzi assai bizzarri!»
«Anche le manager, credimi.»
Un attimo di silenzio. «Cioè?»
A Beky si palesò l'immagine di lei che sbatteva le ciglia con sguardo vacuo nel tentativo di comprendere quella battuta.
«Niente, Margherita, ti ringrazio per gli aggiornamenti.»
«All'esposizione sarà presente anche un noto critico d'arte francese. Non chiedermi il nome, ti prego, perché l'ho già dimenticato. Sarà un successone, vedrai! Tu e chiunque voglia portare con te non avrete bisogno di acquistare i biglietti, tesoro, quindi vieni con chi vuoi, le tue sorelle, genitori, amici...»
«Margherita, non porterò nessuno con me. Ricordi, la storia dell'anonimato...» parlò con lei come se dovesse spiegare a una bambina. «Se con me portassi tutta la mia famiglia, una decina di persone chiassose e invadenti, darei un po' nell'occhio, non trovi?»
Ancora silenzio. Margherita era così buona e cara, ma proprio non sapeva cogliere il sarcasmo. «In effetti la tua famiglia è un tantino ingestibile, ma tu! Oh, tesoro, tu sei avanti anni luce. Ti adoro, baci baci!» La chiamata terminò

prima che lei avesse il tempo di salutare.

Beky rimise in tasca il telefono e si voltò per vedere a che punto fosse Regina: la individuò nei pressi del bancone, una mano stretta alla tracolla della borsetta, perfettamente a suo agio mentre intratteneva una conversazione con Silvana, la proprietaria del bar.

Un colpo di clacson indusse Beky a voltarsi verso la strada; un furgoncino tutto nero sostava in prossimità delle fioriere dietro alle quali si trovava lei. Il finestrino si abbassò, e sbirciando dentro l'abitacolo con curiosità si trovò a fissare gli occhi scuri e allegri di Jo.

«Guarda chi si rivede! Ho saputo che sei tornata a vivere al paesello!»

«Ehilà, straniero!» Beky aggirò il paravento che delimitava i tavoli a bordo strada e si avvicinò al furgone.

«Di' un po', come te la passi?» Jo sfoderò il suo sorriso da mascalzone.

«Molto bene. E a giudicare dalla tua espressione, direi che per te sia la stessa cosa.»

Jo annuì. «Alla grande! È un buon periodo. Questa sera ci esibiamo al "Blue Moon". Massimo mi ha detto che ha riservato un tavolo per le *sorelle*. È così che vi chiamano tutti, siete ben note da queste parti. Ma a me ne interessa solo una» commentò ammiccante. «Non mancherai, vero?»

Accidenti, il concerto! Beky si morse la lingua. Aveva giurato che non sarebbe andata, anzi, che non avrebbe più rimesso piede al "Blue Moon"!

Colta impreparata, farfugliò qualche scusa poco convincente. «A dire il vero, mia sorella ha una gravidanza un po' difficile...»

«Cazzo, Beky, stai per diventare zia? Non lo sapevo.»

«Sì, Angelica...»

«Una zia dannatamente sexy» le fece l'occhiolino. «Dai, resterai a casa a far la badante domani, stasera ti voglio al locale. Non vorrai lasciare sola la tua amica, mentre Massimo sarà occupato col bar?»

I sensi di Beky si allertarono. «Quale amica?»

«Quella con la quale se la spassa mio fratello. Ricordo che me l'hai presentata quando sei venuta a vedere la nostra esibizione a Milano. Non ne ricordo il nome, ma quando ieri sera l'ho vista avvinghiata a lui, l'ho subito riconosciuta. Una dark lady acqua e sapone non passa inosservata.»

Un pugno sullo stomaco, ecco cosa avvertì Beky. Deglutì, ma in bocca le sembrò di avere carta vetrata.

«Allora? Dai, così possiamo mettere una croce sul passato, eh, che ne dici?»

Lei annuì senza rendersene conto, un moto involontario dovuto al colpo appena ricevuto.

«Grande! Però non scappare subito, fermati quando avremo finito, così ci beviamo qualcosa insieme.»

Le ci volle qualche istante per metabolizzare, poi una rabbia silenziosa ma corrosiva cominciò a farsi strada dentro di lei. Strinse i denti e cercò quanto di più simile a un sorriso. Avrebbe voluto urlare e prendere a calci qualcosa, picchiare qualcuno... invece si limitò a dilatare le narici nello sforzo di placare il proprio animo.

«Come deludere tanta felice aspettativa? Verrò più che volentieri. Sono certa che questa sera ci saranno scintille, al locale.»

Jo le fece l'occhiolino. «A stasera, allora.» Le soffiò un bacio e partì.

Guardando il retro del pickup sfrecciare via, abbassò le spalle come se le fosse stato caricato sopra un peso insopportabile. La felicità di poco prima defluita via come risacca.

«Beky! Ho fatto, possiamo andare. Scusami il ritardo ma c'erano alcune persone avanti a me, e poi mi sono fermata a parlare un po' con Silvana della nostra permanenza a Milano. È sempre così carina... Beky? Mi stai ascoltando?»

Una scossa la percorse destandola da quella specie di défaillance. Cercò di assumere un atteggiamento disinvolto.

«Sì. Sì, scusami.»

«Allora? Cosa ti ha detto Margherita?»

«Oh, notizie sulla prossima esposizione.»

«Davvero?» Regina s'illuminò d'interesse. «Bello! Stavolta mi piacerebbe vederla, Beky, davvero.»

Arrossì per quel genuino interessamento. «Ti ringrazio, Regi. Vedremo, per ora è tutto in fase organizzativa.»

«Ma tu andrai questa volta, vero? Almeno per renderti conto dell'effetto che fanno le tue opere sulle persone. Sarai lì come visitatrice e... oh, ma certo! Io potrei accompagnarti e fingere di acquistare un quadro!» La sua espressione si fece poi di scherno. «Ovviamente *fingere* di acquistarlo, perché me ne devi almeno uno in regalo, dopo tutte le colazioni, le cene e i viaggi in auto scroccati!»

Beky forzò un sorriso e la seguì fino all'auto parcheggiata sugli spazi blu di via Roma. «Di questo avremo modo di riparlare più avanti.

«Come vuoi. Vogliamo rientrare a casa, o hai altro da fare?»

«A dire il vero, cerco ispirazione per i miei dipinti, e riesco a trovarla stando da sola. Mi va di fare una passeggiata sulla spiaggia.»

Regina le lanciò un'occhiata sospettosa, ma non contestò.

«D'accordo. Se vuoi che torni a prenderti più tardi, basta che mi chiami. E, Beky, cerca di essere a casa per pranzo. Questo sarebbe il primo che facciamo tutti insieme dopo tanti mesi, mamma e babbo ci tengono.»

Beky annuì, il cuore stretto in una morsa. Aveva bisogno di rimanere da sola il prima possibile per togliersi dal viso quella maschera che rischiava di soffocarla. «Ci sarò.»

Stava bene. Anche se non proprio felice, almeno aveva trovato la serenità. Poi era bastato vederlo e sentirsi addosso il suo sguardo colmo di biasimo e risentimento per provare di nuovo quella sensazione di non essere mai all'altezza dell'occasione, della quale credeva d'essersi liberata. Sempre troppo o troppo poco: la storia della sua vita. Ma ciò che aveva scoperto quella mattina era il sassolino contro un cumulo di massi che aveva provocato la frana, inarrestabile, distruttiva.

Già sua sorella le aveva fatto comprendere un'inequivocabile verità: contrariamente a quel che aveva sempre ritenuto, *lui* non le faceva bene.

Il nodo alla gola si sciolse, gli occhi si assottigliarono, privi di gentilezza e lacrime. No, non ne avrebbe sprecate per chi le aveva tolto il sorriso.

La sua vera essenza stava tornando, era come se un pesante portone si fosse spalancato sul suo petto lasciando affluire tutto ciò che per troppo tempo aveva tenuto imprigionato. Si sentì libera dopo mesi. Affrettò il passo e iniziò a sorridere. Sì, sorrise e augurò il buongiorno a tutte le persone che incontrava sotto i fori, mentre camminava spedita verso la spiaggia della Cantoniera e un piano prendeva forma nella sua mente.

Cercò su YouTube la loro canzone, quella che trasmettevano alla radio mentre si spogliavano, la prima volta, assaporandosi reciprocamente. Quella che aveva ascoltato e cantato per sei mesi. Quella che lui aveva spento, in auto.

Le note di quella canzone riempirono l'aria e la sua anima, e lei cominciò a cantare a squarciagola, lasciando che il vento portasse via con sé le parole e il dolore. Sarebbe stata l'ultima volta, poi l'avrebbe cancellata dalla mente. Insieme a lui.

Inspirò il forte odore di salsedine procurato dal moto ondoso contro gli scogli. Quel suono era musica per le sue orecchie, più della musica stessa. Spense il telefono e lo gettò per terra. Sfilò gli anfibi, arrotolò i jeans sulle caviglie ed entrò in acqua. Rabbrividì al freddo contatto ma provò un'immediata sensazione di libertà. Sciolse la coda e si passò le dita tra i lunghi capelli, lasciandoli scivolare tra le dita sotto il riflesso del sole mattutino che li illuminava di riflessi color rame. Un'idea la raggiunse con la velocità di un uragano.

Uscì in fretta dall'acqua, indossò calze e scarpe incurante dei piedi ancora bagnati, afferrò il telefono e corse verso il foro; corse fino a raggiungere il lungomare, rallentando solo quando le fitte al fianco glielo imponevano; corse fino alle scale in prossimità del comando della municipale, salendole a due a due e, preso Corso Umberto, camminò finché non si trovò davanti alla vetrina con scritto "Parrucchiera D'Amico Patrizia".

All'interno, una musica jazz faceva da sottofondo al rumore del phon acceso e allo scorrere dell'acqua. La prima a intercettarla fu Valeria.

«Guarda un po' chi si rivede.» Spense il phon, e a quel punto una testa di riccioli scuri sbucò da dietro la paretina che celava i lavatesta.

«Rebecca, da quanto tempo non ti facevi vedere! Come stai?» Patrizia le rivolse un sorriso amichevole.

«Domanda di riserva?»

Valeria le andò incontro. «Mm, sei pallida, non ti vedo granché bene. Come ti trovi a Milano?»

«Non mi trovo, per questo sono tornata. La vecchia Beky è *tornata*. Per questo sono qui, avete un posticino per me?»

«Certo, se hai la pazienza di aspettare un po'. Vieni, siediti qui» le scostò una sedia davanti uno specchio vicino all'entrata.

Un sorriso illuminò il volto di Beky mentre vi si lasciava cadere. «Tutto il tempo del mondo!» Girò sulle rotelle fino a fissare la propria immagine riflessa; per la prima volta, le sembrò di guardare un'estranea.

Patrizia le andò alle spalle e la osservò battendosi un pettine sul mento con l'aria di chi la sa lunga. Fece scorrere le dita fra le ciocche dei capelli che ricadevano sullo schienale della poltroncina e le rivolse uno sguardo complice. «So io cosa ti ci vuole.»

«Perfetto. Sai che di te mi fido, fai quello che ritieni sia più adatto a me. Ho bisogno di ritrovarmi.»

Capitolo 22

(Un domani – Annalisa)
Le mie colpe le so, potrei farti un elenco,
dire che senza te
mi manca l'aria, grido nell'aria, parole al vento
alzi la voce, vedo che gridi, ma non ti sento.

Grazie a Valeria che le offrì un passaggio, due ore più tardi rientrò a casa giusto in tempo per il pranzo, sfoggiando un look che la faceva sentire bene perché più adatto alla propria personalità, ma che, soprattutto, lasciò sorelle e genitori a bocca aperta.

Mamma si portò le mani alla bocca mentre babbo mormorava un divertito: «I lupi perdono il pelo ma...» lasciando di proposito la frase in sospeso.

«Mai, babbo, il vizio mai.» Beky gli fece l'occhiolino strappandogli una risata.

«Direi che questo look segna il ritorno della nostra Beky.» Jenny le girava attorno toccando venerante il bob asimmetrico con la punta più lunga sul lato sinistro, e fitte mèches di un blu elettrico. Completava il tutto un rossetto in tinta.

«Lei non se n'è mai andata» commentò Regina, «doveva solo trovare il coraggio di riemergere.»

«E questa sera vedrai un ritorno in grande stile» affermò Beky.

Jenny sgranò gli occhi. «Oddio, così mi turbi! Che hai in mente? E soprattutto, *chi* ha in mente di colpire?»

«Ogni cosa a suo tempo» sussurrò enigmatica, prima di andare a lavarsi le mani sotto il getto d'acqua del lavello in cucina, accanto all'ampia portafinestra che immetteva sul giardino. Ariel le scodinzolò accanto esigendo la sua dose di carezze, che Beky le fornì accucciandosi per terra.

La casa sembrava aver ripreso vita, piena delle risa di tutte le ragazze sedute per pranzo attorno al tavolo. A fine pasto, nostro padre bevve il suo caffè come sempre in piedi, appoggiato contro il bancone della cucina mentre ascoltava la conversazione che si teneva a tavola. Ognuna delle ragazze aveva qualcosa da raccontare, ma al momento quella che fra tutte sembrava la più scossa era mamma.

«Non ho voluto crederti quando l'hai definita un *t-rex*, ma adesso che ho appurato in prima persona la malignità di quella donna, non voglio avere niente a che spartire con lei» dichiarò serrando le labbra per enfatizzare, prima di sbottare di nuovo. «Ma chi si crede di essere quella lì? È palese che da parte sua non avrete alcun appoggio, quindi che intenzioni avete tu e Christian?»

Jenny posò la tazzina del caffè sul piattino e sospirò. «Non lo so mamma, non lo so.»

«Ma la rivincita su Samantha, vogliamo parlarne?» Beky batté una mano sul tavolo con entusiasmo. «Cavolo, avrei voluto vederla quando l'hai stesa a parole.»

«Impara Beky» l'apostrofò Regina reprimendo un sorrisino. «Le parole sono armi molto più valide dei pugni. Feriscono l'avversario in maniera più persistente.»

«Disse il nuovo legale di casa Graziati!» le fece il verso la nostra trasgressiva sorella. «Tu sì che le parole le sai usare.»

«Vorrei ben vedere.»

«E così lunedì inizi» intervenne Angelica con voce bassa. «Sei emozionata?»

«Un po', sì. Sono curiosa di scoprire cosa mi aspetta. È uno studio legale giovane, i fondatori sono tutti parenti, si tratta di due coniugi e il fratello di lei, spero che questo ambiente familiare non mi faccia sentire a disagio.»

«Ma no, se sono professionali non ti faranno avvertire alcun disagio.»

Regina la fissò come se fosse attraversata da un'illuminazione. «Angelica. So che sei agli sgoccioli della gravidanza, ma allo studio stanno cercando una segretaria affidabile. Tu saresti perfetta!»

Le guance di Angelica assunsero una sfumatura rosata. «Ammetto che sarebbe un buon impiego e, forse, in un altro momento...»

«Non esistono momenti buoni o sbagliati.» Beky batté le mani con fervore. «Esistono solo occasioni da cogliere al volo! E fossi in te, io ci penserei prima di rifiutare.»

Mamma allungò una mano per stringere quella di Angelica. «E tu, con Daniele, che intenzioni hai?»

Lei distolse lo sguardo e prese a giocherellare con il tappo della bottiglia. «Ci devo pensare. Devo vederlo... prima o poi. Non so che reazione potrei avere nel trovarmelo davanti.»

«Tesoro. Il perdono è l'unica via per la felicità, non dimenticarlo. È il padre di tuo figlio, l'uomo che ti ha fatta sorridere quando non credevi più di esserne in grado. Non ti ha tradita, ha solo commesso un errore di valutazione, come ne facciamo tutti.»

«Eh, hai voglia!» esclamò Beky di rimando, un sorriso divertito che ne strappò uno anche alle sorelle. Si alzò in piedi e stirò le braccia in alto. «Che ne dite di festeggiare la nostra ritrovata armonia, questa sera? Al "Blue Moon" si esibirà la band di Jo, che è da poco rientrato dalla Germania. La sua musica è più orecchiabile, adesso che si è aggiunta una ragazza a loro. Che ne dite, vi va di andarci?»

Regina le incollò addosso uno sguardo contrariato. «Alcol, Jo e Massimo, per non parlare di questo tuo ritorno al vecchio stile… tutto insieme nello stesso locale. Il "Blue Moon", per inciso! Non credo sia una buona idea, Beky.» Angelica ridacchiò. «Una miscela esplosiva.»

«Non accetterai davvero l'invito di Massimo, dopo il modo in cui ti ha ridotta appena ieri pomeriggio?» Jenny la squadrò con palese irritazione. «Tu stessa hai giurato che non avresti più messo piede nel suo locale!»

«Che è successo ieri pomeriggio?» s'informò Regina.

«Santo cielo, ieri è stata davvero la giornata delle catastrofi» commentò Angelica.

Mamma si alzò e sollevò le mani in aria in segno di resa. «Basta, non voglio sapere altro o mi farete venire un crepacuore. Continuate pure tra voi.» Detto ciò, lasciò la cucina insieme a nostro padre, e l'attenzione delle ragazze si appuntò su Beky.

«Ragazze, okay, mi ha fatto stare da schifo, ma a chiedermi di assistere al concerto è stato Jo, e io gli ho detto che ci sarei andata.»

«Buono quello!» dichiarò Regina.

Jenny sospirò. «Beky, ma la vuoi capire che devi allontanarti da quei due e dal "Blue Moon"? Torna a vivere e a essere te stessa!»

«Lo farò, promesso! Da domani.»

Jenny bofonchiò. «Certo. Comunque io e Christian stasera saremo là. Massimo ha insistito e lui non ha saputo dirgli no. E poi, oggi arriva un suo amico dell'università, un certo David, e l'ha invitato a trascorrere la serata con noi. Vuole presentarmelo.» Guardò l'orologio e s'alzò in piedi di scatto. «Anzi, sono già in ritardo. Arriverà nel primo pomeriggio e Christian mi ha chiesto di passare un po' di tempo insieme prima d'incontrarlo. A minuti sarà qui, corro a prepararmi!» S'affrettò verso le scale.

«Tranquilla» la canzonò Regina. «È abituato ai tuoi ritardi!»

«Linguaccia malefica!» le urlò Jenny.
«Piccola ingenua.»
Più tardi, Beky uscì in giardino e sollevò lo sguardo al cielo. Si sentiva come quelle nuvole sospinte dal vento. Aveva spesso la sensazione di non poter scegliere del proprio destino. Aveva bisogno di un buon consiglio. Non quello delle sorelle, che erano prevenute su certi argomenti.
Prese il telefono, selezionò l'elenco dei preferiti e avviò la chiamata.
«Ehi fratello, ti andrebbe un caffè in cambio di una spalla?»
«Il caffè te lo offro io e pure la spalla» risposi per niente sorpreso della sua chiamata, «però devi venire a casa mia perché Lorena è uscita e io sono solo con il piccoletto. Mio figlio, ricordi? Loris, tuo nipote. Perché tu hai un nipote.»
A volte è bene precisare.

Il locale era pieno come mai prima d'allora, la musica alta udibile fino in fondo al parcheggio, trovato peraltro parecchio lontano.
Alla fine, Angelica e Regina avevano ceduto alle sue insistenze, e ora erano in fila per entrare nel locale; la coda pareva interminabile e non avevano nemmeno imboccato il vialetto d'ingresso.
«Ragazze, già ve lo dico, me la sto facendo sotto e avverto delle piccole contrazioni, se dovrò stare in piedi a lungo temo che questa serata la concluderemo in ospedale.» Angelica fissava le sorelle con le labbra serrate.
«Cazzo, Angi! Stringi il pavimento pelvico.»
«Non stiamo facendo pilates, Beky, e ti ricordo che sono incinta! Non riesco a stringere più un bel niente.»
Beky scosse la testa e la fissò truce. «Poteva prescriverti la pillola, il tuo bel dottor Stranamore, se proprio non gli piace usare i preservativi!» Angelica fece per replicare ma lei l'anticipò. «Oh, è vero, non ne avete avuto il tempo. Siete stati travolti dalla passione» la schernì ancora. «Noi

due dovremmo scambiare quattro chiacchiere in materia di sesso sicuro.»

Angelica avvampò. «Beky!» esclamarono in coro lei e Regina.

«Beky!» esclamò una terza voce, maschile, alle sue spalle.

Si voltò esasperata. «Ma allora è un vizio, inizio a detestare pure questo nome.» Si scontrò con lo sguardo affascinato di Ivan, che ignorò il caustico commento.

«Mi eri sembrata tu, ma non riuscivo a credere ai miei occhi! Sei uno schianto.» Le lanciò chiare occhiate d'apprezzamento.

«Ehi, ciò che vedi per te è off-limits!»

Lui rise di gusto e sollevò le mani in segno di resa. «Tranquilla, non ci casco un'altra volta con una Graziati.» Lanciò un'occhiata di sfuggita verso Regina, che ricambiò con aria omicida.

La fila avanzò di qualche passo, e intanto Angelica incrociava le gambe e gonfiava le guance.

«Vorrei presentarvi una persona» riprese Ivan. Parve riflettere un secondo prima di proseguire. «Promettete di non picchiarla?»

«Sai com'è, non faccio promesse alla cieca» rispose Beky a tono, ma all'occhiataccia che lui le lanciò aggiunse: «Dipende da chi hai intenzione di presentarci.»

Ignorando l'affermazione, Ivan si voltò per far cenno a una ragazza di avvicinarsi. La prese per mano e se la portò al fianco.

Beky dischiuse le labbra e sogguardò Regina, la cui attenzione si era focalizzata in maniera micidiale sulla nuova arrivata.

«Ragazze, lei è Lisa, mia sorella. Lisa, ti presento le famose sorelle Graziati, Beky, Angelica e...» una breve esitazione, «Regina. Ne manca una, ma quella tu credo la conosca già.»

«Oh, sì, Jenny» rispose la sorella con voce dolcissima. Angelica fu la prima che, nella sua inconsapevolezza, si sporse a salutarla. Beky avrebbe voluto scompisciarsi davanti alla reazione di Regina, ma si trattenne a stento per non imbarazzarla. Fu proprio alla maggiore delle tre, che Lisa si rivolse.

«Regina, ho chiesto così tante volte a mio fratello di poterti parlare, ma so che ti eri trasferita a Milano. Poi, questa mattina vi abbiamo viste passarci davanti, e l'ho di nuovo implorato. Ci tenevo a ringraziarti di persona per quello che hai fatto per noi. Nessuno mai aveva creduto alla mia versione, e mio fratello ne ha fatto le spese quando d'impulso ha deciso di fare giustizia. Tu non solo ci hai creduto, ma ti sei battuta per noi, ci hai reso l'onore a scapito della tua carriera.» Gli occhi le si velarono di lacrime. Si slanciò a prendere una mano di Regina fra le proprie. «Sei la mia eroina. Grazie Regina, grazie con tutto il cuore.»

Regina era raggelata, sembrava una di quelle statue di ghiaccio nel cartone Disney Frozen, la sua espressione era pazzesca. Beky se la rideva sotto il rossetto blu, scambiando occhiate con Angelica.

«Tu sei davvero la sorella di Ivan?» La sua mente, in quel momento, non riuscì a formulare altro. Regina non era mai apparsa tanto sommessa.

Lisa annuì con fervore, poi l'abbracciò, mentre sul viso di Ivan si profilava un sorriso sornione. Le mani di Regina rimasero sospese nel vuoto. Poi, piano piano, le posò sulle spalle della ragazza dandole dei leggeri colpetti.

«Non serve che mi ringrazi, lo avrei fatto per chiunque.»

«Sì, ma in questo caso lo hai fatto per noi. Te ne saremo eternamente grati. Tu chiedi, e ti sarà dato» la ragazza si avvicinò al fratello, che le allacciò un braccio attorno alle spalle in un gesto protettivo. Ora che si sapeva, l'affetto fraterno era più che evidente. Commovente. Vedere Ivan – sempre sfrontato e interessato solo al sesso – manifestare affetto per la sorella fu qualcosa di sbalorditivo.

«Qualsiasi cosa io chieda?» Regina arricciò le labbra con aria furbetta.

Lisa annuì con enfasi, Ivan inarcò un sopracciglio.

L'avvocato riprese possesso del suo corpo, e fu su Ivan che affondò i propri artigli. «Facci entrare subito in quel locale e trova un posto seduto per tutte noi, o mia sorella sarà costretta a partorire in questo parcheggio, sul sedile posteriore della tua auto che ha accolto così tanti sederi e fluidi corporali aggiungendone altri per te ben meno graditi, e sappi che io riterrò te l'unico responsabile.»

Detto, fatto! Per *le sorelle* era stato riservato un tavolo rettangolare in una posizione strategica, tra il bancone del bar e il palco rialzato dove la band si sarebbe esibita. Un angolo con una visuale aperta della sala dal quale nulla sarebbe potuto sfuggire all'attenzione di Beky, che continuava a guardarsi attorno con insistenza. Intanto, la voce di Lady Gaga rimbombava dalle casse sovrastando il vocio circostante.

Prima di allontanarsi, Ivan sfiorò il braccio di Regina e sussurrò contro il suo orecchio: «Ho visto la gelosia nei tuoi occhi, ormai non puoi più negarlo» e se ne andò.

«Così, è sua sorella» urlò Beky quando Ivan e Lisa si furono allontanati. «Questo per te fa differenza, o sei irremovibile?»

Regina si ridestò dal torpore che lui le aveva provocato e sollevò il mento. «Va bene, però non cambia i fatti.»

«Regina, datti una possibilità, lascia perdere il passato.»

«Lo sto facendo, mi sto dando una possibilità, il passato l'ho già lasciato perdere. E Ivan appartiene al passato. Come vedi, tutto procede come deve.»

Beky allargò le braccia in gesto di resa. «Se ti rende felice.»

«Lo sono, adesso. Molto.» Era risoluta. Almeno, così

appariva.
Angelica sospirò. «Come al solito fatico a seguirvi, però mi sorprende il vostro feeling. Vivere insieme a Milano vi ha davvero unite.»
«Vivevamo già insieme» precisò Regina. «Fin dalla nascita.»
«Condividevate lo stesso tetto, ma non stavate mai insieme, sai cosa intendo. Ma Jenny quando arriva?» Tamburellò le dita sul tavolo in un moto d'impazienza.
«Te l'ho detto, doveva passare a casa per cambiarsi, sarà qui fra poco.» Beky fu interrotta da una cameriera che chiese loro il permesso di posare un vassoio sul tavolo.
«Ci deve essere un errore» protestò Regina, «noi non abbiamo ordinato nulla.»
«Da parte del tipo laggiù» spiegò la ragazza indicando con un gesto della testa un punto nei pressi del bancone, mentre disponeva le tazze sul tavolo.
Beky osservò il contenuto del vassoio con perplessità: tre tazze di vetro piene di acqua fumante, un piattino con altrettante bustine di camomilla e svariate bustine di zucchero, e a parte un altro piattino con tre spicchi di limone. Un biglietto. Beky lo afferrò e lesse ad alta voce:
«Camomilla per calmare i nervi, zucchero per addolcire gli animi.»
Il tempo smise di avanzare, messo in pausa da un presentimento. Si voltò poggiando il braccio sullo schienale della sedia, rivolta verso il punto indicato dalla cameriera. Lui era lì, seduto in maniera scomposta sull'alto sgabello. Girato verso di lei. Poteva scorgerlo fra i corpi senza volto che gli sfilavano davanti, ma niente poté impedire l'aggancio dei loro sguardi. Lui levò in aria il bicchiere in un brindisi, le labbra atteggiate in un sorriso asimmetrico, poi tornò a voltarsi verso il bancone sul quale poggiò i gomiti. Indossava lo stesso giubbotto di pelle nera, jeans scuri strappati alle ginocchia e i capelli erano tirati indietro. Era

sexy da mozzare il fiato.
Regina le diede di gomito. «È lui?»
L'esile sussurro si perse fra le note musicali: «È lui.» La sua salivazione era azzerata e faticava a staccagli gli occhi dalle spalle.
Angelica ne intercettò il labiale. «Lui chi?»
Regina le si avvicinò all'orecchio. «Il tipo che ha stuzzicato stamani Beky. A quanto pare, ha memorizzato i nostri volti.»
Angelica si schiarì la voce. «E mi spiegate perché ci avrebbe offerto tre tazze di camomilla?»
Beky e Regina si fissarono, prima di esplodere in una fragorosa risata.
Angelica le osservò stranita. «Sapete che vi dico, io una camomilla la prendo volentieri.» Prese una tazza e vi mise in infusione il filtro.
Beky scatto in piedi. «E sapete che c'è, la prendo anche io.» Prese tazza e bustina e si avviò verso il bancone.
Prese posto accanto a lui, che appena se ne accorse ruotò lo sgabello per averla davanti. Andrea gli mise davanti una tequila, che Beky afferrò e bevve tutto d'un sorso lasciandolo a fissarla stupito.
«Beky, quello non era per te» la rimproverò Andrea per niente impressionato, come invece sembrava esserlo quello sconosciuto.
«Per lui niente alcol, portagli una camomilla, gli servirà per digerire.» Lo stuzzicò rivolgendogli una fugace occhiata: «E comunque, hai bisogno anche tu di darti una calmata.»
Andrea aprì la bocca ma non parlò, e quando lei gli fece cenno di muoversi prese una tazza di vetro e la pose sotto la lancia della macchina per il caffè.
«Cosa dovrei digerire, esattamente?» Lo sconosciuto poggiò il gomito sul bancone e il mento sulla mano chiusa a pugno; sembrava affascinato da lei, che certa d'aver gua-

dagnato terreno gongolò.

«Me.»

Lui emise una sorta di sbuffo. «Mi hai mostrato il dito medio, dato del nevrotico, suggerito una camomilla e rivolto un chiaro invito. Sai, non ti conosco per poter capire se debba sentirmi più offeso o intrigato dal tuo atteggiamento.»

«Un peccato per te. Non sai cosa ti perdi.»

Una vibrazione gli scosse il petto. Si inclinò verso di lei, e un inebriante profumo di patchouli invase le narici di Beky. Il suo ammonimento giunse in un sussurro che le solleticò l'orecchio. «Ragazzina, non ti hanno insegnato che non si parla con gli sconosciuti? Potresti incappare in quello sbagliato. Molto sbagliato.»

Beky reclinò il viso e i loro nasi si sfiorarono. Le note remixate di *Bad Romance* sfumarono in quelle di *Love me like you do,* prolungando quell'attimo sospeso nel tempo privo di pensieri e percezioni che non avessero a che fare con lui. Dovette imporsi di tenere a freno il rimescolio che quell'uomo le suscitava, ma era davvero intenso. «Io sono una sconosciuta, eppure stai parlando con me.»

«Per me non vale.»

«E perché? Una donna non potrebbe essere più pericolosa di te?»

«Io non credo.»

Lo sfidò per un breve attimo con una disinvoltura solo apparente, poi strofinò la punta del naso contro la sua e si ritrasse per tornare a poggiare le braccia sul bancone. «Si vede che non mi conosci.»

«E non so cosa mi perdo» concluse lui usando le sue parole. «Presentiamoci, allora.» Allungò una mano e attese.

Beky non riusciva a non alternare lo sguardo fra i suoi occhi, di un grigio scuro ipnotico e ammaliante, e le sue labbra piene e seducenti incorniciate da barba e baffi. Avvertì di nuovo quel rimescolio, una sensazione sopita da tempo. Dimenticò tutto, anche lo scopo per il quale era lì quella sera. I loro sguardi erano avvinti e nessuno dei due sembrava voler pronunciare un'altra parola.

Beky posò la mano nella sua e... Boom! Una scossa fendette l'aria quando quelle dita forti si richiusero intorno al suo palmo e il cuore le schizzò in gola. Il silenzio si caricò di sottintesi finché non vi s'intrufolò, distinta e fastidiosa, la voce di Andrea che pose fine a quella corrente di pensieri che stava intercorrendo tra loro.

«La camomilla è servita.»

Lui appoggiò lo sguardo sulla tazza, poi ritrasse la mano e fece una risata calorosa. Beky notò che quando rideva gli si formavano delle sottili rughe d'espressione incredibilmente sexy ai lati degli occhi. Era fregata.

Lui allungò una mano a sfiorarle i capelli. «Due diversi look in un solo giorno. Da ragazzina al naturale a vamp. Fascino naturale contro fascino aggressivo. Quale delle due sei veramente?»

«Perché non provi a scoprirlo da solo?»

«Beky! Scusami per il ritardo! Sono imperdonabile, lo so!»

Ecco Jenny. *Tempismo ideale*, pensò contrariata.

La gemella si rivolse poi al tipo sexy accanto a lei. «Oh, ciao! Anche tu sei già qui. Ma voi due vi siete già conosciuti?» domandò alternando lo sguardo tra i due.

«Beky» ripeté lui, assaporando quella parola. «Lei è *quella* Beky, la tua gemella?»

«Esatto. Beky» esclamò poi rivolta alla sorella, «non dirmi che lo stavi abbordando!» Così, senza peli sulla lingua, se n'era uscita con quella frase fuori luogo.

David esplose in una risata.

«David, scusa se ti abbiamo fatto attendere!» Christian sopraggiunse trafelato. Diede una pacca sulla spalla allo sconosciuto – ancora per poco – davanti a lei. «Per la miseria, una fila assurda, ho parcheggiato così lontano che me la sono dovuta fare di corsa!»

Nell'imbarazzo generale, ci pensò proprio Christian a far quadrare tutto. «Rebecca, lui è David. David, lei è la sorella di Jenny, Rebecca.»
«Ma tutti la chiamano da sempre Beky» terminò il *non più sconosciuto*, rivolgendole un pigro sorriso. Allungò una mano verso di lei, che la strinse, stavolta, con esitazione. Sentiva addosso il suo sguardo predatore, era certa si stesse facendo beffe di lei. Non poteva perdere il controllo della situazione, no davvero.
«Beky, lui è l'amico di Christian, di cui ti ho parlato a pranzo.» Notò poi le tazze e i filtri della camomilla sul bancone davanti a loro. Assunse un'aria perplessa. «Beky, camomilla?»
«Oh, sì, l'arrivo in questo paese gli è rimasto un po' pesante, sai com'è, e visto che era nervosetto ha pensato bene di ricorrere a rimedi naturali per digerire.»
«Questa sì che è buona!» commentò Christian ridendo di gusto, per poi rivolgersi all'amico. «Non ti ho mai visto ingerire niente di diverso da bibite gassate e super alcolici, vuoi darmi a bere che, proprio qui, hai ordinato una camomilla?»
«Che vuoi farci? Mai dire mai, amico.»
Jenny si avvicinò all'orecchio della gemella. «È opera tua, dì la verità. I tuoi capelli non sono l'unica cosa riemersa dal passato!»
Beky le rivolse un sorriso furbesco. «Che ci vuoi fare? Mai dire mai, sorella!»

La band salì sul palco, e dopo i primi saluti e le presentazioni iniziò a suonare spargendo nel locale le sue note rock. Le luci si abbassarono e una leggera nebbiolina si sollevò da un impianto nuovo di zecca. Beky si precipitò al tavolo delle sorelle prima che gli altri potessero raggiungerla, inseguita da quella musica spietata.
Regina la incalzò. «Allora?»

«Ma l'hai visto da vicino?» Beky aveva gli occhi sgranati e il volto arrossato per l'eccitazione.

«Direi proprio di sì, a meno di mezzo metro di distanza, a dirla tutta, mentre ci ispezionava dall'altro lato dello sportello.»

«Ragazze, vorreste rendere partecipe anche me?» urlò Angelica portandosi le dita alle tempie. «Chi è quel ragazzo?»

Beky appoggiò una mano di lato alla bocca e urlò: «È un figo pazzesco, uno di quelli al quale la vecchia Beky non avrebbe esitato nemmeno mezzo minuto a dare una bella ripassata.»

Beky vide le sorelle agitarsi a disagio sulla sedia e lanciare occhiate alle sue spalle. Un lieve movimento d'aria portò alle sue narici le note legnose del patchouli. La mano rimase sospesa a mezz'aria. «È dietro di me, vero?»

Regina annuì e Beky si lasciò cadere di peso sulla sedia. «Che figura di merda.» Non ebbe il coraggio di voltarsi.

«Oh, pensavo tu le collezionassi, tante ne porti a casa!» fu il sarcastico commento di Regina.

«Spero abbiate gradito» La voce David sovrastò il chiasso. Il ragazzo prese posto accanto a lei e rivolse un'occhiata alle tazze vuote. Quando Beky si decise ad affrontarlo, si scontrò con il suo luccichio divertito.

«Oh, molto! Era davvero quel che ci voleva» commentò Angelica massaggiandosi la pancia con immensa soddisfazione.»

«Felice d'aver contribuito.»

Giunsero anche Jenny e Christian, che presero posto prima di fare le dovute presentazioni, quindi fu intavolata una conversazione urlata, fatta più che altro di cenni e sguardi. Sull'angolo del tavolo giacevano due carte delle bevande, che Jenny afferrò e distribuì. Angelica scosse le mani mimando un secco no, Regina si allungò per prenderne una e Beky declinò distratta.

Ogni volta si rivolgesse a lei, David s'avvicinava in

modo pericoloso al suo orecchio soffiandovi le parole in maniera seducente. Non c'era niente in lui che non la affascinasse e non le destasse un persistente languore.
Christian a un certo punto sollevò le braccia reclamando l'attenzione. «Allora, avete scelto i vostri cocktail?»
«Per me un mojito» rispose subito Beky.
Regina abbassò la carta delle bevande e assunse un'aria contrariata. «Beky, ma tu non do...» mentre lo sguardo si appuntava oltre la spalla di nostra sorella, le parole si incastrarono in gola. Si raddrizzò sulla sedia e le artigliò il braccio. «Ma quella non è Pam?» Lo sgomento si era impossessato di lei, che continuava a fissare un punto dall'altro lato del locale. Beky ne seguì la direzione.
Erano là, insieme. Lui le stava carezzando una guancia con tenerezza, si chinò sulle sue labbra, poi le disse qualcosa e si allontanò per mettersi dietro il bancone. Rimasta sola, Pam incrociò le braccia attorno alla vita e strinse il labbro inferiore tra i denti. Rimase alcuni attimi in contemplazione della band, dondolandosi a ritmo di musica, poi lasciò spaziare lo sguardo attorno e s'immobilizzò. Le braccia si distesero lungo i fianchi appena i loro sguardi si scontrano provocando scintille di ghiaccio. L'amica dischiuse le labbra e un lampo di panico le attraversò gli occhi prima che sfrecciasse via nella direzione in cui era sparito Massimo. Da lì non poteva vederlo, la folla era accalcata davanti al bancone.
«Non posso crederci» Regina si sporse in avanti e cercò la mano di Beky; era fredda, e lei la strinse con forza. La sua voce scese di tono «Beky...»
L'attenzione di tutti fu rivolta a quest'ultima, che scosse le spalle. «Tranquilli, lo sapevo già.»
«Lo sapevi?» esclamò Jenny. «Quando, come...»
«Questa mattina me lo ha rivelato Jo. Ho avuto tutto il tempo di assimilare la notizia, elaborarla e digerirla.»
«Quindi avevo ragione, la camomilla serviva più a te

che a me» sogghignò David strappando un sorriso a tutti. Beky lo gratificò di un occhiolino.

«Sì, be', per fortuna l'ho scoperto in anticipo, non credo la mia impulsività mi avrebbe permesso di reagire con altrettanta disinvoltura, se mi avessero sbattuto la loro storia davanti agli occhi all'improvviso.»

Angelica si lasciò andare contro lo schienale e prese a strofinarsi le cosce con le mani ben aperte. «In un modo o nell'altro, le persone a cui teniamo finiscono per ferirci. Nessuna Graziati, a quanto pare, ne è immune.»

Fu Christian a passarle un braccio attorno alle spalle per trarla a sé in una manifestazione d'affetto. «Le delusioni fanno parte della vita, ma si deve guardare oltre. Per ogni fregatura, c'è qualcosa di migliore, dietro l'angolo.»

Fra i sei seduti al tavolo scese un silenzio teso. Fu Beky a spezzarlo, facendo raschiare la sedia sul pavimento mentre si alzava di scatto.

«Devo chiudere quella porta per poter andare avanti. E lo farò subito.»

Regina le fu accanto in un attimo. «Beky, che intenzioni hai?»

«Non picchierò nessuno, non temere!» Aprì e chiuse le mani in maniera scherzosa e fece per allontanarsi.

Jenny le afferrò una mano. «Vuoi che venga con te?»

«No Jenny, fidati di me.»

«Ma tu stai soffrendo, e quando succede non sei lucida.»

«Ehi, secondo te sarei rimasta così calma se me ne fosse fregato qualcosa? E comunque, sei tu quella che commette cazzate quando non è lucida.»

«Beky?» Stavolta era Christian. «Per quel che possa valere, sono dalla tua parte.»

Il cuore le si riempì d'emozione a quelle parole. Suo cognato. Il miglior amico di Massimo era dalla *sua* parte.

«Grazie Chris.»

Si voltò, ma non ebbe il tempo di muovere due passi che

si ritrovò a sbattere addosso a Massimo. Trasalì e fece un passo indietro. L'espressione di quel mascalzone era dura, inflessibile, quasi fosse lui a doversi sentire oltraggiato. Beky ne seguì la curva della spalla e giù, fino alla mano stretta in quella di Pamela e di nuovo risalì, sul viso di lei. Sembrava contrita, ma a lei non gliene fregava un bel niente di come Pamela potesse sentirsi ora. Aveva tradito la sua amicizia, per Beky non esisteva più.

Fu Massimo a iniziare. «Rebecca, non che dobbiamo a te una spiegazione, ma c'è una cosa che Pam ci tiene a dirti.»

Beky esplose in una risata lasciandolo basito. «Sei già partito male, con questa frase di merda, ma puoi risparmiarti il discorsetto perché so già tutto. Non me ne frega un cazzo con chi ti vedi, puoi anche scoparti l'intero popolo femminile che frequenta questo locale. Eccezion fatta per le sorelle Graziati, ovviamente, ma dubito che mai una di noi si farebbe mettere le mani addosso da un tale viscido.» Si spostò di lato per fronteggiare Pam. «È da te che non mi aspettavo una pugnalata del genere. Tu sapevi tutto, avresti potuto almeno dirmi della sbandata per lui. Invece ti sei nascosta come una codarda e questo non è da te, Pam. Tu non sei così. Ma forse… Forse sei talmente brava a fingere da averci fregate. Magari sei davvero così stronza e quella che ho conosciuto a Milano era solo una delle tue facciate!»

Pamela restrinse gli occhi e assunse una vocalità distaccata mai avvertita prima in lei. «Beky, il mondo non gira intorno a te. Io non sono Margherita, che si tiene alla larga da Matteo per colpa tua.»

«Che cazzo c'entrano Margherita e Matteo, adesso?»

«Che c'entrano? È innamorata di lui da una vita! Poi arrivi tu e ti prendi quel posto che lei desiderava tanto. Non ha potuto far altro che mettersi da parte, soverchiata dalla tua personalità.»

Beky credette che i bulbi oculari le sarebbero potuti esplodere da un momento all'altro. «Ma non me ne frega un accidente di Matteo, e lei lo sapeva bene! Tu lo sapevi bene, e sapevi anche quanto soffrissi per Massimo!»

«No, un attimo, frena, frena!» intervenne Massimo mentre lasciava di scatto la mano di Pamela. «Cos'è questa storia che non te ne frega niente di Matteo? Non è il tuo ragazzo?»

«No che non lo è! È stato tutto un malinteso solo per... Una scusa per non dover...» si morse la lingua e serrò le palpebre per un istante. Non poteva certo rivelare lì, davanti ad Angelica, la ragione per la quale aveva inventato quella storia che poi le era sfuggita di mano. Tornò a rivolgersi quindi a Pamela. «Ma tu lo sapevi, Pam, sapevi ogni cosa, sei stata custode dei miei segreti e delle mie sofferenze. Sai bene come è nata quella bugia. Credevo fossi amica mia... Chi diavolo sei tu?»

«Tu sapevi?» Massimo stavolta si rivolse a Pamela, l'aria parecchio turbata. «Pamela, tu mi hai detto che Rebecca e Matteo stavano insieme e che lei, in quei sei mesi, non vi aveva mai parlato di me.»

Le pupille di Pamela si dilatarono mentre continuava a fissarlo a corto di parole. Fece per prendergli la mano, ma lui si divincolò di scatto.

«Ma con chi cazzo ho a che fare? Siete tutte fuori di testa. Tu» e stavolta si rivolse a Beky puntandole contro un dito. «Avveleni chi ti sta vicino. Con le tue menzogne e le tue moine circuisci le persone e le mandi fuori di testa. L'hai fatto con me, con mio fratello, e anche con Pamela!»

«Ah, sarebbe Pamela l'innocente?»

Massimo mosse un passo fino a portarsi a pochi centimetri dal suo viso, occhi negli occhi. «Di certo non lo sei tu!»

In un attimo Jenny gli fu addosso, spingendolo via dalla gemella. «Non ti permetto di parlarle in questo modo! Stai superando il limite.»

«Ha ragione, Massimo» l'appoggio Christian. «Adesso stai esagerando.»

Beky si piazzò di nuovo davanti a lui, ignorando il braccio proteso della gemella. «No, ragazzi, lui ha detto la sua, adesso spetta a me dire quel che penso di lui.» Fissò le sue iridi scure che un tempo aveva trovato tanto dolci e comprensive, ma stavolta vi colse solo il vuoto.

«Me ne sono andata per dimenticarti. Sono stata via sei mesi e non è servito a nulla, poi torno, e mi bastano due settimane per capire che stronzo sei! Ti ritenevo migliore di me, pronto ad aiutarmi senza giudicare, senza cercare di cambiarmi. Un corno! Non hai fatto altro fin dal momento in cui ho iniziato a lavorare per te. Ti andavo bene, dicevi. No, ad andarti bene era quella che mi sforzavo di essere, mentre tu cercavi di cambiarmi ogni maledetto giorno! Non hai fatto che biasimarmi in una maniera talmente subdola da far sì che mi sentissi sbagliata! E mentre annaspavo in cerca d'aiuto, tu mi hai cacciata. Ho rigato dritto per mesi solo per essere amata, ma sai che ti dico? Vaffanculo!»

Lo vide trasalire e accusare il colpo, e mentre alle sue spalle si levava un brusio di esclamazioni, proseguì. «Ero cieca perché pensavo d'amarti, e invece la mia era solo ossessione. In realtà non mi fai battere il cuore, non mi provochi un buco nello stomaco! Tu per me non sei niente! Hai capito? Io non ti amo e nemmeno ti odio. No, io ti compatisco, ora che riesco a vederti per quello che sei realmente! *Tu* sei il mio veleno, e non il contrario!» urlò con maggior enfasi. Una risata si liberò dal suo petto, poi gli voltò le spalle e fece per andarsene, lasciandolo ammutolito a osservare il suo didietro allontanarsi. Poi ci ripensò e si rigirò a guardarlo. «Porta a tuo fratello un mio messaggio: Beky ha detto che avevi ragione, certe persone non cambiano.» Quindi puntò Pamela, che si era messa in disparte.

«Ecco perché non ho mai avuto amiche femmine: le mie

sorelle non mi pugnalerebbero mai alla prima occasione.» In due falcate Massimo la raggiunse e le afferrò il braccio con forza, portando ancora una volta il viso a pochi centimetri dal suo, stravolto dalla collera. Non l'aveva mai visto così.

«Tu pensi di avere ragione, di essere perfetta, ma sai che c'è? Io ho cercato di cambiarti, è vero, ma solo per il tuo bene. Ti stavi distruggendo con le tue stesse mani! Avevo visto qualcosa di buono in te, ho cercato di tirarlo fuori ma mi stavo sbagliando!» La trafisse con uno sguardo carico di biasimo. «Ci ho provato, Beky, ma poi ho visto che era una battaglia persa perché non avresti permesso a nessuno di aiutarti.»

«Io non ho bisogno dell'aiuto di nessuno, Massimo! Al contrario di te, mi basto da sola. Lo sai che c'è? Fottiti, tu e la tua maledetta presunzione di sentirti perfetto!»

Una mano forte e calda si mise fra loro togliendo quella di Massimo dal suo braccio con uno strattone. Poi David fece da parte Massimo con una spallata e si chinò all'orecchio di Beky. «Non dargli altra soddisfazione. Vieni via con me.»

Le cercò la mano e allacciò le dita alle sue. Beky glielo lasciò fare, sollevando su di lui un accenno di gratitudine. Tirandosela appresso con presa possessiva, la condusse fuori. Nel cortile si sfilò la propria giacca di pelle e gliela porse.

«Si gela, ti prenderai un malanno se non ti copri» sussurrò a pochi centimetri dal suo viso, mentre le sistemava il giubbotto sulle spalle avvolgendola con le braccia possenti. «La mia auto è là, ti porto ovunque tu voglia.»

Beky si sentì perduta fra quelle braccia. Fissò le sue labbra, le aveva all'altezza degli occhi, e nel suo petto qualcosa scalpitò dando vita a un tremolio irrefrenabile.

«Andiamo, stai gelando.»

Giunti in auto, si abbandonò contro il sedile e lo ringraziò stringendosi nella sua giacca. Il corpo era scosso dai tremiti.

Le rivolse uno di quei diabolici sguardi che avevano il potere di prosciugarle l'aria dai polmoni. «Allora, dove ti porto?»

«Ovunque ci sia dell'alcol.»

«Niente camomilla?»

Il sorriso s'allargò. «Niente camomilla. Ho vomitato quello che avevo nello stomaco, ora sto molto meglio.»

David inarcò un sopracciglio. «Dunque, sei *completamente* libera?»

«Come non lo sono mai stata.»

«Bene.» Ingranò la marcia e partì. «Non lo sarai per molto.»

Capitolo 23

(L'amore esiste – Francesca Michielin)
Può crescere dovunque, anche dove non ti aspetti,
dove non l'avresti detto, dove non lo cercheresti. Può
crescere dal nulla e sbocciare in un secondo
può bastare un solo sguardo per capirti fino in fondo

«Ma che ti è saltato in mente, Pam? Come hai potuto farle questo?» Regina era infuriata con l'amica e disprezzava Massimo con tutto il cuore.

«Regina, è accaduto e basta. Sono venuta qui per... non importa, ma ho conosciuto lui. Mi sentivo sola.»

«Avevi noi.»

«Avevate i vostri casini a cui pensare, non c'era spazio per me.»

Regina era stravolta dalla collera. «Santo cielo, Pamela, dovevamo riassestarci, risolvere alcuni problemi, l'hai visto tu stessa la sera in cui siete arrivati, in che situazione ci trovassimo. E ne conoscevi anche il motivo» aggiunse con aperto biasimo. «Ma siamo venute da te, stamani, e mentre Beky era dispiaciuta per averti lasciata da sola, tu eri con *lui*!»

Pamela scosse la testa ma non alzò la voce. Lei non lo faceva mai, conservava in ogni occasione quel fascinoso aplomb che invece mancava a lei e a tutte le sue sorelle. Tranne forse ad Angelica, che se ne stava lì, in silenzio, ad ascoltare con il volto pallido e le mani attorno al pancione. «Certo, ne conoscevo il motivo, ma tu non conosci quelli che mi hanno spinta qui. E se dobbiamo giocare a carte scoperte, allora facciamolo! Il motivo che mi ha spinto qui sei tu!»

Regina spalancò gli occhi. «Io?»

«Esatto.» Pamela posò una mano su quella di Regina, che invece la ritrasse di scatto.

«Forse è meglio se vi lasciamo sole» suggerì Jenny con una strana inflessione nella voce.

«No, potete anche rimanere, non me ne frega niente.» Pamela rivolse loro un'occhiata di sfuggita, «tanto domani me ne andrò e con molta probabilità non mi rivedrete più.» Tornò a rivolgersi a Regina. «Quando mi hai raccontato ciò che ti aveva fatto e detto quello schifoso, ho avvertito una profonda rabbia e il desiderio di fargliela pagare.»

«Di chi parli?»

«Di Eugenio Ferri.»

«Ferri? Che c'entra lui, adesso?»

Pamela proseguì. «Il giorno stesso che sei partita, sua figlia è venuta da me per quel tatuaggio. Ancora non accettavo il fatto che te ne fossi andata per colpa sua, così mi sono presa una piccola rivincita sulla viziata figlioletta.»

Regina sbiancò, attanagliata da un brutto presentimento. «Oh mio Dio, cos'hai fatto, Pam?»

«Le ho suggerito di fare il tatuaggio dietro la spalla sinistra. "Ti tatuerò il tuo nome" le ho detto.» Uno sbuffo derisorio. «Invece le ho impresso sulla pelle la scritta *Fottiti bastardo.*»

Regina trasalì e si portò le mani alla bocca. Le sorelle ebbero la stessa reazione, Christian sussurrò invece un'imprecazione.

«Lei voleva vedersi allo specchio, ma io l'ho coperta e detto che l'indomani mattina avrebbe potuto vedere la bella sorpresa. Le ho suggerito di farsi aiutare da suo padre a togliere la pellicola fissata con il cerotto in TNT. L'unica cosa che rimpiango è non aver potuto assaporare la reazione di lui. Ma ne ho avuto un piccolo assaggio quando si è presentato alla mia porta.»

Regina non riusciva a credere alle proprie orecchie.

«Pam, ma che cosa hai fatto?»

«Ti ho vendicata perché tu non hai avuto il coraggio di farlo da sola. Sei fuggita, invece di rimanere lì a combattere, esattamente come facesti quando lasciasti il tuo paese.»

«Ma io lì non avevo nulla per cui combattere!»

«Avresti potuto avere me!» Stavolta Pamela urlò, lo fece veramente, spiazzandola. «Mi ha fatta picchiare dai suoi uomini, poi è andato dai miei genitori e li ha minacciati di denunciarmi. Ha chiesto in cambio un cospicuo risarcimento.» Allargò le braccia. «Non ho più niente. Si sono presi l'appartamento, hanno tagliato i miei fondi, mi hanno sbattuto le porte in faccia. Margherita non sa niente, ma dal prossimo mese dovrà pagare l'affitto ai miei genitori, se vorrà rimanere in quell'appartamento, e non sarà una cifra che possa permettersi da sola. Così, ho pensato di venire qui.»

«A rovinare la vita a noi?» commentò Regina disgustata da tutto ciò.

«All'inizio ero venuta qui solo per te, ma poi ho visto come ve la passavate e ho conosciuto Massimo. È stato una valida distrazione, un piccolo atto di rivincita.»

«Pamela, tu lo hai sedotto solo per allontanarlo da Beky, e per vendicarti perché abbiamo lasciato Milano?»

«Siete venute per sconvolgerci la vita, e poi ve ne siete andate senza esitazioni. Ma d'altronde è questo che fate voi sorelle, no?» Allungò le mani per afferrare quella di Regina che lei, ancora una volta, ritrasse di scatto. «Ancora non l'hai capito? È te che voglio» confessò con voce supplichevole.

Il battito di Regina perse un colpo, poi tornò a sfidare

quello delle batterie che riecheggiavano nel locale. Attorno a loro tutto continuò a scorrere velocemente; visi sudati che ballavano e ridevano mentre le braccia si sollevavano a ondeggiare sopra le teste. Le parve una situazione al limite della realtà. In tutto quel caos loro sembravano rinchiusi in una bolla. Regina non riuscì a sostenere lo sguardo di Massimo, pietrificato alle spalle di Pamela né quello delle sorelle che sentiva appuntato addosso, era troppo imbarazzata.

Scandì il commento con estrema lentezza. «Ma non ha alcun senso quello che stai dicendo, tu hai la mente deviata.»

«Pamela, è tutto vero?» tuonò la voce sconvolta alle spalle della ragazza.

Pamela non si degnò nemmeno di guardarlo in volto, gli parlò inclinando appena il collo. «Massimo, non prenderla sul personale. Mi sentivo sola e tu mi attraevi. Mi piacciono sia gli uomini che le donne. Ma Regina… per lei farei di tutto.»

«No, basta, ragazze, scusate, ma per questa sera ho avuto fin troppe emozioni». Angelica si alzò in piedi a fatica, subito aiutata da nostro cognato. «Forse sarebbe stato meglio se non fossi venuta affatto. Oggi è sabato, c'è sciopero dei medici in ospedale e Daniele è l'unico di turno. Non vorrei trovarmi a faccia a faccia con lui. Christian, potresti riaccompagnarmi?»

«Ma certo, andiamo.»

«No, Angelica, vieni con me. Tanto qui non c'è altro da aggiungere» intervenne Regina che rifilò a Pamela un ultimo suggerimento: «Pam, tornatene a Milano, non c'è niente per te, qui.»

«Regina, ti prego…» tentò d'implorarla.

«Non voglio più vederti, risolviteli da sola i tuoi casini!»

Regina fu irremovibile. Scontrandosi con quella sua glacialità, Pamela abbassò le ciglia e lasciò il locale. Un sospiro collettivo seguì la sua dipartita.

«Accidenti, che serata!» commentò Christian. «Era da

tempo che non ne avevamo una tanto movimentata.»
Jenny gli si avvinghiò al braccio. «È l'effetto *sorelle Graziati*, tesoro, facci l'abitudine.»
«Temo d'averla già fatta» affermò lui chinandosi a baciarla.
Massimo era ancora lì, le mani in tasca e l'aria funerea. «Regina, vorrei parlare con te, se puoi dedicarmi cinque minuti.»
Regina guardò Angelica, che annuì e rispose: «Cinque minuti: se non sarai tornata vado via con loro.»

Sul retro del locale, Massimo si passò una mano sul viso con un gesto stanco. Regina gli indirizzò tutto il proprio biasimo. «Tu l'hai ferita, Massimo. Sei uscito con la sua amica, perché l'hai fatto?»
«Lei aveva un ragazzo, Regina, quello che faccio nella mia vita non è affar suo» si difese lui con impeto. «Passa da un ragazzo all'altro con imbarazzante disinvoltura, mi chiedo se sia mai stata innamorata di qualcuno, e se mai lo farà al punto di non desiderare nessun altro.»
«Se dici questo, allora non è vero che la conosci così a fondo come pensi» lo rimproverò con amarezza. «Massimo, l'ultimo ragazzo sul quale mia sorella ha posato gli occhi, o le mani, se è per questo, sei stato tu. In quei sei mesi in cui abbiamo vissuto a stretto contatto l'ho tenuta d'occhio, e posso assicurarti che non ha più bevuto un solo alcolico, e tu sai che i casini peggiori li combinava da ubriaca. Non ha avuto pensieri che per te. Si è buttata sul suo lavoro e sui dolci, con l'obiettivo di farsi perdonare da te, un giorno. Se mai mia sorella ha amato davvero qualcuno, quello sei proprio tu, povero sciocco. Sei tu l'unico che è stato in grado di farle venire voglia di mettere ordine nella sua vita!»
Massimo scosse la testa, confuso. «Ma allora Matteo?»
«Matteo non è mai stato il suo ragazzo. Lui ci ha prova-

to, ma lei lo ha sempre rifiutato con decisione.»

«Regina, lei stessa ha annunciato il fidanzamento in quella fottuta videochiamata, disintegrando le mie convinzioni! Lui si è presentato a me come il suo fidanzato. L'ha baciata, davanti ai miei occhi, e lei non ha fatto niente per negare tutto ciò.»

«Oh, ti sbagli. È venuta da te per spiegarti tutto, ma tu l'hai attaccata senza lasciarle modo di spiegare. L'hai cacciata, ancora, e lei non ha potuto far altro che allontanarsi da te. Quel giorno era già stato duro per lei. Angelica aveva scoperto la verità su Daniele e accusato lei di averla tradita, poi l'arrivo di Matteo, e infine il colpo di grazia gliel'hai inferto tu.»

«Ma perché? Perché lo avrebbe fatto? Perché inventarsi che Matteo fosse il suo fidanzato?»

Regina sospirò, appoggiò le spalle contro la porta chiusa e lo fissò con intensità. «Beky aveva appena scoperto che Daniele era sposato. Quello è stato l'inizio di ogni disastro. Lo ha detto a me e insieme volevamo dirlo a Jenny, ma proprio mentre stava per farlo è arrivata Angelica e, vedendola così felice, non è riuscita a dire niente. Qualcosa però dovevamo inventarci, e visto che Matteo continuava a provarci con lei... Tutto in quella maledetta videochiamata alla quale *tu*, non avresti dovuto partecipare.» Assunse un'aria sprezzante. «Poi la storia è sfuggita di mano, la notizia ha raggiunto i nostri genitori che ne sono rimasti entusiasti. A quel punto non poteva ammettere che si trattava di una bugia, perché facendolo avrebbe dovuto spiegare *perché* si fosse inventata una simile storia. Non voleva deludere nessuno né tantomeno veder soffrire di nuovo Angelica, così abbiamo continuato con questa farsa. Sarebbe dovuta finire di lì a poco, adducendo come scusa la lontananza, ma poi Matteo ha avuto la bella idea di farle una sorpresa arrivando all'improvviso. Si è calato così bene nel ruolo da coinvolgere anche te. Ma tra loro c'è

un rapporto prettamente lavorativo.»
Massimo abbassò la testa, sconfitto. «Sono stato un vero idiota.»
«Lo sei stato. Le hai rivolto delle affermazioni pesanti. Le pensi davvero?»
Lui fece un'alzata di spalle. «Anche lei non c'è andata leggera. Sì, pensavo tutto quello che le ho detto, ma ammetto di essermi lasciato trascinare dalla rabbia del momento.»
Regina lo osservò, valutando se offrirgli un consiglio o mandarlo al diavolo. Consultò l'orologio sul polso e guadagnò l'uscita. Tuttavia, si fermò, la mano poggiata sullo stipite e l'altra sulla borsetta appesa alla spalla. Si voltò a metà e aggiunse: «Massimo, voi due non siete fatti per stare insieme. Avete percorso un breve tratto di vita, forse ha aiutato entrambi a conoscere meglio voi stessi, ma ciò che avete in comune finisce lì. Siete agli antipodi, e le vostre non sono quel tipo di differenze che si compensano, bensì quelle che dividono.»
Massimo si portò le mani in alto, dietro la testa, e soffiò tutta la propria frustrazione. Regina scosse la testa; l'indecisione che poteva scorgere in lui era deleteria, lei lo sapeva bene. Sperò di sbagliarsi, ma...
«La odio.»
Trovò conferma in quella breve affermazione.
Massimo riprese con maggior disperazione. «La odio perché non la voglio, eppure sento di non poter fare a meno di lei nella mia vita. La odio perché vorrei essere più simile a lei, e invece...» Poggiò la schiena contro la parete e si lasciò scivolare giù, le ginocchia piegate e la testa affondata tra le braccia. Un ultimo sussurro accompagnò Regina mentre gli voltava le spalle.
«La odio perché continuo ad amarla, e non lo vorrei.»

«Perché sei qui?»

«Qui con te, o in questo paese? Perché le risposte sono molto differenti.»

Seduti a un tavolo appartato nella saletta del "Bar Giulia", lungo il molo di Porto Santo Stefano, Beky lo fissava affascinata. Erano seduti da quaranta minuti; dopo due spritz aveva avvertito la necessità di qualcosa di più forte, e sotto lo sguardo affascinato di lui – che aveva emesso un lungo fischio e avallato tale ordinazione anche per sé – aveva ordinato due *orgasm*. Adesso sentiva che i sensi cominciavano a ottundersi. Qualunque ragazzo avrebbe approfittato di quella sua vulnerabilità, altri le avrebbero suggerito di andarci piano, ma non lui. David non le stava imponendo alcun freno né la incalzava in alcun modo; la lasciava semplicemente libera di essere se stessa. Di perdersi e ritrovarsi.

«Allora dimmele entrambe.»

David scolò il drink in un colpo, strizzò gli occhi e tornò a guardarla. «Sono in questo paese per un favore al mio più caro amico. Christian mi ha chiesto di collaborare con l'agenzia per alcuni servizi fotografici, e io ho accettato.»

«Quindi sei un fotografo?»

«Ci provo.»

«E fai questo per vivere? Servizi fotografici?»

«Diciamo di sì. Mi piace spostarmi di continuo, e venire qui era un'occasione per passare del tempo in un posto diverso.»

«Non c'eri mai stato?»

«In realtà sì, spesso sono stato ospite di Christian, durante l'estate, ma ultimamente preferisco alloggiare in albergo. E questo» fece un largo gesto con il braccio per indicare il luogo circostante, «è il mio rifugio, un po' come per te lo è il "Blue Moon".»

L'espressione di Beky s'incupì, mentre diceva: «Lo era.»

David intrecciò le dita delle mani e vi posò il mento senza mai perdere il contatto visivo. «Il "Bar Giulia" è perfetto se vuoi passare una serata tra amici, o anche se sei in cerca di un luogo in cui lisciarti le penne da solo.»

«Mm, ne terrò conto sicuramente. Ormai ho chiuso con quel pub. E con il suo proprietario.» Solo nominarlo le procurava l'orticaria. Come aveva potuto sbagliarsi così? Trangugiò tutto d'un colpo il liquido bruno, che le bruciò la gola lasciandola momentaneamente stordita.

David osservava ogni suo movimento come un rapace. «E tu, cosa fai nella vita? Oltre a ficcarti nei guai e bere per dimenticarli, intendo.»

Beky si ritrovò a fissare un attimo di troppo quelle labbra atteggiate in una smorfia, ma poi dovette distogliere lo sguardo quando avvertì l'immediata reazione del proprio corpo.

«Io vivo costantemente in bilico tra quello che dovrei e quello che vorrei fare. Le due cose sembrano non trovare mai un punto d'incontro, e così finisco per incasinarmi la vita.»

«Se ti senti in bilico, buttati nel vuoto e vedi da che parte atterri.»

«Di sicuro non da quella giusta.»

«Giusto o sbagliato esiste solo nella tua mente. Liberati da quelle costrizioni e segui l'istinto. Quello non sbaglia mai.»

Beky gettò la testa all'indietro e rivolse l'attenzione al soffitto. «Negli animali, forse.»

Il sorriso di David divenne diabolico. «Be'? Non eri tu quella che chiamavano farfallina? Ritrova le tue ali e il tuo istinto, no?»

«Sei ben informato» scosse la testa velocemente come a scrollarsi via quella sensazione di annebbiamento mentale. «Ma tornando a te, non ti avevo mai visto prima d'oggi.»

«È stato davvero un gran peccato. La vecchia Beky mi avrebbe dato una ripassata senza pensarci più di mezzo minuto, non è così?»

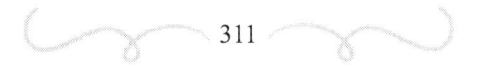

Beky tuffò il viso tra le braccia incrociate sul tavolo, la schiena che sobbalzava. Lui riprese a parlare con un accenno di provocazione ben presente nell'atteggiamento. «Ma forse saresti stata troppo piccola per me, all'epoca in cui trascorrevo qui l'estate. Tu sei la gemella di Jenny, io ho l'età di Christian, quindi abbiamo... sì, otto anni di differenza.»

Lei sollevò il mento per fissarlo da sotto la frangia blu, gli occhi scintillanti di ritrovata malizia. «E ora? Sarei ancora troppo piccola per te?» Si rendeva conto d'essere diventata audace, ma forse erano gli shot a parlare per lei.

«Ora saresti perfetta.» Quel sussurro, basso e carezzevole, la condusse diretta in purgatorio.

«E questo ci porta all'altra risposta.»

Lui mise la lingua tra le labbra e la guardò con un mezzo sorriso e l'aria da canaglia, facendole provare l'irrefrenabile impulso di saltargli addosso. La stava provocando spudoratamente, ne era consapevole, e la cosa la eccitava. Da tempo non incontrava nel suo cammino un uomo che sapesse stuzzicarla e tenerle testa come lui.

«Sono qui con te perché mi intrighi un casino. Ne ho conosciute, di ragazze, ma come te nessuna, mai.» Poggiò le mani sul tavolo e piegò la schiena. Beky si perse a fissare quelle mani virili, soffermandosi sulle dita che promettevano magie. La sua voce la ridestò. «Questa mattina mi hai invitato a fare un uso migliore delle mie mani. Suggerimenti?»

Beky sostenne quello sguardo malizioso. «Ne avrei diversi, devo ammetterlo.»

Il sorriso di David si accentuò, e di nuovo si sporse verso di lei. Il tono divenne confidenziale. «L'hai sentita anche tu, vero? O non saresti qui con me.»

L'eccitazione sembrava soffocarla. «Cosa dovrei aver sentito?»

«La corrente che è passata tra noi appena ci siamo visti, attraverso quel finestrino. È stata immediata. E poi al bancone del "Blue Moon", ancora più intensa. Ci conosciamo

da... quanto? Un paio d'ore, sommando i nostri incontri? Eppure, non ci serve parlare per capirci. È come se il tempo, per noi, non avesse consistenza.»
Beky si passò la lingua sulle labbra con una lentezza tentatrice. «E cosa sto pensando adesso, sentiamo?»
«In realtà quello che pensi adesso è la stessa cosa che stai penando dal momento in cui mi hai posato gli occhi addosso, e ammetto che è reciproca.» Lei sollevò un sopracciglio per incitarlo a proseguire, mentre cominciava ad avvertire un caldo insopportabile. «Vorresti baciarmi, assaporare le mie labbra e sentire che effetto fanno le mie mani su di te. Dentro di te. Ti eccita il solo pensarlo.» Il grigio scuro di quegli occhi luccicò.
Beky avvampò e avvertì una scossa nella sua femminilità. Doveva mettere fine a quella dolce tortura e andarsene da lì... «Se ne sei così convinto, ed è la stessa cosa che desideri anche tu, perché siamo ancora qui?»
Colpito. «Avevi bisogno di lasciar scivolare via le parole che hai scambiato con quell'idiota. Di conoscermi e fidarti.»
«L'ho fatto. A dire il vero penso di essermi ubriacata!» Rise, poi ridivenne seria di colpo, passandosi la mano su un lato del viso gemette. «Perché mi hai lasciata bere così tanto?»
«Perché avrei dovuto frenarti? Tu conosci i tuoi limiti, non ti serve qualcuno che ti dica cosa fare.»
Non riusciva a credere alle proprie orecchie. Finalmente una persona che non la giudicasse. Era reale o solo un sogno?
«Se è vero quello che dici, tu sei l'uomo perfetto per me.»
Stavolta fu lui a ridere di gusto. «È vero quello che dico, ma sono l'esatto opposto della perfezione, credimi.»
«La perfezione è sopravvalutata.»
«La perfezione non esiste» replicò lui, convinto. «È un concetto astratto, soggettivo. Non inseguirla o finirai per

non gustarti i piaceri della vita.»
«Oh, non ho mai aspirato a tanto, te lo garantisco.»
«E fai bene, sono i tuoi difetti a renderti unica. Per te, e per l'uomo che avrà la fortuna di appartenerti.»
Beky non aveva mai pensato a quel concetto; per lei era un termine sconosciuto. Neanche nei suoi dipinti ambiva a raggiungerla. C'era stato un tempo in cui la sua priorità era divertirsi, un altro in cui era sentirsi accettata e... sì, amata. Ma ora, quale era la sua priorità? Rendersi conto di non saperlo le provocò una contrazione allo stomaco.
Sospirò, guardandolo attraverso un velo di turbamento. «Io non lo sarò mai per nessuno.»
«Lo sei già, solo che ancora non lo sai.»
David coprì la sua mano con la propria, le dita si allacciarono in una stretta urgente, intensa. Poi di scatto lui si ritrasse. «Vado a salutare il proprietario, è un mio caro amico, e intanto saldo il conto. Tu aspetta qualche minuto, poi preparati per uscire.» Strizzò un occhio e si dileguò.

Beky aveva i sensi smussati dall'alcol, ma avvertiva una crescente smania che niente aveva a che fare con esso. L'aveva avvertita per tutto il giorno, dall'esatto momento, come anche David aveva sostenuto, in cui i loro sguardi si erano intrecciati. Può esistere il colpo di fulmine? Quello che ti *fulmina* letteralmente? Perché se esisteva, ne era caduta vittima.

Lui tornò, la prese per mano e la condusse fuori, nella notte fredda e buia. Le strade erano bagnate della marea che vi si era riversata per tutto il giorno, il lastricato della piazza riluceva sotto le luci dei lampioni e un tondo perfetto sovrastava la baia inondandola dei suoi bagliori lattiginosi. Beky lasciò la presa e salì sul serpentone di panche in marmo bianco che delimitavano il prato nella piazza, percorrendolo con equilibrio precario sul tacco dieci odiosamente scomodo.

«Non sei nelle capacità di mantenere l'equilibrio» l'a-

postrofò lui con voce ridente camminandole accanto, una mano protesa, pronto a sorreggerla.
«Naah, ti faccio vedere! Sono la regina dei banconi. Riesco a percorrerli in perfetto equilibrio fino al sesto drink, e me ne manca ancora... oh!»
Sbandò, il tacco s'inclinò e lei cadde di lato, dritta fra le braccia di David, pronto ad accoglierla. La tenne qualche attimo prima di lasciarla scivolare a terra. Incollò il corpo a quello di lei, gli sguardi allacciati in una danza senza tempo. Beky poteva sentire la durezza di quel corpo scultoreo e il calore che esso emanava.
Senza preavviso le catturò le labbra, un bacio prima leggero, poi sempre più affamato, esigente. Le dischiuse le labbra con la lingua ed entrò per giocare con la sua, eccitandola allo sfinimento. Le sue mani le afferrarono il viso, poi scesero di nuovo giù per stringerla a sé con brama.
Lei reclinò il capo all'indietro quel tanto per sussurragli un eccitato: «Ti prego.»
«Cosa vuoi, Beky?» L'alito di David le solleticò la pelle strappandole un gemito. «Dimmelo.»
«Fammi sentire perfetta.»
Un sorriso di trionfo gli incurvò le labbra prima che si impadronisse di nuovo delle sue, poi di colpo si staccò lasciandola con la bocca dischiusa, e allacciando le dita alle sue cominciò a correre verso il parcheggio.
«Alloggio in un albergo sulla panoramica, a un paio di minuti d'auto da qui. Ti va?» Mia sorella accettò di slancio.
Davanti all'ingresso dell'"Hotel Bike & Boat Argentario" Beky esitò, i piedi puntati sul lastricato rosso.
David inclinò la testa e la soppesò. «Hey, ripensamenti?»
Lei scosse la testa con forza. «No, no, è solo che...» Si morse il labbro inferiore. «Qui alloggia Pamela. *Quella* Pam.»
Le si piazzò davanti. «Ok. E vuoi lasciare che continui a

rovinarti la serata, o pensi di tirare fuori le unghie che sono certo non ti manchino?»

Una smorfia si delineò sul volto di Beky, mentre lo guardava con intensità; il desiderio che aveva di lui superava qualsiasi altro pensiero. Gli si avvicinò con due saltelli. «Fanculo Pamela!»

David scoprì i denti in quel modo che la faceva sciogliere. Accostò il badge al dispositivo sulla sinistra del portone, la prese per mano e in silenzio raggiunsero l'ascensore situato oltre la hall. Vi entrarono allacciati in un abbraccio; lui selezionò il quarto piano e mentre le porte si chiudevano calò di nuovo sulle sue labbra, le mani che la depredavano lasciando una scia di fuoco ovunque passassero. A fine corsa la prese in braccio e la trasportò fino alla stanza 404. Stavano per entrare, quando Beky lanciò un'occhiata fuori la porta a vetro che dava sul terrazzo e intravide il paesaggio illuminato.

Posò una mano sul battente per fermare la sua avanzata. «Fammi vedere il paese dall'alto, illuminato dalla luna» bisbigliò contro il suo orecchio.

Scivolò a terra e uscì sull'ampio terrazzo. Alcune lampade lo illuminavano attraverso dei giochi di luce che davano un effetto incantato e romantico. Beky raggiunse il parapetto e puntò lo sguardo verso il mare, illuminato da un opalescente bagliore. Numerosi puntini dei lampioni e delle abitazioni sembravano occhi che ammiccavano in ogni direzione.

«È assolutamente perfetto. È in un posto come questo che vorrei vivere, dove possa vedere il mare e la luna, e sentirmi in pace. È tutto perfetto.»

«Tu sei perfetta, ragazzina, e ora andiamo dentro, così posso dimostrartelo.»

Capitolo 24

(Solo te e me – Giulia Jean e Gionny Scandal)
Quando ti guardo e non so cosa dire
a volte penso solamente che
tutte le cose belle hanno una fine
l'unica eccezione siamo io e te

Le due del mattino. Avevano fatto del sesso grandioso e disinibito, avvolti nella semioscurità di quella stanza d'albergo, prima di crollare entrambi. Beky si alzò a tirare la tenda per permettere alla flebile luce esterna di rischiarare l'ambiente, poi tornò accanto a lui. Lo guardò dormire beato. Era coperto fino all'ombelico con il candido lenzuolo di cotone ormai stazzonato. Il torace nudo era liscio, coperto da alcuni tatuaggi tribali. Un braccio era ripiegato all'insù dietro la testa, coperto dai capelli ribelli. La barba copriva la curva decisa delle mascelle, le labbra dischiuse nel sonno, le ciglia calate sugli zigomi a celare quegli occhi che la incendiavano solo guardandola. Un dio greco sceso dall'Olimpo solo per lei. Se la perfezione esisteva, eccola, l'aveva provata insieme a lui.

Guardarlo le provocava delle scosse al basso ventre, un misto di eccitazione e qualcosa di più profondo che non riusciva bene a definire, cui non era in grado di dare un nome. Era bello da togliere il respiro, i suoi modi la intrigavano e aveva una gran voglia di saperne di più di lui.

Gli si stese accanto, incastrandosi sotto il suo braccio, e si lasciò cullare dal battito del suo cuore.

Si risvegliò di soprassalto, avvertendo l'urgenza di andare in bagno. Si alzò, e un senso di nausea le attanagliò lo stomaco. Avvertiva delle fitte sempre più insistenti attorno all'ombelico, alcune le toglievano il fiato. Il fastidio, prima, era solo leggero, e mentre era stesa sul letto e facevano sesso non vi aveva più badato. Avevano bevuto una coca-cola dal frigobar, dopo la quale i dolori si erano riaffacciati con insistenza. Forse aveva ecceduto troppo in zuccheri, quel giorno. Mentre camminava il dolore si fece più intenso verso il fianco destro fino a toglierle ogni forza. Si sentiva calda, febbricitante. Alcuni colpi di tosse le diedero l'impressione di squassarle il ventre. Sedette sullo sgabello del bagno e, poggiando i gomiti sulle ginocchia, si prese la testa fra le mani concedendosi dei respiri poco profondi.

«Ti sei pentita di quello che...»

Quell'intrusione nel silenzio la fece trasalire. David era sulla soglia del bagno, aveva indossato i boxer aderenti e la fissava corrucciato. Poi le nebbie parvero diradarsi. «Ma tu stai male!»

«Non volevo svegliarti, scusami.»

Si accucciò davanti a lei e le posò le mani sulle cosce. «Che cos'hai? Sono stato io, è colpa mia?»

Beky trovò la forza per sbeffeggiarlo. «Non prenderti meriti che non hai! Sei stato formidabile, ma non al punto di ridurmi così.»

«Beky!»

«Dev'essere la mia appendicite. Mi avevano avvertita, ma io l'ho trascurata e non ho preso nemmeno gli antinfiammatori.»

Lui si alzò e portò le mani ai fianchi. «Tu hai l'appendicite infiammata, e ti sei scolata tutti quegli alcolici!»

«Ho anche aiutato mia sorella a finire una scatola di

cioccolatini, per non contare la colazione a base di cornetto al cioccolato e cappuccino extra zuccherato.»
La guardò allibito. «Tu devi essere pazza. Stavi per caso cercando una *dolce* maniera per suicidarti?» Si affrettò a raccogliere da terra i propri indumenti e prese a vestirsi. «Chi avrebbe mai immaginato che la prima notte di sesso potesse concludersi con una corsa in ospedale! Forza, ti aiuto a vestirti, dobbiamo fare in fretta.»
«La prima?» Si lasciò aiutare a indossare il reggiseno; era dolorante, ma ancora ben ricettiva al suo tocco.
«La prima, esatto, ed è per questo che dobbiamo sbrigarci. Ho intenzione di ripetere quest'esperienza molte altre volte, credimi.»

Quaranta minuti più tardi raggiunsero il pronto soccorso di Grosseto. La situazione era tranquilla, la sala d'attesa deserta, eccezion fatta per un uomo, e una donna in avanzato stato di gravidanza appoggiata con una mano contro la parete, mentre con l'altra sembrava reggersi la pancia. Inspirava velocemente e controllava spesso l'orologio, prima di tornare a chiudere gli occhi e concentrarsi sulla respirazione. L'uomo accanto a lei si limitava a carezzarle la schiena senza emettere un fiato.
Seduta su una sedia di plastica blu accanto alla vetrata del gabbiotto, mentre David parlava con l'infermiere addetto al triage, Beky riportò l'attenzione sulle sedie vuote allineate davanti a lei, e lo squallore di quel posto la colpì. Detestava gli ospedali, se ne teneva il più lontano possibile. Le luci dei neon le davano fastidio agli occhi e lei li strizzò, concentrandosi sulla respirazione proprio come aveva visto fare a quella donna.
«Questa notte il personale in servizio è ridotto a causa di uno sciopero» la informò l'infermiere che le si piazzò davanti con il saturimetro tra le mani. Glielo applicò all'indice. «Oltre all'ostetrica c'è un solo ginecologo di turno

alle prese con due travagli, cui sta per aggiungersene un terzo.» Indicò con un cenno della testa la coppia poco distante. «Ma lei farà presto, è già al terzo parto, schizzerà fuori alla velocità della luce.» Ridacchiò alla propria battuta, che Beky ignorò, concentrata su un solo particolare che l'uomo aveva menzionato.

«Il ginecologo è Fontani?» Quando l'altro annuì, gli domandò se fosse possibile chiamarlo.

«Lo abbiamo chiamato poco fa per un consulto, una donna al terzo mese di gravidanza si è tranciata la lingua con la lama del minipimer e deve essere ricucita, ma il medico del pronto soccorso ha disposto che sia vista prima dal suo ginecologo.» L'uomo scosse la testa e si riappropriò della pinza del saturimetro. «Ma dico io, come si fa, in piena notte, a farsi venire voglia di una vellutata di carote? E poi leccare le lame senza aver prima staccato la spina dalla corrente.» Scosse la testa. «Queste donne incinte non le capirò mai.

A Beky quelle chiacchiere non interessavano, ma a quanto pare lui si sentiva in vena di far conversazione. Alle spalle dell'uomo, dritto davanti a Beky, David allargò le braccia spazientito.

«Oscar, dov'è la paziente che si è... Rebecca! Che è successo?» Daniele si avvicinò a lei a passo spedito.

Beky premette una mano sul ventre. «Un dolore fortissimo qui.»

Daniele le si inginocchiò davanti e, dopo averle chiesto di reclinarsi, le tastò l'addome.

«Immagino tu abbia ignorato le prescrizioni mie e di Denise.»

«Ho avuto altro da fare» commentò lei abbozzando un sorrisino.

Lui lanciò un'occhiata seriosa a David. «Sì, lo immagino. Adesso dovrai fare degli esami per accertare la situazione, ma presumo che dovremo intervenire»

«E mi opererai tu?»
«No, certo che no, ho già il mio bel daffare, stanotte, e questo esula dal mio campo.» Sollevandosi, porse a David la mano. «Io sono suo cognato. Daniele.»
L'altro gliela strinse con energia, alternando lo sguardo tra lui e Beky. «David.»
Daniele tornò a dedicarsi a lei. «Ti hanno già assegnato il codice?»
Scosse la testa. «Quell'infermiere ha solo rivolto alcune domande a David prima di misurarmi la saturazione.»
«Ci penso io. Ti accompagno dal medico del pronto soccorso, poi devo scappare, ma ti prometto che verrò ad accertarmi personalmente sull'evolversi della situazione. Oscar!» urlò poi all'infermiere che, ora, aveva attaccato bottone con la partoriente che gli lanciava occhiate truci.
«Comandi!» scattò l'uomo con un gesto teatrale.
«Accidenti, con il personale ridotto ci mancava solo lui, stanotte» mormorò Daniele fra i denti, per poi acquistare un tono imperativo. «Questa ragazza è un codice rosso. Chiama l'infermiera del pronto soccorso.» Si rivolse poi a David sottovoce. «Se hai il numero, avverti la sua famiglia. Sono certo che Beky sta per essere operata d'urgenza all'appendicite.»
Beky sgranò gli occhi. «Non può essere evitato?» L'ultima parola sfumò in un attacco di tosse secca.
«No, Beky, io non credo.»
David assisté allo scambio di battute in un cupo silenzio. Quando Beky fu fatta stendere su una lettiga, David intrecciò le dita alle sue e le posò un bacio sulla fronte. Giunti in prossimità delle doppie porte la stretta si sciolse; prima di perdere il contatto visivo Davide le mimò con le labbra *«andrà tutto bene»*, poi estrasse il telefono dalla tasca e tornò sui suoi passi.
Lei fu condotta in una delle tante piccole celle del pronto soccorso per essere sottoposta a una visita approfondita.

Qui guardò il soffitto e una lacrima rotolò dall'angolo di un occhio. Nel frattempo Daniele chiamò un'infermiera dal reparto di ostetricia, dove fece condurre la donna in travaglio, visitò la paziente con la lingua tranciata e tornò di corsa da Beky. La diagnosi confermò la sua intuizione.

«Ho paura.» Gli occhi di Beky contenevano una chiara supplica.

Daniele le carezzò un braccio con affetto. «Non devi averne, sei in buone mani.» Indicò con un cenno la direzione dalla quale era venuta poc'anzi. «Ritieni di esserlo anche con lui?» Stava cercando di distrarla, era evidente.

Beky chiuse gli occhi e cercò conforto nel ricordo di quel volto piombato nella sua vita in modo improvviso. «È lui la mia parte mancante, me lo sento.»

Angelica sbatté le palpebre pigramente, e quando le sollevò del tutto si ritrovò a guardare il viso di Jenny chino davanti a lei. La sorella stava cercando di svegliarla con delle lievi carezze e la voce sottile. La stanza era avvolta dal buio rischiarato dalla luce che filtrava dalla porta aperta; alcuni rumori e bisbigli concitati provenivano dal corridoio, in prossimità della stanza dei genitori. Angelica guardò la sveglia sul comodino; le cinque del mattino. Il cuore le balzò in gola.

«Stai calma, Angelica, non agitarti.»

«Che è successo? Beky è rientrata?» Il primo pensiero andò alla sorella, poiché si era addormentata con il viso stravolto di lei ben piantato davanti agli occhi. Si mise seduta con apprensione.

«Angelica, mi ha chiamato Christian, sta venendo a prenderci. David era con lei quando non si è sentita bene. A quanto pare deve essere operata d'urgenza all'appendicite.»

Angelica assimilò la notizia con lentezza, mentre portava le mani al viso. «Santo cielo, Jenny, prima che litigassimo, Beky aveva avvertito un fitta al fianco destro. Daniele ha insistito per visitarla e ha riscontrato l'infiammazione. Le ha prescritto dei medicinali e una dieta, e consigliato di farsi controllare.»

Jenny scosse piano la testa. «Io non ne sapevo niente, o l'avrei costretta.»

«Io invece sono una pessima sorella. Ho pensato solo a me, alla mia frustrazione, invece lei si è trascurata per colpa mia!» Un pensiero la investì all'improvviso. «In quale ospedale si trova?»

«David ha riferito che ha insistito per andare a Grosseto, anche se più distante.» Jenny si morse il labbro, prima di proseguire. «Ha aggiunto di aver fatto la conoscenza di suo cognato.»

Angelica non si mosse di un millimetro. Perfino il respiro le si bloccò in gola. Le occorse qualche istante prima di riuscire ad articolare una frase. «Sarebbe potuta andare a Orbetello, e invece no, l'ha fatto apposta. Sapeva che lui sarebbe stato lì.»

Gettò le gambe fuori dal letto e si affaccendò davanti all'armadio, dal quale estrasse una maglia viola e una lunga gonna premaman.

«Angelica, tutto questo passerà e torneremo a essere felici, vedrai.»

Voleva davvero crederle. Desiderava smettere di covare tristezza e rancore, tornare a fidarsi delle persone, ma la vita sembrava non volergliene dar modo.

Poco dopo partirono tutti insieme con l'auto di famiglia a sette posti, Christian al posto di guida, poiché i genitori erano troppo provati per mettersi al volante.

Per l'intero viaggio Angelica rimase chiusa in un sofferente silenzio, la mano stretta a quella di Jenny e lo sguardo fuori dal finestrino, perso nel buio.

Era in momenti di disperazione come quello, che veniva più facile mettere nella giusta dimensione gli avvenimenti, e anche i problemi più insormontabili perdevano importanza davanti alla possibilità di perdere o veder soffrire una persona amata.

Pensò allora a Daniele. Se gli fosse accaduta una tragedia, si sarebbe mai perdonata d'averlo escluso dalla propria vita? Sarebbe riuscita ad andare avanti, dovendo spiegare a suo figlio perché il padre non l'avrebbe visto crescere?

Deglutì ripetutamente, asciugando furtiva le lacrime traditrici.

Giunti al pronto soccorso si guardarono attorno per orientarsi; Angelica intercettò subito David seduto a una sedia in fondo al corridoio, la testa sorretta da una mano mentre con l'altra teneva il cellulare contro l'orecchio. Sembrava così stanco e provato.

Gli corse incontro come poteva, i passi larghi e sgraziati la fecero sentire una papera. Lui non poteva averli visti, era rivolto verso il lato opposto, ma giunta a pochi passi di distanza una frase rubata alle sue labbra le provocò uno shock immediato.

«No, era troppo tardi, non ce l'ha fatta.»

Di colpo si frenò, tutto intorno a lei perse colore ed ebbe un mancamento. Cadde a terra prima che qualcuno potesse riuscire a sostenerla, urtando forte una spalla contro il pavimento. Christian e Jenny le furono subito accanto per sollevarla in posizione seduta, e anche David, accortosi del trambusto alle proprie spalle, mise via il cellulare e si inginocchiò davanti a lei.

«Cosa diavolo è accaduto?» lo sentì esclamare con voce preoccupata.

Angelica aveva le labbra esangui. «Beky! Beky è...» si piegò in due stringendosi il ventre dilaniato da una fitta.

«In sala operatoria.»

China accanto alla sorella, Jenny afferrò con forza il polso di David. «Dimmi la verità, ti abbiamo sentito dire che era troppo tardi e non ce l'ha fatta.»

David corrugò la fronte mentre passava in rassegna i visi davanti a sé. «No, io stavo parlando con un collega. Gli ho passato un servizio fotografico di cui non posso occuparmi, il cliente doveva inviarmi i dettagli ma l'addetta stampa non ce l'ha fatta a inviare tutto, ieri sera. Questo stavo dicendo...» allargò le braccia, spaesato. «Ma che avete capito?»

«Alle sei, David, tu alle sei del mattino parli al telefono con un collega!» sbottò Jenny con le mani a pochi centimetri dal viso di David, che inclinò indietro il busto, sconcertato da quell'assalto.

«Cristo santo, David, ci hai fatto prendere un colpo!» lo rimbeccò Christian, aiutando Angelica a sollevarsi.

Un'infermiera arrivò di fretta per prestarle soccorso, ma alle loro spalle giunse l'urlo di Caterina.

«Aiutatelo, aiuto, sta male!»

L'infermiera lasciò Angelica e corse subito da loro. Nostro padre era steso a terra, una mano stretta al petto.

«Sta avendo un infarto!» urlò la donna richiamando l'attenzione di Oscar. «Chiama il cardiologo reperibile.»

Angelica fu aiutata a rialzarsi e a sedere su una sedia accanto a David, mentre i familiari facevano capannello accanto a babbo, steso a terra, ora immobile.

Le doppie porte si aprirono di nuovo, e stavolta ne uscì Daniele. Cuffietta in testa e divisa verde, la sua attenzione si appuntò subito sulla nostra famiglia. Corse loro accanto e si fece spazio con destrezza; estrasse il fonendoscopio per auscultare il battito, e fece subito un cenno all'infermiere che, ora, sembrava aver perso la favella. Un altro medico sopraggiunse a tutta velocità. Scambiò alcune parole con Daniele, poi babbo fu caricato su una lettiga e condotto oltre le doppie porte.

L'infermiera di poc'anzi tornò da Angelica per premurarsi se stesse bene, ma lei la ignorò, intenta a osservare Daniele posare una mano sulla spalla di nostra madre.

«Soffre di cuore o è la prima volta?» Mamma esitò, portò le mani a coppa sul viso e si lasciò andare.

«In questo periodo è stato sottoposto a profondo stress. La pressione alta gli ha provocato dei disturbi. Poi i problemi di Angelica e ora Rebecca.» La sua voce si spezzò e le spalle furono scosse da un pianto silenzioso. Regina la abbracciò, poggiò la testa contro la sua, e Angelica si sentì più inutile che mai. Immaginò le stesse sussurrando qualche parola di incoraggiamento poiché poteva vedere la testa di mamma annuire.

Io, nel frattempo, stavo correndo come un pazzo per raggiungere l'ospedale il prima possibile, dopo la chiamata sibillina di Regina.

«Signora, lei era a terra, poco fa, e visto il suo stato è meglio che si faccia controllare» stava intanto dicendo l'infermiera alla mia sorellina incinta. «È di turno il dottor Fontani, un ginecologo.»

Una nuova contrazione le distorse i lineamenti. Trattenne il fiato per impedirsi di urlare, ma questa fitta era molto più dolorosa della precedente. Stavolta era diverso, non era come il pomeriggio precedente, qui dolori erano più intensi e profondi. Due mani la tennero per le spalle, e quando aprì di nuovo gli occhi, si trovò a fissarli in quelli preoccupati di Daniele.

«Angelica, sei in travaglio!»

«Come… sta… Beky?» Cercò di prendere fiato tra una parola e l'altra.

«Sta bene, l'intervento è riuscito» poi alzò la voce in favore di tutta la famiglia. «È in una stanza, ancora sedata ma in buone condizioni. Penso io a lei» disse infine abbassando la voce in favore dell'infermiera, che annuì e levò le tende.

«Grazie al cielo!» fu l'esclamazione collettiva.

«È stato fondamentale, per la buona riuscita dell'intervento, il tempestivo arrivo in ospedale» aggiunse ancora, volgendo un cenno d'approvazione a David, il quale annuì con visibile sollievo.

Angelica rivolse al cielo un muto ringraziamento. «Quando potremo vederla?»

«Presto. Ma prima occupiamoci di te.»

«Perché mia figlia era con te, a quell'ora?» tuonò la voce della mamma, che si scagliò contro David spezzando la tranquillità della sala d'aspetto. «Che ci faceva con te?»

David la fronteggiò, la postura rigida e un tono educato. «Era scossa, abbiamo trascorso insieme la serata, poi ci siamo addormentati. Al risveglio ha lamentato dolori al ventre e l'ho portata subito qui.»

«Avete dormito, come no. Tu l'hai fatta bere, immagino! Rebecca è fragile, si trova in un momento delicato e non ha bisogno di persone come te al suo fianco!»

«Signora, con tutto il rispetto, ma lei non mi conosce.»

Mamma gli indirizzò un'occhiata di biasimo dalla testa ai piedi. «E non ci tengo a farlo.»

«Mamma, per favore.» Jenny tentò di calmarla, ma lei sembrò sorda a qualsiasi interferenza.

«Basta guardarti per capire che sei tutto ciò di cui mia figlia non ha certo bisogno.»

Angelica provò dispiacere per quella severità di giudizio, ma David non ne sembrò minimamente offeso.

«Mi dispiace per lei, signora, se la pensa così. Io ritengo invece di essere giunto nella vita di sua figlia nel momento giusto, con tutto il rispetto.»

Entrai nel pronto soccorso proprio in quel momento. Li vidi subito, dritti davanti a me, e li raggiunsi correndo. Ero alle spalle di mamma quando la sentii dire, con voce fredda: «Lei ce l'ha un fidanzato, non ha bisogno che tu le rovini la vita.»

Non l'avevo mai vista tanto infervorata. Squadrai l'oggetto cui era rivolta tale rabbia, e in quei tratti scorsi qualcosa di familiare.

«Mamma, che è successo?» Le passai un braccio attorno alla vita e lei si accostò subito a me, ammansendo la voce.
«Marco, tesoro, è successo di tutto, in questa notte infernale. Tuo padre ha avuto un malore e io devo andare subito da lui. Non voglio perdere altro tempo con questo...»
Mi intromisi in quel fiume di parole provando una stretta al petto. «Che tipo di malore?» Mi guardai attorno rendendomi conto solo in quel momento che non fosse lì.
«Quando?»
«Poco fa, l'hanno portato via per degli esami. Ritengono possa trattarsi di un infarto.» Afferrò la mia manica con entrambe le mani e la strinse forte tra le dita. «Io devo vederlo, Marco.»
«Va bene, andiamo insieme.» Lanciai alle mie sorelle un veloce cenno d'intesa e accompagnai mamma verso la portineria.

Daniele cercò d'abbracciarla, ma Angelica rifiutò il contatto. Avvertì all'improvviso un rumore provenire dall'interno del proprio corpo, come lo scoppio di un palloncino, poi una sensazione di calore bagnato scorrerle lungo le gambe. Guardò ai propri piedi, dove stava formandosi una piccola pozza di liquido trasparente.
«Si sono rotte le acque.» La voce di Daniele era carica d'emozione. «Angelica, nostro figlio sta per nascere.»
Lei scosse la testa, ancora incapace di comprendere le emozioni che le si stavano agitando dentro. Meraviglia, paura, trepidazione... No, no, era solo paura. Un fottuto terrore.
«Ma io non ho con me la borsa.»
«Angelica» la voce di Jenny conteneva una chiara nota di rimprovero. «Tu non l'hai nemmeno preparata, la borsa!»
Angelica scosse la testa, poi schioccò la lingua. «No, non può nascere adesso. Non con mia sorella appena operata e mio padre con un infarto in corso. Poi tu... noi...»

ingoiò, gli occhi fissi in quelli del padre del suo bambino.
«Daniele, tu sei un ginecologo, ti prego fa' qualcosa.»
Lui annuì pieno di gioia. «Farò nascere nostro figlio.»
«No!» Un urlo secco dettato dall'isteria. «Tu non mi hai capito! Tu devi far qualcosa per *non* far nascere nostro figlio! Non può nascere ora, non può!»
«Angelica, si sono rotte le acque, non c'è più niente che possa tenere questa creatura là dentro.»
«Tu rimetticele! Ci sarà un modo per soffiare dell'acqua lì dentro, per allungare un po' l'attesa!»
«Angelica, non è così che funziona, questo bambino nascerà oggi.» Cercò di usare un'intonazione ragionevole, ma lei di ragionare non ne aveva alcuna intenzione.
«A che mi serve avere un compagno ginecologo, se non puoi aiutarmi a fare una cosa così… così…»
«Stupida?» suggerì Regina con un sopracciglio inarcato.
Angelica la fulminò, stava per replicare ma una nuova ondata di dolore l'ammutolì. Al termine si trovò seduta su una sedia a rotelle, sospinta dallo stesso Daniele lungo il corridoio.

Fu presa dal panico. Saltò giù e prese lo slancio per tornare indietro, ma Daniele l'afferrò per un braccio e la strinse a sé.

«Angelica, devi calmarti. Non ti fa bene quest'agitazione.»
«Io non mi calmo, mi hai capito? Non lo voglio questo bambino. Non ora, io non lo voglio! Non sono pronta! Non sono in grado di crescere un figlio, io… io non dovevo tenerlo!» Il respiro ansante, lo fissò con astio nel silenzio che regnava attorno, prima di riprendere con lo sproloquio.

«Ecco, lo sapevo, è solo colpa tua, tutta colpa tua! Ha ragione Beky. Perché cazzo non hai usato quel maledetto preservativo? Dio, sei un ginecologo! Prima questo figlio me l'hai messo dentro, ora vuoi tirarlo fuori, decidi tutto tu, non conta la mia opinione? Io – Non – Voglio! Potrò avere voce in capitolo almeno questa volta? Lui deve restare qui.» Si abbrancò la pancia come se così potesse impedire al bambino di uscirne fuori. «Io non sono pronta, mettitelo in testa.»

«Tu non sarai pronta, Angelica, ma nostro figlio sì. Che tu lo voglia o no, oggi vedrà la luce.»

Mentre lui continuava a tenerla stretta, lei si dimenò e scalciò, ma non c'era verso di liberarsi da quella presa.

«Mio Dio, è impazzita» mormorò Jenny portandosi le mani alla bocca. Angelica si voltò verso di lei per lanciarle uno sguardo di fuoco.

«Sono impazzita, sì, nel momento in cui ho deciso di tenerlo, ecco cosa succede quando decidi di avere un bambino senza sapere a cosa vai incontro.» Le puntò contro un indice. «Non lo fare, Jenny, non ti sposare e non fare figli, scappa finché puoi!»

Lo sguardo interdetto di Jenny si spostò su Daniele, che la rassicurò. «Panico preparto. Sono abituato a gestire scene come questa.»

«Ah, ecco il perché di tanta serenità» commentò Christian grattandosi la testa. «Io al tuo posto mi sarei sentito una merda.»

«Perché tu non hai mai visto una donna partorire. Ne riparliamo dopo che avrete avuto un figlio vostro.»

Jenny e Christian si scambiarono uno sguardo terrorizzato.

«No, ti sbagli, io...» urlò Angelica, prima che un'altra contrazione le togliesse ogni energia. Si avvinghiò a lui e i suoi nervi cedettero. «Ho paura, Daniele, ho paura di non farcela, ti prego, aiutami.»

«E tu lasciati aiutare» le sussurrò contro una guancia. Tirò una ciocca di capelli sudati dietro l'orecchio, le posò un bacio sulla tempia e la sollevò tra le braccia senza alcuno sforzo. «Fidati di me, amore mio, andrà tutto bene, non ti abbandonerò mai.»

Singhiozzando si arrese. Poggiò la testa nell'incavo del

collo, sotto il mento, e stretta a lui si lasciò condurre lungo il corridoio, fino all'ascensore che li portò al quarto piano e alla sala travaglio.

Non si era resa conto che Jenny li avesse seguiti fin quando non se la trovò accanto al lettino, pronta ad aiutarla a indossare il camice.
«Jenny, io ti ho inveito contro e tu sei qui?»
Nostra sorella fece un'alzata di spalle. «Non volevo perdermi la nascita di mio nipote. Magari, assistendo, mi passerà davvero la voglia di averne uno mio, ma almeno sarò preparata.»
Angelica si lasciò aiutare a spogliarsi. Quando i dolori si fecero più intensi iniziò di nuovo a urlare ogni sorta d'ingiuria al compagno che, senza battere ciglio, non perse mai quel fastidioso sorriso dalle labbra.
«Questo figlio è chiaramente tuo» riprese lei. «Tu sei un traditore, mi hai mentito, e anche mio figlio mi ha tradita! Manca ancora un mese alla fine del tempo, è troppo presto, io non dovrei essere qui! Tu, non dovresti essere qui! Perché non corri da Denise e da vostro figlio?»
«C'è sciopero, come ben sai, dovrai accontentarti di me.» Daniele non abboccò alla provocazione, continuò a mantenere il sangue freddo. «Tu continua a respirare a fondo, e quando te lo dico io spingi forte. Non c'è tempo per spostarci in sala parto, sta già uscendo la testa.»
«Davvero?» esclamò Jenny, che fino ad allora si era lasciata tacitamente stritolare la mano. «Voglio vedere! Anzi, sai che ti dico Angi, faccio un video così potrai vedere anche tu, dopo.»
«Se ci provi te lo faccio ingoiare quel telefono! Jenny, non ti azzardare!»
Jenny non le diede ascolto. Spinse via l'ostetrica e con un sorriso raggiante si mise all'estremità del lettino, addosso a suo cognato; preparò lo smartphone e si abbassò

per guardare, ma il sorriso gradualmente si spense, il viso sbiancò, e un istante dopo Angelica la vide sparire dal suo raggio visivo. Un tonfo le suggerì cosa fosse avvenuto. Si sporse dal lato del lettino, dove la scorse lunga distesa per terra.

«Ecco, ci mancava anche una sorella svenuta per lo shock.»

«Non badare a lei, spingi!» le intimò Daniele, mentre l'ostetrica urlava un nome di donna.

Lei fece quanto le era stato ordinato. Una sensazione di scivolamento, poi di sollievo, e infine un urlo indignato irruppe nella stanza mentre due corpulente infermiere trascinavano via un'incosciente Jenny.

Angelica crollò sul cuscino e chiuse gli occhi, sollevata che quello strazio fosse giunto alla fine. I capelli bagnati le aderivano al viso conferendole un aspetto sfatto, ma il sorriso ne tradiva il sollievo. Rimase in attesa che il pediatra svolgesse le dovute procedure sul corpicino del neonato. Dopo alcuni momenti, Daniele le andò di fianco con aria sognante e un fagottino fra le braccia, che le mise accanto. «È una femmina» sussurrò con infinita dolcezza.

Il viso di Angelica s'illuminò di stupore. «Una femmina?» La guardò, e la sua anima si sciolse d'amore per quella piccola creaturina. Sua figlia. Iniziò a piangere, ma stavolta erano lacrime di felicità. «È perfetta.»

Le sfiorò le minuscole dita, la curva di una guancia così simile a una pesca, e si scoprì a provare un sentimento talmente profondo, sconvolgente, sconosciuto fino ad allora. «È nostra figlia.» In quel momento, guardò lui attraverso una luce nuova. Adesso non era più l'uomo sexy che l'aveva messa incinta e con il quale aveva condiviso dei bei momenti, e non era nemmeno più il compagno che l'aveva delusa e ferita, mentendole in modo spudorato. No, era il padre di sua figlia, l'uomo che le aveva offerto il dono più prezioso che la vita potesse offrire. Colui che amava.

«Come pensi di chiamarla?» le domandò lui mentre sedeva sul bordo del letto.

«Io non avevo pensato a un nome per una bambina. A dire il vero non è così che pensavo di accoglierla, è stato tutto troppo veloce, e nei giorni scorsi i miei pensieri sono stati piuttosto turbolenti.»

«Mm. Che ne pensi di Desirèe? Desideravamo entrambi una femmina, ed eccola qua.»

Angelica guardò sua figlia, colma d'amore e d'orgoglio.

«Direi che è perfetto.»

Daniele posò un leggerò bacio sulla scura peluria alla sommità del capo della piccolina, poi uno sulla guancia della mamma.

«C'è la possibilità che tu un giorno possa perdonarmi?»

Lo fissò seria, assorbì ogni dettaglio di lui. I suoi incredibili occhi blu lasciavano trasparire le emozioni; la dolce curva delle labbra, i folti capelli scuri e scompigliati. Non ebbe più incertezze.

«Quel giorno è già arrivato. Promettimi solo che non mi farai più soffrire.»

«Prometto che non sarò mai più motivo di sofferenza, per te, e di non nasconderti più niente. Mai più. E prometto anche di amarti e onorarti sempre, ogni giorno della nostra vita.»

Angelica rise fra le lacrime. «Così sembra che ci stiamo sposando!»

«È così. Nel momento in cui è nata nostra figlia, è come se tu fossi diventata mia moglie. Io ti amo Angelica, con tutto me stesso. Permettimi di mantenere queste promesse.»

«Lo prometto. Nella gioia e nel dolore, in salute e in malattia. Finché morte non ci separi. Ti amo anche io, tantissimo.»

Un lieve mugugno provenne dalla porta, dove stava in piedi una stralunata Jenny che si massaggiava la testa.

«Devo aver perso i sensi dalla gioia. È nato mio nipote?»

Angelica rise e allungò una mano in un invito. «Tua nipote, Jenny, Desirèe. E tu non sei svenuta per l'emozione, ma per l'orrore!»

Con piccoli passi lenti e incerti, Jenny si avvicinò a lei.

«Una bambina. Mia nipote! Sono di nuovo zia» sussurrò guardando prima lei, poi Daniele, che annuì, commosso quanto lei.

«Un'altra piccola, pazza femminuccia con il sangue delle Graziati che le scorre nelle vene!»

«Ma davvero sei svenuta?»

Jenny mugugnò, toccando la testa nel punto in cui l'aveva battuta contro il pavimento. Cavolo, ci fosse stata una persona pronta a frenare la sua caduta.

Christian cercava di reprimere un sorriso divertito, mentre le carezzava i capelli.

«Sei perfetta come supporto morale, amore mio. Me lo ricorderò nel caso dovessi ferirmi.»

Lei gli lanciò un'occhiata torva. «Se ti serve supporto chiama Beky, lei non è così impressionabile.»

Christian la trasse a sé e la baciò sulle labbra con delicatezza. «Congratulazioni, sei due volte zia» alitò contro la sua pelle.

«Be', lo sei anche tu. Presto ci sposeremo, ciò che è mio è anche tuo.»

Un pigro sorriso gli stirò le labbra. «Tutto ciò che è tuo, già mi appartiene. *Siamo* zii di due meravigliose creature.»

Si baciarono ancora, stavolta con maggior trasporto, ma a un certo punto lei si ritrasse e lo guardò crucciata.

«Angelica sta bene ed è nelle mani di Daniele, è ora che vada ad accertarmi come stanno mio padre e Beky.»

«Stanno bene entrambi» la rassicurò. «Mentre eri con Angelica ho sentito Marco, hanno aspirato il coagulo che ostruiva l'arteria e ora tuo padre è fuori pericolo, mentre con Rebecca ci sono David e Regina, e lui mi ha detto che si sta svegliando.»

Sospirò, sollevata dall'epilogo di quella notte movimentata.

«Accidenti, questa mattinata passerà alla storia! Devo andare da loro, Christian, ma da chi, per primo?» Guardò l'orologio: erano le undici. Si morse un'unghia con aria distratta, il pensiero diviso fra babbo e la pazza gemella. Christian non le disse nulla, lui coglieva i suoi stati d'animo e sapeva che la decisione spettava solo a lei. E Jenny la prese alla svelta.

«Andrò da Beky, Regina vorrà vedere Angelica, e con lei rimarrebbe solo David, che non è un familiare.» Uno sbuffo malizioso. «A giudicare dall'ora in cui lui l'ha portata in ospedale, presumo che la vecchia Beky sia tornata alla ribalta! Come nuova conquista, devo dire che l'ha vista nel suo momento peggiore.»

L'espressione di Christian si oscurò. «A questo proposito, Jenny, tua sorella ha raggiunto a fatica un equilibrio, David la destabilizzerà di nuovo. Ha ragione Caterina, non le fa bene frequentarlo.»

Jenny fu spiazzata da quelle parole. «Pensi che possa traviarla? Magari sarà lei a traviare lui! Quello che è accaduto questa notte non è colpa di David, sarebbe accaduto anche se fosse stata a casa con noi. Ha ingurgitato schifezze per l'intera settimana, e quando ha lasciato il "Blue Moon", dopo quanto accaduto, nessuno avrebbe potuto dissuaderla dal prendersi una sbronza colossale.»

«Lo so, ma non è di questo che sto parlando.» Esitò, e lei comprese che qualcosa lo turbava. «Lui è troppo anche per Beky, credimi.»

«Oh, Beky sa badare a se stessa, credimi tu! Lasciamola stare. È cambiata per amore, e ha ricevuto una porta in faccia. Che sia se stessa e se ne freghi del giudizio degli altri come ha sempre fatto! Magari questo intermezzo l'aiuterà a stare meglio.»

«Per poi sbattere contro un'altra porta? No, non l'aiuterà a stare meglio. Io parlerò con David, ma tu metti in guardia

Beky.»

«Christian così mi preoccupi. Da cosa dovrei metterla in guardia, con esattezza? Mi hai detto che David è un tuo grande amico, avete condiviso molte avventure, trascorso le vacanze estive insieme e lo stimi come professionista. Perché questa convinzione di tenerlo lontano da mia sorella? Cos'è che mi stai tacendo?»

Christian si passò le mani sul volto. «Non posso, Jenny, posso solo dirti che è un giramondo, con le donne fa sesso e poi le scarica, non si pone regole né limiti. Disprezza i legami. Lo chiamano per un servizio a Parigi? Lui molla tutto e parte.»

Jenny turbò a quelle confessioni. «Ma quando lo hai chiamato è venuto subito da te.»

«Appunto.»

«Hai detto di poter contar sempre su di lui! Lo hai sentito al telefono? Ha rifiutato un servizio per…»

«Jenny…» Era angosciato, e lei cominciava a sentirsi molto agitata.

«Cosa?» urlò. «Non posso capire se non sei sincero. Dici che disprezza i legami, eppure hai appena ammesso che siete inseparabili. Perdonami ma non ti seguo.»

Lui balzò in piedi divincolandosi dalle mani avvinghiate sul suo braccio. «Maledizione, non avrei dovuto rivolgermi a lui! La sua permanenza doveva essere temporanea, ma ora l'incontro con Beky rischia…»

«Cosa?»

Lui sbuffò. «Non può trattenersi, Jenny. Finito il servizio ripartirà, come ha sempre fatto. *Deve* farlo. Non può allacciare un rapporto stabile con lei.»

Anche Jenny si alzò e gli prese le mani con decisione. «Christian! Parla chiaro, per favore. Io non ho segreti per te, e mi aspetto la stessa cosa da parte tua. Stiamo per sposarci, vuoi iniziare la nostra vita insieme in questo modo?»

Lesse sul suo volto una profonda angoscia che le fece battere forte il cuore.

«Jenny. David è... David è mio fratello.»

Avvertì una scarica, una sensazione di gelo che la investì dalla testa ai piedi, la bocca dischiusa in una smorfia di incredulità. Dopo il primo momento di shock cominciò a balbettare, senza riuscire ad articolare una frase di senso compiuto.

«Come è possibile? Chi... di chi?»

Christian emise un forte sbuffo e, stringendole con forza le mani, la indusse a sedersi di nuovo.

«Mio padre e la sua segretaria. Il solito, squallido cliché.» Storse le labbra in una piega ambigua. «Quando, dopo avermi vomitato addosso, mi raccontasti i presunti peccati del *grande boss* Giacomo Visconti, come lo definisti tu, mi si gelò il sangue. Ma per fortuna eri lontana anni luce dalla verità. Non ero io il figlio illegittimo.»

«Oh, Christian... sono così mortificata.»

Lui non sembrò badare alle sue parole. «Ci siamo conosciuti alle superiori. In realtà lui sapeva tutto, e decise di rivelarmi la verità. Senza secondi fini. Abbiamo anche fatto un esame del DNA, che ha confermato. Mia madre non sa niente.»

«Ma tuo padre? Com'è possibile tutto questo?»

«Nessuno sa niente, a parte noi due, neanche mio padre. Sua madre non glielo ha mai detto. David non voleva niente quando è venuto da me, solo conoscermi. Sua madre non si curava molto di lui. Non ha nessuno al mondo. Ci iscrivemmo alla stessa università e condividemmo un appartamento. Era uno scavezzacollo dedito agli eccessi, e temo lo sia ancora. Siamo diventati grandi amici. Fratelli, senza che nessuno lo sapesse. Quello tra noi è l'unico legame che non abbia mai rifuggito. Sospettava che Chanel mi tradisse, e a dimostrazione ci provò con lei.» La sua espressione le suggerì l'esito di quel tentativo.

«Ed è per questo che vi siete lasciati?»

«Che *l'ho* lasciata, sì. E non sai quanto mi ribolla il sangue ogni volta che sento mia madre riempirsi la bocca delle qualità di quella...» si portò una mano alla bocca per imporsi di tacere.

Di colpo tutto fu chiaro per Jenny, e tutti i suoi timori e le gelosie svanirono come la nebbia. Christian proseguì.

«David è un tornado, lascia il segno ovunque passi e poi se ne va, così com'è arrivato. Rebecca si farà molto male, se non tronca sul nascere questa cosa.»

«E se invece tra loro dovesse funzionare, questa storia finirebbe per uscire fuori, travolgendo la tua famiglia.»

Christian puntò su di lei uno sguardo carico di frustrazione.

«Sono un egoista, vero?»

Jenny era allibita. Cosa avrebbe potuto fare, adesso?

«C'è dell'altro, Jenny, una cosa che nessuno sa. *Nessuno*, a parte me.»

«Oh, santo cielo! Cos'altro?»

Capitolo 25

(Amami – Emma)
Cancello coi tuoi occhi le mie fragilità
rivivo nei tuoi sensi le voglie e la paura
l'istinto di chi poi non se lo immagina la
bellezza di chi ride e volta pagina

In quell'otto dicembre la notizia delle vicissitudini della famiglia Graziati aveva già fatto il giro del paese, e i tre reparti dell'ospedale – cardiologia, chirurgia generale e ostetricia – furono presi d'assalto. Dopo aver fatto visita alle mie sorelline, lasciai Lorena insieme ad Angelica e tornai da mio padre.

Lui e la mamma sembravano sotto un treno, mi bastò poco per capire che vi fosse dell'altro a logorarli, e quando infine lei mi confessò cos'era che per mesi avevano cercato di tacere, mi venne la pelle d'oca ma giurai loro assoluto sostegno, nonché il mio silenzio con le altre. Almeno per il momento.

Erano già abbastanza prese dai loro problemi, quella notizia avrebbe potuto attendere ancora un po'.

Dopo essere stato preso in disparte da Christian – che gli suggerì di allontanarsi da Beky –, David salutò mia sorella con un bacio a fior di labbra e la promessa che si sarebbero rivisti presto. Lo incrociai in corridoio, e non riuscii a trattenermi dallo scambiarci quattro chiacchiere. Un tipo a posto, a primo sguardo, ma sotto quella corazza da macho nascondeva qualcosa. Lo sentivo a pelle, insieme a quel senso di familiarità, e non riuscii a impedirmi di pensarci per tutti i giorni a seguire, finché non capii.

Oh, con la sua immensa faccia tosta, anche Massimo si presentò ad Angelica con un mazzo di fiori e palloncini colorati. Parve turbato nel trovarsi davanti *lei*, in camice bianco, seduta con una smorfia su una sedia a rotelle.

Come ci si poteva aspettare, Beky non aveva voluto saperne di seguire il suggerimento del chirurgo di rimanere a riposo almeno per quel giorno, e si era fatta accompagnare dalla neo mamma. Desirèe era visibile dalla vetrata della nursery, e Beky si commosse alla vista di quella piccola creaturina.

Massimo si rivolse a lei. «Rebecca. Come stai?» «La mia salute non ti riguarda.» Un punto a favore per la mia cazzuta sorellina. «Jenny, andiamo da babbo, per favore. Questa stanza è diventata soffocante.»

«Hai ragione» convenne Jenny, «la stanza è fin troppo affollata, un po' d'aria ci farà bene.»

Regina, seduta ai piedi del letto di Angelica, le fu accanto in un nanosecondo. «Vengo con voi.»

Le mie tre sorelle percorsero in silenzio il corridoio fino all'ascensore; quando le porte si aprirono, Regina fece per spingervi la carrozzina, ma si bloccò nel trovarsi davanti un volto sorridente le cui braccia trasportavano diversi pacchi di pannoloni e palloncini.

«Eccole qua, le sorelle Graziati! Auguri alle zie più belle del creato!»

Regina mantenne un atteggiamento distaccato. Jenny era invece il ritratto della felicità. Il ruolo della zia la esaltava. Di sicuro perché non si rendeva conto di ciò che un neonato implicava: notti insonni, pannoloni puzzolenti e rigurgiti che ti fanno arricciare il naso. Le auguro due gemelli, al suo primo giro di boa, proprio come lei e

Beky, e poi vedremo se quel sorriso estasiato avrà ancora ragion d'essere.

«Grazie Ivan!»

Lui si chinò a baciare Beky su una guancia. «E tu, ragazzaccia? Come stai?»

«Oh, sto bene. Sai com'è, mi annoiavo, così ho deciso di movimentare la nottata.»

«Se era questo il tuo scopo, ci sei riuscita alla grande. Tre ricoveri e uno svenimento! Wow, stavolta ti sei davvero impegnata.»

Regina sbuffò. «Ma fammi il piacere. Lasciaci passare prima che l'ascensore si richiuda.»

«E tu, Regina, tutto bene? Da quel che mi risulta, sei l'unica a esserne uscita indenne.»

Quel fare canzonatorio le diede sui nervi. «Se non ti levi dai piedi sarai tu a non uscirne incolume, razza d'imbecille. Non capisco cosa ci faccia qui, comunque Angelica è in quella stanza laggiù» mostrò con sprezzo la porta aperta sul lato destro del corridoio.

«Ehi, calma, bellezza. Credevo avessimo stabilito una tregua!»

«Mai.» Fece per passargli accanto, ma lui le afferrò con forza un gomito bloccandola sul posto. Due pacchi di pannoloni gli caddero a terra ma non se ne curò, abbassò il viso vicino al suo e sussurrò affinché potesse sentire solo lei.

«Non fare tanto la preziosa, lo so che eri gelosa di mia sorella, ho visto il tuo sollievo quando te l'ho presentata. Tu non mi hai dimenticato, esattamente come io non ho dimenticato te.»

Regina cercò di far prevalere la rabbia su tutte le altre emozioni, ma il tocco di Ivan riusciva a sciogliere ogni sua resistenza. No, non le era indifferente, ma non poteva dimenticare. Si divincolò dalla sua presa e sospinse la carrozzella nell'ascensore. Appena dentro premette un tasto e mantenne un'apparente indifferenza.

«Ti propongo una scommessa, Regina» ebbe l'ardire di sfidarla lui, bloccando l'ascensore con entrambe le mani per impedire che si chiudesse. «Un mese! Un solo mese insieme, senza fingere di essere qualcun altro. Solo noi stessi. Un mese per farti capire che mi vuoi, per dimostrarti che faccio sul serio. Se non cambierai idea sarai libera, non ti importunerò più. Ma se ho ragione io» si staccò lasciando liberi i battenti, «sei mia. E io voglio tutto di te.»

Le porte presero a chiudersi; entrambi mantennero il contatto visivo finché fu possibile.

«Fino all'ultimo dell'anno, non un giorno di più» patteggiò Regina, mentre il pannello si sigillava davanti a lei.

«No, non ci posso credere» esclamò Beky soffocando le risa con una mano.

«Dio mio, Regina» rincarò Jenny, «ci sei caduta di nuovo con tutti i vestiti.»

«Oddio, non fatemi ridere o mi si strapperanno i punti!» Regina le fulminò con uno sguardo. «È l'unico modo per togliermelo dai piedi. Devo essere me stessa, giusto? Bene, fuggirà da me a gambe levate prima della fine del tempo.»

Jenny le diede una spallata. «Mm, questo discorso mi sa di vecchio. Io scommetto su Ivan.»

«Prima della fine del mese, cara la mia Regina, le uniche gambe levate saranno le tue, con Ivan nel mezzo.» Sogghignò.

«Beky!» esclamarono all'unisono le sorelle, arrossendo, poi l'espressione di Regina divenne minacciosa.

«Ti strappo quei punti con le mie stesse unghie, se osi ripetere una cosa del genere.»

Due giorni più tardi, Beky e Angelica furono dimesse dall'ospedale mentre nostro padre fu tenuto in osservazione qualche altro giorno, ma era fuori pericolo e i medici prevedevano una veloce ripresa. Angelica e la piccola stavano bene, mia sorella era tornata in sé e Desirèe sembrava avere una fame insaziabile. Daniele si era preso una settimana di ferie per potersi dedicare alle sue due ragazze, come gli piaceva chiamarle, e si era imposto affinché vivessero con lui, nella *loro* casa. Era euforico e non mancava di mostrarle tutto il proprio amore e l'entusiasmo che lo animava attraverso una vasta gamma di attenzioni.

Fu strano, per lei, tornare in quella casa con la loro bambina tra le braccia. Un esserino che fino a pochi giorni prima era stato solo un concetto, e ora aveva preso forma e consistenza dell'amore assoluto.

Mentre Daniele si occupava di sistemare la carrozzina in un angolo e portava in casa i vari pacchetti regalo ricevuti, Angelica si accomodò sul divano dinanzi la portafinestra dalla quale la luce del sole si riversava nel salotto, e iniziò ad allattare la piccola.

Quand'ebbe finito se l'appoggiò contro la spalla e lasciò la seduta. Si avvicinò al vetro e guardò fuori molleggiandosi sulle gambe in un istinto naturale, battendole al contempo con la mano aperta dei leggeri colpetti sul pannolone. A un tratto sentì due mani posarsi leggere intorno ai fianchi, poi un alito caldo contro il lato del viso opposto a quello in cui era poggiata la testa della piccolina. Si immobilizzò all'istante.

«Non puoi immaginare l'effetto che mi fa entrare in casa, e vederti in piedi con nostra figlia tra le braccia.»

Angelica inclinò la testa per rafforzare quel contatto e lui le posò un bacio sulla guancia.

«Dimmi la verità, Daniele, sono stata insopportabile, durante il travaglio?» Era in apprensione; ricordava chiaramente tutte le cattiverie che gli aveva urlato.

«Non hai detto nulla che non meritassi.» La sua espressione, in realtà, lasciava trapelare un marcato divertimento al ricordo delle colorite invettive che gli aveva lanciato. «Il passato non conta più, la nostra nuova vita è iniziata nel momento in cui è nata la piccola. Però ci sono delle cose di cui vorrei parlare con te. Luca fa parte della mia vita, Angelica. Anche se ho sposato Denise solo per aiutarla, non per amore, loro esistono.»

Angelica riprese a muoversi e tornò davanti al divano.

«Lo so. E non posso dire che ne sia entusiasta, ma hai quarant'anni, è impensabile credere che tu non abbia avuto una vita prima di me. Dammi del tempo, troppe cose tutte insieme rischiano di farmi venire un altro crollo nervoso.» Abbassò lo sguardo, imbarazzata, ma lui le prese il mento fra le dita.

«Abbiamo tutto il tempo che la vita vorrà regalarci.»

Sentirgli pronunciare quelle parole con tanta naturalezza mise ordine ai pensieri che le si erano accumulati nella testa in quell'ultima settimana. Tutto era diventato finalmente reale.

«Tu mi hai completata, Daniele, sei riuscito a colmare gli spazi vuoti che avevo dentro, hai scacciato il senso di perdita e le mie paure, realizzato il mio desiderio sentirmi parte di un unico insieme.» Fece scivolare la bambina nell'incavo del braccio e si incantò a guardarla arresa a un sonno profondo, la bocca a cuoricino dischiusa, la pelle liscia e chiara, e l'emozione la travolse. Era gioia autentica, qualcosa mai provato in tutta la sua vita nei confronti di alcun essere vivente. Si commosse mentre diceva a sua figlia: «Io ti ho regalato la vita, ma tu mi hai donato l'amore, quello puro, e la gioia di vivere.»

Il momento sarebbe stato perfetto, non fosse stato per il fastidioso trillo del campanello.

Si scambiarono un'espressione interrogativa.

«Quale delle due?» commentò Daniele. In effetti, non poteva essere nessun altro se non una delle sorelle. Quando andò ad aprire la porta, tuttavia, sulla soglia presero forma i loro problemi.

Lei era lì, in piedi con aria di superiorità, la mano inanellata poggiata sul manico di un trolley, l'altra sulla spalla del figlio. Fu proprio lui il primo a parlare.

«Papà!» Luca, di slancio, gli si gettò addosso per abbracciarlo, e Angelica notò subito la rigidità con cui l'accolse. «Grazie per avermi invitato a stare con voi! Dov'è la piccola, posso vederla?»

Daniele era ammutolito, si limitò a scompigliargli i capelli e a indicargli, con un gesto della mano, il divano dove Angelica si era appena lasciata cadere di peso, travolta dallo shock; le sue gambe erano diventate di colpo di gelatina.

Il bambino chiese il permesso di entrare, quindi con passi incerti la raggiunse. «Lei è la mia sorellina? Posso vederla? Come si chiama? Quando è nata?» domandò concitato, le mani allacciate dietro la schiena.

Angelica ingoiò il mattone ficcato nella trachea e annuì. Si sforzò di sorridere e di rispondere con fermezza alla sfilza di domande, osservando quei grandi occhi blu così simili a quelli di Daniele... Non ricordava come li avesse Denise, non si era soffermata a guardare di che colore fossero, quel giorno in ospedale. Ricordava solo i vistosi occhiali maculati.

Guardò verso la porta. Li sentiva discutere a bassa voce ma non riusciva captarne le parole.

«E tu invece come ti chiami?»

La domanda la distolse dalla curiosità che la stava divorando. «Angelica. Tu invece sei Luca.»

Il bimbo annuì con fierezza. «Luca Fontani.» Ecco, quel nome le ficcò il mattone ancor più in profondità, proprio sullo stomaco. «I miei genitori non mi hanno mai parlato di voi, solo ieri, mamma mi ha detto che ho una sorellina e che avrei potuto passare un mese con voi per conoscerla.»

Sentì un vuoto d'aria. «Un... un mese? Qui con noi?»

Il ragazzino s'incupì. «Me lo ha detto mamma. Non mi vuoi?»

Altro vuoto d'aria. «Ma certo che sì, mi domandavo

solo come farai con la scuola.»
Fece spallucce. «Presto inizieranno le vacanze.» Angelica scorse un luccichio in fondo a quegli occhi, una sorta di tristezza latente che le provocò una stretta al cuore.

«Sai, ho sempre desiderato una sorellina, e una famiglia vera, come quelle dei miei amici» dichiarò lui con un fil di voce. «Papà non sta più con noi da tanto, mamma è sempre in ospedale o fuori per congressi, io sto sempre con la tata, che abita nell'appartamento accanto al nostro, o dai miei amici. Sono contento di poter stare un po' con voi, e di avere una sorellina.»

Angelica a quel punto non sapeva davvero più cosa rispondere. Era spiazzata dalla sincerità e dalla tristezza di quel ragazzino. Lei era cresciuta in una famiglia numerosa, aveva sempre potuto contare sull'appoggio di tutti noi. Mentre quel ragazzino, che fino a pochi giorni addietro aveva visto come una minaccia, non aveva avuto praticamente nessun punto fisso. Si sentì cattiva ad averlo detestato, anche se solo per brevi istanti. Batté una mano sul cuscino del divano accanto a sé per invitarlo a sedersi, e gli rivolse un luminoso sorriso.

«Allora, Luca, adesso che hai una sorellina, sei pronto a prenderti cura di lei? Sai, mi servirebbe proprio l'aiuto di un signorino come te.»

Luca esibì un timido sorriso, ma gli occhi parlarono per lui. Gli occhi non mentivano mai, e i suoi mostravano la profonda gioia che le sue parole gli avevano donato. Sedette sul divano, serrò le gambe e mise le braccia in avanti. Lei vi pose con delicatezza la piccola Desirèe, ancora addormentata, e li guardò insieme. Erano davvero belli. Avvertì un'emozione disarmante che le donò un'inaspettata serenità. Forse, dopotutto, si era ritrovata dal desiderare un figlio, ad averne due nel giro di pochi giorni. Raccomandandogli di fare attenzione, lo lasciò un attimo per capire cos'avesse in mente Denise. Le parole che udì la ghiacciarono.

«Lui sa che passerà un mese insieme a te per conoscere la sorellina. Vuoi forse rifiutarlo? Di nuovo? Ti ricordo che tu mi hai sposata, Daniele, gli hai dato il tuo cognome, Luca sa che sei suo padre e anche lo Stato ti ritiene tale. Sapevi in cosa ti stavi infilando, seppure te ne sei lavato le mani, ma ora devi assumerti le tue responsabilità, accidenti a te!»

Daniele era in evidente difficoltà; ogni volta provasse a intervenire Denise alzava la voce e, suo malgrado, lui si zittiva per farle segno d'abbassare la voce. «L'aver divorziato non ti esenta dai tuoi obblighi nei suoi confronti. Io andrò in America per cogliere l'occasione della mia vita, mi devi almeno questo. Sai che non posso portarlo con me.»

A parte l'arroganza, Denise non lasciò trasparire alcun sentimento nei confronti di quel figlio che stava consegnando loro come fosse un cucciolo d'animale. Angelica temette che il bambino potesse aver udito quelle parole dure, ma si sentì sollevata nel vederlo ammirare la neonata. Prese un respiro e fece un passo avanti, proprio mentre Daniele finiva di dare alla finta ex moglie della ipocrita insensibile. Gli mise una mano sul braccio.

«Luca resterà con noi, non devi preoccuparti per lui» esordì facendoli ammutolire. Non che la donna stesse preoccupandosi per il figlio, questo era palese. «Si sta già ambientando.»

Si voltarono tutti verso il ragazzino che cullava la piccola con aria assorta, poi Angelica tornò a concentrarsi su Denise, e stavolta li vide chiaramente, i suoi occhi. Anche attraverso le lenti che catturavano i riflessi della luce, notò che erano di un castano scurissimo. Un colpo al cuore instillò il sospetto. Cercò di mantenere calma e dignità.

«Starà bene con noi, puoi partire anche subito.» Allungò la mano in attesa che le passasse il trolley su cui erano raffigurati i supereroi Marvel. I loro sguardi s'incontrarono e sostennero per alcuni istanti, poi Denise lasciò la presa dalla valigia e richiamò Luca. Angelica soppesò i due in cerca di somiglianze, stentando a trovarne. Con un tono impersonale, inusuale nella bocca di una mamma, Denise raccomandò al figlio di comportarsi bene, lo salutò e se ne andò con incedere altero.

Angelica avvertì un sapore amaro mentre fissava quelle spalle allontanarsi lasciandosi dietro il figlio senza alcun cenno di esitazione. Ora che aveva sperimentato la sensazione di essere madre, si domandò come potesse una donna mostrare tanta freddezza nei confronti del proprio figlio.

Pochi istanti dopo, ristabilita la calma, Daniele le si piazzò davanti con aria mesta.

«Angelica, mi dispiace metterti in questa situazione. Io non so che dire, sei stata fantastica. Come sempre.» Le posò le mani sulle guance e fece per baciarla, ma lei tirò indietro la testa.

«L'ho fatto per lui. È un bambino, non ha colpa se i genitori sono degli incoscienti. Però ci siamo fatti un giuramento, Daniele, e io ti chiedo di rispettarlo. Non voglio altre parole da te. Un gesto soltanto. Non cambierà niente tra noi.»

«Tutto quello che vuoi.»

Angelica deglutì e sollevò il mento per sostenerne lo sguardo. «Voglio che facciate un test di paternità. Solo così potrò mettermi l'anima in pace.»

Due settimane si dipanarono in tutta velocità. La ferita di Beky si era rimarginata e le sue condizioni fisiche erano pressoché perfette, benché fosse spesso di cattivo umore dovuto all'immobilità. In compenso, aveva ripreso a dedicarsi alle proprie opere in vista dell'imminente esposizione. Non aveva più visto né sentito David. Lei non aveva il suo numero né lui gli aveva dato il proprio, non ve n'era stato il tempo visto il veloce e imbarazzante epilogo del loro incontro. Era stata l'avventura di una sera, come tante altre prima di allora, figurarsi che di alcuni non ricordava nemmeno il nome o il volto. Eppure, non riusciva a smettere di pensare a lui. Il suo ricordo surclassava quello di Massimo, ma dopotutto, si disse, andava bene così. Avrebbe serbato di lui un bel ricordo, privo delle contaminazioni che un rapporto, a lungo andare, subisce.

Con discrezione domandò di lui a Jenny, ma la sorella le rispose che era molto impegnato con il servizio pubblicitario e, una volta finito, sarebbe partito per tornare alla propria vita. Provò una forte delusione a quella notizia, il cuore sembrò perdere un colpo, ma sua sorella fu drastica nell'ammonirla.

«Cosa ti credevi? Un po' di sesso, una corsa in ospedale e uniti per la vita? Se tu sei una calamita per i guai, lui lo è per le avventure. Ti ha fatto stare bene, ora dimenticalo. Ne troverai altri, belli e accomodanti.»

Così avrebbe fatto. Non aveva bisogno di avere accanto nessuno per proseguire con la propria vita. Eppure…

Uscì sul portico portandosi dietro l'attrezzatura per dipingere; quando lo faceva la mente si ripuliva fino a riempirsi solo dei colori che prendevano forma e vita attraverso la sua mano. Era lì già da diverso tempo, assorta nel suo lavoro, quando Ariel, stesa ai suoi piedi, sfrecciò verso il cancello. Il campanello dell'accesso pedonale annunciò un inatteso visitatore. Turbata da quell'arrivo voltò la tela affinché lui non potesse vederla.

Portava tra le mani una scatolina blu con un nastro rosso.

«Ciao, Rebecca» esordì con aria seria, spostando di continuo lo sguardo da lei a qualsiasi altro oggetto nelle vicinanze.

Lei lo accolse con diffidenza. «Che ci fai qui? Se sei venuto per portare un dono alla piccola, Angelica si è trasferita da Daniele. Se invece è Jenny che cerchi…»

«Cercavo te. Ti ho portato un regalo.» Le porse il pacchetto.

Beky spianò la fronte. «Per me? Massimo, io non voglio niente da te, nemmeno la tua immagine davanti agli occhi.»

«Suvvia, Beky, ci siamo scambiati parole pesanti, ma sarebbe un peccato se tra noi si chiudesse in questo modo. È solo una piccola cosa per...» ma lei non lo lasciò finire.

«*In questo modo*, come? Con te che mi sbatti in faccia il mio rimpiazzo e la pessima opinione che hai di me? Mi hai dato della puttana, dell'egoista, inadatta per chiunque, mi hai paragonata a un veleno! Hai per caso dimenticato qualcosa e sei venuto per aggiungerla all'elenco degli insulti? Dopo che per mesi ho vissuto in clausura, corrosa dal senso di colpa per aver rovinato quella che ritenevo, erroneamente, l'unica storia importante della mia vita?»

«Rebecca, anche tu non ci sei andata giù leggera. E comunque sono venuto per chiederti scusa, non per rivangare il passato.»

«Un passato troppo recente, perché io possa passarci sopra.»

«Anche tu hai avuto la tua parte di colpe. Se solo fossi stata sincera, invece di trincerarti dietro altre bugie...»

«Ma lo vedi che allora sei qui per darmi addosso. Puoi anche andartene, non ho alcuna voglia di approfondire il discorso. E quel pacchetto dallo a Pam, lei sì che è brava a raccogliere gli avanzi. Io punto alla prima scelta.»

Massimo sogghignò. «Wow! Ho l'onore di avere davanti a me la vera Rebecca, quella stronza e senza freni.»

«Sai com'è, si rischia di essere se stessi quando non si ha qualcuno accanto a opprimerti con la fissa di plasmarti a sua immagine.»

Lì davanti a lei, con il pacchetto ancora stretto in mano e le spalle ricurve, Massimo appariva rassegnato. «La realtà è che pensavo di conoscerti come pochi, e di amarti come nessuno, nonostante tutto. Ne ero davvero convinto.»

«No, non esiste quel nonostante tutto. Se mi avessi amata davvero, non mi avresti trattata in quel modo. Volevi che cambiassi, ma io non posso, sono questa che vedi davanti a te, sempre la stessa, non si sfugge alla propria natura, per quanto si possa cercare di dominarla. Io i casini li attiro.» Scosse la testa, un sorriso amaro a incurvargli le labbra. «Non quando sei con me.» Le si avvicinò, le sfiorò il volto con le nocche mentre le spostava di lato i capelli. «Con quanti altri, ti sei aperta come hai fatto con me? A chi, dimmi, hai rivelato ogni tuo segreto, anche il più inconfessabile, come hai fatto con me?»

Avrebbe dovuto provare qualcosa a quel tocco, e invece niente, a parte un leggero fastidio. Si spostò per sottarsi a quella mano, che rimase sospesa nel vuoto.

«Mi sono pentita d'averlo fatto. Non t'immagini quanto, ogni maledetto giorno.» Mantenne la voce ferma e lo sguardo implacabile. «Parlarti di me non è stata una liberazione, ma un errore in più che è andato ad aggiungersi a una già lunga lista. Dicesti che ci saresti stato sempre per me, ma mi hai cacciata; che non mi avresti giudicata, e invece mi hai puntato il dito contro. Io ti ho aspettato per mesi, tu non hai esitato a cercare vendetta fra le braccia della mia amica. Ecco dove sta la differenza tra noi.»

«Rebecca...»

«No, Massimo. Sto ricostruendo la mia vita pietra dopo pietra, e non ho intenzione di lasciarmi abbattere di nuovo da te. Non lo merito. Tu non mi meriti. E ora vattene, per favore, non c'è più posto per te nella mia vita.»

Il cancello pedonale si aprì, di nuovo, e stavolta il cuore di Beky mancò un colpo per poi iniziare a battere a un ritmo vorticoso. Massimo seguì la direzione del suo sguardo e, notando l'identità del nuovo arrivato che avanzava a testa alta, tornò a guardarla con una nuova consapevolezza. Annuì a testa bassa. «Ho capito.» Ripercorse in assoluto silenzio il vialetto d'ingresso. Passando vicino alla pattumiera delle potature, vi lasciò cadere il pacchetto. Quando i due s'incrociarono, Beky giurò d'aver scorto uno sguardo di sfida sul volto di David. Ne avvertì gli influssi: l'uno usciva, mentre l'altro entrava, in punta di piedi, nella sua vita.

Davanti a lei, David assunse quel sorriso da seduttore che lei adorava. «Ehi, ragazzina. Devo sempre salvarti dagli incontri imbarazzanti?»

Una sorta di sbuffo. «Io non ho bisogno d'essere salvata da nessuno.»

«Mm, forse da te stessa, qualche volta. Dovrò avere il polso fermo, con te.»

Lei si riempì gli occhi della sua bellezza selvaggia. «Sai, un tempo credevo di non aver niente in comune con le mie sorelle. Poi ho capito. Se c'è una cosa di cui nostra madre ha pieni meriti, è l'averci cresciute rendendoci forti e indipendenti. Non abbiamo bisogno di qualcuno che ci salvi o ci protegga, siamo perfettamente in grado di farlo da sole.»

«Dote ammirevole, in un mondo in cui per lo più le donne si compiangono o si prostrano ai piedi di uomini che non le meritano.»

Beky rise. «Oh, non ci vedrai mai farlo! Né me né le altre Graziati.» Poi lo guardò di sottecchi. «Quanto della conversazione hai carpito?»

Lui scrollò le spalle con noncuranza. «Quanto basta per capire.»

«Capire cosa?»

La fissò con disarmante intensità, ma non rispose. Distogliendo da lei l'attenzione, indicò il cavalletto e allungò il collo per sbirciare. «Un'altra qualità da annoverare fra le tante?»

«È solo un passatempo, perlopiù scarabocchi.»

Allungò un braccio verso il cavalletto. «Posso vedere?»

«Assolutamente no!»

David si bloccò con la mano a mezz'aria, ma poi la ritrasse. Lo sguardo si fece più attento. Sollevò una gamba per poggiare il piede sulla traversa dello sgabello su cui lei sedeva, e poggiò l'avambraccio sulla coscia con noncuranza. Così facendo avvicinò il viso al suo e ne agganciò lo sguardo, i capelli sciolti sulle spalle in morbide onde scure sfumate di calde tonalità bronzee. La luce solare puntò dritta sulle sue iridi, che viste adesso erano di un grigio scuro molto particolare. Familiare...

«Christian mi ha tenuto informato dei tuoi miglioramenti di salute.» *Christian!* Ecco a chi aveva visto occhi di una simile tonalità di grigio. *Che strana coincidenza,* pensò.

Lui mantenne quegli occhi fissi nei suoi. «Sto per partire, ma volevo rivederti un'ultima volta.»

L'autocontrollo di Beky vacillò. Si prese il labbro inferiore fra i denti. Dunque, era un addio. Ma più lo guardava, più si convinceva di non essere pronta a lasciarlo andare. Voleva assaporarlo meglio, non era possibile che quelle intense emozioni non fossero condivise, e se davvero era come pensava, non poteva lasciarlo andare senza prima aver tentato.

«E se ti chiedessi di restare?»

Lui non vacillò. «E tu cosa mi offri?»

«Un'esposizione d'arte.» David non si era aspettato una simile proposta, a giudicare dalla sua reazione. «Ho due biglietti per una mostra a Milano, il ventotto dicembre. C'è questo artista, Rebel, che mi affascina molto. Lo hai mai sentito nominare?»

La osservò a lungo prima di rispondere: «Non mi risulta, no.»

«Magari, se siamo fortunati riusciamo a conoscerlo.»

«Chissà, magari» convenne lui facendole l'occhiolino.

«Allora è un sì?»

«Suppongo dovrò trattenermi in zona per altri sei giorni.»

«Facciamo cinque. Partiamo un giorno prima, così possiamo folleggiare per il centro di Milano e io posso rivedere la mia amica Margherita, la ragazza che ci ha procurato i

biglietti. E dopo l'esposizione ci sarà un sontuoso buffet.»
«Per me possiamo partire anche domani» sussurrò avvicinandosi a un soffio dalle sue labbra.
«Domani è l'antivigilia di Natale.»
«Allora mi aspetto un regalo.»
«Prima voglio il mio» lo provocò strofinando il naso contro il suo. Le sua labbra furono prese in ostaggio da quelle bramose di lui, esigenti, che in pochi istanti la condussero sull'orlo di un piacere senza confini.
Poi una mano calda le raggiunse il fianco e, scostando le labbra, chiese: «Come stai, lì sotto?»
«Alla grande. Per Milano sarò in perfetta forma» lo informò civettuola, tornando a impadronirsi di quelle labbra da sogno.

Quando ormai aveva perso ogni speranza, Jenny ritrovò l'anello sul tappetino inzaccherato dell'auto. Fuori di sé dalla gioia pensò di passare dall'agenzia per fare una sorpresa a Christian, ma quando piombò nel suo ufficio senza farsi annunciare, la sorpresa la trovò lei. Chanel era seduta alla scrivania proprio davanti al suo fidanzato, le gambe accavallate e un atteggiamento di padronanza assoluta. Christian le andò subito incontro per avvolgerla in un abbraccio, ma nonostante quanto aveva appreso su quella donna dovesse farle dormire sonni sereni, il disappunto faticò ad abbandonarla. Scoprì che Chanel era figlia del titolare di una piccola ma fiorente industria cosmetica, di cui lei stessa curava le pubbliche relazioni, nonché cliente principale dell'azienda pubblicitaria di cui Christian era a capo. I due stavano collaborando sulla campagna per una nuova linea di prodotti che avrebbero lanciato sul mercato in occasione del Natale e di San Valentino, e questa stretta collaborazione la infastidì non poco.
Il ricordo di quell'inaspettato incontro ancora le ronzava per la testa come un sottofondo da film horror.

Dopo aver avuto a malapena il tempo di stendere l'articolo sulla Spa, a Jenny era stato affidato un nuovo incarico, e questa volta doversi allontanare dal fidanzato fu per lei fonte di grande sofferenza. Mancava poco a Natale e lei non aveva ancora trovato il regalo giusto per Christian né per le sorelle. Non aveva avuto il tempo di pensare all'organizzazione delle nozze, nonostante lei e Christian avessero informato i rispettivi genitori di volersene occupare personalmente né di fare alcunché; prima le vicende familiari, poi il suo lavoro, l'avevano assorbita totalmente. Viaggiare, raccogliere informazioni, e poi una volta a casa mettere insieme il tutto e creare un articolo accattivante stava diventando sempre più impegnativo, tanto da non lasciarle molto tempo per sé. Né per Christian, che invece ne trascorreva fin troppo con Chanel.

Le parole della futura suocera che le ripetevano con pesante biasimo quanto il suo fosse un lavoro da single, le risuonavano continuamente nelle orecchie facendola sentire in colpa. Dopotutto, almeno su quello Luisa aveva ragione, e la cosa non le piaceva affatto: doveva trovare una soluzione; questa le arrivò come una manna dal cielo tre giorni prima di Natale. Rilesse l'e-mail dal pc più volte con un sorriso smagliante. Forse, dopotutto, aveva trovato il regalo perfetto da fare al suo fidanzato.

Soddisfatta, prese il telefono, selezionò l'elenco dei preferiti e... indovinate chi chiamò per confessarsi?

Capitolo 26

(Latin lover - Cesare Cremonini)
Vuoi parlare con me senza dire che poi giocherò… se gli amori passati non contano niente e sono lontani da noi gli errori che ho fatto col senno di poi…

Due giorni a Natale. Ivan aveva preteso che si vedessero ogni giorno, e così si recava sotto il suo ufficio per la pausa pranzo, o la passava a prendere dopo cena per portarla in qualche locale o a fare una passeggiata; a volte, rimanevano semplicemente in auto a parlare. Passare del tempo con lui era elettrizzante, proprio come lo era stato nel mese che lo aveva frequentato per mezzo di quella sciocca scommessa. La domenica precedente Ivan aveva organizzato una gita fuori porta al Monte Amiata, la cui vetta era ricoperta di soffice neve. Si erano portati dietro anche Ariel, e la giornata era volata tra risa, corse e un buon piatto di polenta ai funghi e doppia porzione di Torta ricciolina.

Tutto sembrava filare liscio sul versante personale; Ivan era premuroso e la corteggiava apertamente, ma non aveva mai tentato approcci intimi. Per quanto riguardava quello professionale, Regina si era calata con entusiasmo nel nuovo lavoro. I primi due giorni fu a stretto contatto con Luce, che le illustrò tutti i casi presi in carico dallo studio legale e quelli che, in assenza sua e del marito, avrebbe dovuto

portare avanti insieme all'altro legale dello studio.
Quell'incontro sconvolse la sua pace mentale. Patrizio, il fratello di Luce, socio dello studio legale: l'uomo con il quale avrebbe dovuto lavorare a stretto contatto, serioso e taciturno. Attraente tanto da far tremare le gambe.
Un'onda di capelli biondi, occhi azzurri come il ghiaccio e fisico da mister universo; sembrava uscito da una rivista patinata. Labbra sempre atteggiate in una piega rigida e quelle mani, grandi e abbronzate, promettevano gioie intense mentre lo guardava sfogliare fascicoli o prendere appunti.
L'esatto opposto di Ivan, anche lui alto e muscoloso, ma con occhi scuri e ridenti, capelli corti nerissimi e piglio perenne da scanzonato dongiovanni.
Si guardò bene dal rivelare alle sorelle quella svolta inattesa, ne immaginava le opinioni, ma da quel giorno le sue ore di sonno si ridussero. Lei, l'intransigente Regina, si sentiva attratta con pari intensità da due uomini. Doveva avere dei seri problemi, se due persone tanto diverse sia fisicamente che caratterialmente riuscivano a suscitarle le medesime sensazioni. Frequentava Ivan con regolarità da due settimane, e Patrizio, bensì solo lavorativamente, da poco più di una, ma tanto era bastato a sconvolgerla emotivamente.
«Regina?»
Sussultò nell'udire quel richiamo distaccato. Fuori era già buio, e l'ufficio era rischiarato solo dalla luce calda di una piantana, posta accanto alla scrivania, che gettava addosso all'avvocato dei giochi di luci e ombre.
«Sì?»
«Ha già preso impegni per le festività?»
Ecco, quella domanda la spiazzò. «N-no. Non farò niente di particolare.»
«Non ha programmato niente col suo fidanzato?»
«Io non ho un fidanzato» ribatté prontamente, sebbene il

suo pensiero fosse subito corso a Ivan.

Patrizio la osservò senza scomporsi. «L'ho vista con quel ragazzo, e ho pensato...»

«Ha pensato male, e la mia vita privata non la riguarda.»

Patrizio mantenne un'espressione di plastica. Per un attimo Regina pensò stesse per redarguirla, ma poi lo vide rilassarsi contro la poltrona nera senza mai interrompere il contatto visivo. «Mi sto occupando da solo di un caso, il processo è fissato per inizio gennaio, e se non ha impegni mi chiedevo se potesse venire nello studio di Grosseto. Ha buon occhio, sarei lieto di confrontarmi con lei.»

Regina ingoiò a vuoto, aveva la salivazione azzerata. «Ci sarò.»

«Perfetto.» Si staccò dalla poltrona e raggiunse la porta, dove Regina era rimasta perfettamente immobile, ammaliata da ogni suo movimento. Quando le fu accanto si fermò, sfiorandole il braccio. «Le auguro buon Natale, Regina.» La sua voce, stavolta, le fece trattenere il respiro, poiché conteneva una nota passionale.

«Buon Natale anche a lei, Patrizio.» Era la prima volta che lo chiamava per nome, e si odiò con tutta se stessa, perché si accorse di avergli lanciato un segnale. E se ne avvide anche lui; le si piazzò di fronte, a pochi centimetri.

«Regina. Quanti anni ha?»

Lei sbatté le palpebre. «Non capisco il senso di questa domanda.»

«Non c'è niente da capire. Lavoriamo insieme, vorrei conoscere qualcosa in più che la riguarda. Finora, a quanto pare, l'unica opinione che mi ero fatto si è rivelata errata. Non ha il ragazzo, vive ancora con i genitori. Quanti anni ha?»

«Quasi ventinove.»

Patrizio annuì. «Non più una ragazzina, dunque. E se io, adesso, provassi a baciarla?»

Il cuore prese a batterle come se volesse uscirle dal petto.

Era spiazzata ed eccitata. Lui prese quel silenzio per un assenso, sollevò una mano e con il pollice le sfiorò le labbra percorrendo quello inferiore in tutta la sua lunghezza, mentre l'altra si appoggiava sulla curva della vita, appena sopra il sedere. Incentivato dalla sua arrendevolezza continuò a farle scorrere il polpastrello sulle labbra con movimenti lenti, e con l'altra mano scese giù, le massaggiò il sedere e s'infilò sotto la gonna, sul lato esterno della coscia. Regina ansimò, troppo persa in quelle sensazioni per poter riflettere. Quando lui le catturò la bocca si arrese e si lasciò saccheggiare, schiacciata contro lo stipite della porta. Il bacio divenne vorace, urgente, poi entrambe le mani dell'uomo scesero lungo le cosce, le sollevarono la gonna e indugiarono sopra il pizzo delle autoreggenti. Un dito le sfiorò le mutandine, proprio sotto la sua femminilità umida, e lei si strinse di più a lui.

Quando la lingua dell'uomo prese a percorrerle il collo e la mano sulle mutandine si fece più insistente, in cerca di un varco, socchiuse le palpebre e, all'improvviso, un volto occupò la sua mente. Due occhi scuri e ridenti.

Riaprì i propri di scatto. Posò le mani sul torace di Patrizio e, con una pressione decisa, lo scostò da sé. L'uomo la guardò confuso, le pupille dilatate e il gonfiore dei pantaloni che urlava forte la sua eccitazione.

«Non sono stata del tutto sincera. Non ho un ragazzo, ma mi sto vedendo con una persona.»

Lui le fece un sorriso sghembo. «Anche io. Ma adesso loro non ci sono, siamo solo tu e io, no? Portiamo a termine quello che abbiamo iniziato. Nessuno dovrà saperlo.»

Regina sorrise. Lui l'aveva aiutata a capire cosa desiderasse davvero da un uomo. L'eccitazione a lungo trattenuta parlò chiaro, ed era giunto il momento di assecondarla e abbandonarsi ai propri sentimenti. Gli posò la mano sul petto, all'altezza del cuore.

«Già, siamo solo tu e io...»

Ivan passò a prenderla alle venti spaccate. Un colpo di clacson e lei scese subito, senza farlo attendere. Era già pronta.

Gli aveva inviato un messaggio nel quale gli chiedeva di anticipare l'appuntamento, e lui si era mostrato subito ben disposto ad assecondare ogni suo desiderio. Regina aveva indossato un semplice legging con il quale era solita correre e una felpa con zip; i capelli erano legati in una coda e aveva tolto ogni residuo di trucco. Si sarebbe presentata a lui così, in tutta la sua naturalezza. Per quel che voleva dirgli, non serviva che fosse in ghingheri; era giunto il momento di interrompere quello sciocco gioco. Tutto fra loro era iniziato con una scommessa, e con una scommessa si sarebbe concluso. Salutò le sorelle, che la squadrarono.

Jenny fu la prima a dar voce alla propria perplessità. «Hai intenzione di uscire così?»

«Hai una strana espressione, sembri nervosa. Tu non ce la racconti tutta» sogghignò Beky con sospetto.

«In realtà sì, è successo qualcosa, oggi. E stasera ho intenzione di mettere fine a questa storia, ma vi racconterò tutto domani, promesso.» Elargì alle sorelle curiose un rassicurante sorriso.

«Mm, penso che non vorrei trovarmi al posto di Ivan, questa sera» commentò Jenny, ma Beky la contraddisse.

«Io non ci giurerei.»

«Ci tiriamo fuori una scommessina?»

Regina salì in auto di corsa per sfuggire alla leggera pioggerella.

«Oddio, che tempo! Non ha fatto altro che piovere per l'intera giornata, per fortuna adesso ha rallentato.» Mentre si sistemava, alla radio passò *Latin lover*, e lei esplose in una risata. «Oh, non potrebbe esistere canzone più indicata a te!»

Ivan non rispose. Rimase a fissarla in silenzio, affascinato, partendo dalle scarpe sportive fino agli occhi privi di trucco. «Chi sei tu?» sussurrò con un dolce sorriso.

Lei si strinse nelle spalle. «Me stessa. Stasera, dall'armadio, sono riuscita a tirare fuori me stessa. È questo che voglio essere.»

Lui scosse la testa mostrandosi ancora incredulo. «E come hai fatto a trovarti?»

«Diciamo che una persona mi ha aiutato.»

Ivan inarcò un sopracciglio, ma poi la sua espressione si ammorbidì e la voce divenne più intensa. «Ce ne hai messo di tempo, ma devo ammettere che ne è valsa la pena prendermi i tuoi insulti e le occhiatacce, più eloquenti di mille parole! Oso sperare di essere io quella persona.» Le sfiorò il profilo con il dorso delle dita. «Sei perfetta così come sei. Non perderti mai più.»

«Non ne ho alcuna intenzione. E tu sei davvero un latin lover, sai come usare le parole. A questo proposito, devo parlarti. La nostra scommessa finisce qui, questa sera.»

Lo vide accusare il colpo; ritrasse la mano e contrasse la mascella, ma non obiettò. Sollevò le braccia, le lasciò ricadere, poi annuì. «Non ti obbligherò a proseguire, se non lo vuoi né mi prostrerò ai tuoi piedi. Quello mai» ammise con le labbra all'insù. «Sapevo quanto detesti tirarti indietro davanti a una sfida, per il semplice motivo che ti piace vincere, e questo era l'unico modo per poter passare del tempo con te. Come si poteva immaginare, hai vinto ancora. Voglio solo dirti che è stato bello, finché è durato, anche se si è trattato solo di due settimane.»

«Ti prego di lasciarmi parlare senza interruzioni, ma soprattutto senza arrabbiarti» l'apostrofò lei con tono battagliero.

Lui emise una sorta di sbuffo. «Ahia, la cosa si fa seria.»

«Sì, è così. Ci ho provato sai, anche se si era trattato solo di una scommessa, ho preso in considerazione questa cosa tra noi. Poi, però, ho capito che l'ostacolo più grande,

quello che non sarei mai riuscita a superare...»
«Era che avessi fatto sesso con tua sorella» terminò lui, annientato da ciò. Colpì il volante al segno d'assenso di lei e imprecò. «Accidenti a me! Ero uno stronzo, non me lo tenevo nei pantaloni. Ho scelto la ragazza sbagliata. Lei era ubriaca, e anche io non c'ero andato giù leggero. È stata solo una volta... anzi, mezza, a dirla tutta, ma tanto basta.» Tornò a guardarla con aria distrutta. «Così finisce qui. Mi dispiace Regina, non immagini quanto. Non lasciare che questo rovini il rapporto che hai costruito con lei.»

Si fissarono per alcuni istanti, finché lei ruppe quel silenzio. «Ho conosciuto una persona. Si tratta di uno dei miei capi.»

«Ecco il momento che più temevo. Ti prego, Regina, finiamola qui e risparmiati i particolari.»

«Invece devi ascoltarli, solo così puoi capire cosa provo io ogni volta che penso a te con Beky.»

«Regina, basta farci del male! Ho recepito il messaggio, non ti disturberò più!»

«Invece lo farai, perché tu disturbi i miei sogni ogni maledetta notte!» Ivan apparve confuso. «E ora stammi ad ascoltare! Lui è il mio capo, e per oltre una settimana abbiamo lavorato a stretto contatto. Lo hai anche visto, una volta, fuori l'ufficio.»

Una smorfia contrasse il volto di Ivan. «Il Ken in giacca e cravatta.»

Regina sorrise all'immagine che trasse da quell'affermazione. «È sempre stato distaccato, fino a oggi. Mi ha chiesto se tu fossi il mio ragazzo, e io ho negato.»

«Perfetto» mormorò lui guardando fuori dal finestrino, concentrandosi sulle gocce che rigavano il vetro.

«Mi ha baciato, e fatto scorrere le sue mani su di me.» Ivan serrò la mascella ma lei proseguì. «Mi ha sollevato la gonna e...»

«Porca puttana, Regina!» sbottò Ivan voltando la testa

di scatto verso lei, gli occhi spiritati. Spense la radio con un gesto stizzito. «Vuoi fornirmi la descrizione dettagliata di come ti sei fatta scopare da quello stronzo? Vuoi che spacchi il muso a Mister perfezione?»

Regina proseguì imperterrita. «Mi sono eccitata, ma quando ho chiuso gli occhi ho visto te. Era con te, che avrei voluto stare.»

L'espressione sul viso di Ivan mutò. «Che cazzo mi stai dicendo? Ti sei fatta scopare mentre pensavi a me?»

Regina prese un profondo respiro. «Ti sto dicendo che in quel momento ho capito che voglio stare con te. L'ho respinto. Gli ho detto testuali parole: "Siamo solo tu e io, ma non è con te che dovrei né che vorrei trovarmi, in questo momento". Sono corsa a casa, ho fatto una doccia per togliermi il suo odore di dosso, e non ho fatto altro che pensarti per tutto il tempo. Poi sono uscita per comprare un regalo per te. Per noi. Sono rientrata, e ho sentito la necessità di mostrarmi così come sono, anzi, come voglio essere, spogliata del trucco, degli abiti eleganti e di ogni segreto.»

Ivan ancora non parlava, pareva ne avesse perso la capacità. Lo vedeva solo deglutire e sbattere le ciglia. A volte abbassava le palpebre e tratteneva il respiro per poi espellerlo con sofferenza. Lei intanto continuò a ruota libera, perché temeva che se si fosse fermata non avrebbe più avuto il coraggio di proseguire.

«Voglio smettere con questa sciocca scommessa, perché vorrei iniziare qualcosa di vero. Senza giochetti, Ivan. Tu mi hai sempre rispettata. Non mi hai mai fatto pressioni sessuali, nonostante la tua nomina, sei sempre stato un perfetto gentiluomo. Ma adesso basta, per favore, ho bisogno che tu mi salti addosso e mi faccia sentire viva e amata. A tal proposito, vorrei che aprissi questo.» Gli porse un sacchetto.

Lui lo prese con titubanza, e tale espressione si accentuò

allorché ne scoprì il contenuto. Tirò fuori il pacchetto di preservativi e lo sventolò in aria con un ghigno divertito.
«Tu, la rigida, irraggiungibile Regina, mi stai chiedendo di fare sesso con te?»
«Certo che no!» Si mostrò offesa, per poi addolcire la voce. «Ti sto chiedendo di fare l'amore con me. Ma devi giurarmi che sarò l'unica. Il passato non conta più, quello che provo per te è più forte di ogni cosa, anche della rabbia di sapere che sei stato con mia sorella... perché questo è stato prima di conoscerci.»
Ivan si avventò su di lei con impeto, le prese il viso fra le mani e le stampò sulle labbra un bacio appassionato che la saccheggiò di ogni forza e pensiero. Si staccò per fissarla negli occhi, i suoi colmi d'emozione e trionfo. Rimasero a fissarsi alcuni istanti, cullati solo del rumore della pioggerellina che batteva sul parabrezza.
«Te lo giuro, mia Regina. Non desidero altro.» Posò lo sguardo sulle loro mani allacciate, e la fronte si aggrottò nel notare...
«Un tatuaggio.» Sollevò su di lei uno sguardo stupefatto. «Hai fatto un tatuaggio? Non ci credo.»
Lei si strinse nelle spalle. «Te l'ho detto che sono cambiata.»
«Però ti sei marchiata addosso la tua personalità. Una corona circondata da spine. Niente potrebbe essere più adatto.» La baciò di nuovo. Quando si ritrasse, Regina aprì YouTube sul proprio telefono e cercò la musica di poc'anzi; alzò il volume al massimo, lo gettò sul sedile e balzò fuori, e lasciando lo sportello aperto allungò una mano verso di lui in un palese invito. Ivan la raggiunse in velocità, le allacciò le braccia attorno alla vita e chinò il viso, guancia a guancia, accompagnando i movimenti alle parole della canzone.

«Fidati di me, non sono un latin lover, canto alle donne ma, parlo di me. Rido perché tu mi chiami "latin lover", io

sono un amante ma, senza una donna con sé...»
La pioggia scendeva fitta, ma a nessuno dei due importava di bagnarsi. Quel momento era perfetto perché esistevano soltanto loro. Ballarono abbracciati, il viso di Regina trovò il giusto incastro contro la spalla di Ivan, che la teneva stretta come se temesse di perderla. A un tratto lui sospirò. «C'è una cosa che devi sapere, se vogliamo essere sinceri l'uno con l'altra.»
«Avanti, strappiamo questo cerotto!» Serrò gli occhi, presagendo il peggio.
Ivan si grattò una guancia ben rasata simulando un certo disagio. «Dopo che te ne sei andata, mi sono di nuovo fiondato sulle ragazze. Ne ho avute quattro.»
Regina spalancò gli occhi. «Quattro? Santo cielo, Ivan, sei incorreggibile! Riuscirai a farti bastare me soltanto?»
«Quattro ragazze non sono bastate a saziare il mio appetito, perché era solo di te che avevo fame. Non potevo averti così ti cercavo dove potevo, senza mai trovarti. Ma ora sei qui, e non mi scappi più.»
«A quando risale l'ultima?» Lui fece finta di non sentire, ma Regina insisté, misurando la sua reazione.
«A dire il vero...» si grattò la testa. I gesti erano ancor più impacciati e le rughe sul viso ben marcate cercava di dirle la verità.
«Quando?» Ancora silenzio. «Ivan, quando sei stato con una ragazza l'ultima volta?»
«E va bene, la stessa sera che ci siamo rivisti, quando mi hai cacciato dall'auto e dalla tua vita. Ero incazzato e dovevo sfogarmi. Volevo cancellarti dalla mia testa. Però ho dato un taglio subito dopo.»
Regina lasciò andare il respiro trattenuto. «Cavolo, Ivan, tu sì che sai come smontare una ragazza, davvero!»
«Ma so fare anche altro, se me lo permetti.» Le posò una mano sul collo e cominciò a scendere, ma lei lo bloccò. «Avanti, non fare tanto l'intransigente. In fin dei conti, ti

sei lasciata palpeggiare da un uomo giusto questo pomeriggio, e già stavi uscendo insieme a me. Io, invece, non ti vedevo da sei mesi, e tu mi hai sbattuto in faccia il tuo risentimento. Non ti pare una cosa diversa? Cancelliamo tutto e ripartiamo da qui. Ripartiamo da noi.»

Capitolo 27

(Neve – Giorgia e Mengoni)
Neve, insegnami tu come cadere, nelle notti che bruciano
a nascondere ogni mio passo sbagliato e come sparire
senza rumore, scivolare nel corso degli anni
e non pesare sul cuore degli altri

Jenny indossò un abito rosso, corto fino al ginocchio e attillato sul seno tanto da metterne in mostra le curve procaci. Niente bottoni, quelli preferiva evitarli visti gli imbarazzanti trascorsi.

Era emozionata. Tutta la famiglia era stata invitata a trascorrere la vigilia a casa di Christian, e quella poteva essere una buona occasione per gettare delle solide fondamenta tra le due famiglie.

La mamma aveva sollevato delle rimostranze, ma Giacomo era stato solerte nel rassicurarla che avrebbe tenuto la moglie a freno.

In effetti, i due coniugi si erano recati a far vista a nostro padre sia in ospedale sia a casa, dando prova di un sincero pentimento circa gli eventi della naufragata cena. Quel comportamento aveva indotto Jenny a immaginare che ci fosse ancora qualche speranza di riuscire a conquistare il *t-rex*… ehm, la futura suocera. Forse, quella sera, sarebbero arrivate ad appianare gli attriti.

Quel pomeriggio, un paio d'ore prima di recarci dai Visconti, ci ritrovammo tutti a casa dei nostri genitori. Babbo ci preparò un aperitivo analcolico; era un mago nel creare i cocktail, gli dicevo spesso in maniera affettuosa che, se avesse deciso di abbandonare il lavoro in banca, avrebbe avuto un futuro da barman. La casa era tutta decorata a festa, un grande albero svettava in salotto nell'angolo fra il moderno caminetto e il finestrone scorrevole; il divano, al centro della stanza, era ricoperto di teli e cuscini natalizi. I festoni erano appesi ovunque, anche sulla ringhiera della scala che conduceva al piano superiore, e attorno all'arco che immetteva nella cucina. I vetri erano decorati con neve spray e adesivi; pupazzi a forma di renne e gnomi sbucavano ovunque. L'intera casa era avvolta dalle calde tinte dell'oro, del rosso e del verde foresta. Sembrava di stare nel villaggio di Babbo Natale. Merito – o colpa – dell'estro delle gemelle, che nonostante gli impicci delle ultime settimane non avevano mancato di tener fede alla tradizione. Tanto, poi, sarebbe toccato a mamma smontare tutto, il sette gennaio.

Anche se una leggera ansia mi aveva chiuso lo stomaco, non riuscivo a smettere di sorridere mentre guardavo la mia famiglia. Ero seduto sul divano vicino alla mia splendida Lorena, ben incastrata sotto la mia spalla; mio figlio era in braccio a Regina e la piccola Desirèe dormiva nella carrozzina. Luca – seduto al tavolo insieme a Jenny che gli stava raccontando chissà cosa per farlo ridere in quel modo –, zuppava biscotti alla cannella nella tazza di cioccolata calda, mentre Daniele discorreva sottovoce con babbo. Angelica e Beky stavano confabulando, e dai gesti intuii stessero parlando di curve e dimensioni... e non certo quelle della strada. Io cercavo, come al solito, di tenere sott'occhio ogni particolare che mi circondava. La casa era avvolta da una serenità che mancava da tempo, e odiavo sapere che presto sarebbe sfuggita di nuovo. Era arrivato il momento, e mamma cercò il mio sguardo per un conforto.

«Ragazze, so che non sarà piacevole, ma c'è una cosa che vostro padre e io vorremmo dirvi.»
Ecco, ci siamo pensai prendendo un grosso respiro. Lorena si avvide del mio turbamento e mi rivolse la sua attenzione, ma le diedi una stretta alla mano e mi avvicinai a mamma. L'attenzione delle mie sorelle fu catturata dal suo annuncio. Era la vigilia di Natale, e quello non sarebbe stato un bel regalo, però era inutile procrastinare, l'avevano già fatto abbastanza.

«C'è un motivo dietro allo stress che ha provocato il malore a vostro padre, e le nostre assenze con la scusa di ristrutturare la baita in montagna.» Mamma mi lanciò un'occhiata, e io annuì in un gesto di incoraggiamento.

«Purtroppo ci sono stati dei grossi problemi con il fondo d'investimento...» La voce le si incrinò, era evidente quanto dolore le costasse ciò che stava per dire, così mi avvicinai per abbracciarla e nostro padre prese la parola.

«Non esiste nessun fondo. Dopo anni di lavoro in banca, alla fine ho allentato la presa e mi sono lasciato fregare come un pollo. Il fondo è crollato, tutti i soldi investiti sono andati perduti. Il promotore è andato in rovina e ha raschiato quanto più ha potuto dai conti correnti dei clienti, prima di sparire senza lasciare traccia, lasciandoci con le spalle piene di debiti.»

Angelica si portò una mano alla bocca e Jenny balzò in piedi, mentre Beky si limitò ad alternare lo sguardo fra babbo e mamma in assoluta immobilità.

«Ma come può essere una cosa del genere? Vi siete rivolti a uno studio legale?» domandò Regina, mentre le altre rimanevano chiuse in un attonito silenzio.

Babbo sollevò una mano, bloccando ogni altra domanda. «Abbiamo fatto il possibile, non c'è molto a cui appellarci, se non vendere la casa. Abbiamo valutato se dar via la baita in montagna, ma non ne trarremmo abbastanza, così...» Allargò le braccia e sorrise mesto. «Il contratto è già firmato, entro fine gennaio dobbiamo lasciarla.»

Già l'umore non era dei migliori, dopo la destabilizzante notizia che la nostra casa, dove tutti noi avevamo vissuto fin dalla nascita, ci sarebbe stata strappata via a breve. Da quella brutta vicenda erano scaturiti i problemi di salute di babbo. Dover concludere quella serata in quel freddo mausoleo fu la ciliegina sulla torta.

Appena varcato l'ingresso del salone, Jenny avvertì un brivido di freddo, una sorta di premonizione funesta. O forse a influenzarla erano solo i brutti ricordi legati a quel luogo. Le umiliazioni inferte da Leoni, le offese di Samantha, lo scherno di Luisa. Prese un profondo respiro e cercò di mantenere una composta dignità; confidò di riuscire a creare, quella sera, grazie anche alla presenza della propria famiglia, dei bei ricordi con cui sostituire quelli sgradevoli. Christian le fu subito accanto, ma dall'inespressività dei suoi lineamenti lei capì subito che qualcosa non andava.

«Christian? Guai in vista?» domandò Jenny con apprensione, mentre noi venivamo accolti da Giacomo.

Angelica, Regina e io avevamo provato a declinare l'invito, ma nostra madre ci aveva implorati di non abbandonarli proprio quella sera, mentre Beky – troppo curiosa di conoscere quell'orribile donna che stava dando del filo da torcere a nostra sorella, nonché desiderosa di metterla al tappeto con qualche uscita delle sue –, aveva accettato al volo.

Christian gonfiò le guance d'aria, che lasciò fuoriuscire lentamente. «Mia madre.» La guardò dritto negli occhi. «Ha pensato bene di invitare anche Chanel e la sua famiglia.»

Eccola, la doccia fredda che la fece sentire a disagio nell'abito rosso, quando invece avrebbe tanto desiderato passare inosservata. Col senno di poi, non era stata una scelta assennata. A giudicare dal calore che avvertiva, doveva avere le guance della stessa tinta, e Christian se ne avvide.

«Jenny, mi dispiace, io non ne sapevo niente, e nemmeno mio padre, giuro! Lui non si sarebbe piegato, lo so per certo.»

«Ormai è fatta» cercò di rassicurarlo, quando invece tutto, dentro di lei, urlava a gran voce: fuggi!

Diversa fu la reazione di mamma, che appena intercettò Chanel se ne uscì con un risoluto: «Io me ne vado.»

Babbo la trattenne per un braccio. «Caterina, per favore, non dare spettacolo.»

«La prego, Caterina» la implorò Christian portandosi a un passo da lei. «I genitori di Chanel sono brave persone, non vi faranno sentire a disagio. Quanto alla figlia...» sbuffò, «ormai credo si sia rassegnata, e comunque non si esporrà davanti a tutti.»

Mamma non sembrava del tutto convinta, così mi avvicinai a lei mettendole mio figlio tra le braccia. «Mamma, ti prego, mostrati superiore a certe provocazioni.» Quindi mi chinai vicino al suo orecchio. «Fallo per Jenny, ha bisogno di sentire il nostro sostegno, non possiamo lasciarla da sola in questa tana di lupi.»

Mamma serrò le labbra ma i suoi occhi parlarono chiaro: l'avevo convinta.

Giacomo venne ad accoglierci e furono fatte le presentazioni, e mentre tutti noi raggiungevamo il salone, Jenny e Christian si attardarono nei pressi dell'ingresso.

«Jenny?»

«Mm.»

«Mi assicurerò che tu non beva più di un bicchiere di spumante, questa sera» l'ammonì con un vago alone di divertimento. «E non mi allontanerò mai da te.»

Lei sbuffò. «Oh, be', questo è da vedere. Comunque, non credo possa accadere niente di peggio che rivedere Chanel, perciò...» Lui distolse lo sguardo mordendosi l'interno di una guancia, e da quel gesto Jenny comprese che invece qualcos'altro c'era. «Avanti, spara» lo intimò

giusto un pochino scoraggiata.
«David. Sai che accompagnerà tua sorella all'esposizione di Milano?»
«Sì, me l'ha accennato. L'ho messa in guardia, più di quello non potevo. Mi ha risposto che incarna alla perfezione ciò che piace a lei. Trasgressivo, appassionato, bla, bla, bla. Sue testuali parole: *Voglio buttarmi e vedere dove cado*.» Alzò le spalle. «Boh, se lo dice lei. Come ti ho già detto, sa badare a se stessa. Non sono certa su chi dei due potrebbe farsi più male, sai?»
«Va bene, lasciamo che se la vedano da soli. Questa sera ci sarà anche lui.» A conferma di quelle parole, il dlin dlon del campanello segnalò un nuovo arrivato.
«Questo dev'essere lui. Mica potevo lasciargli passare le feste da solo, no?» si giustificò davanti all'espressione atterrita di Jenny.
«Dio mio, Christian! Come pensi possa comportarsi, con la tua famiglia?»
Un sorriso malizioso gli stirò le labbra. «Lo vedremo presto. Questa sera ci sarà di che divertirsi.»
La reazione di Beky, quando se lo trovò davanti, fu di pura estasi. Jenny roteò gli occhi al soffitto riconoscendo quell'espressione, ma evitò di commentare.
L'incontro tra Luisa e mamma fu teso, ma passato il primo momento d'imbarazzo il *t-rex* si dedicò agli ospiti illustri, mentre Giacomo si mostrò molto più incline a fare conversazione con la nostra famiglia. Al contrario di casa nostra, quella di Christian era decorata con maggiore sobrietà. Un enorme albero di Natale occupava l'ingresso, decorato nei toni dell'argento. Oltre a quello, non vi era nessun altro addobbo attorno.
«Certo» sibilò Jenny a denti stretti, «la regina dei ghiacci non poteva che utilizzare toni freddi anche per le decorazioni natalizie.»
La cena trascorse nella più assoluta tranquillità, ecce-

zion fatta per gli sguardi minacciosi che Jenny e Chanel continuavano a scambiarsi, spesso intercettati da Christian. Poco dopo le dieci, ritenendo che la serata fosse trascorsa in maniera inoffensiva e la nostra presenza, da lì in poi, potesse essere superflua, Angelica e io annunciammo il nostro ritiro; dopo un affettuoso scambio di saluti e auguri ci accomiatammo per mettere a nanna la nostra piccola prole. Anche Luca, per quanto si fosse comportato in modo eccelso, ormai non riusciva più a tenere la testa dritta sul collo.

Rimasti soli davanti all'ingresso dopo averci salutato, Christian prese le mani di Jenny e la trasse a sé per un bacio.

«Allora? Ti vedo tesa.»

Jenny sporse il labbro inferiore. «Ho ricevuto delle notizie non buone dai miei genitori che mi hanno tormentata per tutta la sera.»

L'espressione di Christian si oscurò. «Problemi di salute di Lorenzo?»

«No, ma non mi va di parlarne ora. Certo non aiuta neanche lo sguardo fisso di Chanel che sembra maledirmi» borbottò accigliandosi mentre lanciava un'occhiata verso il salone.

«Jenny, ignorala, non rappresenta alcuna minaccia per te.»

«Sì, invece. Lo avverto chiaramente. Lei e tua madre stanno macchinando qualcosa.»

«Andiamo, non fare la mitomane. Mia madre è affezionata a lei, e se vuol mantenere con la sua famiglia dei buoni rapporti, faccia pure, è il massimo che potrà avere.» Poi la prese tra le braccia e si chinò per sussurrarle: «Vieni con me.» L'aiutò a indossare il cappotto e la condusse all'esterno, sotto il gazebo tristemente spoglio in quel periodo dell'anno.

«Non potevo più aspettare per darti il mio regalo.» Le porse una scatolina di cartoncino con un nastro in vellutino

rosso.
Il viso di Jenny brillò mentre l'afferrava. Sciolse con calma il fiocco, e quando tolse il coperchio vide al suo interno, adagiata su uno stesso tessuto, una chiave appesa a un portachiavi a forma di cuore con incisi i loro nomi.
«Bella» commentò lei, esitante. La soppesò nella mano, «ma forse un po' pesante da portare al collo, non credi?»
«Non la devi mettere al collo, ma in tasca.»
«Oh, è un portafortuna!» esclamò distendendo la fronte. Christian ridacchiò. «Sì, potrebbe anche esserlo. Ma principalmente, è la chiave di casa nostra.»
Jenny sbatté le palpebre. «Come, scusa? Tu… tu hai…»
«La casa dei nostri sogni, ricordi? Quella che ti piaceva tanto, con ampie vetrate e giardino vista mare. È nostra.»
Rimase senza parole, troppo incredula ed emozionata per poter parlare. Il respiro si condensava nel freddo della notte, fra i loro visi vicinissimi. Lei prese il suo fra le mani tremanti e gli posò un bacio sulle labbra, che lui ricambiò con ardore. Una fusione di respiri e anime, prima che lui si ritraesse per raccogliere una lacrima dallo zigomo con il pollice.
«Stai piangendo.»
«Di felicità. Non esistono parole per spiegarti quanto ti amo!»
«E stai anche tremando» osservò ancora lui.
«Quello è un po' il freddo, e un po' l'emozione.»
«Rientriamo, prima che ti prenda un malanno.»
«Aspetta, ho anche io una cosa da darti.»
Estrasse dalla tasca della giacca una busta bianca e gliela porse. Lui la aprì, lesse le prime righe, poi sollevò su di lei un sorriso soddisfatto.
«Un contratto di lavoro.»
«Esatto. Un contratto di lavoro firmato» precisò esultante, «per una rivista di cronaca rosa. Niente più viaggi. Scriverò da casa i miei articoli e li invierò al giornale. Un

lavoro sedentario che mi permetterà di trascorrere tutto il tempo qui, a tua disposizione!»
«Allettante.» Poi il suo sorriso scemò a favore di un'aria più titubante, indagatrice. «Ma è questo ciò che desideri? Voglio dire, non ti mancherà viaggiare?»
«Certo che no! Quello è stato solo un intermezzo, un lavoro che mi ha permesso di crescere e acquisire più fiducia in me stessa. Ma questo» riafferrò la busta e gliela sventolò sotto il naso, «è ciò che desidero. Lavorare senza dovermi separare a lungo da te.» Christian parve sollevato. La strinse nel suo caldo abbraccio e si riavviarono verso casa.

Beky e David, intanto, erano riusciti a trovare un po' d'intimità nello stanzino che fungeva da appendiabiti.
«Che ne dici se lasciamo questo posto così noioso?» propose lui mentre le afferrava con entrambe le mani il sedere, attirandola a sé.
«Dico che mi piacerebbe, però non credo sia una buona idea. Già mia madre ha faticato a mandar giù l'idea di vederti accanto a me, stasera, non la prenderebbe bene se ci vedesse andar via insieme.»
«Mm» mugugnò lui mordicchiandole il lobo di un orecchio, «non le vado affatto a genio, eh?»
«Le passerà. Succede sempre.»
La porta si aprì di colpo e furono inondati da una luce che le fece strizzare gli occhi.
«Oh, per favore, Beky, non qui! Frena i tuoi bollori!»
Si sciolsero all'istante, l'espressione per niente colpevole, anzi.
«Che c'è?» ridacchiò David rivolto al suo amico. «Mi sono comportato bene, meritavo una ricompensa, no? E poi la serata era così noiosa che necessitava d'essere rianimata.»
«Be', mia sorella ha rianimato ben altro.» Jenny arrischiò un'occhiata al cavallo dei suoi jeans.

Davide ne seguì la traiettoria, poi tornò su di lei e scoppiò in una risata.

Fu Beky a rispondere. «Be', Jenny cara, non credo voi due siate andati là fuori solo per vedere le stelle.»

Quando tornarono nel salotto, Chanel andò loro incontro con un ondeggiamento sensuale che urtò i nervi di mia sorella. «Vi vedo raggianti.»

«Lo siamo.» Jenny si strinse a Christian. «Ci siamo appena scambiati i nostri regali di Natale.»

«Ma davvero?» intervenne Luisa avvicinandosi a Chanel; le poggiò una mano sulla spalla con molta familiarità, e lo strano cenno d'intesa fra le due non sfuggì all'occhio attento di Jenny.

«Sì» mormorò con minor enfasi, distratta dallo strano atteggiamento delle due. Stavano confabulando qualcosa, ne era certa.

«Caro, possiamo sapere anche noi cosa vi siete regalati?» Luisa elargì al figlio un sorriso che appariva falso persino a decine di metri di distanza.

«Una chiave.» Mostrò l'oggetto con orgoglio.

«Una chiave?» l'espressione di Chanel era allibita.

«Sì, di casa nostra» chiarì Christian. «In realtà, il mio regalo per lei è una casa, la chiave è solo il mezzo per entrarci.»

«Oh, e anche un portachiavi con i nostri nomi incisi, non è bellissimo?» aggiunse Jenny con un sorriso estasiato, ma le due rivali la ignorarono, i sorrisi ormai spenti.

Si riunirono gli altri nel salone, dove Jenny sedette sull'adorato divano accanto a Regina, ma sentiva puntati addosso gli sguardi perfidi delle due complici. Dopo un po' notò una bottiglia di *Ferrari* ancora a metà sul tavolo, e con disinvoltura vi si avventò. Ne buttò giù un intero bicchiere che parve restituirle una certa sicurezza.

Isolata dalle sorelle, Chanel tornò all'attacco. «Non vorrai ubriacarti?»

Jenny le rivolse un sorriso e ne offrì anche a lei, ma quando la ragazza rifiutò, orripilata, emise una risata gutturale. «Certo che no, la perfetta Chanel non beve alcolici.» Riempì di nuovo il calice.

Una smorfia sprezzante. «Beve chi non si sente all'altezza della situazione, io non ne ho bisogno.»

Subdola fino alla radice delle unghie. Jenny la fissò in tralice. «Hai per caso una sorella di nome Samantha?»

«Certo che no! Io sono figlia unica. Ma dimmi, Jenny, una casa è un dono del quale bisogna essere all'altezza. Tu cosa gli hai regalato?»

Jenny esitò. «Una casa è un impegno, per entrambi.»

«Dunque non gli hai preso niente.»

Quanto avrebbe voluto cancellarle quel sorriso tronfio dalle labbra!

«Il regalo materiale glielo darò domani, nella mattina di Natale.»

«Materiale. Quindi ce n'è stato anche uno astratto?»

«Chanel, piantala, per favore» l'ammonì Christian con voce dura, sopraggiunto in quell'istante alle sue spalle.

«Tesoro, sii più gentile!» Ecco, ci mancava Luisa! «Chanel si stava soltanto interessando!»

Jenny prese un respiro e si fece forza. L'avevano accerchiata, ormai non aveva via di scampo. Si guardò attorno: i suoi familiari erano presi a discorrere tra loro, all'oscuro dell'assalto che lei stava subendo. Per fortuna aveva Christian accanto a sé. «Gli ho mostrato il mio nuovo contratto di lavoro. Non farò più l'inviata, sono stata assunta da una redazione giornalistica e potrò lavorare da casa. Così, Luisa, non dovrà più preoccuparsi che non possa essere presente come moglie.» Forse, rifletté, rivelando a Luisa che aveva lasciato il suo *nomade lavoro*, come lei stessa l'aveva definito, avrebbe capito che faceva sul serio e smesso di darle il tormento.

«Oh, che cosa romantica» cinguettò Chanel riunendo le mani in preghiera davanti alla bocca. «Anche se, a dire il vero, questo è un altro regalo da parte di Christian per te, anziché il contrario.»

Jenny rimase confusa. Guardò Christian e lo vide adirarsi.

«Ora basta» ringhiò lui a denti stretti prima di metterle una mano dietro la schiena. «Jenny, andiamo via. Ho voglia di scartare adesso l'altro regalo, perché non andiamo a casa tua a prenderlo?»

«No, Christian, ti prego, voglio capire cosa intendesse con quell'affermazione. Perché il mio contratto di lavoro dovrebbe essere un altro regalo per me da parte tua? Tu cosa c'entri?»

Dalle sue spalle giunse una sorta di ringhio. Era Beky che correva in suo soccorso.

«Jenny, sorellina, lascia perdere queste due scope rivestite e andiamocene da qui.»

«Ragazzina, non ti permetto di offendere me e la mia ospite in casa mia!» le urlò contro Luisa, paonazza per la collera.

«Andiamo, Beky, togliamo il disturbo» propose David, ma lei era ormai su di giri e rifiutò la mano che lui le porgeva.

«Mi permetto, se mia sorella viene braccata con la chiara intenzione di metterla a disagio!»

«Tua sorella si mette a disagio da sola, con le sue uscite ingenue e ridicole» ribatté Chanel.

«Brutta stronza, te le faccio vedere io le...» Una mano calò sulla bocca di Beky mentre un braccio robusto si serrava attorno alla sua vita, allontanandola da lì.

Jenny era fuori di sé e non badò più a controllare il volume della voce. «Chanel, porca miseria, parla chiaro se hai qualcosa da dire! Basta con i giochetti!»

Chanel si raddrizzò. «Vuoi la verità? Eccola la verità.

Pensavi, licenziandoti dall'agenzia pubblicitaria del tuo fidanzato, che avresti acquisito indipendenza. Niente di più falso!»

«Chanel smettila» l'ammonì Christian afferrandola per un braccio, ma lei si divincolò e proseguì spedita.

«Dopo le tue dimissioni, sei stata assunta dal gruppo editoriale presso cui Christian, prima di prendere il posto del padre nell'agenzia pubblicitaria, era il direttore. Non ti hanno presa per merito, ma per intercessione del tuo fidanzato! E quella che ti ha assunta ora? Un cliente della Public&Co, che Christian stesso ha scomodato per farti assumere.» La sua voce si fece canzonatoria, così simile a quella di Titti l'uccellino. «Hai ottenuto quella rubrica grazie a lui. Prima ti ha spinta a viaggiare, e quando poi ti ha rivoluta a casa, gli è bastato schioccare le dita. Come puoi ben capire, tu esisti in ambito professionale solo grazie al tuo fidanzato, mia cara. È lui a tirare i fili, e tu sei il suo burattino! Da sola non vali nulla.»

Silenzio tombale. Il volto pietrificato, Jenny fissò lui, l'amore della sua vita, incapace di credere che fosse arrivato a tanto.

«Christian? È la verità?»

Christian sollevò i palmi verso l'alto. «Non posso negare il mio coinvolgimento con entrambe le redazioni, ma ti assicuro che sei stata assunta per merito, non per raccomandazione.»

Il cuore le batteva così forte da provocarle la nausea e soffocarle la voce. «Mi hai spinta tu a inviare il curriculum a entrambe.»

«E loro hanno deciso di assumerti, dopo averne preso visione.»

«Giurami che non hai messo tu una parola per me.»

Christian non rispose, si limitò a fissarla con la mascella serrata. Lei emise un gemito, posò il calice sul tavolo e si portò le mani al viso. Si sentiva offesa. Ferita e delusa.

«Come hai potuto? Sapevi che volevo farcela da sola, lo sapevi, Christian! Avrei preferito lavorare nella biblioteca comunale, o fare la guida turistica, ma con le mie forze. Tu hai distrutto la mia autostima, il mio amor proprio. Io non sono niente senza di te, è questo che pensi?» La sua voce era bassa e piena di sconforto.

«No Jenny, non lo penso, io *so* che tu hai enormi doti, ti serviva solo l'opportunità di tirarle fuori, di mostrare quanto vali. Io ho fatto solo questo, ti ho dato quell'opportunità!»

Jenny si guardò attorno: tutti la stavano fissando. Scorse in alcuni sguardi compassione, in altri rabbia, dispiacere e, nel caso delle sue rivali, soddisfazione.

«Perché sta succedendo di nuovo a me? È la storia della mia vita.» Si sforzò di trattenere le lacrime. Era troppo.

Mamma fronteggiò Luisa con tutta la furia che covava. «Sei solo un'arpia, una donna frustrata che prova una perversa soddisfazione nell'umiliare le altre persone, solo perché non ne tollera la felicità!»

Babbo le si avvicinò e cercò di calmarla. «Caterina, non serve. Andiamocene da qui.»

«Sì, invece! Questa donna deve capire! Le persone serene non traggono soddisfazione nel veder soffrire gli altri! È una repressa, una strega maligna, e io non le permetterò di rovinare la vita di mia figlia!»

«Come osi! Fuori da casa mia!» sbraitò Luisa col volto in fiamme.

«Signore, cercate di calmarvi e parliamo da persone civili!» Giacomo cercò di frapporsi fra le due donne, ma fu ignorato.

«Me ne vado, sì! Ma sappi che quei ragazzi avranno tutto il mio appoggio, quando dovranno sposarsi, perché contrariamente a te io voglio la felicità di mia figlia, e provo affetto materno anche per Christian!»

La voce esile di Jenny s'intrufolò in quel baccano mettendo tutti a tacere: «No mamma, non ci sarà nessun matrimonio.» Tutta l'attenzione tornò su di lei. Christian provò a prenderle una mano ma Jenny si ritrasse di scatto, e Luisa ne approfittò per inveire.

«Oh, finalmente qualcuno che torna alla ragione! La mia famiglia non si mescolerà con gente simile, grazie a Dio!»

«Luisa!» tuonò la voce di Giacomo Visconti, mettendo a tacere la moglie. «Adesso basta, vergognati per come stai trattando i nostri ospiti! Io davvero non ti riconosco più. Non ti ho mai negato nulla, in questi anni, non capisco come tu possa essere tanto arrabbiata con il mondo intero e guardare tutti dall'alto in basso.»

«Forse è proprio per questo, Giacomo» lo redarguì mamma. «I beni materiali non rendono felice una donna: la rendono frustrata. L'amore sincero di un uomo e il calore della famiglia sono le uniche cose che possono rendere una donna appagata. E tua moglie, è lampante che non lo sia.» Giacomo incassò quella sconfitta mentre mamma voltava le spalle a tutti per lasciare la casa. Regina le fu subito accanto, mentre Beky si precipitava al fianco della gemella.

David batté una pacca sulla spalla di Christian. «Tu sei un fratello, ma io sono felice di non far parte di questa famiglia.»

«Tu cosa c'entri? Essere suo amico non ti dà il diritto di giudicare» lo rimbeccò Luisa.

«No, non c'entro niente con voi, grazie a Dio, soprattutto con te. Voi gente altolocata siete ridicoli quando volete ottenere qualcosa. E tu vecchio mio» si rivolse al fratello. «Ti credevo diverso, più simile a me. Ma a quanto pare ti mancano le palle per ribellarti.»

«David!» Giacomo fissò gli occhi su di lui, le labbra socchiuse. I due sostennero i reciproci sguardi d'acciaio finché il volto del più anziano si contrasse, e tutt'attorno calò un silenzio denso d'aspettativa. Fu spezzato dall'urlo

di Jenny, che si portò le mani ai capelli in manifestazione del proprio risentimento.
«Basta! Odio questa casa, la odio e spero vada a fuoco!» Si voltò e corse via incurante del vocio che si lasciava alle spalle.
Chanel strinse le labbra fra i denti per reprimere la propria soddisfazione, ma non scampò all'occhio lungo di Beky; quest'ultima afferrò il calice ancora pieno che Jenny aveva lasciato sul tavolo, e con rapidità glielo svuotò in faccia strappandole un urlo.
«Era da tutta la sera che desideravo farlo, maledetta stronza!»

Jenny uscì nella notte senza cappotto e senza sapere dove stesse andando. Voleva solo fuggire lontano da lì. Il risveglio era stato brusco, il principe non esisteva. Con la vista offuscata inciampò in una lastra del camminamento sul prato e si trovò ad annaspare con le braccia per recuperare l'equilibrio. Stava per cadere, quando si sentì afferrare per i fianchi e tirare indietro contro un corpo solido.
Christian le allacciò le braccia attorno alla vita per inchiodarla a sé, affondò il viso fra i capelli implorandola di non andare. Proprio in quello stesso punto in cui, mesi prima, si erano scontrati per la prima volta. Jenny stava fuggendo anche allora, umiliata e sconfitta; lui si era mostrato disposto ad accoglierla e lei a farsi salvare. Ma non stavolta, non più.
«Basta Christian, sono stufa!» urlò mentre piangeva e cercava di divincolarsi da quella presa possessiva.
«No, io non ti lascio andare Jenny! Tu sei mia, *mia*! Io e te, ricordi? *Io e te*! Come nelle favole…»
«Ma le favole non esistono, Christian, ho smesso di crederci.»
«Scriviamo la nostra. Il prologo già c'è, dobbiamo solo andare avanti, un capitolo dopo l'altro. Non mi farò da par-

te né ora né mai!»

«Sono io che mi faccio da parte, lo capisci? Non posso dovermi difendere continuamente dagli attacchi di tua madre, e ora anche di quella stronza che sta facendo di tutto per riaverti.»

«Ma lei non potrà mai riavermi, Jenny, perché sono tuo e mia madre... al diavolo anche lei! Calmati adesso, e parliamone. Lascerò il lavoro, lascio tutto e iniziamo una nuova vita insieme.»

Lei riuscì a sciogliersi dal suo abbraccio con una spinta e gli rivolse uno sguardo di fuoco. «Tu non mi ritieni capace di farcela da sola. Ti sei messo in testa di dover interferire in ogni aspetto della mia vita, di controllarmi e tenermi per mano come una ragazzina! Se non ti andava bene quello che facevo, avresti dovuto parlarne con me! Insieme avremmo trovato la soluzione, invece di tramare alle mie spalle procurandomi un nuovo impiego.»

«Volevo solo esserti d'aiuto, maledizione! Cos'ho fatto di così sbagliato?»

«Hai agito di nascosto, ritenuto irrilevante il mio punto di vista!»

«Se vuoi farti strada da sola fai pure, ma dubito che riusciresti a farne molta con le tue sole forze in questo settore spietato! Sei arrivata dove sei grazie a me, e allora? Che male c'è? Adesso dimostra di averlo meritato, questo posto, come hai fatto con gli altri due impieghi precedenti.»

Lei indietreggiò, ferita dalle sue parole e dall'impeto con cui le aveva pronunciate. Tutta la delusione trasparì in ogni parola che pronunciò.

«Wow, grazie davvero! Adesso so cosa si prova ad andare a letto col capo, con un uomo ricco e potente. Sei tutto ciò che ho sempre schifato, e me ne rendo conto soltanto adesso.»

La stoccata centrò il bersaglio facendolo sussultare. «Jenny, non puoi dire questo, non puoi, ti prego.» La voce

soffocata, Christian sollevò una mano verso di lei, che indietreggiò ancora. «Jenny, stavi aspettando il tuo principe azzurro, e sono arrivato io. Mi hai donato la tua verginità, sono stato il primo e hai giurato sarei rimasto l'unico. Non puoi credere davvero quello che hai appena detto.»
«Questa è la vita reale, basta con le favole. Sei stato il primo e ho giurato che saresti stato l'unico, e lasciandoti adesso non infrango il mio giuramento. Semplicemente lo mantengo, ma senza di te. Stavolta finisce qui.»
Si voltò e corse verso il BMW parcheggiato in fondo al viale, dove David e Beky la stavano aspettando. Aveva appena aperto lo sportello posteriore, quando la voce disperata di Christian la raggiunse un'ultima volta.
«Ti sto perdendo, vero?»
Lei rispose senza neanche voltarsi. «No, Christian. Tu mi ha già persa.» Con il cuore stretto in una morsa, salì in auto e implorò David di portarla via da quel posto maledetto.

Capitolo 28

(Simili – Laura Pausini)
Ma arrivi tu che parli piano chiedi scusa
se ci assomigliamo, arrivi tu da che pianeta?
occhi sereni, anima complicata

Milano aveva un aspetto diverso, rispetto a quando lei se ne era allontanata. Una leggera neve aveva spruzzato l'intera città e continuava a scendere a intermittenza. Le vetrine sfolgoravano e persino le persone che incrociava sui marciapiedi, sovrastati da fantasiose luminarie, sembravano procedere senza quella fretta che caratterizzava di solito gli abitanti di quella bellissima città. Faceva freddo e non si era coperta abbastanza, ma le bastava il tocco del suo focoso accompagnatore a scacciare via ogni sensazione di gelo. Erano partiti di buon'ora, quando ancora non si vedeva l'orizzonte, in modo da avere tutto il pomeriggio per folleggiare tra le vie del centro prima di incontrarsi con Margherita. David, a sorpresa, la condusse al "Villaggio delle Meraviglie", un parco a tema dedicato alla magia del Natale. Beky riscoprì la gioia del sentirsi bambina, libera e spensierata. La prima tappa fu la pista di pattinaggio; okay, lei era una frana, stare in piedi per più di tre metri era impossibile, ma David era sempre così solerte nel sostenerla che, alla fine, aveva iniziato a provarci gusto. Non escludo che facesse apposta a cadere, solo per sentire quelle braccia attorno a sé.

Beky avrebbe dovuto vedersi con Matteo per mettere a punto gli ultimi dettagli riguardanti l'esposizione, ma preferì evitare l'incontro con lui per ovvie ragioni, e gli lasciò, come sempre, carta bianca. Non mancò però all'appuntamento per un aperitivo con l'amica. David la salutò fuori con un bacio appassionato, affinché tutti i presenti potessero vedere che era occupata, poi la lasciò in modo che potesse incontrare l'amica in tutta tranquillità. Beky filò all'interno del locale fino al punto in cui Margherita si stava allungando per sbirciare le spalle del suo uomo che si allontanavano lungo il marciapiede, e fu pervasa da un moto d'orgoglio.

«Beky, ma è un figo pazzesco! Dove lo hai trovato?» Margherita le diede di gomito.

«Mm, direi che è stato lui a trovare me. Le circostanze sono quantomeno bizzarre ma, d'altronde, cosa nella mia vita non lo è?»

Margherita ridacchiò, ma poi l'abbracciò e baciò con calore. «Troviamo un tavolo, devi raccontarmi tutto!»

Beky rivelò alla sua manager le circostanze che avevano visto scontrarsi lei e Pamela, sebbene Regina avesse già provveduto a informarla per sommi capi. Le due amiche si parlarono a cuore aperto come mai prima di allora, arrivando a toccare anche una questione che Pam aveva portato in superficie.

Margherita giurò di non aver sospettato nulla né delle inclinazioni dell'amica né tantomeno dei guai in cui si era cacciata; non negò, però, di nutrire nei confronti di Matteo un sincero affetto che esulava dalla semplice amicizia, e di aver taciuto poiché nessun segnale era mai giunto a suggerirle un interessamento da parte di lui.

«Non certo per colpa tua, sciocchina» le assicurò coprendole di slancio una mano con la propria, avvolta in caldi guanti di lana cachemire; Beky lo ricordava come uno degli ultimi acquisti fatti prima della propria partenza, e sorrise nel vederglieli indossare. Margherita proseguì: «Non ne ho mai parlato solo perché mi sentivo ridicola, sapevo bene che lui non mi voleva, ma il fatto che avesse occhi solo per te non ha in alcun modo smosso in me alcun risentimento, te lo giuro!»

«Marghe, tu non devi giurare! Sei sempre stata così buona e trasparente... be', un po' svampita, questo devi concedermelo.» Risero entrambe della battuta, Margherita concordò senza mostrare risentimento. «Però sei una cara amica. Mi hai fatto da spalla e da manager, mi hai risollevata nei momenti difficili col tuo incrollabile buon umore, hai fatto sbocciare la mia carriera e te ne stai occupando a pieno ritmo. Sei speciale, e meriti di essere felice. Spero che Matteo possa rendersi conto di quanto cieco sia stato in tutto questo tempo.»

«Oh, sai, credo di essere una frana in amore. Attiro gli uomini sbagliati e mi innamoro di quelli... vediamo... sbagliati!» Risero entrambe della battuta, poi Beky ridivenne seria.

«Sono l'ultima persona al mondo in grado di dispensare consigli sentimentali, ma una cosa posso dirtela. Rivelagli quello che provi, Marghe, ma comunque vada, non permettere mai a nessuno di cambiarti. Una saggia persona mi ha detto: "Se ti senti in bilico, buttati nel vuoto e vedi da che parte atterri." È quello che ho fatto, sai, e penso di non essere atterrata affatto male.»

«Se sei atterrata dove penso io, direi proprio di no!»

Risero di gusto. Dopo una commossa stretta di mani, passarono a discutere dell'allestimento e dei dettagli relativi all'esposizione e, quando tornò da David, si sentiva molto più leggera.

Si era ripresa alla grande dall'intervento in laparoscopia, erano passati venti giorni ed era in vena di festeggiamenti; era stata in pena per Jenny, ma quei due giorni, si disse, avrebbe pensato solo a sé. Avevano prenotato un albergo non troppo distante dalla galleria d'arte di Matteo. Camere separate, nonostante il tentativo di lui di dividere una doppia. Cenarono in una pizzeria del centro e conclusero la serata in un pub scelto da David.

«È il migliore» le assicurò strizzandole l'occhio mentre spingeva la porta d'ingresso, «per me una tappa immancabile ogni volta che vengo a Milano.»

«Mm, e ci vieni spesso?»

«Abbastanza. Vado dove il lavoro chiama.»

«Non so niente del tuo lavoro, a parte che fai il fotografo, ma non so se per hobby o professione. Non so nemmeno dove hai la residenza!»

«Neanche io so molto di te, a parte che attiri guai e ti piace scarabocchiare su una tela.»

Beky sollevò un angolo della bocca in modo enigmatico. «Che ne dici di una sfida?»

Mentre le faceva strada fra i tavoli in cerca di uno vuoto, che adocchiò in fondo alla sala proprio accanto al piano bar, David si voltò a guardarla da sopra una spalla. «Adoro le sfide.»

Appena seduti, lei posò i palmi sul tavolo. «Facciamo il gioco *io non ho mai*! Chi l'ha fatto, beve! A colpi di tequila.»

«Mi farai ubriacare molto presto, ragazzina.»

«Questo lo vedremo!»

Il gioco ebbe inizio proprio con Beky.

«Io non ho mai… rubato!»

David la fissò divertito e bevve.

«Dai!»

«Ho rubato la ragazza al nostro coinquilino, all'università. Non era Christian» precisò. «È sempre rubare, no? Adesso tocca a me. Io non ho mai frequentato una ragazza per più di una settimana.»

Stavolta, suo malgrado, bevve Rebecca. «Uno soltanto.»

«Immagino si tratti del tizio del "Blue Moon".»
«Immagini bene» sorvolò in tutta fretta. «Io non ho mai baciato una persona del mio stesso sesso.»
David inclinò la testa. «Stavolta ti faccio compagnia. Io non ho mai sofferto per amore.»
Beky gli lanciò uno sguardo truce e bevve. «Io non ho mai fatto sesso con due ragazzi contemporaneamente.»
David la fissò serio, poi un lampo diabolico lo attraversò mentre si portava lo shot alle labbra.
Lei ne fu affascinata. «Tu sei davvero un cattivo ragazzo!»
«Ne dubitavi? Forse, dopotutto, la mia lista dei *l'ho fatto* è talmente lunga che farei prima a scolarmi subito l'intera bottiglia. Ne rimarresti scossa persino tu.»
«Mettimi alla prova.»
David si leccò le labbra, poggiò i gomiti sul tavolo e le si avvicinò. Beky deglutì a vuoto a quella vicinanza. Era irresistibile. Il brillantino sul lobo catturava i bagliori della lanterna sul tavolo, mentre la penombra in cui si trovavano aveva dilatato le sue pupille. Si era rasato la barba lasciando un pizzetto che gli conferiva un'aria ancor più irresistibile, con quelle guance lisce che imploravano di essere sfiorate. Aveva tagliato i capelli ben sopra il collo, e ora gli ricadevano scomposti. Le prudevano le dita dalla voglia di incastrarle in quelle onde voluttuose. Sembrava essersi messo a lustro solo per lei. Solo l'abbigliamento era rimasto tale, in effetti non l'aveva mai visto indossare niente che non fossero pantaloni di jeans strappati, giacca di pelle e t-shirt a girocollo, che quella sera era nera.
«Cinque cose a testa» propose lui. «Inizio io.»
«Ti ascolto.»
«Ho fatto bungee jumping, fumato erba, tredici tatuaggi sparsi in tutto il corpo, ubriacato fino a perdere coscienza, mi sono fatto la madre di un compagno di scuola alle superiori e ho fatto il bagno nudo a mezzanotte davanti a tutta la classe, l'ultimo anno di liceo.»

«Ehi, ehi, sei già a sei!»
«E potrei proseguire ancora. Ma adesso tocca a te.»
«Ho giocato a strip poker e ho perso, e non parlo della volta che Jenny è giunta in mio soccorso. Ho un tatuaggio in un punto celato dalle mie mutandine, ravvivato un collegio maschile con un'incursione notturna, spaccato il parabrezza di un ragazzo con una pietra, ubriacata al punto di non ricordarmi con chi avessi fatto sesso, scatenato risse in diversi locali.»
«Anche tu sei già a sei.»
Lei rispose con le sue stesse parole, ma infondendogli un'intonazione ben più provocatoria: «E potrei proseguire ancora.»
«Sei davvero una pessima ragazza, e la cosa mi intriga, ma questo già lo sai.»
«Sei venuto a capo del tuo dubbio? Fascino naturale contro fascino aggressivo. A quale delle due personalità corrispondo?»
Lui si avvicinò a soffiarle la risposta a pochi centimetri dal viso: «Tu sei entrambe in un unico corpo da sballo. Una miscela esplosiva.» Beky si ritenne soddisfatta da quella risposta.
Si fece tardi, e quando lasciarono il locale erano entrambi parecchio brilli. David si strofinò il viso come per schiarirlo dai fumi dell'alcol.
«Abbiamo bevuto troppo.» Le passò un braccio attorno alle spalle e la strinse a sé.
«Mm. Quanto a ubriachezza, dopotutto, siamo allo stesso livello. Significa che abbiamo fatto entrambi tante cose cattive» commentò Beky terminando con una risata. «Ma in vita mia non mi sono mai sentita come questa sera.»
«E cioè?»
«Libera. Realizzata e... felice.»
David le catturò le labbra e lei gli posò una mano sulla guancia, mise l'altra dietro la sua nuca e strinse forte i ca-

pelli tra le dita, attirandolo a sé.
«Beky, è meglio se ci stacchiamo o rischio di esplodere.»
Lei rise contro le sue labbra; abbracciati, ridendo e canticchiando fra un bacio appassionato e l'altro, raggiunsero l'albergo. Beky aprì la porta della propria stanza e si appoggiò allo stipite. «Allora, la serata finisce qui.»
Lui poggiò una mano sul muro al lato della porta e si chinò in avanti per sfiorarle le labbra con la lingua. «C'è una cosa alla quale non faccio altro che pensare, da quando me l'hai rivelata.»
«E sarebbe?»
«Al desiderio pazzo di vedere quel tatuaggio. La volta scorsa non ci ho fatto caso, era buio ed eravamo troppo eccitati.»
«O forse non hai guardato con attenzione.» Finse di rifletterci su mentre si portava un dito alle labbra. «Ma la tua stanza rimarrebbe vuota.»
«È questa la mia stanza. Ho disdetto la prenotazione e fatto portare la mia valigia in questa camera.»
Lei spalancò la bocca. «Non l'avrai fatto sul serio?»
«Certo che sì. Conoscevo già l'epilogo di questa serata, e sarebbe stato uno spreco.»
«Sei un presuntuoso, borioso…» Lo afferrò per il davanti della maglia e, senza perdere altro tempo, lo tirò dentro con uno strattone.

Nudi dentro la doccia, Beky lasciò che le insaponasse la schiena con languidi movimenti che ebbero l'effetto di risvegliare in lei un insaziabile appetito. Non avevano dormito per tutta la notte, troppo occupati ad amarsi senza freni.
David scese sul suo collo, strappandole un brivido allorché l'alito caldo incontrò la pelle bagnata. «Adesso che sei lucida, ti sei pentita della notte scorsa?»

«Assolutamente no.» Ammiccò strofinandosi contro il suo corpo. «E il mio tatuaggio, ti ha soddisfatto?» «Non puoi immaginare quanto!» A conferma scese subito con la mano in cerca della morbida carne di lei che custodiva il tatuaggio segreto, ma non si limitò solo a farvi scorrere le dita. Scese più giù, e quando lei in risposta inarcò il bacino e divaricò le gambe, s'insinuò fra esse. Beky gettò indietro la testa offrendogli il proprio collo, e gemendo poggiò entrambe le mani contro la parete. Lui le coprì con le proprie mentre cominciava a penetrarla con spinte sempre più convulse.

Una nottata così non l'aveva mai passata in vita sua. E se doveva essere del tutto sincera, non aveva mai incontrato un uomo così. Si conoscevano da sole tre settimane, eppure erano già complici e in perfetta sintonia. David aveva mostrato che amava godersi i piaceri della vita, ma prendeva con serietà i principi fondamentali per non rovinarsela. Qualcosa le suggeriva che non l'avrebbe fatta soffrire, ma al momento non le importava, voleva solo sentirsi libera d'amarlo nella maniera più totale, e al diavolo i pudori!

Trascorsero in camera buona parte della giornata, dediti alla scoperta dei loro corpi e di modi sempre nuovi per procurarsi reciproco piacere.

Quando giunse il momento di prepararsi per l'evento, lei indossò un abito blu elettrico, come i capelli, che ricadeva morbido lungo le sue curve, un cappotto nero al ginocchio e converse dello stesso colore. Aveva fatto shopping insieme a Jenny, in vista dell'occasione. Provò un'ondata di rimorso per non esserle accanto, così prese il telefono e le mandò un messaggio.

– *Sorellina, vorrei essere insieme a te per spalleggiarci a vicenda.*

– *Io sono con te, e tu sei con me. Sempre. Divertiti e goditi il meritato successo.*

Beky si sentì comunque uno schifo; mentre lei faceva del sesso selvaggio, sua sorella stava soffrendo per amore in piena solitudine. Scrisse qualcosa che non fosse troppo sdolcinato:
– Sia Rebel che Beky lasceranno il segno, vedrai!
– Non mi aspetto niente di meno. E ricordati: tu non hai bisogno di nessuno al tuo fianco, sei in grado di conquistare il mondo da sola. Non lasciarti usare né sminuire. Mai.
– Sai, queste belle parole dovresti rivolgerle a te stessa.
– Ma lo faccio, sai? Non a caso siamo gemelle! Abbiamo lo stesso coraggio che ci scorre nelle vene, finalmente l'ho capito.

Quando mise via il telefono si sentì sollevata. David uscì dal bagno tirato a lucido; quella sera al posto della giacca di pelle ne indossava una sempre nera, ma casual, sopra a una camicia dello stesso colore e dei jeans senza traccia di strappi. Le gambe le divennero molli solo a guardarlo. Il suo profumo di sandalo e patchouli le giungeva fino alle narici stuzzicandole i sensi. Prese nota di tenersi alla larga dal suo tocco, o non avrebbe risposto di sé...

«Sei un'apparizione» borbottò mentre gli andava incontro. Lui aprì le braccia per accoglierla.

«Tu sei un'apparizione. Però preferirei potertelo strappare via, questo abito incantevole, invece di ammirartelo addosso.»

«Ci perderemmo la mostra.»
«Non lo noterebbe nessuno.»
«Ma io sì, sono venuta apposta! E poi ci sarà il buffet, e non vorrei perdermi neanche quello.»
«Sarà tempo sprecato, vedrai, trascorso in mezzo a col-

lezionisti *snob*.»

Beky puntò le sue iridi simili a chicchi di caffè in quelle di lui, divenute un tutt'uno con le pupille dilatate. «Avrai la giusta ricompensa.»

Le mani di David la raggiunsero bramose e la fecero voltare con una piroetta; una s'insinuò nella scollatura per chiudersi a coppa attorno a un seno, che la riempì completamente. «Voglio un acconto. Subito.»

La galleria d'arte si trovava nel cuore pulsante di Milano e occupava l'intero primo piano di un palazzo del diciottesimo secolo. In netto contrasto con i tratti storici dell'edificio, l'interno era un trionfo di modernità; consisteva in un ampio locale con il soffitto a volta immacolato e il parquet in rovere sbiancato, interamente illuminato da faretti appesi alle pareti che diffondevano una luce calda. Su ogni lato si aprivano, per mezzo di archi, degli accessi che conducevano ad altre stanze, di dimensioni più ridotte, tutte collegate fra loro fino a riprodurre un vero e proprio percorso a forma di cavallo; due su ogni lato della galleria principale per un totale di sei stanze, ognuna delle quali celebrava un diverso artista. I disimpegni che separavano una dall'altra erano dotati di nicchie in penombra che ospitavano sculture di artisti contemporanei.

All'ingresso furono subito accolti da Margherita, che fu abile nel custodire il segreto di Beky.

«Quel fotografo è già qui?» La musica di sottofondo e il brusio degli astanti fecero sì che potesse udirla soltanto Margherita, la quale fece ondeggiare di qua e di là i boccoli sfuggiti alla crocchia.

Beky si morse un labbro. Intercettò Matteo nei pressi dell'entrata a una stanza all'estremità opposta della galleria, e sollevata di avere ancora del tempo prima di doverlo affrontare, rubò due flûte di champagne dal vassoio di un cameriere niente male, che le strizzò un occhio con fare sornione, e ne porse uno a David che, per fortuna, non si era accorto di nulla. Infilò la mano libera nel suo gomito e lo invitò a iniziare il giro.

Bicchiere alla mano, sfilarono di stanza in stanza ammirando le varie opere esposte, commentando senza troppo entusiasmo. Man mano che si avvicinava alla stanza in cui erano esposti i suoi lavori, Beky sentiva il vociare attorno a lei farsi sempre più distante, attutito dal battito cardiaco che sembrava aver traslocato al posto dei timpani. Fece per portarsi il bicchiere alle labbra, ma ebbe un moto di disappunto allorché lo trovò vuoto. Le serviva coraggio. E alcol. Alcol a profusione.

Prima d'imboccare l'archetto decisivo, si fermò. David le rivolse uno sguardo indagatore. Lei deglutì e cercò con frenesia un cameriere; intercettato alle proprie spalle, vi si fiondò per scambiare il proprio calice con uno pieno di bollicine. Lo svuotò tutto d'un fiato proprio lì, davanti a lui, quindi lo posò sul vassoio, si pulì il labbro superiore con un aggraziato gesto del pollice provocando il cedimento della mascella al cameriere e, dopo aver abbozzato un ringraziamento, tornò da David. La stava osservando con una mano nella tasca dei jeans e l'altra sul mento.

«Mi sembri agitata» mormorò lui accentuando il rossore che già imperversava sulle sue gote e sul décolleté. Beky annuì in maniera distratta e, allacciando le dita alle sue, si fece forza.

Giunti nell'ala riservata a Rebel, ebbe un guizzo al cuore nel vedere per la prima volta i suoi quadri esposti, illuminati dai caldi fasci di luce che ne accentuavano le tinte.

Margherita si era dedicata con cura minuziosa a ogni particolare; dall'inclinazione della luce che andava a colpire i dettagli più significativi di ciascuna opera, alla giusta sequenza d'esposizione. Su piccole targhette realizzate con pergamena antica apposte sul lato sinistro di ogni quadro, spiccava la frase che Beky aveva ideato per ciascun dipinto, vergata con una grafia elegante e ben comprensibile: vi riconobbe il tratto deciso di Pamela. Doveva avergliele fatte realizzare Margherita prima della partenza... Ma la cosa più emozionante, fu vedere la quantità di persone interessate alle sue opere. Fu una sensazione inebriante, mai provata prima, qualcosa di inspiegabile che per un momento le tolse il fiato. Quando si rese conto di avere la bocca semiaperta per lo stupore, la richiuse e si voltò con imbarazzo verso David, ma notò che anche lui era in rapita contemplazione di un dipinto. Provò un moto d'orgoglio davanti al suo palese apprezzamento.

Cercò qualcosa con cui spezzare il silenzio. «Sai che l'artista realizza da solo anche le cornici?»

David annuì. «L'ho letto da qualche parte.»

«Ti piacciono i suoi lavori?»

Lui sorrise, un sorriso pigro e ammirato. «Molto. Rivedo in questi schizzi la passione per la libertà, la ribellione verso il mondo. Mi rivedo in queste opere. C'è follia e originalità. Sono affascinanti e misteriose, come l'identità stessa dell'artista. Qualcosa mi suggerisce si tratti di una ragazza.»

«Davvero? I più pensano si tratti di un uomo.»

«Naah, un uomo non possiede un simile tocco. Leggi la frase che accompagna questo ritratto di donna: *La follia rende liberi.*»

«Una frase universale» obiettò lei, ma David scosse la testa convinto.

«C'è tormento in questo ritratto, e quelle parole... No, io sono certo si tratti di una donna.»

Beky non trovò nulla con cui replicare. Si spostarono verso il dipinto successivo, raffigurante due mani i cui polsi erano collegati da una catena in procinto di spezzarsi, il tutto avvolto in lingue di fuoco.

Liberati dai preconcetti.

Anche qui, David annuì sempre più convinto. «I soggetti sono sempre femminili. Guarda. Li vedi i dettagli delle unghie, i contorni... sono mani di donna.» Era completamente rapito da quelle immagini. Le successive parole le sussurrò in maniera quasi inconsapevole. «Ne possiedo uno, sai? Il più bello, secondo me, quello che ritengo abbia catturato l'essenza della pittrice, perché sono convinto si tratti di un autoritratto, per quanto astratto sia.» Tornò a incontrare il suo sguardo. «Peccato che, allora, non avesse avuto la brillante idea di accompagnare il dipinto a una frase. Sarei curioso di sapere quale avrebbe scelto.»

«Avevi detto di non conoscere questo artista» l'accusò lei divenendo di colpo circospetta. «E adesso mi riveli di avere un suo quadro.»

Lui allargò le braccia come a giustificarsi. «Ero curioso.»

«Di cosa?»

«Di scoprire qualcosa in più su di te e su quest'artista.»

Beky indugiò mentre cercava di capire cosa le stesse sfuggendo, poi con voce smorzata dall'emozione domandò: «Quale?»

Lui diede segno di non aver compreso quella domanda.

«Quale quadro possiedi?»

«Una giovane ragazza di profilo, i capelli rossi e blu smossi al vento e lo sguardo perso al tramonto in lontananza. I colori sono vividi, si avverte un senso di tristezza sfuggente. Non lo so, mi dà i brividi quando lo guardo.»

Beky fu impressionata dal trasporto che trapelò da quella descrizione. Troppo tardi si accorse di avere le lacrime agli occhi: lo fece prima lui.

«Ti sei commossa?»

Scosse la testa. «No, no. È che... è esattamente quello che ho provato nel dip... nel vederlo.»

«Hai capito a quale dipinto mi riferisco.» L'intonazione non suggerì una domanda.

Lei annuì. «Mi fa strano che uno come te, selvaggio, indomito, si emozioni davanti a un quadro.»

«Nella stessa misura in cui una pazza ribelle come te possa appassionarsi all'arte.»

Beky chinò la testa. «Touché. A quanto pare, non ci conosciamo affatto.»

«Lo credo anche io.» Le si piazzò davanti e la osservò con maggior intensità, le pupille che guizzavano rapide sulle sue. L'espressione si fece guardinga. «Una pazza ribelle» sussurrò assaporando quelle parole, mentre le faceva scorrere le nocche sulla guancia. «Follia e originalità.» La fissò con attenzione, guardò la firma sul quadro e di nuovo lei, l'aria assorta. «Come te, Beky. Rebecca.» Rimarcò bene quel nome e annullò ogni distanza. «Reb.»

Beky sostenne il suo sguardo con fermezza, nonostante le gambe si facessero sempre più deboli. Era combattuta. Da una parte avrebbe voluto aprirsi con lui e liberarsi di quel peso, dall'altra temeva la sua reazione, ma, ancor più, temeva che la sua identità fosse svelata al mondo. Non era pronta per questo e, forse, mai lo sarebbe stata.

David l'afferrò per il gomito e la condusse nella nicchia del disimpegno. Incollò le labbra alle sue, le mani le circondarono il viso per rafforzare l'unione delle loro bocche, che si fece possessiva ed esigente. Beky si abbandonò a lui all'istante, senza remore gli posò le mani sulle spalle e vi si aggrappò con forza.

Poi lui si staccò, e nella penombra la fissò negli occhi, i suoi ridenti e scrutatori. «Giù le maschere, ragazzina.»

Beky fu scossa da un brivido. Freddo, tensione, passione. Paura. Nemmeno lei seppe decifrarlo. Né riuscì a frenare le parole che uscirono dotate di volontà propria.

«Volevi sapere quale frase l'artista avrebbe scelto per accompagnare il tuo dipinto?»

Lui annuì con estrema lentezza.

«Se ti senti in bilico, buttati nel vuoto e vedi da che parte atterri.»

Le labbra di David si piegarono in un sorriso di trion-

fo. «Rebel.» Le sfiorò entrambi i lati del viso con i palmi, come se la vedesse per la prima volta. «Lo sapevo che doveva esserci un nesso, era troppo strano... Quel quadro, tu. Ogni tassello è andato dove doveva stare.» Sorridendo la strinse a sé.
Beky fu confusa da quella reazione. Lo respinse con fermezza. «Ma di che stai blaterando?»
Lui assunse un'aria spavalda e le porse una mano. Aspettò che l'afferrasse, quindi si presentò. «Piacere, Rebel, io sono Wild.»
Stavolta fu Beky a rimanere di sasso. «Qu... quel Wild?» esclamò puntando un dito verso la galleria alle sue spalle. «Il fotografo misterioso di fama mondiale che ha fotografato ed esposto le mie opere sul suo sito, in cambio di un mio dipinto?»
Lui annuì. «La ragazza con i capelli rossi e blu. Che saresti tu, immagino. A proposito, mi aspetto un autografo e la frase dedicata scritta di tuo pugno.»
Beky fece un passo indietro e si portò le mani ai lati del viso. «Dio! È incredibile, non riesco a crederci...» Si fece di colpo guardinga. «Lo sapevi? Hai fatto in modo di incontrarmi, di entrare nella mia vita perché lo avevi scoperto...»
Mentre parlava David scuoteva le mani per negare con vivacità. «Assolutamente no! È stata solo una coincidenza, credimi, non ne avevo alcun sospetto. Almeno non fino a che...»
«Fino a che cosa?» lo spronò.
«Fino a che non ho visto la tela nel tuo portico, quando venni a trovarti. Ho sbirciato, lo ammetto. I tratti, i colori... tutto mi parlava di Rebel. Poi, la tua reazione mentre ti parlavo del dipinto della ragazza. La tua commozione, il trasporto. Ti sei tradita, lì ne ho avuto conferma. Te l'ho chiesto, e tu mi hai risposto. Avrei potuto farti confessare in qualsiasi momento, ma ho preferito aspettare che ti sen-

tissi pronta a confidarti.»
«Oh, udite, udite, l'umiltà in persona sta parlando! Ti ritieni così persuasivo, eh?»
«Perché, non lo sono? Mi è bastato baciarti per farti confessare di essere lei. Pensa a cosa...»
«No!» gl'intimò sollevando una mano. «Non voglio ascoltare una sola parola in più. Tu mi hai presa in giro per togliermi la soddisfazione di vedermi cadere ai tuoi piedi! Il fotografo di fama internazionale e la misteriosa pittrice!»
Lo sguardo torvo di David fendette l'aria. «Non è così Beky, e tu lo sai benissimo nonostante ti vada di fare i capricci.»
Le sopracciglia schizzarono in su a quell'insulto. «Non sto facendo i capricci, tu invece, non vuoi ammettere di avermi usata! Hai affermato di non aver mai sentito parlare di Rebel, poi scopro che possiedi un suo quadro. Eri *curioso*» scimmiottò in modo beffeggiatorio. «Tu *già* sapevi.»
Di scatto iniziò ad allontanarsi, ma si sentì afferrare per un braccio dalla mano calda e forte di lui.
«Avanti, Beky, hai travisato tutto! Stai trasformando un bel momento in qualcosa di sordido, perché?»
«Un bel momento, dici? Ti sei preso gioco di me, hai mentito!»
«A quanto pare abbiamo due punti di vista differenti sull'argomento. Io ricordo che ci stavamo scambiando delle confidenze. Fra noi è caduta ogni barriera e questo ci ha fatto sentire liberi di condividere il nostro segreto. Un segreto che ci accomuna. Non è colpa mia se non ti fidi più degli uomini, ma io non sono come quel coglione, Beky, non mi prenderei mai gioco di te. Devi imparare a fidarti!»
Beky colse subito l'allusione. Rimase immobile, il respiro le usciva a tratti e le riusciva così difficile riflettere. Lui guadagnò terreno e se ne avvide; le rivolse un sorriso affascinante e carezzò una guancia con il dorso della mano, mandando in frantumi ogni sua resistenza. «Abbiamo solo

ceduto all'istinto che ci spinge l'una verso l'altro. Vuoi negare anche questo?»
Beky si perse nelle sue profondità magnetiche. Non riusciva a resistergli, ma che diavolo le succedeva quando era con lui? Il cuore scalpitava e implorava le sue labbra.
«Beky, io non ti ho presa in giro. Okay, ho avuto un sospetto, ed ero davvero curioso di saperne di più, per questo ho mentito.»
Santo cielo, perché quest'uomo riesce a confondermi le idee con tanta facilità? Non riusciva più a concentrarsi, aveva perso il filo del discorso.
Poi una voce la ridestò.
«Rebecca! Tesoro, ti stavo cercando per tutta la galleria!» Matteo le piombò addosso avvolgendola tra le proprie braccia.
«Questa esposizione è un vero successo, e tu sei fantastica!» Beky fece giusto in tempo ad avvertire il forte odore di alcol nel suo alito, ma non fu in grado di replicare perché lui le schioccò con forza un bacio sulle labbra. Prima ancora che potesse muovere un solo muscolo, sentì quella labbra invadenti strapparsi via da lei.
David incombeva su di loro, scuro e infastidito.

Capitolo 29

(Amici mai – Antonello Venditti)
Certi amori non finiscono, fanno dei giri immensi
e poi ritornano. Amori indivisibili
indissolubili inseparabili

I rumori all'esterno dell'abitacolo erano ovattati e la neve aveva preso a scendere con più intensità. Un cerbiatto zampettò fuori dal boschetto e si fermò al centro della carreggiata, proprio davanti all'auto spenta. Girò il collo flessuoso e puntò i suoi occhi dritti su di loro, che per un attimo si zittirono a fissarlo stupite. L'animale mosse le orecchie come se stesse cercando di comprendere se fossero innocue oppure dovesse fuggire a gambe levate; bravo Bambi, si dev'essere trattato di un maschio dotato di un forte intuito, a giudicare dallo scatto fulmineo con il quale tagliò la corda un attimo prima che i fari fendessero la neve e il piede affondasse sul gas provocando un rombo assordante, uno stridio di ruote e una nuvola di fumo nero dal tubo di scappamento.

Bloccate sul bordo di quella traversa deserta, una maledetta strada vicinale che conduceva ai due unici chalet di quella zona, senza catene e con le ruote ormai affondate nella neve, non c'era proprio verso che potessero muoversi da lì.

Io avevo già deciso d'intervenire – mica sono senza

cervello come loro –, quando le sentii prendere quella decisione. E così riagganciai il telefono e rimasi in una paziente attesa che non superò il minuto. Con la tempesta che si agitava sempre più forte, il buio che cominciava a incombere su di loro e la crisi di nervi di Jenny che andava avanzando, Regina prese il telefono e mi chiamò, ingoiando il proprio orgoglio insieme a una risposta tagliente al mio sarcastico: «Ce ne avete messo di tempo! Stavo giusto aspettando che le sorelle *occhi di gatto* si facessero vive!»
«Piantala Marco, siamo nei casini. Devi venire a prenderci. E porta le catene della mia auto, sono rimaste nel garage.»
Qualche istante di silenzio, un indistinto vociare di sottofondo alle mie spalle, poi una risatina mi scosse il petto.
«Tranquille, ci penso io.»
Non passò nemmeno un'ora dalla chiamata di mia sorella all'arrivo dei soccorsi. In realtà mi trovavo già a casa di Daniele per far visita a mia nipote e alla mia sorellina, che ovviamente non avevo trovato, quando il telefono aveva squillato; Jenny teneva il suo stretto tra le mani in modo tanto convulso da non essersi resa conto d'aver fatto partire la chiamata. Da lì il giro di telefonate e la lesta organizzazione di un soccorso da manuale.
La loro vettura fu illuminata dai fari di quella che si fermò proprio dietro di loro. All'improvviso tutti e quattro gli sportelli dell'auto si aprirono facendole trasalire, e altrettanti uomini scrutarono dentro con impazienza, per poi scambiarsi di posto e raggiungere quella che era la propria compagna.
«Angelica, grazie al cielo stai bene!» esclamò Daniele tirandola fuori e abbracciandola stretta a sé. «Ma che ti è saltato in testa, andartene in quel modo, lasciarmi solo con due bambini!»
«Ma tu che ci fai qui? E Desirèe?»
«È in auto con Luca, al caldo. Sta dormendo. Quando

avete chiamato Marco, era a casa nostra insieme a Lorena e al piccolo. Mi hai fatto stare in pensiero, piccola pazza.» Lei lo guardò con evidente commozione. «Non riuscivo ad aspettare il risultato del test. Tu eri così nervoso, offeso che non ti avessi creduto, ho sentito la necessità di allontanarmi.»

«E di farmela pagare, dandomi un assaggio di quella che potrebbe essere la mia vita senza di te» concluse lui con una punta di rimprovero nella voce. «Non ti fidavi, abbiamo litigato, ma adesso basta. Ho la busta con il risultato.»

Angelica lo guardò estrarla dalla tasca.

«Vogliamo salire in auto, così la leggiamo?»

«No, devo farlo subito. Qui, non davanti a Luca.» Strappò la busta ma, prima di estrarre il foglio all'interno, tornò a guardarlo. «Voglio tu sappia che, se dovesse essere positivo, io rimarrò comunque con te e accoglierò tuo figlio come se fosse nostro. Non m'importa del tuo passato. Devo solo sapere, mi capisci?»

Daniele la fissava con estrema calma. «Ti capisco, mia dolce testarda, ma non importa cosa faresti se fossi il padre di Luca, perché non lo sono, e questo è un dato di fatto. Ti chiedo solo di non parlarne davanti a lui, che invece ne è convinto.»

Angelica sfilò il foglio e trattenne il respiro. Lesse con avidità le righe vergate su carta bianca, poi scoppiò in un singhiozzo e gli gettò le braccia al collo.

«Amore mio perdonami per non averti creduto!»

Lui le carezzò la testa. «Non importa, quello che conta è che adesso ti senta tranquilla. Ti amo Angelica, non dubitarne più.»

«Mi tornava difficile fidarmi ancora, ma tu mi hai dimostrato che la fiducia è un qualcosa che si costruisce a piccoli passi. E io voglio camminare accanto a te, passo dopo passo, per tutta la vita, Daniele. Ti amo anche io.»

«Allora? Ti decidi a scendere da lì o devo tirarti fuori a forza?» David la sfidò con aria minacciosa, minuscoli fiocchi di neve erano imbrigliati fra i capelli sciolti e sulla barba trascurata.

Beky scese con le braccia incrociate sul petto e il piglio battagliero. «Regina ha chiamato Marco, perché siete qui tutti voi tranne lui? E perché *tu* sei qui?»

Io, in mezzo a quegli otto fuori di testa? Fossi matto! Spassoso, senz'ombra di dubbio, ma no, neanche per idea!

«Tuo fratello ha di meglio da fare che correre in soccorso delle moderne Thelma e Louise all'italiana e relative compari.»

«Mio fratello non può aver chiamato te, ti conosce appena.»

«Appena non direi...» instillò il dubbio ma non approfondì. «Ero con Christian. Si chiama solidarietà maschile contro la cocciutaggine femminile.»

«Già, solidarietà. Io direi piuttosto fifa nera! Perché uno solo di voi non si metterebbe mai contro noi quattro, avete bisogno della cavalleria.»

«Ti sopravvaluti.» Andò dritto al punto. «Perché sei scomparsa?»

«Devo farti un elenco?» Sollevò il pugno in aria e fece scattare il pollice. «Hai preso a pugni Matteo davanti a tutti, durante la mia esposizione!»

«Ti ho sentita scivolare via da me, e quando lui ti ha baciata non ci ho visto più.»

«Era solo felice per come stava andando l'esposizione.»

«Ma io non lo ero per come ti stava divorando con gli occhi. Non doveva farlo, non davanti a me.»

«Siamo finiti sui giornali per quello che hai fatto.»

«Gli ho lasciato passare quel primo bacio, ma non sembrava farla finita.» Sollevò le mani in aria come se avesse tutte le ragioni del mondo. «Che altro avrei dovuto fare?

Quando poi ha fatto quell'insinuazione su di me!»
«Su wild...»
«Che sarei io, nel caso non lo ricordassi.»
«Non sapeva chi tu fossi. E neanche io, a dirla tutta!» Allungò il dito indice. «Pensavo fossi uno sbandato con la passione per la fotografia, non un fotografo di fama mondiale conosciuto con lo pseudonimo Wild.»
«Non cambia niente, sono sempre io.»
«Cambia per me, David!» Fu la volta dell'anulare. «Scoprire poi da mia sorella, quella stessa sera, che sei il fratello di Christian...»
«Non avrebbe dovuto dirtelo» ribatté burbero.
«Be', sai com'è, mia sorella quando beve tende a parlare troppo, ma dice solo verità. Al contrario di qualcun altro.»
«Io non ti ho mentito, ho solo omesso alcuni dettagli.»
«Già, la tua identità! Che cazzo dovrei pensare di te?»
Lui la fissò qualche secondo, poi esibì un sorriso da mascalzone che fece sbucare quelle fossette malandrine sotto lo strato di barba. «Che siamo fatti l'uno per l'altra. Che noi, insieme, siamo un incastro perfetto. Un uragano di emozioni. La senti anche tu questa forte attrazione fra noi, non combatterla, Beky. Io sono l'unico capace di tenerti testa pur lasciandoti libera. Tu sei l'unica ad avermi conquistato al punto da farmi desiderare di non allontanarmi più. A completarmi. Volevi la perfezione?» Allargò le braccia, poi la circondò. «Eccola. Le nostre due anime incasinate, insieme sono perfette.»

Beky avvertì una strana sensazione; lo stomaco, le gambe, il cuore, ogni parte del proprio corpo reagì con modi differenti in risposta alle sue parole, ma il risultato era lo stesso.

Dinamite: ecco cos'era lui, per lei. Le sue parole erano vere, era tutto dannatamente vero! Afferrò il risvolto del suo cappotto e lo strinse con forza tra le dita, attirandolo a sé. Guardò in quegli occhi grigi, così simili a quelli di

Christian. Come poteva non essersene accorta prima? La verità era sempre stata lì, sarebbe bastato osservare meglio.

«Allora buttiamoci. Insieme. E vediamo dove atterriamo» sussurrò, poi si passò la lingua sul labbro inferiore senza mai staccare lo sguardo dalla sua bocca.

«Vieni qui ragazzina.» Le mise una mano dietro la nuca e la trasse a sé, baciandola con ardore, intrecciando la lingua alla sua in una danza famelica.

«Non provare mai più a sfuggirmi» le alitò sulle labbra qualche istante dopo, il naso schiacciato contro il suo, «tanto ti troverei persino in capo al mondo.»

«Che ci fai qui?» Con espressione più fredda della neve che li circondava, Regina puntò le mani sui fianchi e fronteggiò il suo sguardo seccato.

«Prima mi spiattelli in faccia di esserti fatta palpeggiare dal tuo capo, poi mi regali una scatola di preservativi e mi fai una proposta indecente, e un momento dopo scappi via lasciandomi sotto la pioggia come un imbecille! Regina, spiegami cosa vuoi da me, perché io non ti capisco.»

Regina traeva una perfida soddisfazione a tenerlo sulle spine, vederlo così sofferente la faceva sentire invincibile. Lo voleva mettere alla prova, ma sperava con tutta se stessa la superasse.

«Immagino che per consolarti tu li abbia già usati con qualcun'altra. È così che fai quando ti rifiuto, no?»

«Tu sei fuori di testa! In che modo devo dirtelo che non me ne frega niente di nessuna a parte te? Lo ammetto, mi consideravo superiore a certe cose, ritenevo l'amore un'idiozia, ridevo dei miei amici che si erano messi il cappio al collo. Ora non riesco a pensare ad altro che non sia quanto desideri averlo io quel cappio al collo.»

«Accidenti, che romanticismo!» dichiarò lei sogghignando.

«Vuoi il romanticismo? Ti accontento.»

Regina avvertì una strana sensazione alla bocca dello stomaco, mentre lo guardava portarsi la sua mano gelida alle labbra e inginocchiarsi sulla neve.

«Se questo è l'unico modo che ho per averti, allora te lo chiedo in ginocchio. Proviamoci insieme e vediamo come va. Ma almeno dai un'occasione alla nostra storia.»

Si guardò attorno imbarazzata sperando che nessuno li stesse vedendo, e invece si trovò a incrociare gli sguardi stupefatti di Angelica e Daniele. Per fortuna le altre due pettegole erano dall'altra parte dell'auto, ognuna alle prese con il proprio presunto compagno.

«Ivan, ti prego, alzati, non essere ridicolo. Non c'è bisogno di arrivare a tanto. Mia sorella si starà facendo un'idea sbagliata.»

«Fregatene per una buona volta di quello che pensano gli altri, Regina! Io parlo sul serio.» Mormorò un'imprecazione e si sollevò tenendo le sue mani ben strette. Regina derise i suoi jeans inzuppati all'altezza delle ginocchia e lui l'ammonì strizzandole la mano con forza. «Mi sto umiliando, ti chiedo di iniziare una relazione seria e tu mi dai del ridicolo.»

Ma lei non riusciva a crederci, era impossibile che Ivan, noto scavezzacollo con la fama da donnaiolo, stesse chiedendo a lei, l'unica donna che ancora non era riuscito a possedere, una relazione seria.

«Ivan, ma parli sul serio?»

«Come mai prima d'ora.» Infilò una mano nella tasca e ne estrasse una scatolina di velluto, che aprì con le mani sbiancate e irrigidite dal freddo. Dentro vi era un anello composto da due cerchi d'oro bianco e rosso intrecciati tra loro. «Era il tuo regalo di Natale, ma sei scomparsa e non ho avuto più modo di dartelo. È un oggetto semplice, ma io non sono un tipo sfarzoso, preferisco andare dritto al sodo. Bianco e rosso, a rappresentare ghiaccio e fuoco. Tu e io.»

Le fece l'occhiolino, poi estrasse l'anello e glielo appoggiò sulla punta dell'anulare. «Ho il permesso di mettertelo al dito? Vuoi essere la ragazza di questa testa calda, Regina di ghiaccio?»

Regina ingoiò più volte, le sembrava un sogno quello che stava vivendo, un sogno che mai aveva osato fare. Incapace di parlare, annuì con enfasi. Quando guardò l'anello all'attaccatura del suo anulare, pensò che fosse perfetto. Il giusto incastro, come lei e Ivan. Il ghiaccio e il fuoco, la luce e la tempesta. Il suo azzurro dopo l'oscurità. Lei lo aveva cambiato, ma anche lui l'aveva plasmata. Le aveva schiuso un mondo nuovo, il suo, fatto d'amore e passione.

«Sì» rispose, dapprima esitante, ma poi lo ripeté con crescente fervore. «Sì, sì, facciamolo! Oh, Ivan, mi devi ancora quel ballo sotto la pioggia!»

«Tutto quello che vuoi, mia splendida Regina.»

Una risata cristallina risuonò fra la neve. «A un patto però!»

Lui assunse un sospettoso cipiglio. «Già so che me ne pentirò, ma... spara. Accetto qualsiasi compromesso.»

«Per dimostrarmi che davvero sei cambiato e che saprai aspettare, niente sesso per un mese.»

«Cazzo, Regina, così mi distruggi!»

«Prendere o lasciare.»

«Certo che prendo!»

«Perfetto. Tanto non riuscirai a mantenere la parola.»

«Vuoi scommettere?»

«Ho detto che non voglio più vederti! Regina ha chiamato Marco e invece siete arrivati voi! Ma che razza di complotto è questo?»

«Io direi che Marco è l'unico fra tutti voi ad avere un po' di giudizio. Forse perché è un uomo, che dici?»

«Però non la pensavi così quando ti ha preso a pugni, eh?»

«E tua sorella mi ha preso a calci. Dopo che tu mi hai vomitato addosso. Direi che fra tutti, siete una bella banda!»
«Allora fuggi a gambe levate da noi, chi te lo impedisce? Io no di certo!»
«Sei stata tu a fuggire da me. Io non lo farei mai.» Lei non poté fare a meno di perdersi in quelle iridi che, sotto il turbinio di neve, parevano color dell'acciaio punteggiate di pagliuzze verde foresta. Lo amava alla follia, tanto da provare un dolore all'altezza del petto all'idea di perderlo.
«Jenny, tu mi attribuisci colpe che non ho. Io ti amo, credevo d'avertelo dimostrato in ogni modo possibile, ma se ancora non basta dimmi tu cosa devo fare!»
Di colpo si rianimò a tornò a sfidarlo. «Niente, tu non devi fare niente, è proprio questo il punto! Lasciami sbagliare! Lasciami prendere porte in faccia! Cadrò e mi rialzerò, ogni volta con più esperienza ed entusiasmo. Non pretendere di dovermi proteggere e spianare la strada! Così mi fai sentire inutile.»
«No, amore mio, tu non sei mai stata inutile, ma è proprio questo il problema, non ti accorgi quanto tu sia speciale e importante. Samantha ti invidia perché vede le tue capacità, mentre lei sgomita per farsi notare. Chanel è gelosa perché non è cieca, e vede che io ti guardo come non ho mai guardato lei. E mia madre non ce l'ha con te perché sei tu, si sarebbe comportata così con chiunque! Lei mi vedeva già sposato a Chanel. Fregatene degli altri, e ripartiamo da zero. Da soli, ovunque tu voglia!»
Le sue barriere stavano iniziando a sgretolarsi, e lui doveva essersene accorto poiché insisté con maggior fervore. Le prese la mano sinistra e giocherellò con l'anello.
«Lo porti ancora, segno che non mi hai cancellato. Non vuoi farlo. Mi hai aspettato per tutta la vita, sai bene che sono io l'unico che potrai mai amare. Lascia che l'azzurro ti sorprenderà di nuovo.»
Quelle parole. Jenny spalancò gli occhi. «Ma, come fai

a sapere...»
«Io so tutto di te, Jenny. Non mi rassegno a perderti, non lo farò mai. Ho parlato con ogni singola persona che ti sta accanto, ognuno di loro mi ha fornito un pezzetto di te, quelli che mi mancavano per completare il più bel puzzle sul quale abbia mai posato gli occhi. Tu non hai bisogno di nessuno per farcela, Jenny, ma io ho bisogno di stare al tuo fianco perché solo così mi sento completo.»
Jenny esibì un sorriso tremolante dall'emozione. «Anche io ho capito che non ho bisogno di nessuno per andare avanti. Ce la faccio benissimo da sola, con le mie forze. Non mi serve un uomo accanto per sentirmi realizzata, però voglio averti al mio fianco, perché sei l'unica persona al mondo che mi faccia stare bene.»
Christian l'abbracciò stretta contro il cuore, come se temesse che potesse scappare via, poi allentò la presa per poterla guardare. «Certo che dovevi capirlo proprio sotto una bufera di neve!»
«Ogni cosa avviene al momento giusto. Certi amori hanno bisogno di fare dei giri immensi, prima d'incontrarsi.»
«Ma una volta incontrati non si lasciano più. Questa è la nostra prima rottura, ma giuro che sarà anche l'ultima. Però...» la guardò con una debole nota di rimprovero. «Mi spieghi perché cazzo hai chiamato mia madre per rivelarle ciò che ti avevo implorato di tacere? Passi per Beky, ma mia madre...» lo sguardo divenne sospettoso. «Eri ubriaca, dì la verità.»
Il viso avvampò di pari passo allo spalancarsi dei suoi occhi. «Oddio, quindi non era solo un sogno?» gemette.
«Direi di no, a meno che i tuoi sogni abbiamo il potere di raggiungere la mente altrui. Le hai perfidamente sbattuto in faccia che David è mio fratello. L'hai chiamata, e tendo a sottolineare che io ero lì presente e tu in vivavoce mentre lo facevi: "Patetica cornuta che farebbe bene a farsi

i cazzi suoi invece di rovinare la vita degli altri" e poi ancora le hai dato del *t-rex*.»

Jenny a quel punto aveva lo sguardo rivolto alla punta delle proprie scarpe, troppo mortificata per incontrare il suo. Lui le portò due dita sotto il mento per farglielo sollevare.

«Ma davvero, Jenny? *T-rex*?» La sua voce, però, non era accusatoria, bensì conteneva una nota divertita.

«Ho esagerato, eh?»

Christian scosse la testa, sopraffatto da una risata. «Ha sempre saputo tutto. Il tradimento, l'esistenza di un figlio. Non sapeva si trattasse di David, e questo l'ha scioccata, ma ha sempre saputo tutto, mio padre glielo rivelò. E sì, anche lui lo sapeva. La madre di David glielo fece sapere in una lettera, che lui conserva ancora.» Fissò lo sguardo nel vuoto e lei vi lesse profonda delusione. Trasse poi un pesante sospiro che l'aiutò a ridestarsi. «Lei non sarà mai più un problema per noi, te lo prometto, si vergogna troppo per interferire ancora. Però promettimi che ti terrai lontana da qualsiasi bevanda contenga una minima percentuale di alcol. Ti prego.»

Epilogo

Dopo tanto faticoso cammino, siamo arrivati a San Valentino, giorno in cui, finalmente, posso permettermi di tirare un sospiro di sollievo. Non bastavano quattro sorelle, adesso ho anche quattro cognati che si rivolgono a me quando non sanno come prenderle. Questo aggiunge rotture di scatole ma anche divertimento.

«Ok, manca poco. La scatolina l'hai tu, possiamo andare.»
Silenzio.
«Perché la scatolina *l'hai tu*, vero?»
Ancora silenzio. Un paio d'occhi si sgranano in preda al panico più spietato mentre io me ne sto appoggiato all'auto parcheggiata, braccia incrociate sul petto e sorriso a stento trattenuto, a godermi la scena in perfetto silenzio. Ci troviamo nel parcheggio sottostante la Fortezza Spagnola, riservato, per l'occasione, agli invitati. Le mie sorelle sono appena scese dalle rispettive auto e ancora si stanno aggiustando gli abiti, ma a quanto pare hanno già dato il via allo spettacolo.

«Accidenti a te, ma non ne combini una giusta! Dov'è andata a finire quella maledetta scatolina? L'ho tenuta io tre giorni, poi è bastato affidarla a te perché scomparisse?»

«Ma perché ogni volta che qualcosa non va nel verso giusto deve essere sempre colpa mia?»

«Perché siete sempre voi gemelle a combinare guai, e visto che lei stavolta non ha colpe, va da sé che la responsabilità è tua.» Regina sta per avere un tracollo nervoso, lo si può capire dal pulsare furioso della vena sul collo.

«Ragazze, è tutto pronto, mancate solo voi!» sussurra concitata Angelica avvicinandosi traballante sui tacchi nell'asfalto sconnesso, con la piccola Desirèe stretta in braccio. Per l'occasione l'hanno agghindata con un abito di tulle e pizzi che, con il candore delle pelle diafana, la fa apparire come una bambola di porcellana. Lei e mio figlio cresceranno insieme, ma troppo spesso, ultimamente, mi ritrovavo a pregare che non facciano passare a noi tutto ciò che le mie sorelle hanno fatto passare ai nostri genitori.

«Beky ha perso la scatolina» la informa Regina sollevando le mani in un gesto stizzito.

Angelica sbatte le ciglia ricoperte di mascara. «Ma di che stai parlando?»

«Di *quella* scatolina!»

L'espressione di Angelica è tra lo stupito e il rassegnato. «Ragazze, ce l'ha Luca. Dio mio, un bambino di nove anni è più affidabile di voi due.»

E su queste note non posso fare a meno di scoppiare in una risata e avvicinarmi ad abbracciare le mie assurde sorelle.

La scalinata della Fortezza Spagnola è addobbata di rose rosse e bianche che creano uno scenario degno della festa degli innamorati. Perfino io che non sono l'incarnazione del romanticismo, ammetto di essermi emozionato a quella vista; mi ha ricordato il giorno del mio matrimonio, il più bello della mia vita, e forse è ciò che mi ha aiutato a entrare in empatia con le mie sorelline.

Lo sposo è già in alto, davanti alla vice sindaca che celebrerà la funzione. Si può notare benissimo la sua agitazione dalle narici che si dilatano mentre prende dei respiri profondi, la mascella serrata, le dita che si contorcono lungo i fianchi.

Quanto lo capisco! Anche io ero agitato il giorno del mio matrimonio, e la mia situazione in confronto alla sua era una favola. Il suo migliore amico e testimone, accanto a lui, gli batte sulla spalla mentre io mi sistemo dall'altra parte, poiché, modestamente, la sposa ha scelto me come suo testimone di nozze.

La prima damigella avanza avvolta nel suo voluttuoso abito rosso, un bouquet stretto fra le mani tremanti. Si avvicina a lui, lo bacia sulla guancia e strizza un occhio con aria complice, poi prende posto vicino a me. Allo stesso modo sfilano le altre due sorelle, una in abito rosso e l'altra in abito bianco – a richiamare i colori delle rose sparse ovunque – seguite da Luca, serio e orgoglioso nel suo completo scuro con tanto di fazzoletto sul taschino che lo fa apparire come un uomo in miniatura. Tiene ben saldo con entrambe le mani il cuscinetto di raso con sopra legate le due fedi nuziali. Finché non compare lei, in una nuvola di chiffon bianco e un mazzo di rose rosse strette nella mano sinistra, facendo bagnare gli occhi di tutti i presenti, sottoscritto compreso, devo ammetterlo. Avanza leggiadra fra le panche allineate, la mano destra appoggiata nell'incavo del gomito di nostro padre e lo sguardo fisso, lucido, sul suo sposo.

Gli invitati sono pochi, solo amici e familiari intimi, quelli che hanno assistito allo sbocciare del loro amore.

Si sono rifiutati di aspettare oltre, e il trentuno dicembre sotto una tormenta di neve si sono ripromessi di organizzare il matrimonio dei loro sogni. Nel parcheggio qui sotto si scambiarono per la prima volta lo sguardo che fece capire a entrambi di essersi innamorati; lei in un vestitino lilla dallo scollo generoso, imbarazzata davanti a lui, più sfacciato e affascinato che mai, che le sussurrava *"Sei bellissima. Goditi questa festa, ma non flirtare troppo, e soprattutto, cerca di non baciare nessuno."*

Jenny saluta nostro padre e accetta con mano tremante quella di Christian, trattenendo le lacrime. L'amore e la complicità che li unisce sono inequivocabili. Jenny ha trovato il suo principe azzurro, l'immensità in cui perdersi e ritrovarsi ogni volta. E, sì, alla fine ha rinunciato all'idea di sposarsi in abito rosso, perché le damigelle hanno reclamato per sé tale colore. Ma la cena si svolgerà sul terrazzo di un ristorante sulla spiaggia, e io non posso evitare di lanciare apprensivi sguardi alle nubi che si stanno ammassando in lontananza.

Il rito ha inizio e per fortuna non dura a lungo, e al termine la vice sindaca fa i suoi complimenti alla coppia.

«Adesso che abbiamo unito in matrimonio Christian Visconti e Jenny Graziati, in via del tutto eccezionale passiamo alla seconda coppia che ha scelto questo giorno per legarsi nel vincolo del matrimonio. Spazio all'altra sorella, Angelica Graziati, e a Daniele Fontani!»

Inorgoglito, dopo i dovuti abbracci resto inchiodato al mio posto perché... sì, avete capito bene, ho *preteso* di far da testimone anche ad Angelica. E mi aspetto l'esclusiva persino dalle altre due scriteriate, se e quando avranno intenzione di sposarsi. Per il momento dubito possano arrivare a tanto, ma quando si tratta di Graziati, non si sa mai.

La seconda unione è celebrata nella commozione generale ma anche nella gioia più assoluta. Luca è rimasto per tutto il tempo appiccicato a loro, con la sorellina accanto, stesa nella carrozzina.

Provo un'infinita tenerezza per quel bambino; in effetti, lo sento già come un nipote. Denise ha fatto sapere in una breve telefonata di aver accettato un incarico che l'avrebbe trattenuta in America per un anno, ma Luca pare aver accolto la notizia di buon grado, felice di rimanere insieme a quella nuova famiglia che gli ha donato più attenzioni e affetto in questi due mesi di quante ne avesse ricevute in tutta la propria vita. E così, si sono fatti carico di quel figlio che figlio loro non è, ma sono convinto cresceranno come tale. Se penso che, giusto un anno fa, Angelica stava festeggiando il giorno di San Valentino insieme a Flavio, mi vengono i brividi... Quel pezzo d'idiota che l'ha tradita ma che, ne vado fiero, ho rimesso al suo posto a suon di pugni durante un addio al celibato che di festeggiamenti ne ha visti ben pochi. Adesso Angelica è felice, in lei si può scorgere una luce mai vista brillare prima.

Anche Jenny ha ottenuto il suo lieto fine, e di sicuro sua suocera non la infastidirà più, non dopo che le ha tirato fuori dall'armadio tutti gli scheletri che teneva nascosti in una telefonata a dir poco surreale. In un impeto d'orgoglio – o di pazzia, a seconda dei punti di vista – ha stracciato il contratto e rifiutato l'impiego che le era stato offerto, e sta ancora annaspando in cerca di un lavoro. In compenso con Christian va a gonfie vele, lui è rimasto a capo della sua agenzia pubblicitaria, ma si sono giurati di tenere ben divisa la sfera lavorativa da quella personale, poiché è proprio dal mescolarsi delle due che ha avuto origine ogni loro problema.

Adesso, però, non la vedo più come la fatalista sentimentale e combinaguai, ma una donna innamorata e soddisfatta e, soprattutto, fiera di sé dopo aver dato un calcio nel didietro ai suoi complessi. La mia sorellina insicura e sognatrice, vergine impenitente fino a nove mesi fa, si è appena sposata, incredibile!

Regina... che dire di lei, forse che non la capirò mai fino in fondo? È stata quella che nell'ultimo anno ha mostrato il cambiamento maggiore.

Lei, snob e crudele nei propri giudizi, la Regina di ghiaccio che dall'alto del suo piedistallo ha aborrito gli uomini sfrontati e donnaioli con tutta se stessa e giurato di non cedere mai all'amore, da un mesetto fa coppia fissa con Ivan. Ivan, con il quale tutto ha avuto inizio per mezzo di una scommessa. Incredibile quanto beffarda sia la vita.

A stupirmi di più, il fatto che lui abbia accettato impassibile tutte le regole che lei gli ha imposto all'inizio della loro relazione. In primis, l'acquisto di una nuova auto per liberarsi di quella sulla quale il playboy incallito aveva consumato un gran numero di conquiste. A un avvocato viene naturale dettar legge, e lei lo è fin nel midollo.

Quanto a Ivan, giuro, non lo riconosco. Vederlo pendere dalle sue labbra mi fa senso, dopo averlo tanto sentito diffamare me e Stefano, il nostro amico comune nonché mio cognato, per aver scelto di trascorrere una vita di monogamia. Ah, dimenticavo, anche Stefano e Sabrina sono in dolce attesa, di due gemelli!

Tornando alla mia non più glaciale sorella, il suo impiego allo studio legale procede a gonfie vele, e con Patrizio la parentesi è stata dichiarata chiusa senza alcuna ripercussione sul lavoro. Dio, se ci ripenso, avverto un desiderio sfrenato di prendere a pugni quel farabutto che ha osato strofinarle le mani addosso, e lo so che lei gliel'ha permesso, ma lo odio comunque. Riguardo quell'ultima scommessa... per la prima volta in vita sua, Regina ha dovuto ammettere la sconfitta! Stavolta, però, sono certo sia stata ben lieta di perdere. Ma non pretendete i dettagli perché stavolta non ho voluto conoscerli. Giuro, ho smesso di essere il loro confessore, adesso che si sono sistemate e sembrano avere tutte una vita sessuale piuttosto movimentata. L'unica a non avermene mai voluto far parola è Angelica, ma la mia dolce sorellina è fatta così, riservata in maniera assoluta. Ha accettato di fare un colloquio conoscitivo con Luce Bianchi, il legale presso il quale lavora Regina, e dopo un'illuminante conversazione è stata assunta come nuova segretaria. Inizierà il primo di marzo. Devo ammettere che la vedo davvero serena e... sì, realizzata.

Veniamo all'ultima, il mio idolo, fin da quando la beccai insieme a mamma e Lorena nel portabagagli della vecchia station-wagon. Caspita, che numeri!

Ne è passata d'acqua sotto i ponti, dalla scapestrata farfallina alla donna che ho di fronte adesso, accoccolata nell'abbraccio del suo sconvolgente ragazzo. Sconvolgente, sì, perché ha l'aspetto rude del rockettaro, ma insieme a lei si trasforma nel più dolce degli innamorati.

Beky pare abbia trovato la sua giusta dimensione con quel ragazzo pazzo almeno quanto lei, un uomo con il quale può sentirsi libera di essere se stessa, felice di folleggiare insieme fino a notte fonda, tra sfide a colpi di shot e attacchi di travolgente passione. Una persona ruvida e realista, a volte irritante in maniera estenuante, ma perfetto per lei. Con lui ha trovato l'altra metà di sé, quella che combacia perfettamente senza compromessi o condizioni, quella che serve a ciascuno di noi per sentirsi completo, non più irrequieto.

Stanno progettando un lungo viaggio on the road nei paesi del nord Europa, dove lui è richiesto per alcuni servizi fotografici, e sono certo di non averla mai vista felice come adesso.

Massimo?

Se solo ripenso alla nostra ultima conversazione, se così si può chiamare! L'ho rimesso al suo posto, esattamente come feci con Flavio e... sì, erroneamente, lo ammetto, anche con Christian, a suo tempo. D'accordo, quello fu un abbaglio, ma servì a fargli capire che con i Graziati non si scherza!

Anche Ivan si è scontrato, a suo tempo, con il meritato destro di un Graziati, ma quella volta fu Regina a tenere alto il nostro onore. Anche Beky ci sa fare con i pugni... credo di sapere da chi abbia preso la sua irruenza, e forse è proprio per questo che siamo sempre andati d'accordo, la mia sorellina e io.

Che famiglia, ragazzi!

Ma stavamo parlando di Massimo... Una storia ormai superata, una profonda delusione per tutti noi, che abbiamo giurato di non mettere mai più piede nel suo locale.

Una grande perdita per il "Blue Moon", quella della famiglia Graziati, ma un acquisto per il "Bar Giulia", a Porto Santo Stefano, del quale abbiamo fatto il nostro nuovo ritrovo.

Comunque, una sera Beky mi ha confessato di non rinnegare nulla della storia con lui: se all'inizio lo aveva ritenuto come l'ennesimo della sua lunga lista di errori, in seguito gli eventi che l'avevano condotta fin qui l'hanno fatta ricredere.

Dopotutto, non si può chiamare errore se impari da esso: in tal caso, si chiama esperienza.

Sposto lo sguardo sui nostri genitori, ancora incredibilmente uniti e innamorati dopo trentaquattro anni di matrimonio. È come loro che vorrei essere, se penso a me e Lorena fra trent'anni. Hanno affrontato le nuove avversità che la vita ha messo sul loro cammino con una forza che può solo essere un esempio per tutti noi. Hanno venduto la grande casa sulla Giannella per acquistarne una più discreta proprio in questo paese, nei pressi della Discesa del Valle. Nessun rimpianto, poiché non serve un luogo fisico per ricordare i bei momenti legati all'infanzia: quelli ce li portiamo sempre nel cuore e nella mente. Hanno saldato i debiti e salvato la baita sul Monte Amiata, e sono molto più felici e tranquilli, adesso che tutti i loro figli hanno raggiunto un sereno equilibrio.

I genitori di Christian, invece, non sono esattamente quello che possa ritenersi un bell'esempio per i figli. Be', dopo quella disastrosa vigilia di Natale, molte cose sono cambiate in casa Visconti, per non contare la telefonata di Jenny che ha svelato la più scioccante delle verità. Luisa ha subito messo il marito alla porta, relegandolo nella dependance mentre venivano avviate le cause per la separazione. Non poteva certo tollerare un simile affronto, una macchia alla propria impeccabile reputazione, ora che il marcio era venuto a galla e lei non poteva più fingere e raccontarsi che non fosse mai accaduto. Giacomo non si è certo disperato, anzi, si è reso da subito ben disposto ad allacciare i rapporti con quel figlio su cui non aveva mai avuto notizie. E così, oggi al matrimonio di Christian c'è solo lui, mentre Luisa sarà di sicuro rinchiusa nella sua fredda dimora a leccarsi le ferite da sola. Sì, perché anche Chanel e la sua famiglia le hanno voltato le spalle. Direi, a questo punto, che ognuno ha avuto esattamente ciò che si merita, in base a ciò che ha seminato.

Guardo David e Christian, uno accanto all'altro, e non posso fare a meno di domandarmi come sia stato possibile non notare prima l'impressionante somiglianza fra i due. La folta barba era stato un modo per celare l'evidenza, e dal momento che non serviva più, per lui privarsene era stato un piacere.

Lorena mi viene accanto con nostro figlio in braccio. Lo guardo, e il mio cuore scoppia di felicità. Lo bacio sulla fronte, poi avvolgo mia moglie in un abbraccio. Guardo ancora le mie quattro sorelle, e mi sento sereno. I loro compagni intercettano il mio sguardo e lo agganciano. Ci scambiamo un cenno, complici, e una strizzata d'occhio fa da sigillo al segreto che condividiamo noi sei uomini.

La scorsa settimana abbiamo organizzato in tutta fretta un addio al celibato con i fiocchi. I miei quattro cognati, Stefano e io. Solo che la situazione ci è sfuggita di mano, e dopo un fugace incontro in un locale con le nostre donne, anch'esse pronte a festeggiare uno sfrenato addio al nubilato, due vecchie conoscenze in divisa potrebbero averci condotto in centrale...

Credo di aver combinato anch'io una cazzata, in quell'occasione. Comunque, a giudicare dall'aspetto sfatto che aveva mia moglie quando l'ho vista rincasare alle prime luci dell'alba, anche loro devono essersi divertite parecchio. Prima o poi dovrò affrontare l'argomento con lei, benché abbia giurato solennemente che quanto avvenuto quella sera, sarebbe dovuto rimanere blindato.

Ma questa è un'altra vicenda, se avrò voglia ve la proporrò più avanti, in via confidenziale. Prima che il nostro cervello si friggesse facendoci compiere cose assurde, ho messo in chiaro con ognuno di quei quattro che, se dovessero commettere una cazzata, avrebbero addosso l'intera armata Graziati. Credo di averli sufficientemente allarmati. Quello che conta, adesso, è la felicità di tutti noi, nient'altro.

Un lungo percorso di scoperta e rinascita ci ha condotti al giusto incastro, quello che non rende la vita perfetta, ma di certo la rende migliore perché condivisa con la persona giusta. Una persona piombata tra le pagine del nostro cammino all'improvviso e in un modo del tutto inatteso, ma d'altronde l'amore è così: travolgente e inaspettato, non programma né chiede permesso, semplicemente si insinua nell'anima e non l'abbandona più.

Perché in fondo si sa, le favole non esistono e il lieto fine spesso è un'utopia, ma nella vita e in amore, tutto può succedere.

Ve lo posso assicurare, parola di Marco Graziati!

Note

Barbara Scotto, classe 1982, è convinta che ogni lettura lasci un segno, come un viaggio diventa parte di noi e rimane nella memoria. Per questo motivo cerca di viaggiare il più possibile… attraverso i libri. Sposata e mamma di due ragazzine e due cani, lettrice instancabile, autrice di romance storici e contemporanei, ha vinto alcuni premi letterari, studia editing per arricchire la propria conoscenza e ha un attestato come correttrice di bozze; intanto lavora a nuovi progetti editoriali e si diletta a recensire romanzi sia per il blog letterario A libro aperto sia in maniera autonoma. *I guai son come i baci… uno tira l'altro!* è il seguito di *Nella vita e in amore… tutto può succedere!*

A parte una breve incursione a Milano, il romanzo è ambientato – in un periodo covid-free – a Monte Argentario, di cui fanno parte Porto Santo Stefano e Porto Ercole, ma vi sono alcuni riferimenti anche a Orbetello. Il "Blue Moon", pub dove si ritrovano le sorelle, non esiste; è un luogo di fantasia che ho incastrato a Cala Galera prendendo come vago riferimento la discoteca che frequentavo nella mia adolescenza. Neanche la "Public&Co" esiste.

Esistono, invece, si trovano tutti a Porto Santo Stefano e fanno parte del mio quotidiano, i luoghi che vado a menzionarvi:

– CSI DON BASTIANINI, la palestra in cui Beky ha sputato sangue. Gestito dalla super Samy e dalle fantastiche sorelle Alice e Giulia, tutte menzionate nel romanzo (vi prego, non me ne vogliate!) esiste fin dal 2001 e si occupa di fitness ad ampio raggio: dalla sala pesi ai corsi di pilates, posturale, zumba, il tanto temuto TRX e la ginnastica artistica per tutte le età.

– **PARRUCCHIERA D'AMICO PATRIZIA** si trova in Corso Umberto. Patrizia e Valeria esistono e fanno davvero dei miracoli!

– **LA REGINA DI NAPOLI** di Luca, il ristorante-pizzeria amato da Jenny, si trova davanti alla rotonda di Piazza dei Rioni. Dalla pizza ai piatti di pesce, senza dimenticare i favolosi dolci, è tutto squisito.

– **IL BAR LUME** di Silvana e Mauro lo potete trovare in via Roma, in una posizione aperta e centrale, e ha davvero dei cornetti strepitosi e tanti prodotti buonissimi, oltre a un servizio impeccabile.

– **IL BAR GIULIA** esiste fin dal 1850. Si trova in via del Molo, a due passi da Piazza dei Rioni, in una posizione privilegiata. Dalla colazione al drink notturno, passando per l'aperitivo o un gelato artigianale, trovi sempre il meglio. Altro pregio è l'organizzazione di eventi culturali nella stagione estiva: "Bar Giulia d'autore".

– **IL BIKE & BOAT ARGENTARIO HOTEL** si trova in via Panoramica, in una posizione elevata da cui si può ammirare il mare. Qui potete trovare servizi unici, competenza e cortesia; posso dirmi soddisfatta d'aver fatto parte del suo staff.

Ringrazio tutte le persone qui sopra citate per avermi dato il permesso di menzionare le loro attività, oltre che loro stessi. Amo il mio paese e ho voluto rendergli omaggio in questi due libri; spero di non aver deluso le aspettative di nessuno.

Ringraziamenti speciali vanno a Maika Medici, con la quale ho affrontato questo nuovo percorso di editing. Sei stata fantastica, sono contenta del risultato che abbiamo ottenuto.

Alla super beta Mariadora Vizza, che con immensa gentilezza e un occhio a cui nulla sfugge, mi ha letta e giudicata in anteprima. Il tuo apporto è stato davvero prezioso.

A tutte le autrici e le blogger che ho avuto il piacere di conoscere negli ultimi mesi e che mi hanno sostenuta, ognuna a suo modo, attraverso belle parole, segnalazioni o recensioni.

Alle mie compaesane, alle conoscenze virtuali e a chi non ho avuto il piacere di conoscere.

Alle mie amiche, le number one, che aspettano con entusiasmo nuove pubblicazioni. No, non faccio nomi, tanto loro lo sanno. Alla mia famiglia, che sopporta e supporta le mie lunghe sessioni davanti al pc.

A te che mi stai leggendo.

Stavolta la storia di queste sorelle è giunta al capolinea, e spero che l'epilogo vi abbia appassionato almeno una parte di quanto ha entusiasmato me scriverlo. All'inizio avevo pensato per loro una storia ben diversa, ma via via queste ragazze hanno assunto una loro personalità spingendomi su altre strade, come se, dotate di vita propria, avessero scelto da sole il loro percorso. Anche Marco, stavolta, ha raggiunto una sua connotazione ben precisa, e non escludo...

Ho pensato di assegnare una colonna sonora a ogni capitolo, solo musica italiana. Se vi piacciono le canzoni che ho scelto, qui trovate la playlist:
https://www.youtube.com/playlist?list=PLY9Q-DHf1UefeWRTbbiRvej8aQJRH1yTij

Se ti va di seguirmi o commentarmi puoi trovarmi su:
www.facebook.com/BarbaraScottoAutrice/
www.instagram.com/barbara_scotto_autrice/

www.barbarascotto.it
E se vuoi lasciare una recensione, davvero importante per noi emergenti, puoi farlo su Amazon e Goodreads.

Indice

Prologo 7
Capitolo 1 12
Capitolo 2 24
Capitolo 3 36
Capitolo 4 49
Capitolo 5 63
Capitolo 6 71
Capitolo 7 84
Capitolo 8 98
Capitolo 9 117
Capitolo 10 127
Capitolo 11 139
Capitolo 12 146
Capitolo 13 160
Capitolo 14 176
Capitolo 15 188
Capitolo 16 196
Capitolo 17 205
Capitolo 18 219
Capitolo 19 235
Capitolo 20 246
Capitolo 21 265
Capitolo 22 282
Capitolo 23 303
Capitolo 24 317
Capitolo 25 339
Capitolo 26 356
Capitolo 27 367
Capitolo 28 385
Capitolo 29 402
Epilogo 413
Note 423

Printed in Great Britain
by Amazon